DROEMER

EVA
VÖLLER

ALTE TATEN, NEUER ZORN

KRIMINALROMAN

DROEMER

Besuchen Sie uns im Internet:
www.droemer-knaur.de

MIX
Papier | Fördert gute Waldnutzung
FSC® C014496

Originalausgabe Oktober 2024

Ein Imprint der Verlagsgruppe
Droemer Knaur GmbH & Co. KG, München

Redaktion: Anna Hahn
Covergestaltung: © buxdesign | Lisa Höfner
Coverabbildung: © Mark Owen / Trevillion Images, © Shelley Richmond /
Trevillion Images, Innenklappe: © Keystone Features / Getty Images
Satz und Layout: Adobe InDesign im Verlag
Druck und Bindung: GGP Media GmbH, Pößneck
ISBN 978-3-426-30946-9

2 4 5 3 1

Der Dolch des Mörders war unter der
Robe des Juristen verborgen.

(Aus der Urteilsbegründung des
Nürnberger Juristenprozesses im Jahr 1947)

PROLOG

Mai 1949

Für Sie, Herr Doktor Vahrendonk«, sagte der uniformierte Wachmann, als er dem Richter die Pappschachtel überreichte. »Mit den besten Empfehlungen Ihrer Kollegen.«

Vahrendonk klappte die Schachtel auf. Keine Karte, wie er etwas irritiert feststellte, aber der Inhalt sprach für sich: Mandelhörnchen, sein Lieblingsgebäck. Eine nette Aufmerksamkeit, die er seinen Kollegen nicht unbedingt zugetraut hatte. Die meisten zeigten ihm gewohnheitsmäßig die kalte Schulter. Doch offenbar gab es sogar unter denen noch so was wie Anstand, schließlich war es ein runder Geburtstag. Er sog den Duft ein, der aus der Schachtel stieg. Es roch köstlich.

»Wer hat Ihnen die Schachtel gegeben?«, wollte Vahrendonk wissen.

»Die wurde eben von einem Boten angeliefert, wahrscheinlich direkt aus der Bäckerei«, sagte der Wachmann. »Der meinte, dass es für Sie zum fünfzigsten Geburtstag ist. Von den Kollegen.« Er hielt inne und fügte dann höflich hinzu: »Von mir übrigens auch noch herzlichen Glückwunsch zum Runden. Andere wären da längst zu Hause und würden feiern.«

»Bei mir steht die Arbeit an erster Stelle«, erwiderte der Richter. Er machte dem Wachmann die Tür vor der Nase zu und ging zurück zu seinem Schreibtisch. Das erste Hörnchen verschlang er mit wenigen Bissen, er war nach der vielen Arbeit ganz ausgehungert. Seit dem Mittagessen hatte er nichts zu sich genommen, und auch das hatte nur aus einem von daheim mitgebrachten Butterbrot bestanden. Eine Kantine gab es in den kläglichen Resten des einst so prachtvollen Gerichtsgebäudes nicht. Sogar vier Jahre nach Kriegsende war der gesamte Essener Justizbetrieb immer noch ein einziges Provisorium. Von Bomben durchlöcherte Wände, ausgebrannte Sitzungssäle, verrußte Arbeitsräume – es war ein Jammerspiel sondergleichen.

Man hätte längst einen Neubau hochziehen können, beim Polizeipräsidium schräg gegenüber war es viel schneller gegangen, denen hatte man voriges Jahr einen nagelneuen Seitenflügel hingestellt. Dagegen steckte man beim Gerichtsgebäude noch in den Planungen fest. Es hieß, dass es kommendes Jahr endlich losgehen sollte. Aber hatten sie das nicht letztes Jahr auch schon gesagt? Wem sollte man da noch glauben? Den Tommys jedenfalls nicht, und denen, die nach ihrer Pfeife tanzten, noch viel weniger. Die hängten ihr Mäntelchen doch alle nach dem Wind. Spielten das Bäumchen-wechsel-dich-Spiel, wie es ihnen beliebte.

Das zweite Hörnchen aß der Richter mit Bedacht, hielt dann aber inne. Eine eiserne Faust presste seinen Brustkorb zusammen. Mit einem Mal bekam er keine Luft mehr, egal wie hastig er atmete. Und es tat weh! Es war, als würde er innerlich verbrennen.

Der Richter riss den Telefonhörer von der Gabel und wählte die Nummer des Wachdienstes, doch als endlich abgehoben wurde, brachte er nur noch ein Röcheln hervor. Bereits von den Krämpfen des Erstickens geschüttelt, rappelte er sich vom Stuhl hoch. Mit letzter Kraft schleppte er sich zur Tür und öffnete sie, aber es gab keine Rettung mehr. Und auch keine tröstlichen oder mitfühlenden letzten Worte. Die Etage war menschenleer. Wie so oft war er der letzte Richter im Gebäude, alle anderen machten gern zeitig Feierabend oder nahmen die Akten zur Bearbeitung mit nach Hause.

Unter qualvollen Zuckungen brach er zusammen und blieb zusammengekrümmt auf der Türschwelle liegen, halb auf dem

Flur, halb im Zimmer. Während seine Wahrnehmungen nach und nach erloschen, zog in schlaglichtartigen Bildern sein Leben an ihm vorüber. Es blieben so viele Fragen offen. Nur eines wusste er mit absoluter Sicherheit: Seine Zeit war abgelaufen.

KAPITEL 1

Carl zückte sein abgegriffenes Notizbuch und kritzelte ein paar Fakten auf eine freie Seite. Julius Vahrendonk, Vorsitzender Richter am Landgericht Essen, dem ersten Anschein nach vergiftet. Blitzlichtgewitter erhellte das karge Arbeitszimmer, in dem nicht viel mehr stand als ein Schreibtisch, ein Schrank und ein Regal voller Akten und Gesetzesbücher. Der Polizeifotograf knipste den Toten aus allen möglichen Blickwinkeln, während der Bestatter im Hintergrund bereits auf seinen Einsatz wartete.

»War wohl ein hohes Tier hier am Gericht, oder?«, erkundigte sich Carls junger Kollege Harry mit leiser Stimme.

»Scheint so«, gab Carl zurück, ebenfalls in gedämpftem Ton.

Vor ihnen hatten sich schon erstaunlich viele Schaulustige eingefunden, und es kamen immer noch weitere dazu. Mittlerweile waren es über ein Dutzend, die sich grüppchenweise im Gang versammelt hatten, lauter distinguiert wirkende Herren. Die meisten kannte Carl vom Sehen. Den Stellvertreter des Oberbürgermeisters. Den Vizepräsidenten des Landgerichts. Dann war da noch ein höherer Beamter aus der Stadtverwaltung und ein anderer aus der Chefetage des Polizeipräsidiums.

Bei den übrigen handelte es sich um Kollegen des Verstorbenen, Richter und Staatsanwälte am Landgericht Essen; einigen war Carl schon bei früheren Anlässen persönlich begegnet. Als Kriminalbeamter wurde er regelmäßig als Zeuge zu Strafprozessen geladen.

Ein junger Wachtmeister hatte den Toten gefunden. Der Schreck war ihm noch anzumerken, er war blass um die Nase, und seine Stimme zitterte, während er Carls Fragen beantwortete.

»Als ich ihm die Schachtel brachte, wirkte er noch ganz munter. Hab ihm noch zum fünfzigsten Geburtstag gratuliert. Ungefähr zehn Minuten später hat er mich auf der Hausleitung angerufen.«

»Was hat er gesagt?«, fragte Carl.

»Nichts. Ich konnte nur ein Stöhnen hören.«

»Woher wollen Sie dann wissen, dass er es war?«

»Weil außer ihm keiner mehr da war. Er geht oft als Letzter. *Ging* als Letzter«, korrigierte der Wachmann sich.

»Was geschah dann?«

»Ich bin raufgegangen, um nachzusehen. Und da lag er hier in der Tür. Mausetot. Zuerst dachte ich: Schlaganfall. Oder Herzinfarkt. Hat man ja oft bei älteren Männern.«

Der Wachmann war Anfang zwanzig. Für jemanden in diesem Alter war jeder über vierzig dem Greisentum gefährlich nahe.

»Dann hab ich gesehen, dass er Schaum vorm Mund hat«, fuhr der Wachmann fort. »Und der Geruch war auch komisch.« Mit entwaffnender Offenheit fügte er hinzu: »Da dachte ich so bei mir: Heinrich, nimm dir besser keins von diesen Hörnchen, auch wenn der arme Mann sie jetzt nicht mehr essen kann!«

Carl stellte die entscheidende Frage. »Von wem stammt die Schachtel?«

»Ein Bote kam damit an.«

»Zu Ihnen in die Wachstube?«

»Nein, ich stand ja unten beim Eingang, hab da gerade eine geraucht. Hab den Mann gefragt, wo er hinwill. Und da sagte er: zu Richter Vahrendonk. Er hätte ein Geschenk zum fünfzigsten Geburtstag, von den Kollegen.«

»Was war das für ein Bote? Postbote? Gerichtsbote?«

Der Wachmann zuckte die Achseln. »Nein, einfach nur ein Bote. Hab den vorher noch nie hier gesehen. Ich dachte, der wäre ein Lieferant von der Bäckerei.«

»Hatte er irgendwas Schriftliches dabei? Eine Glückwunschkarte oder einen Lieferschein?«

»Nein, nur die mündliche Nachricht, dass es ein Geburtstagsgeschenk für Richter Vahrendonk ist, zum Fünfzigsten, von den Kollegen«, wiederholte der Wachmann.

»Was hat er sonst noch gesagt?«

»Nichts. Bloß dass ich es sofort überbringen soll. Dann ist er wieder gegangen.«

»Wie sah er aus?«

Der Wachmann dachte nach. »Ganz normal.«

»Alter?«

»Weiß nicht. So wie ich vielleicht. Oder jünger? Könnte aber auch älter gewesen sein.«

»In meinem Alter?«

»Nein, *so* alt auf keinen Fall.«

Carl, der kürzlich neununddreißig geworden war, seufzte im Stillen. Nicht wegen seines fortgeschrittenen Alters, sondern weil der Wachmann als Zeuge ein Reinfall war – ein Eindruck, der sich bei den nächsten Antworten noch verfestigte. Demnach war der Bote von unbestimmter Körpergröße und wahrscheinlich braunhaarig. Möglicherweise aber auch blond, das habe man nicht genau erkennen können, weil er eine Schirmmütze getragen hatte. Vielleicht aber auch eine Kappe oder einen Hut. Ob er einen Bart oder Schnurrbart gehabt hatte? Schwer zu sagen, so genau hatte der Wachmann nicht hingeschaut, und an die Stimme könne er sich auch nicht erinnern. Und ob er jetzt endlich heimgehen dürfe, seine Mutter warte sicher schon mit dem Essen.

Carl insistierte nicht weiter, es hatte keinen Zweck. Er würde den Mann in ein paar Tagen noch einmal befragen. Vielleicht kehrten die Erinnerungen zurück, sobald sich die Aufregung gelegt hatte.

Kaum hatte der Wachmann das Feld geräumt, kam einer der

im Gang versammelten Herren näher, seines Zeichens Oberstaatsanwalt am Essener Landgericht. Es handelte sich um einen massigen Mann in den Fünfzigern, den Carl noch als ausgesprochenen Hungerhaken in Erinnerung hatte. Vor weniger als zweieinhalb Jahren, im Winter 1946/1947, war er so dünn gewesen, dass er fast in seiner Robe ertrank. Inzwischen wog er sicher an die fünfundzwanzig Kilo mehr. Nach der Währungsumstellung im vergangenen Jahr war die Nahrungsmittelversorgung wieder in Gang gekommen, und manche stopften sich mit Essen voll, als gäbe es kein Morgen.

»Guten Tag, Herr Inspektor.«

»Herr Oberstaatsanwalt.« Carl schüttelte ihm die Hand und deutete dann auf Harry. »Mein neuer Kollege, Kriminalassistent Harry Bloom.«

»Angenehm«, sagte Harry.

»Ebenfalls.« Der Oberstaatsanwalt wirkte ein wenig irritiert. Ihm war anzusehen, was er dachte: Für einen einfachen Kriminalassistenten war dieser junge Schnösel außerordentlich gut angezogen.

Auch bei den Kollegen im Polizeipräsidium wurde lebhaft darüber spekuliert, was von Harry zu halten war. Von seinem armseligen Polizistengehalt konnte er sich seine vornehme Aufmachung jedenfalls nicht leisten. Der gewöhnliche Essener Kripobeamte kleidete sich in billige, oft heruntergekommene Anzüge ohne jede Fasson. Das galt auch für Carl; sein gesamtes Zeug war abgetragen und fadenscheinig. Er war schon froh, wenn er jeden Tag ein frisches Hemd anziehen konnte.

Harry Bloom hingegen trug täglich wechselnde, passgenau sitzende Sakkos, dazu Manschettenknöpfe aus fein ziseliertem Silber, perfekt gebundene Krawatten und elegante, auf Hochglanz polierte Schuhe. In der Abteilung wusste niemand, woher er das Geld für solche modischen Finessen nahm, doch es war nicht von der Hand zu weisen, dass er welches besitzen musste.

Unter den Kollegen wurde gemunkelt, er habe geerbt. Anfangs hatte man sich im Büro über den geschniegelten Neuling lustig gemacht, ihm sogar hier und da spaßeshalber hinterhergepfiffen, aber weil es ihn nicht im Mindesten zu stören schien, hatte die Aufmerksamkeit nachgelassen. Mittlerweile war man übereingekommen, dass er eindeutig ein netter Kerl war, mit dem es sich gut zusammenarbeiten ließ, auch wenn er ein wenig aus dem Rahmen fiel. Er hatte diese besondere Art zu lächeln, was automatisch zu besserer Laune beitrug.

Selbst der Oberstaatsanwalt war nicht immun gegen Harrys Charme. »Sind Sie schon lange bei der Essener Kripo?«, erkundigte er sich.

»Seit drei Monaten.«

»Sie sind nicht von hier, oder? Woher kommen Sie?«

»Aus Westberlin«, sagte Harry.

»Waren Sie da auch schon bei der Polizei?«

»Ja, aber nicht als Ermittler, sondern als Übersetzer für die Amerikaner.«

Viel mehr hatte auch Carl bisher nicht über Harrys berufliche Vergangenheit erfahren, und über sein Privatleben hüllte sein junger Kollege sich erst recht in Schweigen. Neugierige Fragen beantwortete er regelmäßig mit freundlichen Floskeln.

»Was hat Sie in den Kohlenpott getrieben?«, fragte der Oberstaatsanwalt.

»Man hört viel Gutes über das Ruhrgebiet«, meinte Harry vage. »Hier findet der wirkliche Wiederaufbau des Landes statt.«

Der Oberstaatsanwalt verlor das Interesse und konzentrierte sich wieder auf den aktuellen Fall. »Ein natürlicher Tod ist anscheinend ausgeschlossen, oder?«, wandte er sich an Carl. Ein Hauch von Resignation schwang in seiner Stimme mit, fast so als hegte er die Hoffnung, es möge anders sein.

»Momentan sieht es für mich eher nach einer Vergiftung aus«, bestätigte Carl. »Kannten Sie den Richter?«

»Natürlich. Hier bei Gericht war Julius Vahrendonk eine feste Größe. Unlängst hat er sein zwanzigjähriges Dienstjubiläum begangen. Seine Chancen, eines Tages Landgerichtspräsident zu werden, standen nicht schlecht.«

Carl schrieb einige unleserliche Kürzel in sein Notizbuch. »Gibt es Konkurrenten, die sich ebenfalls Hoffnung auf so einen Karrieresprung machen?«

»Konkurrenten hat jeder. Auch bei Gericht.«

»Ich will es mal anders formulieren: Könnte der nächste Landgerichtspräsident nicht auch aus den Reihen der Staatsanwaltschaft kommen?«

»Damit meinen Sie wohl mich«, konstatierte der Oberstaatsanwalt trocken.

Carl widersprach nicht. »Wenn ich richtig informiert bin, sind Sie schon länger im Dienst als Richter Vahrendonk.«

»Sie machen Ihre Hausaufgaben, was?«

»Das gehört zu meiner Arbeit.«

»Nun denn«, meinte der Oberstaatsanwalt im Plauderton. »Ich will nicht ausschließen, dass ich wirklich irgendwann Gerichtspräsident werde. Aber ganz sicher würde ich dafür niemanden um die Ecke bringen. Oder wollten Sie das etwa andeuten?«

»Wo denken Sie hin?«, gab Carl verbindlich zurück. »Könnte es denn unter den übrigen Kollegen jemanden geben, der so weit gehen würde?«

Die eben noch leutselige Miene des Oberstaatsanwalts wurde kühl. »Ist das eine ernsthafte Frage? In welche Richtung soll das hier gehen?«

»Ich stehe mit den Ermittlungen noch am Anfang und muss alle Möglichkeiten in Betracht ziehen. Konkurrenzkampf kann ein mächtiges Motiv sein.«

»Das ist absurd. Zumindest in diesem Fall. Unser derzeitiger Präsident hat noch viele gute Jahre vor sich, der Posten steht also gar nicht zur Disposition. Außerdem gibt es noch einen Vize, der auch schon lange dabei ist. Vahrendonk war Kammervorsitzender, also ziemlich weit oben auf der Leiter. Ich wüsste niemanden, der ihm das streitig machen wollte.«

»Es gibt auch andere Arten von Konkurrenz. Jede Menge Möglichkeiten, sich bei der Arbeit gegenseitig auf die Füße zu treten. Ist Ihnen da irgendwas zu Ohren gekommen? Querelen mit Untergebenen, Streit unter Kollegen?«

»Soll das jetzt ein Verhör werden, Herr Inspektor?« Der Oberstaatsanwalt wartete die Antwort gar nicht erst ab. »Suchen Sie die Nadel im richtigen Heuhaufen, Bruns. Wo das ist, muss ich Ihnen nicht extra sagen, Sie sind lange genug dabei.« Mit diesem Rüffel ließ der Oberstaatsanwalt ihn stehen und gesellte sich zu einer Gruppe von Juristen, die ein paar Schritte weiter leise miteinander palaverten, allesamt in mittleren Jahren und gediegen gekleidet. Zwei Strafrichter und zwei Staatsanwälte, Carl kannte sie aus diversen Verhandlungen.

Forschend betrachtete er die Gesichter der Männer, suchte nach Anzeichen echter Anteilnahme oder gar aufrichtiger Trauer, doch davon war nichts zu sehen. Allenfalls wirkten sie betroffen, vielleicht sogar besorgt. Sie hatten ihren Feierabend sausen lassen und waren hierhergeeilt, kaum dass sie von Vahrendonks Tod Wind bekommen hatten. Warum? Wollten sie sich mit eigenen Augen davon überzeugen, wie er gestorben war? Hofften sie, hier irgendetwas Bestimmtes in Erfahrung zu bringen? Oder hatte die schiere Sensationslust sie hergetrieben?

Dieselbe Frage stellte sich bei den übrigen Amtsträgern, die sich auf dem Gang versammelt hatten. Einer von ihnen steuerte gerade auf Carl und Harry zu – es war der persönliche Referent des Polizeichefs, einige Jahre jünger und deutlich schlanker als der Oberstaatsanwalt. Und ebenfalls Jurist, die gab es auch in der höheren Verwaltung zuhauf. Nach einer knappen Begrüßung kam er ohne Umschweife zur Sache.

»Dieser Fall hat oberste Priorität«, sagte er, mit ernster Miene seine schwere Hornbrille zurechtrückend. »Der Chef legt äußersten Wert darauf, dass Sie mit Hochdruck ermitteln. Ihre anderen Fälle können Sie delegieren. Das ist eine amtliche Weisung. Wir wollen Ergebnisse sehen, und zwar schnell. Richten Sie sich auf Überstunden ein.«

»Kein Problem, die mache ich sowieso ständig«, sagte Carl. »Momentan auch wieder.«

Der Referent musterte ihn scharf, offenbar in der – zutreffenden – Annahme, Carls Antwort könne sarkastisch gemeint sein.

»Oh, und noch was: Alle Berichte und Protokolle gehen in Abschrift an mich. Ich will, dass jedes Blatt Papier auf meinem Schreibtisch landet. Haben wir uns verstanden?«

»Klar«, sagte Carl höflich.

»Finden Sie den Schweinehund, der das getan hat!«, sagte der Referent. Er war bereits im Weggehen begriffen und sprach über die Schulter, so laut, dass alle Umstehenden es hören konnten. Allerdings verpuffte die Wirkung ein wenig, weil Carl sich bereits abgewandt hatte und wieder in seine Notizen vertieft war.

»Was meinte der Oberstaatsanwalt vorhin mit dem richtigen Heuhaufen?«, wollte Harry von Carl wissen.

»Das Privatleben des Opfers«, antwortete Carl. »Seine Familie.«

»Gehen wir da jetzt hin?«

»Später. Erst wenn wir hier fertig sind. Und das kann noch dauern.«

*

Tatsächlich dauerte es noch über eine Stunde. Carl und Harry teilten sich die Arbeit. Nicht jedem passte es in den Kram, von der Polizei nach seinem persönlichen Verhältnis zu Richter

Vahrendonk befragt zu werden, doch die meisten Anwesenden waren Juristen und kannten das Prozedere bei Mordermittlungen: Wer sich ungebeten an einem Tatort einfand, musste sein Erscheinen begründen können. Hier und da ernteten Carl und Harry ein Augenrollen oder entnervt hochgezogene Brauen, aber offener Widerspruch erhob sich nicht.

Wie Carl schon vermutet hatte, fielen die Erklärungen eher mau aus. »Warum ich hier bin? Das liegt doch auf der Hand!«, sagte etwa der Stellvertreter des Oberbürgermeisters. »Es ist im öffentlichen Interesse. Herr Doktor Vahrendonk war eine hochgestellte und wichtige Persönlichkeit.«

»Er war ein langjähriger Berufskollege und wurde an seinem Arbeitsplatz ermordet«, hörte Carl vom Nächsten. »Da will man doch sofort Genaueres wissen! Wir arbeiten ja schließlich ebenfalls hier!«

Das war in der Tat ein schlagendes Argument. Carl ergänzte seine Notizen.

Der Bestatter und seine Gehilfen hüllten den Toten in ein Laken und trugen ihn weg. Auf Anordnung der Staatsanwaltschaft sollte der Leichnam zur Gerichtsmedizin gebracht und schnellstmöglich obduziert werden.

Nach und nach leerte sich der Gang vor dem Amtszimmer des Richters. Schließlich hatte auch der letzte der Anwesenden seine Erklärungen zu Protokoll gegeben und sich verabschiedet.

Nur ein Mann wartete noch schweigend im Hintergrund. Carl schätzte ihn auf Ende vierzig, auch wenn die verhärmten Züge und das schüttere, grau gesträhnte Haar ihn älter wirken ließen. Seine Nase stand wie ein höckeriger Zinken im Gesicht, vermutlich bei einem Unfall oder einer Schlägerei gebrochen und anschließend schief zusammengewachsen. Seine Kleidung war um einiges schlichter als die der anderen Besucher. Er trug einen schäbigen Trenchcoat, bei dem ein Knopf fehlte, dazu eine ausgebeulte Hose und ausgetretene Schuhe von undefinierbarer Farbe.

»Brinkmann«, stellte er sich Carl und Harry vor. »Josef Brinkmann von der *NRZ*. Können Sie schon etwas zum Stand der Ermittlungen sagen?«

»Nein«, erwiderte Carl kurz angebunden. Die Presse hatte ihm bei diesem Fall gerade noch gefehlt! Im vergangenen Jahr hatte er eigene Erfahrungen mit der Journaille gemacht, auf die er gerne hätte verzichten können. Das eine oder andere Blatt hatte ihn zwar als eine Art Nazijäger in den Himmel gelobt, aber nicht in allen Artikeln war er gut weggekommen. Der Tod von zwei altgedienten Kollegen war nichts, dessen man sich rühmen konnte, nicht mal dann, wenn sie bei SS-Verbrechen mitgemacht und jede Menge Blut an den Händen kleben hatten. Das, was in der Öffentlichkeit hängen geblieben war, beschränkte sich darauf, was für ein Sauhaufen die Essener Polizei doch sei.

Im Präsidium wurde Carl deswegen immer noch schief angesehen. Hinter seinem Rücken tuschelte man über den Nestbeschmutzer, der den Ruf der Kripo ruiniert hatte – er hatte die Mauer des einvernehmlichen Schweigens niedergerissen und ein Stück der grauenhaften Vergangenheit ans Licht geholt.

Die meisten Essener Reporter waren ihm seitdem bekannt; fast alle hatten ihn interviewen wollen, und wenn er sich geweigert hatte, war trotzdem irgendwas über ihn und den Fall erschienen.

Von diesem Josef Brinkmann hatte er allerdings noch nie gehört, der musste neu sein.

Auf dem Weg nach draußen blieb er Carl und Harry dicht auf den Fersen. Offenbar einer von der hartnäckigen Sorte.

»Vermuten Sie den Täter in den Kreisen der Justiz?«, wollte er wissen. »Oder sieht es eher nach einem privat motivierten Mord aus?«

Carl hatte nicht vor, Brinkmanns Fragen zu beantworten. Draußen ging er schneller, um den Mann abzuhängen. Harry hielt mühelos mit ihm Schritt und blieb an seiner Seite.

Doch der Reporter folgte ihnen auf dem Fuße, am Ende rannte er fast. Keuchend trabte er neben Carl her. »Kommen Sie, haben Sie ein Herz! Ich bin seit drei Monaten bei der *NRZ* und brauche endlich einen richtigen Aufmacher! Ich war in *Gefangenschaft,* Mann! Geben Sie mir eine Chance!« Es klang so aufrichtig verzweifelt, dass Carl Mitleid bekam und sein Tempo ein bisschen verlangsamte. Sie waren sowieso fast da. Vom Gerichtsgebäude bis zum Haupteingang des Polizeipräsidiums war es nicht weit, nur schräg über die Straße und ein Stück ums Gebäude herum.

»Wir haben mit den Ermittlungen eben erst begonnen und können daher nichts zu dem Fall sagen«, meinte er mit bemühter Höflichkeit.

»Also gibt es noch keinen bestimmten Verdacht?«

»Nein.«

»Keine Vermutung zum Täter?«

»Nicht die geringste.«

»Könnte es mit Vahrendonks richterlicher Tätigkeit unter den Nazis zusammenhängen? Oder eher mit dem, was man sich über seine Frau erzählt?«

Carl blieb abrupt stehen. Harry, der es zu spät merkte, stoppte erst ein Stück weiter und kam zurück.

»Was wissen Sie denn über Vahrendonks richterliche Tätigkeit während der Nazizeit?«, wollte Carl von Brinkmann wissen.

»Nicht besonders viel. Nur das, was ich vorhin so nebenher im Gang aufgeschnappt habe.« Brinkmann war immer noch außer Puste vom raschen Laufen. Er drückte sich die Hand in die Seite und schnaufte ein paarmal. »Da hieß es, er sei eine Zeit lang beim Sondergericht für Erbgesundheit gewesen.«

Carl musste gegen eine Aufwallung von Übelkeit ankämpfen, so wie immer, wenn er bestimmte Begriffe hörte. *Erbgesundheit* war so ein Wort. Es stand für die Reinhaltung der arischen Herrenrasse. Für die Ausmerzung lebensunwerten Lebens. Für all die unmenschliche Grausamkeit, mit der die Nazis ein ganzes Land in eine Hölle aus Blut und Asche geführt hatten.

»Was haben Sie sonst noch von den Unterhaltungen im Gang mitgekriegt?«, fragte Carl. »Was war da mit seiner Frau?«

»Sybille. Die soll nur ungefähr halb so alt sein wie er und ein Auge auf einen anderen geworfen haben.«

»Auf wen?«

»Auf jemanden namens Albrecht. Keine Ahnung, wer der Kerl ist.«

»Von wem genau haben Sie das gehört?«

»Da stand eine Gruppe Juristen, die Namen kenne ich nicht. Sie haben sich drüber unterhalten. Ganz leise. Aber ich habe sehr gute Ohren. Einer von denen war so ein Dicker, mit dem hatten Sie als Erstes gesprochen. Jemand aus der Gruppe sagte zu ihm, dass es dem Kollegen Albrecht bestimmt nicht gut zu Gesicht stehen würde, wenn sein Verhältnis mit Vahrendonks Frau Sybille publik würde. Zumal die Frau nur halb so alt sei wie ihr verblichener Gatte und die Ehe das reinste Debakel. Worauf der Dicke meinte, dass das ein offenes Geheimnis sei, auf dem man nicht noch herumreiten müsse, denn das würde nur das Ansehen des Toten und der Justiz beschädigen.«

Sieh einer an, dachte Carl. Es gab anscheinend schmutzige Wäsche im Privatleben des Toten, sogar der Oberstaatsanwalt hatte davon gehört. Damit stand fest, dass an der Sache was dran war. Genug für einen Verdacht gegen die Ehefrau. Vielleicht auch gegen besagten Albrecht. Bei dem es sich nur um Doktor Burkhard Albrecht handeln konnte, einen der Staatsanwälte am Landgericht Essen. Carl kannte ihn von diversen Strafsachen, in denen er ermittelt hatte. Ein hochnäsiger Bursche.

Brinkmann holte tief Luft. »Mehr habe ich momentan nicht zu bieten. Doch wenn Sie wollen, kann ich mich mal umhören. Dabei finde ich bestimmt noch das eine oder andere raus.«

»Tun Sie das. Aber kommen Sie dabei bloß nicht auf die Idee, im Namen der Ermittlungsbehörden aufzutreten.«

»Was glauben Sie denn von mir?«, gab Brinkmann zurück. Seine Entrüstung war ein bisschen zu dick aufgetragen. Als Reporter konnte er zweifellos einiges einstecken. »Ich recherchiere mit meinen eigenen Methoden. Ganz offen und ehrlich.« Er hielt inne. »Wir könnten uns ja über unsere Erkenntnisse austauschen«, schlug er dann vor.

Diese absurde Idee quittierte Carl nur mit einem kurzen Schnauben. Nichtsdestotrotz notierte er sich die Anschrift des Reporters. Als Zeuge konnte der Mann noch von Nutzen sein.

»Schönen Abend noch!«, rief Brinkmann ihnen nach, als Carl und Harry das Polizeipräsidium betraten.

»Der hat's bestimmt nicht leicht«, meinte Harry drinnen. »Nach der Gefangenschaft zurück in den Beruf, und das in seinem Alter – ist sicher hart.«

»Andere haben es auch schwer«, sagte Carl lapidar. Es gab Hunderttausende von Kriegsheimkehrern, und längst nicht alle hatten in Lohn und Brot zurückgefunden. Viele von ihnen waren berufsunfähig, weil sie verstümmelt oder erblindet oder einfach nur seelisch zu kaputt waren. Andere hatten zwar Arbeit, kamen aber privat nicht mehr auf die Beine. So wie sein Nachbar Kurt Böhm, ein Witwer, der mit seiner kleinen Tochter Bärbel im selben Mietshaus wohnte wie Carl. Böhm hatte im Krieg eine Hand verloren und danach obendrein ein Jahr in französischer Gefangenschaft zugebracht, doch sein früherer Arbeitgeber hatte ihn nicht fallen lassen, sondern als Pförtner wiedereingestellt. Trotzdem war Kurt Böhms Leben eine einzige Katastrophe. Er war ein Säufer und Spieler und vernachlässigte das Kind.

»Entschuldigung«, platzte Harry heraus. Er wirkte peinlich berührt. »Ich wollte keine alten Wunden aufreißen.«

Es dauerte einen Moment, bis Carl begriff, worauf Harry anspielte.

»An mich selber hab ich gerade überhaupt nicht gedacht«, brummte er, und in diesem Fall stimmte es sogar.

»Aber *jetzt* denken Sie dran, oder?«, erkundigte Harry sich reumütig. »Tut mir leid.«

Carl hatte keine Lust, das Thema zu vertiefen. Er hatte seinen Beruf geliebt, und als die Nazis ihm den weggenommen hatten, war für ihn eine Welt zusammengebrochen. Mit den harten Jahren danach, als Bergmann unter Tage, hatte er sich arrangiert, auch mit dem Scheitern seiner Ehe. Aber wie widerlicher Abschaum behandelt zu werden, nur weil sein Großvater Jude gewesen war – das würde er nie vergessen. Und erst recht nicht den Selbstmord seines Vaters nach den blindwütigen Pogromen im November 1938.

Es war spät, Carl und Harry waren allein im Büro. Der neue Mordfall war gegen halb sechs hereingekommen, da hätten sie schon längst zu Hause sein können – wenn sie rechtzeitig Feierabend gemacht hätten. Dann wäre jemand vom Spätdienst dran gewesen. Doch die waren alle in anderen Fällen unterwegs, also hatte Carl einspringen müssen, weil er noch am Schreibtisch gesessen hatte. Ebenso wie Harry, der es sich aus irgendwelchen Gründen zur Devise erkoren hatte, genauso lange im Büro zu bleiben wie Carl, egal wie viele unbezahlte Überstunden er sich damit aufhalste. Anscheinend hatte er kein Privatleben. Oder falls doch, war es ihm nicht so wichtig.

»Gehen wir jetzt zu der Familie des Toten, oder wollen Sie das auf morgen verschieben?«, erkundigte Harry sich.

»Ich habe vor, noch hinzufahren, aber das kann ich auch ohne Sie machen, da müssen Sie nicht unbedingt mit.«

»Würde ich aber gerne.«

»Na schön. Schauen Sie doch mal, ob ein Wagen da ist.«

Während Harry sich draußen im polizeilichen Fuhrpark umtat, spitzte Carl seinen stumpf gewordenen Bleistift und fluchte dabei über das vorsintflutliche Gerät. Die Kurbel war so ausgeleiert, dass sie ständig aus dem Gewinde sprang. Ganz zu schweigen von der schartigen Klinge, unter der andauernd die empfindliche Bleispitze abbrach. Ein beständiges Ärgernis, vor allem für Carl, der nie ohne frisch gespitzten Bleistift und Notizbuch zu seinen Einsätzen ging.

Neue Stifte waren Mangelware, genauso wie Papier und frische Tinte, von Farbbändern für die Schreibmaschine gar nicht zu reden. Manche Dinge gab es trotz Währungsreform und Wirtschaftsaufschwung immer noch nicht in ausreichender Menge, vor allem nicht bei der notorisch unterfinanzierten Polizei.

Aber dafür schien es mit dem Auto ausnahmsweise zu klappen. Draußen hupte es. Harry hatte einen passenden Wagen gefunden.

*

Im vergangenen Jahr war endlich das Angebot an Streifenwagen aufgestockt worden. Einige davon waren sogar mit Funk ausgestattet, das Allerneueste auf dem Gebiet moderner Einsatzleitung. Doch die waren immer schnell weg. Übrig blieben die alten Vorkriegsrostlauben oder bestenfalls die zusätzlich angeschafften, offenen Knatterkisten der Marke Volkswagen, bei denen die Seitenbereiche mit Stoff bespannt waren. Ob aus Gründen der Sparsamkeit oder wegen des immer noch anhaltenden Metallmangels – jedenfalls war es ein skurriler Anblick. Keiner fuhr gern damit, schon gar nicht bei schlechtem Wetter.

Das von Harry organisierte Auto hatte zum Glück ein Dach,

was bei der zunehmenden Abendkühle eindeutig von Vorteil war.

Die Fahrt dauerte nicht lange, es waren nur ein paar Kilometer. Vahrendonk hatte in Bredeney gewohnt. Sein Haus befand sich in einer ruhigen Seitenstraße. Das Bombeninferno des Luftkriegs schien an dieser Villengegend spurlos vorübergegangen zu sein. Falls es hier irgendwo Schäden gegeben hatte, waren sie längst beseitigt. Noble Wohnhäuser standen inmitten blühender, sorgsam gepflegter Gärten, umgeben von schmiedeeisernen Zäunen und altem Baumbestand. Hier lebte die Hautevolee von Essen in friedvoller Abgeschiedenheit.

Mit der üblichen Zwangseinquartierung von Displaced Persons mussten die Bonzen dieser Gegend sich nicht herumschlagen – sie hielten sich die Inspektoren vom Wohnungsamt regelmäßig vom Hals, indem sie scharenweise Bedienstete bei sich unterbrachten, und sei es nur auf dem Papier.

Im Vergleich zu den Nachbargebäuden wirkte Vahrendonks Haus nicht übermäßig feudal, aber imposant genug, um einen Eindruck von Wohlstand zu vermitteln. Auf Carls Läuten hin öffnete eine ältere Frau mit streng zurückgekämmtem grauem Haar. Ihr unauffälliges Auftreten spiegelte sich in ihrer schlichten Kleidung wider – sie trug ein einfach geschnittenes dunkles Tageskleid und flache, schon leicht abgewetzte Hausschuhe.

»Guten Abend, wen darf ich melden?«, erkundigte sie sich höflich, woraus Carl den naheliegenden Schluss zog, dass sie zum Personal gehörte. Sie mochte Ende fünfzig, Anfang sechzig sein, eine farblose, blasse Person ohne hervorstechende Eigenschaften. Abgesehen von der tiefen Erschöpfung, die sich auf ihrem schmalen Gesicht zeigte. Anscheinend hatte sie einen langen, anstrengenden Tag hinter sich.

»Inspektor Bruns, Kripo Essen. Das ist mein Kollege, Kriminalassistent Bloom.«

Sie nickte, als hätte sie bereits damit gerechnet, dass jemand von der Polizei auftauchen würde. Ihre nächsten Worte bestätigten Carls Vermutung.

»Frau Vahrendonk weiß schon Bescheid«, sagte sie leise. »Herr Doktor Albrecht hat ihr die Nachricht überbracht. Er ist jetzt bei ihr.«

»Darf ich Ihren Namen erfahren?«, fragte Carl.

»Mertens. Isolde Mertens. Ich bin die Haushälterin.«

Sie führte Carl und Harry durch das großzügige Vestibül zu einer doppelflügeligen Tür, die sie nach kurzem Anklopfen öffnete. Von drinnen war klassische Musik zu hören. Händel, wie Carl nach wenigen Takten erkannte. Sein Großvater hatte eine umfangreiche Plattensammlung mit klassischer Musik besessen, Carl hatte die Stücke immer noch im Ohr.

»Die Polizei ist da«, sagte Isolde Mertens.

»Soll reinkommen«, übertönte eine Männerstimme die Musik.

Carl erfasste beim Betreten des Salons mit raschem Rundblick das Mobiliar aus schwerer Eiche, die Perserteppiche und die Samtportieren. Ein Kronleuchter verbreitete ein angenehm mildes Licht. Die Musik stammte von einem Plattenspieler, der auf einem speziell dafür angefertigten Tisch in der Ecke stand. In den Fächern darunter befanden sich Dutzende von Schallplatten.

Auf einem Sofa saß eine junge Frau mit schulterlangem, rötlichem Haar. Ihre Gesichtszüge waren von außergewöhnlichem Liebreiz. Carl fühlte sich an ein altes Gemälde erinnert, das er mal in einer Zeitung gesehen hatte. Er dachte kurz nach, dann fiel ihm der Name des Malers wieder ein. Botticelli.

Die Frau trug ein himmelblaues Seidenkleid in der Farbe ihrer Augen, die stumpf ins Leere blickten. Ihr Make-up war makellos; falls sie geweint hatte, sah man es ihr nicht an. Dennoch wirkte sie nicht gefasst, sondern seltsam geistesabwesend, fast apathisch. Die Hände hielt sie verkrampft ineinander verschlungen auf dem Schoß, die Füße hatte sie unter sich gezogen. Das Unterteil des Kleides bauschte sich um ihre Beine wie eine umgedrehte, zerknitterte Blume. Vor dem Sofa lag einer ihrer Schuhe, eine zierliche, mit Strass bestickte Pantolette. Wie bei Aschenbrödel, das vom Ball kam.

Neben ihr saß Burkhard Albrecht. Er war ein gut aussehender, salopp gekleideter Mann in den Dreißigern. Das Tweedsakko hatte er ausgezogen und über die Sofalehne gelegt, die Ärmel seines Hemds hochgekrempelt. Er hatte dunkles, volles Haar und ebenmäßige Gesichtszüge. Sein Kinn wies eine Kerbe auf, was ihm eine vage Ähnlichkeit mit Cary Grant verlieh. Spontan dachte Carl, dass diese beiden Menschen da auf dem Sofa ein beeindruckend attraktives Paar abgaben.

»Guten Abend«, sagte Carl. »Ich bin Inspektor Bruns, Kripo Essen. Und mein Kollege heißt …«

»Ja, ich hab's gehört«, unterbrach ihn der Mann. Er erhob sich vom Sofa und stellte die Musik ab. Harrys Anblick schien ihn kurz zu irritieren, die übliche Reaktion auf diesen ungewöhnlich gut gekleideten Kriminalassistenten, aber sofort darauf war seine Miene wieder so unbewegt wie zuvor. Er verschränkte die Arme, als wollte er klarstellen, dass ihm nicht der Sinn nach einem Händedruck stand. »Am besten kommen Sie gleich zur Sache.«

Der unfreundliche Empfang störte Carl nicht weiter. Die Kripo wurde selten zuvorkommend begrüßt.

»Frau Vahrendonk?«, sprach Carl mit sanfter Stimme die Frau auf dem Sofa an. »Sie sind doch Frau Vahrendonk, oder? Sybille Vahrendonk, die Gattin von Herrn Doktor Julius Vahrendonk?«

Es dauerte mehrere Sekunden, bis sie ihren trüben Blick auf ihn richtete. »Ja«, murmelte sie. »Ich weiß es schon. Mein Mann … Er ist tot.«

»Mein Beileid«, sagte Carl der Form halber, doch sie reagierte gar nicht darauf.

»Sie hat ein Beruhigungsmittel eingenommen«, erklärte Albrecht. »Ich habe aber bereits mit ihr gesprochen. Sie hat nicht den Hauch einer Ahnung, wer es getan haben könnte. Und falls Sie sich fragen, wieso ich hier bin – ich bin ein Freund der Familie. Wir kennen uns schon lange.«

»Privat oder beruflich?«

»Beides. Ich wohne in der Nachbarschaft, im Haus meiner Eltern. Das befindet sich am Ende der Straße, nur ein paar Schritte von hier. Ich bin gleich rübergekommen. Julius war wie ein Vater für mich.«

»Und was verbindet Sie beruflich?«, hakte Carl nach. »Hat er nicht eine Zivilkammer geleitet? Als Staatsanwalt sind Sie doch nur mit Strafsachen befasst, oder nicht?«

»Im Referendariat hatte ich Julius als Ausbilder. Er war früher eine Zeit lang Strafrichter.«

»Hier in Essen?«, wollte Carl wissen.

»Ja, sicher«, kam es ungeduldig zurück. »Wenn Sie Fragen haben, kommen Sie endlich zur Sache!"«

Carl ließ sich nicht aus der Reserve locken. »Wie haben Sie von seinem Tod erfahren?«

Albrecht zuckte die Achseln. »Per Telefon.«

»Wer hat Sie angerufen? Und wann war das genau?« Carl zückte demonstrativ Notizbuch und Bleistift, um keinen Zweifel daran aufkommen zu lassen, dass er Wert auf eine korrekte Antwort legte.

Albrecht verzog sichtlich verärgert das Gesicht, rückte aber mit der erwünschten Auskunft heraus. »Der Oberstaatsanwalt rief mich vom Gericht aus an, das war um Viertel nach sechs. Ich bin direkt hergekommen und hab es Sybille gesagt. Sie sehen ja, wie fertig sie ist.«

»Wenn er Ihnen so nahestand – wieso sind Sie nicht sofort zum Tatort geeilt, so wie viele andere seiner Kollegen?«

»Weil …« Albrecht brach ab, seine Wangen röteten sich leicht.

»Weil Sie sich zuerst um Frau Vahrendonk kümmern wollten?«, fragte Carl.

»Ganz recht«, blaffte Albrecht. »Es lag buchstäblich näher. Nur ein paar Schritte von meinem eigenen Zuhause entfernt, das sagte ich ja bereits. Ich fand's angebrachter, die Witwe meines guten Freundes Julius über dessen Tod zu informieren, statt sensationslüstern am Schauplatz eines Verbrechens herumzulungern. War's das jetzt?«

»Nein.« Carl wandte sich ungerührt an Sybille Vahrendonk, die immer noch reglos auf dem Sofa saß. »Frau Vahrendonk, ich muss Sie das fragen: Unterhalten Sie eine außereheliche Beziehung zu Staatsanwalt Albrecht?«

Seine Frage versetzte sie ersichtlich in Panik. Sie schrak auf, ihre Augen flackerten, und in ihrem Gesicht arbeitete es. Ruckartig schwang sie ihre Beine unter dem Saum ihres Kleides hervor und erhob sich. Auf bloßen Füßen stolperte sie zu Albrecht und umklammerte seinen Arm. »Burkhard, bitte, kann ich noch was haben?«, flehte sie. »Ich brauch noch was!«

»Später«, sagte Albrecht unerwartet sanft. Er legte eine Hand auf ihre. Dann maß er Carl mit eisigem Blick. Seine nächsten Worte klangen unverhohlen drohend. »Ich verbitte mir diese unerhörten Unterstellungen! Auch im Namen von Sybille! Was immer auch für Gerüchte da über sie und mich in Umlauf sind – es sind alles Lügen! Haltlose, gemeine Verleumdungen! Durch nichts zu beweisen! Wagen Sie es nur noch *einmal,* unseren Ruf auf diese Weise in den Schmutz zu ziehen, und ich werde Maßnahmen ergreifen, die Sie die Stelle kosten! Und jetzt fordere ich Sie auf, das Haus zu verlassen, Herr Inspektor! Sofort!«

»Gewiss«, sagte Carl in verbindlichem Ton. Fürs Erste hatte er erfahren, was er wissen wollte. Und natürlich würde er wiederkommen, im Idealfall mit einem richterlichen Durchsuchungsbeschluss.

Als er zusammen mit Harry den Salon verließ, wurde hinter

ihnen zuerst die Tür zugeschlagen und dann die Musik voll aufgedreht.

»Der war anscheinend nicht gut auf uns zu sprechen«, stellte Harry trocken fest. »Müssen Sie sich jetzt Sorgen machen?«

»Weswegen?«

»Wegen der Maßnahmen, die er Ihnen angedroht hat.«

»Mir wurde schon Schlimmeres angedroht.«

»Auch von Staatsanwälten? Könnte er in seiner amtlichen Eigenschaft irgendwas gegen Sie lostreten?«

»Selbst wenn – er hätte schlechte Karten. Er hat eine Affäre mit der Witwe des Mordopfers.«

»Ja, die sahen beide aus wie frisch ertappt«, stimmte Harry zu. »Denen stand das schlechte Gewissen förmlich auf die Stirn geschrieben. Das war ein richtig guter Tipp von diesem Brinkmann, oder?«

»Allerdings. Aber eine Bestätigung in Form einer echten Zeugenaussage kann nicht schaden.« Carl hielt nach Isolde Mertens Ausschau. Sie stand neben der Haustür und wartete darauf, den späten Besuch hinauszulassen, ganz die zuvorkommende Hausangestellte.

»Auf ein Wort«, sagte Carl zu ihr, bevor er ohne Umschweife mit der Befragung begann. »Wie lange arbeiten Sie schon hier?«

»Seit gut vier Jahren. Ich bin zusammen mit Sybille ... mit Frau Vahrendonk ins Haus gekommen.«

»Heißt das, dass Sie schon vorher für Frau Vahrendonk tätig waren?«

Isolde Mertens nickte. »Schon seit über zwanzig Jahren.«

»Sie ist doch bestimmt noch keine dreißig.«

»Siebenundzwanzig. Früher war ich ihr Kindermädchen und danach Zugehfrau bei ihren Eltern. Waren feine Leute, sehr großzügig. Hab praktisch zur Familie gehört.«

Carl hörte den schwachen Akzent heraus. »Sie stammen nicht von hier, oder?«

»Nein, aus Schlesien. Sybilles Familie auch. Wir sind alle zusammen in den Westen gegangen, als die Russen kamen. Die Eltern sind auf der Flucht umgekommen. Sybille und ich haben uns zusammen durchgeschlagen, sie als Stenotypistin und ich in der Fabrik.« Ein Schatten glitt über ihr Gesicht, ihre Gedanken schienen für einen Moment abzuirren, ehe sie fortfuhr. »Sybille hat eine Beschäftigung bei Gericht gefunden, dort ist sie Herrn Doktor Vahrendonk begegnet. Er hat sie vom Fleck weg geheiratet. Keine drei Wochen nachdem sie sich kennengelernt hatten.«

»Also Liebe auf den ersten Blick?«

Auf Carls Frage hin hob Isolde Mertens die Schultern, was sich unschwer so deuten ließ, dass Amors Pfeil wohl nur den Richter getroffen hatte. »Herr Doktor Vahrendonk war verwitwet«, erklärte sie. »Seine erste Frau ist vor zehn Jahren gestorben.«

»Und die Ehe mit seiner neuen Frau verlief nicht gerade rosig, was?«

»Darüber möchte ich mir kein Urteil erlauben.«

»Sie hat ein Verhältnis mit Staatsanwalt Albrecht«, sagte Carl. Er ließ es absichtlich wie eine unumstößliche Feststellung klingen. Mit Erfolg: Isolde Mertens unternahm keinen Versuch, es abzustreiten, im Gegenteil.

»Das müssen Sie verstehen«, sagte sie. Es klang eindringlich, fast beschwörend. »Das mit den beiden … es ist *Liebe!* Richtige Liebe! Sie ist doch noch so jung! Und der Richter war …« Sie verstummte.

»Er war was?«

»Ich will nichts Schlechtes über ihn sagen. Über Tote soll man nicht herziehen.«

»In diesem Fall gilt das nicht. Er wurde ermordet, und ich suche nach möglichen Motiven für diese Tat. Also?«

»Er war kein guter Mensch«, sagte Isolde Mertens schlicht.

»Wie soll ich das verstehen?«

»Er hat Sybille misshandelt.«

»Hat er sie geschlagen?«

»Nein, das nicht. Er hat sie … kontrolliert. Sie auf eine bösartige Weise kleingemacht. So getan, als würde er nur ihr Bestes wollen, aber in Wahrheit hat er ihr jede Freiheit geraubt. Und er hat … Er hat sie abhängig gemacht. Hat ihr Tabletten aufgezwungen, bis sie am Ende drum gebettelt hat, mehr davon zu kriegen. Und er hat sie ihr beschafft, immer wieder und wieder. Das tat er, um sie gefügig zu halten. Damit sie alles tat, was er wollte. Wie eine Sklavin.«

»Mit anderen Worten: Sie hatte gute Gründe, ihn sich vom Hals zu schaffen«, führte Carl aus.

Isolde Mertens wirkte erschrocken. »Nein! Auf keinen Fall! So was täte sie nie! Und Herr Doktor Albrecht auch nicht! Er liebt sie sehr und will ihr helfen, und sie liebt ihn ebenfalls – sie sind füreinander bestimmt! Aber mit dem Tod von Herrn Doktor Vahrendonk haben die zwei nichts zu tun! Bitte, das müssen Sie mir glauben!« Die Haushälterin hielt inne und schien mit sich zu ringen, ehe sie entschlossen fortfuhr: »Andere hatten viel bessere Gründe, ihm Böses zu wollen.«

»Wer?«

»Zum Beispiel all die Menschen, die unter seinen Urteilen gelitten haben. Es gab sogar Todesurteile! Herr Doktor Vahrendonk war unter den Nazis Richter am Sondergericht.« Es klang, als würde sie mehr darüber wissen, doch Carl kam nicht dazu, ihr weitere Fragen zu stellen. Die Tür zum Salon ging auf, und Burkhard Albrecht erschien auf der Bildfläche. Als er Carl und Harry im Vestibül stehen sah, erstarrte er. Seine Hände ballten sich zu Fäusten, in seinen Augen funkelte heller Zorn. Doch diesmal gab er sich nicht die Blöße, aus der Haut zu fahren. Der Jurist in ihm hatte die Kontrolle übernommen, seine Stimme ließ nichts von seinen Emotionen ahnen.

»Frau Vahrendonk lässt Sie höflich bitten, augenblicklich das Haus zu verlassen«, sagte er in ruhigem Ton. »Sofern Sie noch Fragen haben, wird sie diese auf entsprechende Vorladung hin auf dem Präsidium beantworten. Sie wissen hoffentlich, dass niemand gesetzlich verpflichtet ist, sich zu Hause ausfragen zu lassen. Dasselbe gilt für Frau Vahrendonks Angestellte, Frau Mertens.«

»Selbstverständlich«, erwiderte Carl, der sich mindestens genauso gut beherrschen konnte wie Albrecht, auch wenn er sauer über die Unterbrechung war. »Wir sprechen uns noch.« Mit einem knappen Kopfnicken räumte er das Feld, Harry im Schlepptau.

»Scheint so, als wären wir noch nicht am krausen Bäumchen«, meinte Harry, als sie draußen waren. »Da liegt wohl noch Arbeit vor uns.«

»Sicher. Aber nicht mehr heute.« Carl hielt inne und sah Harry fragend an. »Woher kennen Sie den Spruch?«

»Ach, da gibt's doch in Rüttenscheid diese Kneipe in der Klarastraße. *Hinterm krausen Bäumchen* heißt die. Neulich war ich da mal einen trinken, und die Wirtin erzählte mir, was es mit dem Namen auf sich hat. Dass es eine hiesige Redensart ist. Man ist noch nicht am krausen Bäumchen, wenn man sein Ziel noch nicht erreicht hat. Aber das wissen Sie sicher schon, oder? Sie sind ja aus Essen.«

Carl kannte nicht nur die Redensart, sondern auch die Kneipe. Ebenso die Wirtin. Sie hieß Frieda und war die Schwester seiner Verlobten. Carl überlegte kurz, es Harry zu erzählen, nahm dann aber davon Abstand. Er mochte den Jungen, trotzdem wollte er es nicht zu privat werden lassen, und freundschaftlich erst recht nicht. Damit war er schon einmal reingefallen, das reichte ihm völlig. Man fuhr besser damit, wenn man die Kollegen nicht zu nah an sich heranließ.

Beim Wagen trennten sich ihre Wege. Harry erklärte, zu Fuß

heimgehen zu wollen, es sei nicht weit von hier. Carl, der vorher kaum einen Gedanken daran verschwendet hatte, wo Harry wohnte, verspürte einen Anflug von Neugier. Ob sein junger Kollege ähnlich gehoben logierte, wie er sich kleidete? Und falls ja, woher hatte er so viel Geld? Aber schon im nächsten Moment war es ihm völlig gleichgültig, denn er hatte noch was vor.

KAPITEL 2

Exitus«, sagte Doktor Emmerich. Er bemühte sich um einen sachlichen Ton, aber Anne hörte die bittere Resignation in seiner Stimme. Sie hatten bis zuletzt um das Leben des Patienten gekämpft. Ein junger Polizist, gerade dreißig geworden. Familienvater mit Frau und zwei kleinen Kindern. *Getötet in Ausübung seines Dienstes,* so würde es in ebenso banalen wie endgültigen Worten später in den amtlichen Unterlagen stehen.

Der medizinische Bericht würde sich noch kälter lesen. Lauter lateinische Ausdrücke, die beschrieben, was den Mann das Leben gekostet hatte: drei gebrochene Rippen, von denen eine die Lunge durchstoßen hatte. Schwellungen des Gehirns, weil er mit dem Kopf aufgeschlagen war.

Doktor Emmerich sah auf die Uhr an der Wand hinter dem OP-Tisch. »Zeitpunkt des Todes: zweiundzwanzig Uhr.«

Anne stellte das Narkosegerät ab und nahm die Äthermaske vom Gesicht des Patienten. Sie entfernte die Drainageschläuche und sammelte die Instrumente zum Desinfizieren ein. Blutige Tupfer und Kompressen kamen zum späteren Auskochen in den Wäschesack. Schürzen und Handschuhe mussten separat in einer speziellen Lösung eingeweicht werden, das gummierte Material war hitzeempfindlich.

Sie zog sich die Haube vom Haar und folgte Doktor Emmerich in den Vorraum. Er stand mit gesenktem Kopf am Waschbecken und schrubbte sich die Hände. Auch sein Gesicht und die Brille hatten Blutspritzer abbekommen, die er mit einem nassen Lappen abrieb. Anne drehte das Wasser am daneben befindlichen Becken auf und wusch sich ebenfalls Hände und Gesicht. Nur noch den Schwesternkittel gegen die Alltagskleidung tauschen, und sie konnte Feierabend machen.

Die Nachtschwester war schon da und reinigte den OP, damit der Raum für weitere Eingriffe zur Verfügung stand. Das Essener Polizeikrankenhaus war eine kleine Klinik. Nicht jeden Tag kamen Notfälle wie dieser herein, rechnen musste man allerdings immer damit.

Anne blickte ihren Chef von der Seite an. »Sie haben alles nur Erdenkliche getan, er hatte keine Chance.« Sie kannte Doktor Emmerich und wusste genau, dass er gerade im Geiste jeden Handgriff noch mal durchging. Jeden Schnitt, jede Naht, die komplette zeitliche Abfolge. Wieder und wieder, als ließe sich noch irgendwas dran ändern.

»Ich weiß«, sagte er erschöpft. »Aber wie soll ich es seiner Witwe erklären? Er ist schon öfter vom Pferd gefallen, und nie ist was Schlimmes passiert.«

Der Verstorbene hatte zu einer berittenen Abteilung gehört, die in derselben Liegenschaft wie das Krankenhaus untergebracht war. Nach dem Sturz war er sofort eingeliefert worden, die Begleitumstände hätten gar nicht günstiger sein können. Trotzdem hatte es ihm nichts geholfen.

»Manchmal kann man nicht gegen das Schicksal an«, sagte Anne. Es klang wie eine hohle Phrase, doch sie wusste, wovon sie redete. Das Schicksal hatte ihr schon oft Knüppel zwischen die Beine geworfen. Die vielen Bombenangriffe, der Hunger, der ganze verdammte Krieg … und nicht zuletzt Arnold, ihr tückischer, mörderischer Schwager. Die schlimmste nur denkbare Heimsuchung. Aber sie hatte überlebt und neu angefangen. Gemeinsam mit Carl.

Er wollte sie gleich abholen, vielleicht wartete er schon draußen auf sie. Sofern ihm nicht irgendwas wegen der Arbeit dazwischengekommen war, was man vorher nie genau wissen konnte.

Anne verabschiedete sich von Doktor Emmerich und beeilte sich mit dem Umziehen.

Sie war schon auf dem Weg nach draußen, als sie zurückgerufen wurde – ein Patient im Drogendelirium musste fixiert werden. Doktor Emmerich und Schwester Gesine wurden nicht allein mit dem Mann fertig. Anne packte mit an, und erst zu dritt und mit roher Gewalt schafften sie es, den auskeilenden, brüllenden Patienten zu bändigen, damit Doktor Emmerich ihm eine Beruhigungsspritze verabreichen konnte. Als endlich die Wirkung einsetzte, sackte der Mann in sich zusammen und starrte blicklos unter gesenkten Lidern an die Decke.

Anne rieb sich die Wange, wo sie ein Fausthieb getroffen hatte. Die Stelle tat ziemlich weh, morgen würde sie dort einen hässlichen blauen Fleck haben. Sie war wütend, aber zugleich verspürte sie Mitleid. Jedoch nicht mit dem drogensüchtigen Mann, sondern mit dessen Frau. Die hatte ihn einliefern lassen, nachdem er zu Hause alles kurz und klein geschlagen hatte. Nach dem letzten Entzug war er monatelang sauber geblieben, aber dann erneut rückfällig geworden. Irgendwie war es ihm gelungen, wieder an Pervitin zu kommen, das in Kombination mit zu viel Alkohol zu diesem Gewaltausbruch geführt hatte.

Ursache seiner Sucht war eine Schmerzmittelbehandlung wegen einer im Krieg erlittenen Schussverletzung. Allein in der britischen Besatzungszone gab es unzählige ehemalige Soldaten, die auf diese Weise abhängig geworden waren, darunter auch Polizisten aus Waffenbataillonen, so wie der Mann von vorhin. Nicht zuletzt deshalb hielt sich Annes Mitgefühl in Grenzen: Die von den Nazis in die Ostgebiete entsandten Polizeibataillone hatten unsägliche Gräueltaten verübt, hatten Hunderttausende unschuldige Menschen massakriert, und kaum einer der daran beteiligten Männer war bisher zur Verantwortung gezogen worden. Sie hatten nach dem Krieg ihren Dienst bei der Polizei fortgesetzt, als wäre nichts geschehen. Gut möglich, dass der Patient einer von denen war.

Carl erwartete sie draußen am Fuß der Eingangstreppe. Er

Ihre erste intime Zusammenkunft hatte in Carls Bude in der Rosastraße stattgefunden, doch beim zweiten Mal war wie aus dem Nichts seine Hauswirtin im Flur aufgetaucht und hatte ihren amourösen Plänen einen Riegel vorgeschoben. Keine Fisimatenten unter ihrem Dach, so lautete Frau Schultes ehernes Prinzip. Sie war nicht mal verärgert gewesen, es hatte sogar fast entschuldigend geklungen. Aber gleichzeitig auch durch und durch kompromisslos. Ohne Ehering keine Liebesnacht.

An jenem Abend im vergangenen Sommer waren Anne und Carl mangels anderweitiger Möglichkeiten in den Wald gegangen, was sich seither mehr oder weniger regelmäßig wiederholte. Natürlich nur an wärmeren Tagen. Den Winter über hatten sie sich auf die wenigen Male beschränken müssen, an denen Carl einen Wagen zur Verfügung gehabt hatte.

Auch an diesem späten Abend fuhren sie in den Wald. Der Wagen holperte über die Unebenheiten des Feldwegs, der zwischen den Bäumen in die tiefschwarze Dunkelheit führte. Carl parkte das Auto auf einer kleinen Lichtung am Wegrand. Anne hatte bereits angefangen, sich auszuziehen. Das letzte Mal war schon wieder viel zu lange her. Auch Carl streifte sich hastig die Kleidung ab. Im schwachen Licht der Innenbeleuchtung des Wagens schauten sie einander an. Sein Blick hielt den ihren gefangen, der Ausdruck in seinen Augen war eindringlich, fast hypnotisch. Sie sah darin die Liebe, die er ihr entgegenbrachte, ebenso wie sein Verlangen, das von Mal zu Mal größer zu werden schien. Seine Hände auf ihrem Körper waren warm, und aus der Hitze, die sie auf ihrer Haut erzeugten, erwuchs ein Feuer, in dem sie verglühen wollte. Für den Liebesakt mussten sie sich verrenken und verbiegen, es war eine artistische Herausforderung, ständig war entweder der Schalthebel oder das Lenkrad im Weg, doch gemessen an ihrer Begierde war das nicht von Belang. Anne schrie vor Lust auf, als er endlich in sie eindrang, und eine ganze Weile hörte sie nichts mehr außer den Geräuschen ihrer Vereinigung, das Keuchen und Stöhnen, vermischt mit dem Hämmern ihres Herzschlags, der ihr in den Ohren dröhnte. Als sie zum Höhepunkt kam, schrie sie abermals auf, es war ein Moment völliger Loslösung, alle Fesseln und Zwänge des Lebens schienen innerhalb eines einzigen Atemzugs von ihr abzufallen.

»Ein Gutes hat es ja, hier im Wald«, murmelte sie hinterher, ihre Wange an seiner. »Keiner hört uns.«

Carl rieb sich ächzend die Hüfte, und Anne kletterte kichernd von ihm herunter. Er angelte nach seinen Sachen, die verstreut im Fußraum lagen. »Ein Bett wäre trotzdem nicht schlecht. Dann könnten wir jetzt einfach schlafen. Gott, was bin ich müde!«

Dasselbe galt für Anne. Schon während der anschließenden Fahrt nach Rüttenscheid nickte sie mehrmals ein. Als Carl in der Klarastraße anhielt, ging es auf Mitternacht zu. Noch ein verstohlener Kuss, dann stieg Anne aus dem Wagen. Wie immer wartete Carl vorm Haus, bis sie drinnen war und die Tür hinter sich zugezogen hatte. Die Schrecken des letzten Sommers hatten ihre Spuren hinterlassen, es war wie ein heimlicher Zwang, stets auf der Hut zu bleiben. Der Tod hatte an ihre Tür geklopft, und sie waren ihm nur knapp entronnen. Zu knapp, um es je vergessen zu können.

Im Treppenhaus miefte es nach Kohl und Plumpsklo. Auf halber Treppe zwischen dem ersten und zweiten Stock befand sich ein Lokus, den sich sämtliche Mieter des Hauses teilen mussten. Nur in der Eigentümerwohnung im ersten Obergeschoss, in der Anne mit ihren beiden Schwestern und ihrem kleinen Neffen lebte, gab es ein separates Klosett, sogar mit Wasserspülung. Außerdem ein Badezimmer mit Wanne und Durchlauferhitzer – ein Luxus sondergleichen, für den sie nur dankbar sein konnten. Dennoch – oder vielleicht sogar deswegen – fühlte Anne sich an manchen Tagen immer noch fremd und deplatziert in dieser Wohnung, die ihnen (genauer: ihrem siebenjährigen Neffen Emil) im Wege der Erbschaft zugefallen war. Vorher hatte sie Emils Großmutter gehört. Der Mutter von Arnold, dem Massenmörder.

Anne sah nach dem Betreten der Wohnung routinemäßig nach dem Rechten, so wie immer, wenn sie nach einer Spätschicht heimkam. Der Gasherd war aus, die Fenster alle zu. Die Tür zum Wohnzimmer war geschlossen, von drinnen drang kein Laut heraus; Frau Lindemann, die im vergangenen Jahr vom Wohnungsamt bei ihnen einquartiert worden war, ging immer früh zu Bett.

Im Jugendzimmer schliefen Emil und Annes jüngste Schwester Lotti. Mittlerweile hatte der Kleine ein eigenes Bett, aber er kroch immer noch oft zu Lotti unter die Decke. Auch in dieser Nacht lagen die beiden zusammen im Bett, dicht aneinandergekuschelt und die blonden Lockenköpfe einträchtig im selben Kopfkissen vergraben.

Im größeren Schlafzimmer, das sich Anne mit ihrer Schwester Frieda teilte, war das Doppelbett leer, offenbar war Frieda noch unterwegs. Ihre nächtlichen Exkursionen waren seltener geworden, seit sie als Gastwirtin die Kneipe führte, aber ganz aufgehört hatten sie nie. Heute war Dienstag, da war Ruhetag, eine gute Gelegenheit zum Ausgehen.

In dieser Nacht war Frieda jedoch zu Hause; als Anne das Badezimmer betrat, fand sie ihre Schwester in der Wanne vor, neben ihr auf der Ablage zwei brennende Kerzen und ein halb volles Glas Rotwein. Sie saß zurückgelehnt da, nur Kopf und Schultern ragten aus dem Wasser. Die Spitzen ihres hellen Haars trieben auf der Oberfläche. Träge wandte sie Anne den Kopf zu. Im Kerzenlicht wirkten ihre sonst so klaren blauen Augen eigentümlich dunkel, fast violett.

»Guten Abend, Schwesterherz.«

»Frieda.« Anne nickte ihr zu.

»Gut siehst du aus. Frisch und munter. Hat Carl dich abgeholt?«

Anne spürte, wie sie unter dem wissenden Blick ihrer Schwester errötete. Sie schnappte sich ihren Kulturbeutel und ging damit in die Küche, wo sie sich am Spülstein wusch und die Zähne putzte. Ihr war zu dieser späten Stunde nicht danach, sich mit Frieda zu unterhalten, sie wollte bloß noch ins Bett. In der letzten Zeit war ihre Schwester häufig schlecht gelaunt. Wahrscheinlich steckte wieder irgendein Kerl dahinter, es wäre nicht der erste, der ihr die Stimmung vermieste.

Vor dem Einschlafen ging Anne wie schon so oft die Frage durch den Kopf, wie das Zusammenleben mit Carl in dieser Wohnung wohl funktionieren würde. Dass sie nach der Heirat zu ihm in sein muffiges und viel zu kleines Mansardenkämmerchen zog, hatte nie zur Debatte gestanden. Hier bei ihr war mehr als genug Platz für eine weitere Person; monatelang hatten sie nur mit Mühe zusätzliche Zwangsbelegungen durch das Wohnungsamt verhindern können, immer mit Hinweis darauf, dass der Hochzeitstermin schon feststand und Carl bald hier einzog. Frieda würde ihren Platz im Schlafzimmer räumen und rüber zu Frau Lindemann ins Wohnzimmer ziehen, dort konnte problemlos ein zweites Bett aufgestellt werden. Sie hatten das alles schon besprochen. Allerdings nur einmal und auch bloß ganz kurz, außerdem war es schon eine Weile her. Da hatte Frieda noch bessere Laune gehabt.

Ob die näher rückende Umquartierung die Ursache für ihre anhaltende Missstimmung war? Die Aussicht, sich mit einem Mann das Bad teilen zu müssen, jeden Tag mit ihm beim Essen in der Küche am selben Tisch zu sitzen?

Vielleicht hätte Frieda sich eher damit anfreunden können, wenn es nicht ausgerechnet Carl gewesen wäre. Der Mann, der ihr dunkelstes Geheimnis kannte. Der wusste, dass sie ihre

Schwiegermutter umgebracht hatte und dass sie nur deshalb jetzt hier in dieser Wohnung leben konnten.

Natürlich hatte Frieda es nicht aus diesem Grund getan, es war im Affekt geschehen, von Adelheids Testament hatten sie alle erst hinterher erfahren. Aber es blieb dabei: Den ganzen Komfort hatten sie einem Verbrechen zu verdanken. Obendrein einem Verbrechen, das Carl als zuständiger Ermittler vertuscht hatte. Es war Anne nicht verborgen geblieben, wie sehr ihn das erschüttert hatte. Seit damals hatte er nie wieder darüber gesprochen, aber sie ahnte, dass es ihm immer noch zusetzte. Sein gesamtes Selbstbild als unbestechlicher und gewissenhafter Kriminalbeamter war aus den Fugen geraten. Er hatte seine Liebe zu ihr über seine Pflicht gestellt, den Zusammenhalt ihrer Familie über das Gesetz. Damit mussten sie alle fertigwerden, auch Frieda. Sie würde sich der neuen Situation stellen müssen, sich mit Carls täglicher Gegenwart abfinden. Er kam ja sowieso schon oft her, zum gemeinsamen Essen in die Wohnung oder auf ein Feierabendbier ins *Krause Bäumchen,* es würde also keinen großen Unterschied machen. Alles würde irgendwie klappen, ganz bestimmt. Diesen hoffnungsvollen Gedanken nahm Anne mit in den Schlaf.

*

Frieda blieb noch eine Weile in der Wanne sitzen, sie wollte warten, bis Anne eingeschlafen war und keine lästigen Fragen stellen konnte. Über kurz oder lang würde es dazu kommen, so viel stand fest. Aber bis dahin wollte Frieda sich erst mal selbst richtig klar über die Lage werden. In Ruhe überlegen, wie es weitergehen sollte. Niemandem war geholfen, wenn sie die Dinge übers Knie brach.

Als sie sicher war, dass Anne schlief, stieg sie aus der Wanne und trocknete sich ab. Sie rubbelte sich das Haar so gut es ging trocken, bevor sie es auskämmte, auf Lockenwickler drehte und dann vorsichtig ihr Nachthemd über den Kopf streifte. Sorgfältig cremte sie anschließend ihr Gesicht ein. Ihre Haut war makellos und faltenfrei, und das sollte möglichst lange so bleiben. Mit sechsundzwanzig musste sie sich darüber noch keine großen Gedanken machen, aber Vorkehrungen konnten nicht schaden, wenn sie in zehn Jahren eine Haut haben wollte wie Anne, deren Teint auch mit sechsunddreißig nichts zu wünschen übrig ließ. Das abendliche Eincremen hatten sie von der Mutter übernommen, auch Lotti tat es schon, und dabei war sie gerade mal sechzehn. Frieda ließ es so gut wie nie ausfallen, nicht mal nach einer durchzechten Nacht.

Die gewohnten Rituale vor dem Zubettgehen halfen ihr zudem beim Durchdenken ihrer Probleme. Wäre es doch nur das eine gewesen, das schon die ganze Zeit wie ein Damoklesschwert über ihrem Leben hing! Das heute neu hinzugekommene war viel schlimmer. Eine Katastrophe. Vorausgesetzt, es stimmte, was der Kerl ihr erzählt hatte, der am frühen Abend vor der Tür gestanden hatte. Sie hätte Anne davon berichten müssen. Auf der Stelle, jedes einzelne Wort. Denn es war Annes Problem. Und was für eins!

Er hatte sich ihr als Ernst Haller vorgestellt. Ein hässlicher, magerer Bursche Mitte dreißig. Schlechte Zähne, widerlicher Mundgeruch, Gesichtszüge wie ein nervöses Frettchen, das Haar stoppelkurz geschoren. Seine Haut war mit aufgekratzten Ekzemen übersät, wahrscheinlich hatte er Flöhe. Vielleicht auch Läuse oder beides.

Dafür konnte freilich keiner was, viele Menschen litten unter Ungeziefer, kein Wunder bei den elenden, beengten Behausungen, mit denen die meisten immer noch vorliebnehmen mussten. Als sie noch in diesem Drecksloch von Keller in Köln gelebt hatten, waren auch sie davon heimgesucht worden. Einmal hatten sie da sogar Bettwanzen gehabt, es hatte lange gedauert, die Biester wieder loszuwerden. Und Lotti hatte zweimal Kopfläuse aus der Schule mitgebracht.

Doch weder Ernst Hallers heruntergekommenes Äußeres noch sein fauliger Atem hatten Frieda so sehr abgestoßen wie seine Worte, als er über seinen Kriegskameraden Heinz gesprochen hatte – Annes im Krieg verschollener und für tot erklärter Ehemann.

Haller behauptete allen Ernstes, dass Heinz noch lebte!

Dass sie zusammen zwei Jahre lang in einem russischen Lager gesessen hätten, im tiefsten Sibirien. Erst neulich sei Haller freigekommen, einer der wenigen, die von den Russen in willkürlichen Abständen ausgewählt und heimgeschickt wurden. Heinz hingegen sei immer noch dort, in einem dieser berüchtigten, weit abgeschiedenen Gulags, aus denen nie ein Brief an die Außenwelt gelangte; das Rote Kreuz hatte keinen Zugang zu diesen speziellen Straflagern, wo die deutschen Kriegsgefangenen noch grausamer und unmenschlicher behandelt wurden als in all den übrigen. Wie die Fliegen starben sie da, vor Hunger oder wegen der anhaltenden Entkräftung infolge der Sklavenarbeit. Die älteren und schwächeren unter ihnen waren schon fast alle tot. Wenn im Winter der Boden hart gefroren war und keine Gräber ausgehoben werden konnten, wurden die Leichen zu grässlichen Wällen rings um das Lager herum aufgetürmt.

Unter anderen Umständen hätte Frieda Ernst Hallers Schilderungen als Schauermärchen abgetan. Aber erst neulich war ein anderer Kriegsheimkehrer im *Krausen Bäumchen* gewesen, der in einem ähnlichen russischen Lager gesessen und Vergleichbares erlebt hatte.

Auch er hatte erzählt, dass die Russen ab und zu Kontingente von Heimkehrern zusammenwürfelten, die sie ohne große Vorankündigung in Züge gen Westen steckten. Von den Häftlingen wusste keiner im Voraus, ob er zu diesen wenigen Glücklichen gehörte.

Während die übrigen Alliierten ihre Kriegsgefangenen mittlerweile heimgeschickt hatten, hielten die Russen immer noch Hunderttausende Wehrmachtsangehörige unter furchtbaren Bedingungen fest. Dennoch hätte Frieda diesem Haller kein einziges Wort geglaubt, wenn nicht … Ja, er hatte Dinge über Heinz gewusst, die er sich nicht ausgedacht haben konnte. Beispielsweise, dass Heinz Posaunist bei den Essener Philharmonikern gewesen war. Dass seine Frau Anne hieß, eigentlich Annemarie. Dass er zwei Schwägerinnen hatte, Annes jüngere Schwestern Frieda und Lotti, und dass jeweils zehn Jahre Altersabstand zwischen ihnen lagen.

Natürlich hätte Ernst Haller sich dieses Wissen auch bequem auf anderem Wege beschaffen können, all das war ja kein Geheimnis, viele Leute in Rüttenscheid kannten ihre Familienverhältnisse. Aber da war dieser Brief. Ein Brief von Heinz an Anne. Haller hatte behauptet, er und Heinz hätten einander geschworen, den Angehörigen des jeweils anderen ein Lebenszeichen zu überbringen, je nachdem, wer als Erster von ihnen beiden freikäme.

Frieda hatte den Brief nicht gelesen, Haller hatte ihr nur kurz ein Stück schmuddeliges, eng bekritzeltes Papier gezeigt und es sofort wieder eingesteckt. Er hatte Geld dafür verlangt, dreihundert Mark.

»Es geht mir beschissen«, hatte er in weinerlichem Tonfall erklärt. »Ich bin am Ende, restlos kaputt. Keine Arbeit, nichts zu beißen, keine Hilfe, nichts. Es tut mir leid, aber ich brauche dieses Geld zum Überleben!«

Frieda hatte ihn schon vorher wegschicken wollen, doch eine Art Schockstarre hatte sie daran gehindert. Erst bei seiner unverschämten Erpressung war sie wieder zu sich gekommen und hatte ihm deutlich zu verstehen gegeben, wohin er sich den Brief stecken könne, verbunden mit der Drohung, ihm die Polizei auf den Hals zu hetzen, falls er es wagte, je wieder hier aufzukreuzen.

Er war wie ein begossener Pudel abgezogen, hatte sich aber auf halber Treppe nach unten noch mal zu ihr umgedreht.

»Bestimmt will Ihre Schwester den Brief kaufen. Sie ist immerhin seine Frau. Sicher möchte sie wissen, wie es Heinz nach all den Jahren geht. Wie sehr er sich nach ihr sehnt.«

Frieda hatte einen Schuh nach ihm geworfen, der ihn nur knapp verfehlt hatte. Haller war im Galopp die restlichen Stufen hinabgesprungen und aus dem Haus geprescht. Frieda versuchte seither nach Kräften, ihn zu vergessen.

Doch noch Stunden später konnte sie an nichts anderes denken. Sie hätte mit Anne darüber sprechen müssen! Der Kerl würde garantiert wiederkommen. Dreihundert Mark, das war eine Stange Geld, aber er hatte Morgenluft gewittert und wusste, dass hier was zu holen war.

Die schlimmste Zeit lag hinter ihnen. Die Kneipe florierte. Anne hatte ihre Anstellung im Krankenhaus, und hinzu kamen die Mieteinkünfte, auch wenn die Zahlungsmoral nicht bei allen Bewohnern gleich gut war und das Geld für Emil zur Seite gelegt wurde.

Es war ein Unding, dass sie es Anne nicht sofort erzählt hatte. Aber das würde sie gleich nach dem Aufstehen nachholen. Oder vielleicht doch lieber erst beim Frühstück, dann musste Anne sich das Ganze nicht auf nüchternen Magen anhören.

Frieda ging zu Bett und lag neben Anne in der Dunkelheit, zu aufgewühlt, um zu schlafen. In wechselnden Variationen legte sie sich zurecht, was sie zu Anne sagen würde. Dass Ernst Haller nichts anderes sein konnte als ein Lügner und Betrüger und dass der Brief garantiert eine Fälschung war. Und dass Heinz unwiderruflich tot war, schon seit sieben Jahren.

Mochte der Himmel geben, dass es so war.

*

Auch Carl war noch länger auf. Zuerst hatte er den Wagen beim Präsidium abgestellt, dann war er zu Fuß nach Hause gegangen. Der Weg bis zur Rosastraße kam ihm endlos vor. Er war so müde, dass er im Stehen hätte einschlafen können, und dabei zu wissen, dass er anderntags wieder früh rausmusste, machte es nicht besser.

Beim Betreten des Mietshauses hatte er sofort ein ungutes Gefühl. Es war wie eine Art siebter Sinn, der ihn daran hinderte, auf direktem Wege die Treppe hochzugehen, hinauf in den vierten Stock, wo sich sein Mansardenzimmer befand. Lauschend legte er den Kopf schräg und wartete ein paar Sekunden. Dann meinte er etwas zu hören, nicht laut und deutlich, sondern eher auf einer Ebene unterschwelliger Wahrnehmung, die darauf trainiert war, dass ihr nichts entging. Es klang wie ein Weinen.

Und das war es auch, jedenfalls wurde es ganz unverwechselbar dazu, als Carl die Kellertreppe hinunterging und die zusammengekauerte Gestalt des Kindes in der Ecke des Flurs hocken sah, vor dem Regal, in dem Frau Schulte ihr Eingemachtes aufbewahrte.

»Bärbel!« Er eilte zu der Kleinen und zog sie hoch. Mit gesenktem Kopf stand sie vor ihm, schniefend und verängstigt.

»Hast du wieder schlecht geträumt?«

Sie nickte stumm.

Bärbel hatte manchmal Albträume, von Feuer und Bomben und tödlichen Tieffliegern, wie vermutlich alle Kinder in Essen, die alt genug waren, um sich an den Krieg erinnern zu können. Und oft genug war niemand da, um sie zu trösten, so wie auch in dieser Nacht. Kurt Böhm war wieder mal auf Achse. Normalerweise beschränkte Bärbels Vater seine nächtlichen Sauftouren aufs Wochenende. Seine Schicht als Pförtner fing früh an, und Bärbel musste rechtzeitig zur Schule aufbrechen. Auch wenn er es fast nie hinbekam, dass sie mit geputzten Schuhen, ordentlich geflochtenen Zöpfen und einem Schulbrot im Tornister losziehen konnte, war er zumindest unter der Woche nachts und am frühen Morgen zu Hause. Soweit man diesen dunklen Verschlag hinter dem Waschkeller überhaupt als Zuhause bezeichnen konnte. Viel mehr als zwei Feldbetten – ein kleines und ein großes –, ein Stuhl, ein Tisch, eine wurmstichige Truhe und ein wackliges Regal stand nicht darin. Eine Vorrichtung zum Kochen oder Heizen gab es nicht, bloß einen Tauchsieder, mit dem man Wasser für Muckefuck oder ein Glas Milch erhitzen konnte. Den Winter über schlief die Kleine meist auf dem Sofa von Frau Schulte, und Kurt Böhm übernachtete bei irgendwelchen Kumpanen, in deren Bude es nicht so bitterkalt war wie hier unten im Keller. Warme Mahlzeiten bekam Bärbel bei der Schulspeisung, und einen Happen zwischendurch gab es bei Frau Schulte, die genau wie Carl ab und zu ein Auge auf das Mädchen hatte und auch für Kurt Böhm und seine Tochter die Wäsche machte. Die Schulaufgaben erledigte Bärbel in Frau Schultes Küche.

Wenn Carl von der Arbeit kam und Bärbels Vater noch irgendwo in der Stadt herumstreunte, nahm er die Kleine häufig mit zu sich nach oben, spielte eine Runde Mau-Mau mit ihr oder unterhielt sie mit ein paar Zaubertricks, die er sich während seiner Zeit auf dem Pütt bei einem Kumpel abgeguckt hatte. Mittlerweile hatte Bärbel die meisten davon durchschaut, sie war ein ausnehmend kluges und gewitztes Kind, folglich hatte Carl sich ein Buch mit besseren, komplizierteren Tricks besorgt und einige davon einstudiert.

In dieser Nacht gab es keine Zauberkunststücke. Bärbel war so müde, dass sie sich kaum aufrecht halten konnte. Carl steckte sie ins Bett und blieb bei ihr, bis sie eingeschlafen war. Gleich morgen würde er mit Kurt Böhm reden. Zum zigsten Mal an seine Verantwortung als Vater appellieren. So konnte es nicht weitergehen!

Als er später selbst im Bett lag, dachte er an seinen neuen Fall. An den mutmaßlich vergifteten Richter, seine schöne junge Witwe und ihren Geliebten, den gut aussehenden, überheblichen Staatsanwalt.

In Carl war der innere Bluthund erwacht, so wie immer, wenn es schon zu Beginn der Ermittlungen eine heiße Spur gab. Zugleich flog ihn eine Ahnung an, dass die Aufklärung dieses Verbrechens sich womöglich schwieriger gestalten würde als ursprünglich gedacht.

KAPITEL 3

Waren Sie schon mal in der Pathologie?«, erkundigte sich Carl am nächsten Morgen bei Harry.

»Nein.«

»Haben Sie gute Magennerven?«

»Eher nicht. Wird wohl Zeit, dass ich mal zu einer Obduktion mitgehe, oder? Heute findet ja eine statt. Ich könnte mir ein Tuch vors Gesicht binden.«

»Auf jeden Fall. Und kippen Sie ruhig ein bisschen von Ihrem Rasierwasser drauf. Das sollte den Leichengestank überdecken.«

»Aber nicht zu viel davon!«, tönte Behrends vom Nachbarschreibtisch. Er gluckste vor Lachen. »Sonst springt in der Pathologie noch einer vom Tisch!«

Harry wandte sich zu Behrends um. »Den Witz verstehe ich nicht.«

Behrends grinste nur breit.

»Was hat er damit gemeint?«, wollte Harry auf dem Weg nach draußen von Carl wissen.

»Vermutlich, dass man mit dem Duft Ihres Rasierwassers Tote aufwecken könnte.«

Harry krauste nachdenklich die Stirn. »War das als Kompliment gedacht oder eher als Gemeinheit?«

»Behrends macht keine Komplimente.«

»Oh.« Harry wirkte eine Spur betroffen. »Ist der Duft meines Rasierwassers aufdringlich?«

»Darüber will ich mir kein Urteil erlauben.«

»Ich würd's aber gern wissen.«

»Es riecht ganz nett«, räumte Carl ein. »Aber weniger davon wäre auch genug. Zumindest bei der Arbeit.« Er widerstand dem Impuls, denselben Hinweis auch in Bezug auf Harrys Kleidung loszuwerden. Damit hätte er nur seine Devise unterlaufen, das Private rauszuhalten. Sollte Harry sich doch in Schale schmeißen und Rasierwasser ins Gesicht klatschen, wenn er Spaß dran hatte. Jeder nach seiner Fasson. Umgekehrt regte sich ja auch niemand darüber auf, dass Behrends Tag für Tag dieselben schmuddeligen Klamotten trug und nach Schweiß miefte wie sonst kaum einer. Mit seinen schlampig gekämmten Haaren, dem unablässigen Herumkratzen an seiner Bartflechte und den dröhnenden Rülpsern, die ihm während der Büroarbeit alle paar Minuten entwichen, war er geradezu das Gegenteil von Harry, der immer wie aus dem Ei gepellt auftrat und nie seine Manieren vergaß. Ganz zu schweigen von Behrends' ungezählten Sticheleien, mit denen er alle Welt traktierte, vorzugsweise Harry.

Das Gelände der Städtischen Krankenanstalten im Norden des Grugaparks ähnelte immer noch mehr einer Trümmerlandschaft als dem großen, modernen Klinikkomplex, der sich hier früher befunden hatte. Die meisten Gebäude waren bei den erbarmungslosen Flächenbombardements völlig zerstört worden, und die wenigen, von denen noch Überreste standen, waren bestenfalls provisorisch nutzbar. Immerhin waren die Schuttberge inzwischen weitgehend verschwunden. Die zahlreichen Bombenkrater, in denen jahrelang öliges, von Krankheitserregern verseuchtes Wasser geschwappt hatte, waren aufgefüllt und planiert worden. In den Ruinen war wieder eine Art Klinikbetrieb in Gang gekommen, zwar mit jämmerlich wenigen Betten und nur einer Handvoll Personal, doch man bemühte sich, das Beste daraus zu machen.

Der Sezierraum der Pathologie war in einem der noch intakten Kellerräume untergebracht. Carl nahm gelegentlich an einer amtlich angeordneten Obduktion teil, allerdings nur dann, wenn es für seine Ermittlungen bedeutsam war. Nicht in jedem Mordfall war eine kriminalmedizinische Untersuchung erforderlich, und wenn doch mal eine anstand, reichte ihm für gewöhnlich der ärztliche Bericht. Carl kannte den leitenden Pathologen als gewissenhaften, penibel arbeitenden Experten, der nie etwas übersah. Auf Doktor Wielspütz war Verlass.

Im Mordfall Vahrendonk war die Anweisung der Staatsanwaltschaft unmissverständlich – Carl hatte dabei zu sein. Auch Oberinspektor Döring, Carls direkter Vorgesetzter, hatte bei der morgendlichen Fallbesprechung noch einmal die enorme Dringlichkeit der Ermittlungen hervorgehoben. Er machte keinen Hehl daraus, dass er deswegen selbst unter Druck stand. Der Polizeichef erwartete einen täglichen Rapport.

Doktor Wielspütz war in aufgeräumter Stimmung, als Carl und Harry den Sezierraum betraten. Auch ein unausgeschlafen wirkender Staatsanwalt war bereits zugegen. Er saß Zeitung lesend in einer Ecke und begrüßte die Neuankömmlinge mit einem kurzen Nicken, bevor er sich wieder in seine Lektüre vertiefte.

Wielspütz' Empfang fiel wesentlich freundlicher aus. »Guten Morgen, die Herren!« Seine Augen hinter den dicken Brillengläsern funkelten erwartungsvoll. »Ah, ein neues Gesicht! Mit wem habe ich die Ehre?«

Carl stellte ihm Harry vor, der sich wie empfohlen ein parfümiertes Tuch vors Gesicht hielt. Die Luft hier unten war zum Schneiden. Der Gestank nach Formaldehyd mischte sich mit dem beißend süßlichen Geruch von Verwesung. Auf einem der benachbarten Tische lag eine nur halb abgedeckte Leiche, die alles andere als frisch war. In Harrys Blick offenbarte sich ein Anflug von Panik, aber auch unübersehbare Entschlossenheit. So schnell würde er nicht das Handtuch werfen.

Carl erinnerte sich nur zu gut an seine erste Obduktion. Eine

Wasserleiche, die mindestens vier Wochen in der Ruhr gelegen hatte. Er hatte keine drei Minuten durchgehalten und sich dann die Seele aus dem Leib gekotzt.

»Wichtiger Fall, was?«, fragte Doktor Wielspütz leutselig. Schwungvoll zog er das Laken vom Obduktionstisch. Zum Vorschein kam der nackte Leichnam von Richter Vahrendonk. Carl zuckte zusammen, trat dann aber zögernd näher.

»Zyankali, oder?«, fragte er.

»Ganz recht, gut erkannt. Gestern ist Ihnen sicher schon die ungewöhnlich rosige Färbung der Haut aufgefallen. Heute sehen wir diese leuchtend roten Leichenflecken.« Dozierend fuhr er fort: »Zyanidion geht ins Blut, es bindet an das Eisen in den Zellen und verhindert eine Verwertung des Sauerstoffs. In der Folge entsteht Atemnot, aber keine Zyanose, also Blaufärbung, obwohl man das annehmen könnte. Das liegt am Sauerstoff im venösen Blut. Weil das hellrot ist, färbt sich die Haut nicht blau, sondern rot, typische Folge einer Vergiftung mit Kaliumzyanid. Kann auch über die Haut aufgenommen werden. Oder durch Einatmen. Etwa als Zyanwasserstoff. Damit haben die Nazis in den Gaskammern der KZs ihre Massenmorde begangen.«

»Und sich hinterher mit Zyankalikapseln ihrer Verantwortung entzogen«, warf Harry ein. Seine Stimme klang dumpf durch das vorgehaltene Taschentuch.

Wielspütz nickte. »Dem Führer treu bis in den Tod.« Er wiegte sinnierend den Kopf. »Es gibt Gerüchte, dass beim letzten Konzert der Berliner Philharmoniker zu den Klängen von Wagners *Götterdämmerung* körbeweise Zyankalikapseln verteilt wurden, von uniformierten Hitlerjungen.« Er gestikulierte lebhaft, sichtlich angetan von dem Thema. »Suizid war für viele die Lösung. Wussten Sie beispielsweise, dass sich beim Anrücken der Roten Armee Zigtausende Deutsche im Osten das Leben genommen haben?«

Carl, der bereits davon gehört hatte, erhob Einwände. »Die

haben sich wohl eher aus Verzweiflung und Angst vor den Russen umgebracht als aus Schuldgefühlen.«

»Wohl wahr«, räumte Wielspütz ein. »Die mit den Schuldgefühlen versuchen es lieber mit Leugnen und Abstreiten. In der Hoffnung, dass alles schnell vergessen wird oder gar nicht erst rauskommt.« Er deutete auf den Leichnam, während er scheinbar zusammenhanglos schloss: »Nach dem Tod dieses Richters geht bestimmt so manchem der Arsch auf Grundeis.«

Der Staatsanwalt, der bis dahin stumm in der Ecke gesessen hatte, meldete sich unerwartet zu Wort.

»Was genau meinen Sie damit?«, wollte er wissen.

»Haben Sie mal darüber nachgedacht, warum das Naziregime wie am Schnürchen funktionieren konnte?«, fragte der Pathologe zurück, nur um sich sogleich selbst die Antwort zu geben. »Weil alles streng nach Recht und Gesetz ablief. Und für Recht und Gesetz sind bekanntlich Juristen zuständig. Juristen formulieren die Gesetze. Und Juristen sprechen auf der Grundlage dieser Gesetze Recht. Diese ganzen Verordnungen, Bestimmungen, Anklagen, Urteile, mit denen die Nazis Menschen in Gut und Schlecht sortiert haben – sie wurden von Juristen ersonnen und ausgetüftelt. Und zwar von denselben, die immer noch Gesetze schreiben und Recht sprechen.« Wielspütz sah Carl an, fast so, als ob er von ihm Unterstützung erwartete. Mit einem Mal klang seine Stimme bitter. »Da ist sicher mehr als einer der Ansicht, dass diese Juristen nach dem Ende der Schreckensherrschaft viel zu gut weggekommen sind.«

»Schon möglich«, sagte Carl.

Wielspütz streifte sich Gummihandschuhe und eine chirurgische Maske über. »Achtung, jetzt kann es ein bisschen spritzen«, warnte er.

Der Staatsanwalt stand auf. Er blickte auf seine Uhr. »Ich habe Termine. Die Todesursache wurde ja zwischenzeitlich festgestellt, nicht wahr?«

»Sieht ganz so aus«, stimmte Wielspütz launig zu.

»Meine Herren.« Der Staatsanwalt empfahl sich mit einem knappen Nicken und war gleich darauf verschwunden.

»Von wegen Termine«, sagte Wielspütz durch die Maske. »Dem schlägt es immer auf den Magen, wenn die Leiche aufgemacht wird.« Es klang ein wenig hämisch.

Harry war schon vorher mehrere Schritte zurückgewichen. Er würgte hörbar, hielt jedoch tapfer die Stellung.

Carl bezog neben ihm Posten und sah unbewegt zu, wie der Arzt Knochensäge, Skalpell und Spreizhaken zum Einsatz brachte und mit fachmännischer Akkuratesse nacheinander Schädel, Brustkorb und Bauchhöhle des Toten öffnete, um die Organe zu entnehmen.

»Es ist übrigens erwiesen, dass der typische Bittermandelgeruch der Blausäure nicht von allen Menschen wahrgenommen werden kann«, erklärte er dabei. »Mindestens ein Viertel riecht das Gift überhaupt nicht. Interessant, oder?« Wielspütz schien keine Antwort zu erwarten, denn er redete ohne innezuhalten weiter. »Es riechen zu können bewahrt das Opfer jedoch nicht zwangsläufig vor einer Vergiftung. In Mandelgebäck etwa kann das Zyanid ganz unauffällig verabreicht werden. Es ist durchaus denkbar, dass ich Reste von so einem Gebäck im Magen dieses Mannes finden werde, wenn ich das Organ gleich aufschneide und den Inhalt genauer untersuche. Womit ich allerdings warte, bis Sie beide weg sind. Rein vorsorglich. Wir haben es ja hier mit einem hochwirksamen Gift zu tun.«

Harry trat erleichtert den Rückzug an, und Carl folgte ihm. An der Tür blieb er stehen und wandte sich um.

»Haben Sie schlechte Erfahrungen mit der Justiz gemacht, Herr Doktor?« Carl fragte aus ehrlichem Interesse heraus. Von Wielspütz' Privatleben war ihm nur wenig bekannt. Der Pathologe hatte mal von seiner Mutter gesprochen und den öden

Sonntagnachmittagen, die er mit ihr verbrachte. Davon abgesehen waren ihre Gespräche immer dienstlich geblieben.

Wielspütz sah ihn erstaunt an. »Ich hatte jahrelang Berufsverbot, genau wie Sie. Ich dachte, das wüssten Sie.«

Carl hatte es nicht gewusst. Auf unbestimmte Weise fühlte er sich beschämt, dass er davon keine Ahnung gehabt hatte. Als er kurz nach Kriegsende wieder zur Polizei zurückgekehrt war, hatte Wielspütz schon hier bei den Städtischen Krankenanstalten gearbeitet. Es war Carl nicht in den Sinn gekommen, ihn zu fragen, wo er vorher gewesen war.

»Ging es bei Ihnen auch um den Ariernachweis?«, fragte Carl.

»Nein, den hatte ich in der Tasche. Lupenrein, über Generationen zurück bis nach anno Tobak. Bei mir war's das Heimtückegesetz, das die Nazijuristen sich für renitente Leute ausgedacht hatten. In meinem Fall kam Paragraf zwei zur Anwendung.« Wielspütz zitierte: »*Wer öffentlich gehässige, hetzerische oder von niedriger Gesinnung zeugende Äußerungen über leitende Persönlichkeiten des Staates, der NSDAP, über ihre Anordnungen oder die von ihnen geschaffenen Einrichtungen macht, wird mit Gefängnis bestraft.*«

»Waren Sie in Haft?«

»In der Tat. Allerdings nur einen Monat lang. Das reichte aus, um ein Exempel zu statuieren. Als Warnschuss für alle Kollegen hier.«

»Was genau hatten Sie denn gesagt?«

»Bloß die Wahrheit. So ein hohes Tier bei der SA hatte einen Haufen Geld veruntreut, das war bekannt geworden, und ich hab einen Witz darüber gemacht. Nur unter Kollegen, aber eine Oberschwester hat's gehört und mich angeschwärzt, dadurch kam alles ins Rollen und ich vor Gericht. Ich hab mich damit verteidigt, dass meine Äußerung doch gar nicht in der Öffentlichkeit stattgefunden hatte, aber der Richter hat mich eines Besseren belehrt und aus der Gesetzeskommentierung vorgelesen. Demnach galt eine Äußerung im Sinne des Heimtückegesetzes schon dann als öffentlich, wenn der Täter damit rechnen müsse, dass sie an die Öffentlichkeit kommen *könnte.*« Wielspütz zitierte den amtlichen Wortlaut mit einstudierter Genauigkeit. »Das Strafurteil hab ich noch. Alles fein säuberlich im Namen des Volkes begründet.« Er zuckte die Achseln. »Nach dem Knast kam der Rausschmiss. Als Pathologe und Arzt war ich unten durch. Im Krieg ging's als Sanitäter an die Front, dafür war ich gut genug. Von dort kam ich zum Glück heil zurück und dann auch direkt wieder hierher auf meinen alten Posten.«

»Tut mir sehr leid«, sagte Carl. Sogar in seinen eigenen Ohren klang es unbeholfen.

Wielspütz zuckte die Achseln. »Sie hatten ja ebenfalls Ihr Päckchen zu tragen. Auf dem Pütt war's bestimmt auch nicht leicht.«

Der Pathologe schien deutlich mehr über Carls Vergangenheit zu wissen, als es umgekehrt der Fall war. Was sich wohl darauf zurückführen ließ, dass Carl es vorzog, Berufliches und Privates zu trennen. Jedenfalls die meiste Zeit.

Nachdem er mit Harry die Pathologie verlassen hatte, stellte er sich zum ersten Mal ganz bewusst die Frage, ob diese Haltung zu einem guten Ermittler passte. Als Kriminalist brauchte man eine gewisse Neugierde, die generelle Bereitschaft, mehr über seine Mitmenschen herauszufinden. Auch die, mit denen man arbeitete.

Auf dem Rückweg zum Präsidium eröffnete er eine Unterhaltung mit Harry. »Was ich Sie schon die ganze Zeit mal fragen wollte, Bloom ...« Nach diesem Halbsatz verstummte er.

»Was denn?«, wollte Harry verdutzt wissen, da nichts mehr kam.

»Ach, vergessen Sie's. Ist wirklich zu privat.«

*

Anne hatte den Eindruck, dass irgendwas im Busch war, als sie gegen halb acht aufstand und in die Küche ging, um sich eine Tasse Ersatzkaffee aufzubrühen. Emil war schon in der Schule, Frau Lindemann hielt sich im Bad auf, man hörte das Wasser laufen. Lotti saß lesend am Küchentisch. An diesem Tag fing ihr Unterricht erst zur dritten Stunde an, eine Lehrerin war erkrankt. Frieda stand vor der Anrichte und werkelte ziellos herum. Sie wandte Anne den Rücken zu und schien sauber zu machen, aber der Lappen, den sie dafür benutzte, war knochentrocken.

»Guten Morgen«, sagte Anne. Es klang wie eine Frage.

Frieda wandte sich langsam zu ihr um. In ihrem Gesicht arbeitete es.

»Ist was?«, wollte Anne wissen.

Frieda wich ihren Blicken aus. »Ja. Ich muss dir was sagen.«

»Was denn? Raus mit der Sprache.«

»Ich ...« Frieda zögerte, dann platzte sie heraus: »Ich möchte eine Aushilfe für die Gaststätte anheuern. Die Arbeit wächst mir über den Kopf.«

»Mir auch«, warf Lotti ein. »Ich helfe ja jetzt schon fast jeden Tag aus.«

»Dafür kriegst du Taschengeld«, fuhr Frieda sie an.

Lotti zog eine Schnute. »Trotzdem. Ich komme mir vor wie die Schankmagd vom Dienst.«

»Da siehst du's«, meinte Frieda zu Anne.

»Oh. Ja, sicher, das merke ich schon seit einer Weile. Mach das ruhig, such eine Aushilfe. Deswegen musst du mich doch nicht fragen.«

»Ich dachte nur. Wir wirtschaften doch alles in dieselbe Tasche. Wenn ich eine Aushilfe einstelle, hätten wir weniger Gewinn.«

»Mit einer Aushilfe könntest du wahrscheinlich mehr Bier zapfen, also würde es sich unterm Strich wieder ausgleichen.«

»Stimmt«, sagte Frieda vage. Sie wandte sich wieder zur Anrichte.

Anne goss sich einen Muckefuck auf. Wie schon seit Wochen hatte sie das irritierende Gefühl, dass da noch was anderes war. Sie setzte an, Frieda deswegen auf den Zahn zu fühlen, aber dann kam Frau Lindemann in die Küche, fertig angezogen und mit unternehmungslustig leuchtenden Augen. Ihre Laune war wie immer prächtig, sie trällerte ein Liedchen vor sich hin. Anne verschob ihre Fragen auf später. Sie musste einkaufen und Mittagessen kochen und anschließend zum Dienst. Was auch immer Frieda auf der Seele brannte – es musste warten.

*

Als Carl und Harry nach der Obduktion zum Polizeipräsidium zurückkehrten, trafen sie auf Josef Brinkmann, der dort auf sie gewartet hatte. Der Reporter kam ihnen mit flatterndem Trenchcoat entgegengeeilt.

»Guten Morgen, die Herren! Gibt es schon nähere Erkenntnisse über die Todesursache? Es war Zyankali, stimmt's?«

»Kein Kommentar«, sagte Carl.

»Ach was! Ich war doch gestern auch am Tatort! Das rote Gesicht des Toten, der Bittermandelgeruch, diese Schachtel mit den Hörnchen – es macht sowieso schon überall die Runde.« Brinkmann hielt inne, nur um sogleich einen weiteren Schwall von Fragen loszuwerden. »Was hat die Witwe gesagt? Haben Sie schon den Geliebten vernommen, diesen Staatsanwalt Albrecht? Der hat bestimmt gemauert, oder?«

»Kein Kommentar«, wiederholte Carl, der stur weiter geradeaus ging, während der Reporter hartnäckig neben ihm hertrabte.

»Ich konnte in der Zwischenzeit auch schon einiges rausfinden«, erklärte Brinkmann voller Eifer. »Über Vahrendonks

Zeit als Sonderrichter. Er war nämlich nicht nur am Erbgesundheitsgericht, sondern hatte danach noch ein anderes Dezernat. Wenn Sie einen Moment stehen bleiben, könnte ich es Ihnen erzählen. Und Ihnen damit eine Menge Ermittlungsarbeit sparen.«

Carl verharrte mitten im Schritt, wenn auch innerlich fluchend. Dieser Reporter war wie eine Zecke, die sich nicht abschütteln ließ. Aber er hatte anscheinend einen guten Riecher für genau die Dinge, die für den Fall von Bedeutung sein konnten.

»Ich höre«, sagte er kurz angebunden. Auch Harry war stehen geblieben und hatte sich Brinkmann interessiert zugewandt.

»Wie gesagt, Vahrendonk war zuerst beim Erbgesundheitsgericht in Essen. Da war er zuständig für die Anordnung von Unfruchtbarmachungen. Grauenhaftes Wort, oder? Aber es ist der juristische Fachausdruck, so stand es im Gesetz. Nicht Zwangssterilisation. Sondern Unfruchtbarmachung.«

»Wie haben Sie rausgefunden, dass Vahrendonk für diese Fälle zuständig war?« Carl bemühte sich um einen sachlichen Ton, obwohl sich wachsender Ärger in ihm breitmachte.

»Ich habe meine Quellen«, sagte Brinkmann nur. Carls gewittriger Gesichtsausdruck blieb ihm offenbar nicht verborgen. Hastig fügte er hinzu: »Es gibt Unterlagen darüber. Man muss nur danach suchen. Zum Beispiel in Gerichtsarchiven oder in den Aufzeichnungen der Städtischen Krankenanstalten, wo die Operationen stattfanden.«

»Und da hat man Ihnen diese Unterlagen einfach so gezeigt?«

»Nein, nicht einfach so«, räumte Brinkmann ein. »Aber manchmal lassen sich die Leute überreden, wenn man ihnen Vertraulichkeit zusichert. Längst nicht jeder war mit diesen Machenschaften einverstanden, viele haben ein Gewissen.« Er breitete die Hände aus. »Außerdem ist es überhaupt kein Geheimnis, dass Vahrendonk dieses Dezernat am Erbgesundheitsgericht innehatte. Genauso wie sein späteres Dezernat vor Kriegsende.«

»Was war das für ein Dezernat?«

»Ein Strafdezernat, bei dem er Urteile am Fließband fällte. Nach der VVO.«

Carl musste nicht fragen, wofür die Abkürzung stand, auch wenn er in den betreffenden Jahren nicht bei der Polizei gewesen war, sondern auf dem Pütt. Die sogenannte Volksschädlingsverordnung hatte die Justiz ermächtigt, schon die geringsten Vergehen mit dem Tod zu bestrafen.

»Hat Vahrendonk in seiner Zeit als Strafrichter auch Todesurteile gefällt?«

Brinkmann zuckte mit den Schultern. »So weit bin ich noch nicht mit meinen Recherchen, aber ich gehe davon aus. Wenn Sie wollen, bleibe ich da am Ball.« Fragend blickte er Carl an, doch der wäre nicht im Traum auf die Idee verfallen, den Reporter mit den kriminalpolizeilichen Ermittlungen zu beauftragen.

Ein paar allgemein bekannte Informationen hatte er immerhin auch schon selbst über Vahrendonk zusammentragen können: Wegen seiner Mitgliedschaft in der NSDAP vorübergehend von der Militärverwaltung der Alliierten entlassen, war er nur wenig später als Mitläufer eingestuft worden. Dagegen hatte er Einspruch eingelegt, was mit seiner offiziell festgestellten Entlastung geendet hatte.

Die im Nachgang beschlossene vollständige Entlastung war typisch für die britische Besatzungszone – wer nicht gerade SS-Mitglied oder aktenkundig verbrecherischer Funktionär einer Naziorganisation gewesen war, konnte sich im Einspruchsverfahren berechtigte Hoffnung auf einen nachträglichen Persilschein machen und mit weißer Weste von vorn anfangen.

Die Behörden waren verzweifelt auf erfahrene Mitarbeiter angewiesen. Das war, wie Carl allzu gut wusste, auch bei der Polizei nicht anders. Nach dem Krieg musste das deutsche Amtswesen in Justiz und Verwaltung wieder ans Laufen gebracht werden, sonst wäre Anarchie ausgebrochen.

Jedenfalls war Vahrendonk recht schnell wieder in Dienst gestellt worden und anschließend zum allseits geachteten Vorsitzenden Richter am Landgericht aufgestiegen.

Brinkmann schien zu ahnen, was Carl durch den Kopf ging.

»Jemand müsste sich vielleicht mal Vahrendonks Entnazifizierungsakte genauer ansehen.«

»Worauf wollen Sie hinaus?«

»Na, ob da alles über seine früheren Dezernate drinsteht.« Mit besonderer Betonung fügte Brinkmann hinzu: »Oder eben *nicht* drinsteht.«

»Falls Sie die Akte schon kennen, spucken Sie es aus!«

»Ich habe nicht gesagt, dass ich was darüber weiß«, wehrte Brinkmann sofort ab. Mit einem Mal wirkte er verschlossen, fast abweisend. »Ich will hier keine Behauptungen aufstellen. Im Gegenteil. Wer sich als Reporter über hochgestellte Persönlichkeiten äußert, muss sich in Acht nehmen, da kann man sich die Finger verbrennen. Solche Herrschaften sind schnell mit Anzeigen bei der Hand.« Er sah auf seine Armbanduhr. »Ich muss weiter. Wenn ich was rausfinde, komme ich wieder.«

Ohne Carls Antwort abzuwarten, ging er davon.

»Der hatte es ja plötzlich eilig«, sagte Harry. »Ganz der rasende Reporter.« Er sah Carl an. »Und? Sehen Sie sich Vahrendonks Entnazifizierungsakte an?«

»Natürlich. Genauso wie seine Personalakte. Habe ich heute früh schon angefordert.«

Ein Hauch von Bewunderung zeigte sich in Harrys Gesicht. »Denken Sie, Brinkmann weiß doch schon was darüber? Mir kam's gerade eben so vor.«

»Mir auch«, gab Carl zurück, während sie das Polizeipräsidium betraten. »Aber anscheinend behält er es lieber für sich.«

»Weil er Angst hat, wir könnten ihm seine exklusive Enthüllungsgeschichte versauen?«

»Keine Ahnung«, meinte Carl. »Wenn er das nächste Mal auftaucht, können Sie ihn ja fragen.«

*

Brinkmann setzte in düsterer Stimmung seinen Weg fort. Fast hätte er sich um Kopf und Kragen geredet! Er musste besser aufpassen. Auf keinen Fall durfte er zu viel auf einmal preisgeben, auch wenn die Versuchung groß war. Damit hätte er nicht nur die Story ruiniert, sondern einfach alles. Eine Chance wie diese würde er nie wieder bekommen. Es hing zu viel davon ab, dass er es diesmal richtig machte. Wenn er es erneut vergeigte, war's das. Dann konnte er für alle Zeiten einpacken.

Die Dinge waren in Bewegung geraten, nur leider nicht so, wie er es sich vorgestellt hatte, sondern auf gänzlich andere Art. Wenn er weiter am Ball bleiben und sein ursprüngliches Ziel erreichen wollte, war es wie ein Marsch über rohe Eier. Einmal unvorsichtig aufgetreten, und es war vorbei. Noch konnte er Einfluss nehmen – falls er es schaffte, diesen Bullen auf seine Seite zu ziehen und ihm eine Art Zusammenarbeit schmackhaft zu machen. Danach sah es jedoch dummerweise im Moment nicht aus. Carl Bruns ließ sich nicht so leicht für dumm verkaufen, und dass er keine besonders guten Erfahrungen mit der Presse hatte, verbesserte Brinkmanns Chancen nicht gerade.

Er ging mit großen Schritten und versuchte zu ignorieren, wie sehr er bei der sommerlichen Witterung unter dem Trenchcoat schwitzte. Brinkmann hätte ihn ausziehen können, allerdings hätte dann jeder gesehen, dass er darunter nur ein Unterhemd trug. Von den zwei Oberhemden, die er besaß, war das eine in der Wäsche, und das andere hatte ein gewaltiges Brandloch auf der Vorderseite, Folge eines überhitzten Bügeleisens seiner Zimmerwirtin.

Sein Weg führte ihn die Zweigertstraße entlang in Richtung Rüttenscheider Stern. Er hauste in einer Bude in der Annastraße, ein Loch von einem Zimmer, in einem Haus, bei dem von ehemals vier Stockwerken nur noch zwei standen. Die meisten Bewohner waren bereits ausgezogen, und demnächst würden die übrigen folgen müssen, weil der Abriss schon behördlich angeordnet war. Der von Schrapnellen zerlöcherte Rest des Gebäudes war nicht mehr sicher, wegen der zunehmenden Einsturzgefahr. Eine tragende Wand im Erdgeschoss war bereits eingebrochen, die ganze Hütte konnte jederzeit zusammenkrachen.

Brinkmann hatte keine Ahnung, wo er danach unterkommen sollte. Irgendwas würde sich schon finden. Es hatte keinen Sinn, bereits jetzt eine neue Bleibe zu suchen. Erstens gab es keine freien Wohnungen, zweitens standen zigtausend Suchende vor ihm auf der Liste, und drittens war er dann vielleicht schon wieder weg. Hier in Essen hielt ihn nichts, nur die Story.

Er war bereits in allen möglichen Städten gewesen, aber nur in Leipzig hatte er sich zu Hause gefühlt. Sogar noch, als die Nazis am Ruder gewesen waren, obwohl durch die Gleichschaltung der Presse alles viel schwieriger geworden war. Er hatte es nicht über sich gebracht, die allseits verlangten Naziparolen wiederzukäuen, folglich hatte er anstelle politischer Artikel von da an über Kegelvereine, Imkerverbände und Karnickelzüchter geschrieben. Er hatte von örtlichen Fußballturnieren und Kulturveranstaltungen berichtet und dabei aus tiefster Seele gehofft, dass die Schreckenszeit rasch endete. Stattdessen war der Krieg ausgebrochen und hatte sich hingezogen, und auf einmal hatte er sich an der Front wiedergefunden. Nicht etwa als Kriegsberichterstatter, wie es eigentlich zu seinem Beruf als Reporter gepasst hätte, sondern als stinknormaler, rangloser Soldat. Was rückblickend wohl auch besser für ihn gewesen war, weil man ihn anderenfalls womöglich gleich nach der ersten Kriegsreportage an die Wand gestellt hätte.

Nach dem Ende der Hitlerzeit hatte er endlich wieder seine Fähigkeiten als kritischer Journalist unter Beweis stellen können. Er hatte angeprangert, angeklagt und dabei mitgewirkt, die braune Elite wegzufegen und der neuen Zeit zum Durchbruch zu verhelfen. Keine rechten Konsorten mehr in Ämtern, Schulen, Gerichten und Universitäten, und schon gar nicht in der Politik – das war eine Entnazifizierung, die ihren Namen verdiente. In der sowjetisch besetzten Zone waren die Menschen *wirklich* befreit worden.

Jedenfalls hatte er das eine Zeit lang geglaubt, bis ihn die Realität eingeholt hatte. Die erträumte Meinungsfreiheit in Wort, Bild und Schrift – sie galt in der SBZ nur, solange keine Kritik an den kommunistischen Brudervölkern laut wurde. Man durfte vieles schreiben. Aber keine Berichte über die brutalen Massenvergewaltigungen der Roten Armee. Keine über die zu Hunderttausenden nach Russland verschleppten Frauen und Kinder, keine über die millionenfachen Vertreibungen aus dem Sudetenland. Keine über die anhaltende Nahrungsmittelknappheit, während die Menschen im Westen sich längst wieder den Bauch vollschlagen konnten.

Der Rotstift des Chefredakteurs war immer häufiger in Aktion getreten, am Ende war es kaum besser gewesen als unter den Nazis. Brinkmann hatte es nicht mehr ausgehalten und zuletzt kein Geheimnis daraus gemacht, dass er in den Sack hauen und rübermachen wollte, in den Westen. Da war ganz plötzlich der Auftrag für eine neue Artikelserie gekommen. Mit Unterstützung des Politbüros und stapelweise Material, bei dem er sofort Blut geleckt hatte. Josef Brinkmann war wieder da, und diesmal würde er es allen zeigen!

Er war so sehr in seine Tagträume von künftigem journalistischem Ruhm vertieft, dass er heftig zusammenzuckte, als jemand ihn ansprach.

»Josef! Du hier in Essen? Ich fress einen Besen!« Der Mann, der vor ihm stand, musterte ihn perplex.

Nicht minder überrascht starrte Brinkmann sein Gegenüber an. Dass er ausgerechnet hier in Rüttenscheid dem Arschloch Karrenberg über den Weg laufen würde, wäre ihm nie in den Sinn gekommen.

Er räusperte sich. »Seit wann bist du draußen?«

»Seit sechs Wochen.«

»Und was treibt dich nach Essen?«, fragte Brinkmann, obwohl es ihn nicht die Bohne interessierte.

»Neue Stadt, neues Glück«, sagte Karrenberg. »Und alte Freunde besuchen. Hatte ich dir aber schon gesagt, oder?«

Brinkmann durchforstete sein Gedächtnis. Der Kerl hatte ihm vieles erzählt, in der Zeit, als sie zusammen in Düsseldorf eingesessen hatten, er selbst wegen angeblicher Verleumdung und Karrenberg wegen Betrugs und Körperverletzung. Wenn man monatelang in derselben Knastzelle hockte, blieb es nicht aus, dass man sich auch mal privat unterhielt. Gemerkt hatte Brinkmann sich von dem ganzen Geschwafel kaum was. Aber ja, dass er nach Essen wollte, hatte Karrenberg mal irgendwann erwähnt. Dass er da einen kannte, noch aus der Kriegsgefangenschaft, den wollte er besuchen und vielleicht was Geschäftliches mit dem aufziehen. Was Karrenberg so unter Geschäften verstand.

Karrenberg kratzte sich am Kopf, und Brinkmann trat unwillkürlich einen Schritt zurück, als er das winzige zerquetschte Insekt mitsamt Blutfleck an Karrenbergs Fingerspitzen sah.

»Und du?«, wollte Karrenberg wissen. Er grinste kurz und entblößte dabei sein lückenhaftes Gebiss. »Auch wieder dieselbe Masche? Böse Zeitungsartikel über böse Leute? Ohne Rücksicht auf Verluste?«

Brinkmann hätte kotzen können. Als wären sie beide Täter gleicher Couleur! Ihn hatte man dafür bestraft, dass er die Wahrheit ans Licht brachte! Karrenberg hingegen war ein Verbrecher reinsten Wassers!

»Meine Arbeit geht dich nichts an«, sagte er knapp.

Karrenberg betrachtete ihn mit schräg gelegtem Kopf. »Wissen die hier in Essen, dass du wegen dieser *Arbeit* in Düsseldorf gebrummt hast?« Er betonte das Wort auf spöttische Weise.

»Wissen die hier in Essen, weswegen *du* in Düsseldorf gebrummt hast?«, konterte Brinkmann.

Seine Antwort verschlug Karrenberg die Sprache. Allerdings nur ein paar Sekunden lang.

»Du hältst dich immer noch für was Besseres, wie?«, meinte er in gehässigem Tonfall. »Aber du steigst auch noch von deinem hohen Ross runter. Passiert immer mit denen, die dermaßen die Backen aufblasen. Denk an meine Worte.« Damit schlurfte er grußlos davon.

Brinkmann konnte tatsächlich an nichts anderes denken als an Karrenbergs Worte, und sie geisterten ihm auch noch durch den Kopf, als er zu Hause ankam. Er hatte sich schon einmal schwer verkalkuliert und dafür einen hohen Preis bezahlt. Die Gefahr, dass es sich wiederholte, war nicht von der Hand zu weisen. Wollte er diese Story wirklich so sehr, dass er bereit war, noch einmal ins Gefängnis zu gehen?

Er öffnete die mit einem neuen Schloss gesicherte Tür zu seiner Kammer. Drinnen schob er den angerosteten Riegel vor und zog sich den durchgeschwitzten Trenchcoat aus. Er rückte seinen wackligen Stuhl vor die Schreibmaschine, die auf einer Sperrholzplatte stand, welche wiederum auf zwei behelfsmäßig zusammengezimmerten Böcken ruhte. Seine Fingerspitzen glitten über die abgeschabten Tasten, und in diesem Moment verflogen auf magische Weise alle Ängste und Zweifel. Ja, die Story war es wert.

Mit geübten Griffen spannte er ein neues Blatt in die Maschine und fing an zu tippen. Engzeilig, denn Schreibpapier war rar und teuer. Auf der Arbeit waren die Packen abgezählt, wahlloses Hinschmieren von Entwürfen ging nicht. Brinkmann war es gewohnt, druckreif zu tippen. Auf den Punkt, rechtzeitig vor Redaktionsschluss, fehlerfrei, ausdrucksstark. Wenn es eine Sache gab, von der er wirklich was verstand, war es das Schreiben.

*

Im Grunde, so überlegte Carl, war es gar nicht so übel, sich nur mit einem einzigen Fall befassen zu müssen. Das Beste daran war, dass man viel unterwegs sein konnte. Die Ermittlungen, die kreuz und quer durch die Stadt führten, waren deutlich abwechslungsreicher als die Arbeit im Büro. Es gab nichts Lästigeres als die endlosen Stunden am Schreibtisch. Tatortbegehungen, Zeugenvernehmungen, hin und wieder sogar eine Fahrt in eine andere Stadt – wenn man dienstlich laufend auf Achse sein musste, verging jeder Tag wie im Flug.

Um die ganzen Aktenstapel musste sich unterdessen zwangsläufig jemand anderes kümmern, in diesem Fall Behrends, der deswegen in einer Tour fluchte.

Einziger Nachteil war die eingeschränkte Nutzung von Dienstfahrzeugen oder, genauer: deren permanentes Nichtvorhandensein. Carl hatte Döring am Vormittag in dessen Büro aufgesucht und klargestellt, dass er für seine weiteren Ermittlungen ein Auto brauchte, das nur ihm allein zur Verfügung stand. Döring hatte umgehend dafür gesorgt, dass eins bereitgestellt wurde. Es war ein ziemlich abgewracktes Vorkriegsmodell, aber das störte Carl nicht im Geringsten. Wichtig war nur, dass er jederzeit einsteigen und losfahren konnte. Zusammen mit Harry, der ihm für diesen Fall als fester Assistent zugeteilt war und praktischerweise erstaunlich gut Auto fahren konnte. Carl ließ sich von ihm chauffieren und fühlte sich wie der König der Ermittler, so dürfte es gern immer laufen.

An diesem Mittwochnachmittag flatterte allerdings die Arbeit zu ihnen ins Büro. Jemand hatte ein Schriftstück in den Briefkasten des Polizeipräsidiums geworfen, es landete mit dem üblichen Aktenzutrag auf Carls Schreibtisch.

Mit spitzen Fingern blätterte er das zweiseitige Dokument durch und berührte es dabei nur am äußersten Rand, um etwaige Spuren nicht zu verwischen.

»Sehen Sie sich das mal an«, sagte er zu Harry, der am Schreibtisch gegenüber saß.

Harry kam zu ihm und sah ihm über die Schulter.

»Eine Anklageschrift gegen Vahrendonk?«, fragte er überrascht.

»Es sieht aus wie eine, ist aber nicht echt«, erklärte Carl. Er hatte schon zahlreiche Anklageschriften gesehen, das brachte sein Beruf mit sich. Diese war schon deshalb auf den ersten Blick als Fälschung erkennbar, weil der Amtsstempel fehlte. Doch wer auch immer sie fabriziert hatte, musste die juristische Fachsprache beherrschen, das bemerkte man sofort.

Staatsanwaltschaft
Landgericht Essen

An das Landgericht Essen, Strafkammer

Anklageschrift

Der Vorsitzende Richter am Landgericht
Dr. Julius V a h r e n d o n k,
geboren am 10. Mai 1899 in Essen, verheiratet,
Deutscher, wohnhaft in Essen-Bredeney,

wird angeklagt,
in Essen am 22. März 1940 zur Begehung des Mordes an Regine Markwart wissentlich Hilfe geleistet zu haben.

*Verbrechen, strafbar nach §§ 211, 49 StGB**.

Beigefügt war dieser fingierten Anklageschrift ein ausgefülltes Formblatt des damaligen Erbgesundheitsgerichts, demzufolge Vahrendonk die Unfruchtbarmachung besagter Regine Markwart angeordnet hatte. Ein Fall von Zwangssterilisation – sofern es ihn gegeben hatte. Auch hier fehlte der amtliche Stempel, der die Echtheit des Dokuments hätte bezeugen können.

Harry stand neben Carl und las mit. »Durchzuführen nach Paragraf zwei Absatz eins Nummer vier des Gesetzes zur Verhütung erbkranken Nachwuchses. Was stand da drin?«

»Keine Ahnung«, räumte Carl ein.

»Sekunde, ich schau mal nach.« Das kam von Behrends, der ihrer Unterhaltung zugehört hatte. Er holte ein zerfleddertes Gesetzbuch aus den Tiefen seines Schreibtischs und blätterte darin herum. »Paragraf zwei Absatz eins Nummer vier. Da steht was über Fallsucht.«

»Das ist Epilepsie, oder?«, fragte Harry.

Carl nickte.

Harry runzelte die Stirn. »Auch wenn das keine echte Anklageschrift ist – es könnte sich trotzdem so abgespielt haben. Also dass Vahrendonk dieses Mädchen wegen einer Epilepsie hat sterilisieren lassen.« Er hielt inne und warf erneut einen Blick auf das Dokument. »Sie war erst vierzehn«, sagte er dann leise. »Fast noch ein Kind.« Er wirkte sichtlich erschüttert.

Behrends dachte laut nach. »Ich frage mich, wieso jemand

* § 49 StGB regelte in der damals gültigen Gesetzesfassung die Strafbarkeit der Beihilfe.

uns diese gefälschte Anklageschrift schickt. Wer könnte dahinterstecken?«

Harry hatte dazu eine Idee. »Vielleicht Vahrendonks Mörder, der auf diese Weise von sich ablenken will. Indem er uns andere Personen mit möglichen Mordmotiven präsentiert.«

»Guter Ansatz«, meinte Behrends, nur um das Lob mit der nächsten Bemerkung zunichtezumachen. »Sie riechen nicht nur gut, sondern können auch ganz gut denken.« Grinsend wandte er sich wieder seinem Aktenberg zu.

Harry verzog das Gesicht und ging zurück zu seinem Schreibtisch. Carl widerstand dem Drang, Behrends anzublaffen. Harry würde lernen müssen, selbst mit solchen Gemeinheiten fertigzuwerden.

Aus dem Dokument ging die Anschrift der betroffenen Familie hervor. Carl notierte sie und schickte Harry zur Meldebehörde, um herauszufinden, ob noch jemand von der Familie dort lebte. Von wem auch immer diese seltsame Anklageschrift stammte – der Sache musste nachgegangen werden.

KAPITEL 4

Lotti betrachtete Alice verstohlen von der Seite. Sie fragte sich zum wiederholten Mal, wie ein Mensch eine so durchscheinend helle Haut haben konnte, von derart makelloser Glätte und Ebenmäßigkeit, dass es schon beinahe unnatürlich anmutete. Alices Teint ähnelte der Beschaffenheit von Porzellan, aber nicht der gängigen Allerweltsware, sondern dem feinen, samtigen Biskuitporzellan, das für die Herstellung künstlerisch vollendeter Figürchen oder wertvoller Reliefs Verwendung fand. Sogar bei genauerem Hinsehen waren keine Poren im Gesicht ihrer Freundin zu erkennen, und nicht einmal die vereinzelten Sommersprossen, die in zufälliger Verteilung wie hingetupft ihre Nase sprenkelten, vermochten diesen Eindruck von Vollkommenheit zu mindern.

Das wild gelockte rote Haar hob sich in leuchtendem Kontrast von der schimmernden Haut ab, wie Feuer und Milch, jedenfalls war das eine der Assoziationen, die Lotti in den Sinn kamen, wenn sie Alice so wie jetzt betrachtete. Eigentlich waren es kaum mehr als rasche Seitenblicke, unter strikter Vermeidung allzu aufdringlichen Hinschauens, auch wenn es Lotti ständig danach drängte, Alice wieder und wieder anzusehen. Es war beinahe so aufwühlend wie bei ihren Visionen von Jesus – auch da hatte sie mit einer unbezwingbaren Sehnsucht oft auf den einen Moment gewartet, in dem er sich zeigte. Wenn er ihr dann erschienen war, hatte es sich angefühlt wie ein seltsames Fieber, das ihren Körper mit Hitze und ihren Geist mit Ekstase überflutet hatte.

Die Visionen hatten aufgehört, schon im letzten Jahr; kurz vor Weihnachten hatte sie die letzte gehabt, und danach nie wieder eine. Anne und Frieda fragten gelegentlich nach, um sich Gewissheit zu verschaffen, und beide machten sich nicht die Mühe, ihre große Erleichterung vor Lotti zu verbergen, wenn sie hörten, dass Jesus sich nicht mehr blicken ließ. Lotti hatte es anfangs mit Fasten und noch mehr Beten versucht, aber es war wohl endgültig vorbei. Nach einigen Wochen voller Traurigkeit hatte sie es akzeptiert, ebenso wie die möglichen Gründe für das Ende der Visionen. Es lag auf der Hand, dass sie selbst schuld daran war. Sowohl in ihren Gedanken als auch mit ihrem Verhalten hielt sie sich zunehmend im Bereich der Sündhaftigkeit auf. Vergangenen Sommer hatte sie begonnen, mehr oder weniger regelmäßig mit Jürgen ins Kino zu gehen, und nach ein paar Wochen hatten sie sich zum ersten Mal geküsst. Richtig, wie es Erwachsene taten, mit Zunge und fest gegeneinandergepressten Körpern. Es hatte sich aufregend angefühlt, ihr Herz hatte gehämmert wie ein Sack voller Knallfrösche, auch wenn sie zwischendurch immer wieder überlegt hatte, ob ihr Mund wohl nach dem Schinkenbrötchen schmeckte, das sie vor dem Kinobesuch noch rasch gegessen hatte. In der letzten Zeit waren die gemeinsamen Unternehmungen seltener geworden, stattdessen ging sie mittlerweile immer öfter mit Alice weg, ins Kino oder einfach nur spazieren. Einmal waren sie in der Gruga gewesen, da gab es jetzt wieder Gärten und Gehege, nachdem im Krieg und in den Jahren danach dort bloß Gemüse angepflanzt worden war.

Und sie machten oft gemeinsam Hausausgaben, zum Beispiel heute. Sie hatten in Alices Zimmer für eine Mathearbeit gebüffelt, bis sie vorhin aufgebrochen waren, weil sie noch zusammen auf der Rü bummeln gehen wollten.

Alice wohnte mit ihren Eltern, ihrer Großmutter und ihrem kleinen Bruder in der Schönleinstraße, mit Blick auf den Haumannplatz. Natürlich gab es auch in dieser Gegend noch überall Ruinen, aber es wirkte schon wesentlich aufgeräumter als in so manch anderen Straßen, zumindest wenn man in Alices Zimmer am Fenster stand und hinaussah.

Ihre Freundin trug den französischen Nachnamen Lejeune. Ihre Vorfahren waren Hugenotten, so hatte Alice es erklärt, aber dass ihre Eltern ihr einen ebenfalls französisch klingenden Vornamen gegeben hatten, war reiner Zufall gewesen. Ihre Mutter liebte das Buch *Alice im Wunderland* von Lewis Carroll und hatte sich schon als junges Mädchen vorgenommen, ihre künftige Tochter nach der Hauptfigur zu benennen. So war es dann auch geschehen, nur dass sich in der Folge nicht die englische, sondern die französische Aussprache des Namens durchgesetzt hatte. Das wiederum war *kein* Zufall, denn die Familie hatte während der Nazizeit ein paar Jahre in Paris gelebt. Auch davor waren Alices Eltern schon kreuz und quer durch Europa gezogen – ihr Vater war als Botschaftsbeamter bereits bei allen möglichen diplomatischen Vertretungen tätig gewesen. Er war promovierter Politikwissenschaftler und sprach fünf Sprachen fließend. Seine Entnazifizierung hatte sich eine Weile hingezogen, doch inzwischen hatte er, wie Alice zu berichten wusste, endlich einen Persilschein und würde bald in den diplomatischen Dienst zurückkehren können. Demnächst war Deutschland wieder ganz offiziell ein eigener Staat, auch wenn es nur aus Trizonesien bestand und unter Besatzung blieb. Die neue Bundesrepublik Deutschland hatte ein demokratisch gewähltes Parlament sowie eine eigene Regierung mit Ministerien, und künftig würde es auch wieder ein richtiges Auswärtiges Amt geben, da brauchte man natürlich erfahrene Diplomaten. Gut möglich, dass die Lejeunes dann wieder ins Ausland zogen. In Essen waren sie nach dem Krieg ja auch nur gelandet, weil Alices Großmutter dort eine Wohnung besaß und die Familie aufgenommen hatte. Seit vier Jahren lebten sie jetzt hier, in der ständigen Erwartung, dass Alices Vater, der zwischenzeitlich als Übersetzer gearbeitet hatte, seine unterbrochene Karriere wiederaufnehmen konnte.

Auf Lottis Frage, ob Alice dann mit ins Ausland ziehen oder

vielleicht in Essen bei ihrer Großmutter bleiben würde, hatte ihre Freundin nur stumm die Schultern gehoben, eine Geste, die alles oder nichts bedeuten mochte. Jedes Mal wenn Lotti daran dachte, wurde sie von einem seltsam schmerzlichen Gefühl erfasst, und am liebsten hätte sie Alice bestürmt, ihr eine klare Auskunft zu geben. Oder, noch besser: zu versprechen, dass sie auf keinen Fall weggehen würde. Jeder würde es verstehen, wenn sie dabliebe. Erst mal die Schule fertig machte, sich nebenher ein bisschen um die Großmutter kümmerte, die mit ihren dreiundachtzig Jahren schließlich auch nicht mehr die Jüngste war und sonst niemanden mehr hatte.

Es war diese eigentümliche Furcht, vielleicht nie wieder im Leben jemanden zu finden, mit dem sie so frei und unbeschwert reden konnte, über alles Mögliche, angefangen von den neuesten Schlagern im Radio über die Notwendigkeit, sich ein Deodorant zu organisieren, bis hin zu den großen Fragen des Lebens, egal ob es sich um Politik, Krieg oder Liebe handelte. Sie lasen dieselben Bücher und verehrten dieselben Schriftsteller, sie mochten beide Sport, vor allem Langlauf, sie hatten dasselbe Leibgericht – Sauerkraut mit Stampfkartoffeln und Röstzwiebeln, dazu gern Bratwurst, wenn das Geld dafür reichte.

Und dann war da natürlich noch dieses besondere Gefühl von Zusammengehörigkeit. Ein bisher nie gekannter Wunsch nach Nähe und Hinwendung. Und so ein Herzklopfen …

»Tag, Lotti!«

Aus ihren Gedanken gerissen, fuhr sie zusammen.

»Tag, Herr Bloom«, erwiderte sie lahm. Carls neuer Assistent war wie aus dem Nichts aufgetaucht, wahrscheinlich unterwegs zu irgendwelchen Ermittlungen.

»Du hast aber spät Schule aus«, bemerkte er mit Blick auf ihren Tornister.

»Ich war nach dem Unterricht noch bei meiner Freundin

Alice.« Sie besann sich auf ihre Höflichkeit. »Alice, das ist Herr Bloom, der Assistent vom Verlobten meiner Schwester Anne. Herr Bloom, das ist Alice Lejeune, meine Klassenkameradin. Wir machen oft zusammen Hausaufgaben.«

»Freut mich, Alice. Nennt mich doch bitte einfach bloß Harry.« Mit einem bewundernden Blick auf Alice fügte er hinzu: »Du hast unglaubliches Haar!«

»Danke«, sagte Alice. Es klang geschmeichelt. Dann fügte sie lächelnd hinzu: »Nicht alle mögen es. Sie wissen schon, die üblichen Sprüche vom Feuermelder. Oder von Hexen.«

»Wer so was sagt, ist nur neidisch.«

Lotti fühlte sich zu ihrem Schrecken von Ablehnung überwältigt, ohne dass sie auf Anhieb den Grund dafür hätte nennen können. Schließlich musste man sich bei Harry Blooms Komplimenten nicht viel denken, er hatte ihr auch schon eins gemacht, und zwar ausgerechnet über ihre Körpergröße. Bis dahin wäre sie nie auf die Idee gekommen, jemand könne ihre eins achtzig bewunderungswürdig finden, aber Harry Bloom anscheinend schon. Er war auf ein Bier ins *Krause Bäumchen* gekommen, als sie gerade beim Bedienen ausgeholfen hatte. Frieda schien ihn schon zu kennen, sie hatte ihn sogar beim Vornamen genannt. »Harry, das ist meine kleine Schwester Lotti«, hatte sie Lotti vorgestellt.

»Klein?« Harry Bloom hatte sie fasziniert betrachtet. »Lotti, deine Gestalt ist wirklich … königlich!«

Er hatte einen Moment nach dem richtigen Ausdruck gesucht, aber offenbar hatte er es ernst gemeint. Und dann auch gleich zur Bekräftigung betont, dass zwei der bekanntesten und beliebtesten Hollywoodschauspielerinnen ebenfalls an die eins achtzig groß waren, nämlich Ingrid Bergman und Lauren Bacall.

Lotti konnte das schlecht überprüfen, also glaubte sie es einfach, zumal der Vergleich ihr gefiel, weil sie ihrer Körpergröße ansonsten kaum etwas abgewinnen konnte. Das einzig Positive, das man aus ihrer Sicht darüber sagen konnte, bestand darin, dass sie vor ungefähr anderthalb Jahren aufgehört hatte zu wachsen. So musste sie wenigstens nicht befürchten, irgendwann zwei Meter groß zu sein.

Frieda, die mit ihren eins fünfundsiebzig kaum kleiner war als Lotti, mit hohen Absätzen sogar genauso groß, störte sich kein bisschen daran, dass sie vielen Männern auf den Scheitel gucken konnte. Im Gegenteil, sie schien es oft sogar als Vorteil zu betrachten. Und die Männer umschwirrten sie wie die Motten das Licht, trotz oder vielleicht sogar wegen ihrer Größe, in jedem Fall aber wegen ihrer Schönheit und ihres strahlenden Lächelns. Sobald sie einen Raum betrat, zog sie unweigerlich alle Blicke auf sich, und im Gegensatz zu Lotti, die sich unter allzu genauer Beobachtung immer genierte, schien Frieda förmlich dabei aufzublühen, ähnlich wie eine Blume, die sich in der warmen Sonne erst richtig entfaltet und emporreckt.

Lotti wünschte sich, sie hätten einfach wortlos weitergehen können, so schnell wie möglich, bloß um nicht länger mit Harry Bloom reden zu müssen, sonst käme er womöglich auf die Idee, Alice noch mehr Komplimente zu machen. Beunruhigt überlegte sie, wieso sie sich derartig daran störte.

Als er endlich nach einigen nichtssagenden Floskeln in Richtung Polizeipräsidium weiterging, gestattete sie sich ein erleichtertes Aufatmen. Doch Alices nächste Bemerkung versetzte ihre Gedanken erneut in Aufruhr.

»Für einen Kriminalassistenten ist dieser Harry Bloom aber sehr gut angezogen. Hast du den Schlips gesehen? Ich meine, dass er *überhaupt* einen Schlips trägt. Sogar mit Krawattennadel. Sah wie Silber aus. Und der Anzug ist auch nicht von der Stange, da wette ich! Woher kommt er?«

»Keine Ahnung, vielleicht vom Schneider.«

Alice lachte. »Nein, du Dummchen, ich meine doch nicht den Anzug. Sondern Harry.«

»Aus Berlin, soweit ich weiß.« Es gab Lotti einen Stich, dass Alice ihn einfach nur *Harry* nannte, wenn sie über ihn sprach.

»Er sieht aus, als hätte er Geld«, sagte Alice. »Findest du nicht?«

Darüber hatte Lotti sich noch keine großen Gedanken gemacht. Manche Leute waren nun mal besser angezogen als andere, aber die waren nicht zwangsläufig reich. Frieda zum Beispiel zog sich schick an wie sonst kaum eine, trotzdem war sie ganz sicher nicht wohlhabend. Die Kneipe warf inzwischen mehr ab als zu Anfang, doch sie mussten immer noch haushalten und sparen.

»Wenn Harry Bloom reich wäre, würde er bestimmt nicht bei der Polizei arbeiten«, erklärte sie. »Da verdient man nämlich wirklich wenig.« Immerhin *das* wusste sie genau, weil Anne und Frieda sich einmal in ihrem Beisein darüber unterhalten hatten, im Zusammenhang mit der Frage, ob Anne nach der Heirat ihren Beruf aufgeben würde, so wie seinerzeit Frieda, die früher als Büroangestellte bei Krupp gearbeitet hatte.

Sonst wusste Lotti nicht viel über Harry Bloom, außer dass er vierundzwanzig Jahre alt war und neuerdings gern ins *Krause Bäumchen* kam. Lotti vermutete, dass er sich schwer in Frieda verguckt hatte. Aber da musste er sich hinten anstellen, das ging den meisten Männern so.

Als sie bei Lotti daheim in der Klarastraße ankamen, blieb Alice unten vorm Haus stehen und wartete, während Lotti reinging, um rasch ihren Ranzen abzuladen.

Im Treppenhaus lief sie Frieda über den Weg, die gerade die Kneipe aufmachte.

»Du hattest aber heute lange Schule«, sagte Frieda, genau wie zuvor schon Harry. Lotti verdrehte die Augen. Sie war sechzehn, musste sie eigentlich ständig Rechenschaft darüber ablegen, wo sie sich aufhielt?

»Ich war nach der Schule noch bei Alice«, sagte sie. »Wir

wollen jetzt noch ein bisschen bummeln gehen, ich bring nur eben meinen Tornister hoch. Sie wartet draußen.«

»Na gut. Aber nicht ewig, ja? Ohne dich bin ich echt aufgeschmissen.«

Lotti unterdrückte ein Seufzen. Hoffentlich klappte es bald mit der Aushilfe!

Sie brachte ihren Schulranzen in die Wohnung und eilte wieder nach unten, voller Vorfreude auf den Bummel mit Alice. Auf der Rü hatten seit der Währungsreform immer mehr Geschäfte aufgemacht. Kaufen würden sie sich bestimmt nichts, es war alles viel zu teuer. Aber allein schon die Schaufensterauslagen anzuschauen und sich vorzustellen, vielleicht eines Tages mit genug Geld hineinmarschieren und sich was Schönes aussuchen zu können, war schon ein Erlebnis.

Als sie wieder aus dem Haus kam, stand ein Mann vor Alice, er schien sie was gefragt zu haben, denn sie schüttelte den Kopf. Seine Kleidung war schäbig, beinahe zerlumpt, und er hatte eine ungesund gelbliche Gesichtsfarbe. Das Haar war unregelmäßig kurz geschoren. Zwischen den Stoppeln zeigten sich blutig aufgekratzte Stellen.

Lotti zog Alice an der Schulter ein Stück weit zurück. Nur für den Fall, dass er Flöhe hatte. Die konnten im Gegensatz zu Läusen und Wanzen springen.

»Das ist Frau Wiesners Schwester«, erklärte Alice dem Mann. »Sie kann Ihnen bestimmt sagen, wann Frau Wiesner da ist.« Sie wandte sich an Lotti. »Der Mann möchte mit deiner Schwester Anne sprechen.«

»In welcher Angelegenheit?«, erkundigte sich Lotti. Sorge machte sich in ihr breit, die sich bei den nächsten Worten des Mannes in blankes Entsetzen verwandelte.

»Ich bin ein Kriegskamerad von Annemarie Wiesners Ehemann Heinz und habe eine Botschaft für sie. Von Heinz.«

»Aber der ist doch tot! Er ist an der Front gefallen!«

»Nein, ist er nicht. Er ist quicklebendig und sitzt in einem sibirischen Lager. Deshalb muss ich dringend mit deiner Schwester sprechen. Ihr sagen, was Heinz mir aufgetragen hat!« Seine Stimme nahm einen drängenden Ton an. »Du musst Lotti sein, die jüngste Schwester, oder? Von dir hat Heinz mir auch erzählt. Wie gern du in die Kirche gehst. Und wie groß du für dein Alter bist. Na ja, als er dich das letzte Mal gesehen hat, warst du erst neun, das ist ja schon eine Weile her. Aber du bist *wirklich* ein großes Mädchen, Lotti! Heinz wird staunen, wenn er dich wiedersieht! Er kann es kaum erwarten, endlich heimzukehren! Ist denn seine alte Posaune noch da? Er sprach davon, wie sehr er sich danach sehnt, wieder spielen zu dürfen!«

Lotti konnte ihn nur schockiert anstarren. Zu ihrer grenzenlosen Erleichterung erschien im nächsten Moment Frieda auf der Bildfläche. Offenbar hatte sie den Mann durchs Fenster gesehen – sie kam wie eine Furie aus dem Haus gestürmt und baute sich wutentbrannt vor dem Fremden auf.

»Hatte ich Ihnen nicht gesagt, dass Sie sich fernhalten sollen?«

»Aber ich möchte doch nur …«

»Wenn Sie nicht sofort Leine ziehen, rufe ich die Polizei! Und falls Sie noch mal hier aufkreuzen – ich kenne Leute, die dafür sorgen, dass sich das nicht wiederholt!« Aus ihren Worten sprach eine dunkle Drohung, und in diesem Moment zweifelte Lotti nicht im Mindesten daran, dass Frieda genau das meinte, was sie gesagt hatte.

Der Fremde schien Einwände erheben zu wollen, wandte sich dann aber kopfschüttelnd ab und ging davon.

»Du meine Güte«, sagte Alice erschüttert zu Lotti. »Heißt das, dein Schwager lebt noch? Aber deine Schwester will doch wieder heiraten!«

»Und das wird sie auch«, fuhr Frieda dazwischen. Ihre Augen waren kalt wie Eis, in ihrem Gesicht stand ein Ausdruck unversöhnlicher Härte. Sie legte Lotti eine Hand auf die Schulter. »Kein Wort zu Anne, verstanden?«

»Aber … Wenn Heinz noch lebt …«

»Das hat dieser Betrüger sich nur ausgedacht. Er war gestern schon mal da. Wollte Geld für einen angeblichen Brief von Heinz.«

»Du meinst, es stimmt überhaupt nicht?«

»Hab ich das nicht gerade erklärt? Also noch mal: kein Wort zu Anne! Wehe, du erwähnst es auch nur mit einer Silbe! Ich hoffe, wir sind uns einig. Du musst dichthalten. So wie damals, du weißt schon. Schaffst du das?«

Lotti nickte schweigend. Ja, natürlich würde sie es schaffen, sie hatte das ja schon mal hingekriegt, und da war sie noch ein Kind gewesen. Trotzdem fragte sie sich, ob Frieda die richtige Entscheidung getroffen hatte.

*

Kurz vor Feierabend tauchte zu Carls Überraschung einer seiner Hauptverdächtigen im Mordfall Vahrendonk im Polizeipräsidium auf – der Geliebte von Vahrendonks Witwe Sybille.

Staatsanwalt Doktor Burkhard Albrecht kam direkt zu Carl ins Büro marschiert und warf ihm ein Blatt Papier auf den Schreibtisch.

»Bitte sehr. Zu Ihrer weiteren Veranlassung. Kam heute mit der dienstlichen Post bei mir an.« Ein ergrimmter Ausdruck zeigte sich auf seinem männlich hübschen Gesicht, es schien ihm zu widerstreben, überhaupt hier erscheinen zu müssen. Von den umliegenden Schreibtischen trafen ihn neugierige Blicke, der übliche Bürolärm war verstummt.

»Guten Tag, Herr Doktor Albrecht«, sagte Carl mit bemühter Höflichkeit. Albrecht hielt es indessen nicht für nötig, den

Gruß zu erwidern, er stand mit verschränkten Armen da und schaute herablassend in die Runde. Seine Miene sprach Bände. Die Beamten der Kriminalpolizei waren Fußvolk, das ihm zuarbeiten musste, mehr nicht.

Carl nahm das Dokument näher in Augenschein, ohne es zu berühren. Schon auf den ersten Blick war zu sehen, dass es sich um eine ähnliche Anklageschrift handelte wie die andere. Auch sie richtete sich gegen Vahrendonk als vermeintlichen Angeschuldigten.

Staatsanwaltschaft
Landgericht Essen

An das Landgericht Essen, Strafkammer

Anklageschrift

Der Vorsitzende Richter am Landgericht
Dr. Julius V a h r e n d o n k,
geboren am 10. Mai 1899 in Essen, verheiratet,
Deutscher, wohnhaft in Essen-Bredeney,

wird angeklagt,
in Essen am 18. März 1944 zur Begehung des Mordes an Wilhelm Gerber wissentlich Hilfe geleistet zu haben.

Verbrechen, strafbar nach §§ 211, 49 StGB.

Vorsichtig drehte Carl das Blatt um. Die ebenfalls mit Schreibmaschine beschriftete Rückseite enthielt ein Todesurteil gegen besagten Wilhelm Gerber, wegen *Volksverrats gemäß § 2 der Rundfunkverordnung*. Zum Zeitpunkt der Urteilsverkündung war dieser Wilhelm Gerber vierzig Jahre alt gewesen. Seine

Wohnanschrift war ebenfalls enthalten, eine Adresse in Kupferdreh. Die getippte Unterschrift unter dem Todesurteil lautete *Dr. Vahrendonk, Richter am Sondergericht.*

»Das ist natürlich nichts weiter als eine absurde Schmiererei«, erklärte Albrecht.

Harry war an Carls Schreibtisch getreten und überflog den Inhalt. »Hm, noch eine Anklage wegen Beihilfe zum Mord. Ist genauso aufgebaut wie die andere.«

»Welche andere?«, wollte Albrecht wissen.

Darauf ging Carl nicht ein. »Haben Sie eine Idee, wieso dieses Dokument hier ausgerechnet bei Ihnen gelandet ist?«

»Keine Ahnung. Sie nehmen das Ding hoffentlich nicht ernst, oder? Es ist von vorne bis hinten gefälscht!«

»Wollen Sie damit sagen, dass es diesen Wilhelm Gerber nicht gegeben hat und dass Herr Doktor Vahrendonk so ein Todesurteil niemals gefällt hat?«

»Welche Rolle spielt das? Selbst wenn – wie könnte man ihm das anlasten? So waren nun mal die Vorschriften! Julius hat sich immer an Recht und Gesetz gehalten!«

»Selbst wenn«, wiederholte Carl Albrechts Antwort. »Sind Sie sicher, dass er bei seinen Urteilen keinerlei Entscheidungsspielraum hatte?«

Albrecht schien eine wütende Erwiderung auf der Zunge zu liegen, aber es kam nichts.

»Sie sind doch Volljurist und Staatsanwalt«, meinte Carl angelegentlich. »Können Sie mir sagen, was genau in Paragraf zwei der Rundfunkverordnung stand? War da zwingend die Todesstrafe vorgesehen?«

»Stellen Sie sich nicht dümmer, als Sie es sind«, entfuhr es Albrecht. »Finden Sie lieber den Schmierfinken, der das da zusammenfantasiert hat, dann haben Sie Julius' Mörder! Und noch was: Treten Sie mir mit Ihren Ermittlungen nicht auf die Füße, Herr Inspektor. Glauben Sie mir, das würde Sie teuer zu stehen kommen!« Mit diesen Worten wandte er sich ab und verließ türenknallend das Büro.

»Oha, der hat's dir aber gegeben«, meldete sich Behrends in süffisantem Ton. »Ein richtig harter Brocken, was?«

»Da hatte ich schon schlimmere.«

»Ja, aber wer weiß, was der noch in der Hinterhand hat. Die Durchsuchungsbeschlüsse, die du gegen ihn und sein kleines Verhältnis beantragt hast, hat er ja noch gar nicht gesehen!« Feixend wippte Behrends auf seinem Stuhl vor und zurück. »Was ist, soll ich Paragraf zwei der Rundfunkverordnung auch noch für dich nachschlagen?«

»Nicht nötig, ich weiß, was drinstand.«

»Was denn?«, fragte Harry.

»Hören von Feindsendern«, antwortete Behrends an Carls Stelle. »Hat eigentlich jeder gemacht, man durfte sich bloß nicht erwischen lassen. Dann ging es ab ins Zuchthaus. Todesstrafe wurde aber selten verhängt, nur in schweren Fällen. Muss dann wohl einer gewesen sein.« Er deutete auf das Schriftstück. »Der Name Gerber kommt mir bekannt vor. Gut möglich, dass zu dem Vorgang mal ein Flugblatt verteilt wurde. Die gab's ja immer wieder, zur Abschreckung.«

Carl erinnerte sich noch gut an diese reißerisch aufgemachten Zettel mit den blutrünstigen Schlagzeilen.

Todesurteil für Rundfunkverbrecher!

Rundfunkverbrecher sind Volksverräter!

Sie verdienen die härteste Strafe!

»Dann hat es dieses Todesurteil wohl wirklich gegeben«, konstatierte Harry.

»Scheint so«, meinte Behrends, den das offenbar völlig kaltließ. Er beugte sich wieder über seine Akten, und Carl notierte sich die Adresse jenes Wilhelm Gerber, den man zum Schwerverbrecher abgestempelt hatte, weil er einen ausländischen Radiosender gehört hatte.

Harry schob auf Carls Geheiß die Anklageschrift in einen Umschlag und ging damit zur Spurensicherung. Als er zurückkam, waren die anderen im Büro bereits in den Feierabend verschwunden. Carl hatte allerdings nicht vor, schon nach Hause zu gehen.

»Liegt noch was an, Chef?«, wollte Harry wissen. Fragend sah er zu, wie Carl seinen Bleistift spitzte.

»Ich will noch zu Regine Markwarts Familie.«

»Dann hol ich mal eben den Wagen.«

»Es ist schon ziemlich spät, Sie können gern heimgehen.«

»Ich will lieber mitkommen.«

Carl hatte nichts anderes erwartet. Auch wenn er es ganz und gar nicht vorgehabt hatte – er fing an, seinen jungen Kollegen immer mehr zu mögen.

*

Das vierzehnjährige Mädchen, das bei der von Vahrendonk angeordneten Zwangssterilisierung gestorben war, hatte zuletzt in Fischlaken gewohnt. Das Haus der Familie Markwart befand sich in einer Siedlung, die vom Krieg verschont geblieben war und in ihrer Unberührtheit wirkte wie aus der Zeit gefallen. Saubere kleine Vorgärten zur Straße hin, große Obst- und Gemüsegärten nach hinten raus, eine heimelige Idylle oberhalb des Baldeneysees im Süden von Essen.

Heiseres Hundegebell drang aus dem Inneren des Hauses, als Harry läutete. Ein Mann öffnete ihnen die Tür. Er war um die fünfzig, doch seine Gestalt war gebeugt wie bei einem Greis. Dafür war sein eisengraues Haar für sein Alter bemerkenswert dicht. Um die Mundwinkel hatte er tiefe Kerben, und auch die wasserhellen Augen waren von unzähligen Krähenfüßen umgeben.

Der Hund drängte sich neben ihm in die Tür und bellte erneut. Es war ein großes Tier mit lockigem schwarzem Fell und Schlappohren.

»Aus, Rex«, sagte der Mann. Er griff nach unten und hielt den Hund am Halsband fest.

»Inspektor Bruns von der Kripo Essen«, stellte Carl sich vor. »Das ist Kriminalassistent Bloom. Wir kommen in einer Mordsache und hätten ein paar Fragen. Sind Sie der Vater von Regine Markwart?«

Der Mann nickte, er wirkte müde und resigniert. »Rudolph Markwart. Es geht um den Tod von Richter Vahrendonk, oder?«

»Sie wissen davon?«

»Hab's heute in der Zeitung gelesen. Und da habe ich mir gleich ausgerechnet, dass die Polizei über kurz oder lang hier auf der Matte steht.«

»Warum?«, fragte Carl.

»Na, wegen dem, was mit meiner Tochter passiert ist.« Markwart unterbrach sich und hustete in die vorgehaltene Hand. »Deshalb sind Sie doch hier, oder? Weil Sie denken, dass es da einen Grund gab, sich zu rächen.«

Der Hund knurrte und fing dann wieder zu bellen an.

»Können wir reinkommen?«, fragte Carl.

»Gehen wir lieber in den Garten. Da kann Rex herumspringen, und wir haben mehr Ruhe beim Reden.« Rudolph Markwart legte dem Hund eine Leine an und führte Carl und Harry am Haus vorbei durch eine verschließbare Gartenpforte, die er hinter sich zuzog, ehe er das Tier von der Leine ließ. Rex begann auf der Stelle, den Vögeln nachzujagen, die auf der angrenzenden Obstwiese herumflatterten.

Hinter dem hangseitig gelegenen Haus befand sich ein gepflasterter Hof, mit Ausblick auf einen Hühnerstall und ausgedehnte Gemüsebeete. Alles wirkte ordentlich und gepflegt. Die Hühner pickten in ihrem Gehege, auf einer Wäscheleine hing

Kleidung zum Trocknen. In einer Schubkarre neben dem Gartenweg war Komposterde aufgehäuft, daneben lehnte ein Spaten.

»Ist Ihre Frau auch da?«, fragte Carl.

»Die lebt nicht mehr«, sagte Rudolph Markwart. Ein erneutes Husten folgte seinen Worten. Es klang nicht nach einer Erkältung, sondern nach einer ernstlichen Krankheit. Carl hatte diesen Husten schon oft gehört, zahlreiche seiner Kumpel vom Pütt hatten ihn bekommen.

»Tut mir leid«, sagte er. »Auch das mit Ihrer Tochter. Wohnen Sie allein hier?«

»Was man so allein nennen kann mit den Zwangseinquartierungen. Vier Bergleute, alles Hauer. Sind aber gute Kumpels, ich kann mich nicht beschweren. Momentan sind sie auf Spätschicht.«

»Sind Sie selbst auch noch berufstätig?«

Markwart schüttelte den Kopf. »Kaputtgeschrieben, schon lange.«

»Staublunge, oder?«, fragte Carl. Mitleid erfüllte ihn. Der Mann hatte eine Menge mitgemacht, und nun auch noch das.

Mit einem Mal wirkte Markwart gereizt. »Was hat das alles mit dem Mordfall zu tun? Warum sagen Sie nicht einfach, was Sie von mir wollen? Sie suchen doch nach Leuten, die was gegen Vahrendonk hatten, oder?«

»Das ist Teil unserer Ermittlungen«, stimmte Carl zu. Er beobachtete den Mann aufmerksam. Rudolph Markwart schien aufgewühlt, aber das war nach Lage der Dinge verständlich und völlig normal. Der Richter, der seine Tochter auf dem Gewissen hatte, war umgebracht worden, und nur einen Tag später stand die Polizei vor der Tür und stellte Fragen. Da wäre es höchstens verdächtig gewesen, wenn Markwart sich *nicht* aufgeregt hätte.

»Was ging Ihnen durch den Kopf, als Sie von seinem Tod

erfahren haben?«, fragte Carl. Er ließ Markwart nicht aus den Augen.

»Ich bin bestimmt nicht traurig darüber«, gab Markwart zurück, nun sichtlich um Beherrschung bemüht. »Seinetwegen ist mein einziges Kind gestorben.« Er sah Carl an. »Regine war ein fröhliches Mädchen, sie hat viel gelacht. Sie liebte Tiere und war gut in der Schule. Meine Tochter hat keinem was getan, Herr Inspektor. Gar nichts. Und es war nicht mal klar, ob sie überhaupt was hatte. Ich meine, diese angebliche Fallsucht. Sie ist einmal ohnmächtig geworden, mit sechs. Und dann noch mal mit zehn. Der Kinderarzt meinte, es hätte auch einfach nur der Kreislauf sein können. Wir müssten es im Auge behalten, sagte er. Und dann kam auf einmal die Verfügung vom Gericht. Wir haben alles versucht, meine Frau und ich. Lauter Eingaben und Widersprüche eingereicht. Aber wir konnten nichts machen. Regine wurde von der Polizei abgeholt und ins Krankenhaus gebracht, für die Operation. Und drei Stunden später war sie tot. Ein seltener Unglücksfall, hieß es. Weil sie die Narkose nicht vertragen hat.« Markwarts Stimme zitterte vor unterdrückten Emotionen. »Vahrendonk hätte auch bestimmen können, dass man abwartet. Dass man sie noch mal untersucht. Aber nein, man musste ihr ja unbedingt sofort den Bauch aufschneiden. Sie *unfruchtbar* machen!« Er brach ab. Dann holte er Luft und fügte leise hinzu: »Wenn das Ihre Tochter gewesen wäre – würden Sie da nicht auch denken, dass so ein Richter den Tod verdient hat?«

Auf diese Diskussion ließ Carl sich nicht ein. »Kann ich mal Ihre Küche sehen?«

»Die Küche?«, echote Markwart, offenbar perplex über dieses plötzliche Ansinnen. »Wieso das denn?«

»Geht es, oder muss ich erst mit einem Durchsuchungsbeschluss wiederkommen?«, fragte Carl. »Dann würden Sie ab sofort als Verdächtiger gelten.«

»Ich habe nichts zu verbergen.« Markwart führte Carl und Harry durch die Kellertür in die Waschküche des Hauses und von dort eine enge steinerne Treppe hinauf in den Wohnbereich. Die Küche wirkte sauber und aufgeräumt. Ein blank gescheuerter Holztisch, eingerahmt von einer Eckbank und drei Stühlen. Ein Wandbord mit einigen angestoßenen Tellern und Tassen über dem emaillierten Spülstein. Auf der Anrichte zwei Gläser mit Eingemachtem, eins mit Schnibbelbohnen, das andere mit Pflaumen. Ein alter Küchenschrank mit diversen Schubladen und Klapptüren. Und ein mit Kohle betriebener Herd, den Carl mit besonderer Aufmerksamkeit inspizierte. Er öffnete die Klappe des Backfachs und schnupperte hinein. Nichts, das auch nur entfernt nach Mandeln gerochen hätte. In den Schüben und Fächern des Schranks fanden sich die üblichen Küchenutensilien und -vorräte, lauter Dinge, die man in einer Küche wie dieser erwarten durfte. Alles völlig unverdächtig.

»Sind Sie bald fertig?«, wollte Markwart wissen, nun wieder ungehalten. »Was suchen Sie denn eigentlich hier? Wollen Sie mir was anhängen?«

»Es tut mir leid«, sagte Carl, was in diesem Fall absolut der Wahrheit entsprach. »Aber polizeiliche Ermittlungen sind nicht immer angenehm. Vor allem nicht für Leute, die sich nichts vorzuwerfen haben.«

Markwarts Empörung verflog, er breitete ergeben die Hände aus. »Sie tun nur Ihre Pflicht, Herr Inspektor. Ich wollte nicht unhöflich sein.« Er hielt inne, dann fuhr er mit brüchiger Stimme fort: »Über den Tod meines Kindes werde ich nie hinwegkommen, Regine war unser Leben. Manchmal stelle ich mir vor, wie sie wohl heute wäre, mit dreiundzwanzig. Vielleicht wäre sie schon verheiratet und selbst Mutter. Meine Frau war erst einundzwanzig, als Regine zur Welt kam, wir waren junge Eltern. Hin und wieder male ich mir aus, wie es wäre, ein Enkelchen im Arm zu halten, mit ihm zu scherzen und zu lachen. Aber das sind nur Fantasien. Gedanken an eine Zukunft, wie sie hätte sein können.«

»Vahrendonk hat Ihnen all das genommen«, stellte Carl fest. Ganz gegen seine Gewohnheit machte er sich keinerlei Notizen. Alles, was er sich hätte aufschreiben können, stand längst mit beschämender Klarheit im Raum. Dieser Mann hatte das Wichtigste im Leben verloren. Und er hatte danach irgendwie weitergemacht, auch wenn es ihm das Herz gebrochen hatte.

»Sie haben recht, er hat unser Leben zerstört«, sagte Markwart. »Aber nichts, was ich nach Regines Tod noch hätte tun können, hätte sie mir wieder zurückgebracht, verstehen Sie? Auch wenn Vahrendonk sich jetzt die Radieschen von unten anschaut – meine Tochter ist immer noch tot, und ich bin immer noch allein.«

Das Gespräch war beendet, er begleitete Carl und Harry durch den Hausflur zur Tür.

»Ist das Regine da auf dem Bild?«, fragte Harry. Er deutete auf ein großes Foto, das im Treppenhaus hing. Bei ihrer Ankunft hatten sie es nicht gesehen, weil sie gleich in den Garten gegangen waren.

»Ja, das ist Regine. Das Bild wurde drei Wochen vor ihrem Tod aufgenommen.«

Das Foto zeigte eine hübsche blonde Frau Mitte dreißig und ein Mädchen, das ihr wie aus dem Gesicht geschnitten ähnelte. Beide strahlten in die Kamera, als könnte die Welt nicht schöner sein.

»Sie war ein glückliches Kind«, sagte Markwart. »Ein junger Mensch, der die ganze Welt umarmen wollte.«

*

Markwarts Worte hallten lange in Carl nach. Während der Rückfahrt nach Rüttenscheid saß er in sich gekehrt auf dem Beifahrersitz. Harry lenkte den Wagen schweigend durch den spärlichen Verkehr. Er wollte noch auf ein Bier in die Klarastraße, anscheinend war das *Krause Bäumchen* binnen weniger Wochen zu seiner Stammkneipe avanciert. Carl beschloss, noch ein Glas mitzutrinken. Nachher würde er Anne wie üblich von der Arbeit abholen, da lohnte es sich sowieso kaum, vorher noch heimzufahren.

Die Gaststätte war gesteckt voll, vor der Theke herrschte dichtes Gedränge. Frieda strahlte, als sie Harry hereinkommen sah. Sofort schob sie ihm unaufgefordert ein frisch gezapftes Pils über den Tresen hin. Dann fiel ihr Blick auf Carl, und ein Ausdruck von Besorgnis trat auf ihr Gesicht. Er hatte den Eindruck, dass irgendwas im Busch war, aber schon im nächsten Moment schäkerte sie wieder mit Harry, der mit überraschend witzigen und schlagfertigen Bemerkungen für Stimmung sorgte. An der Theke erhob sich Gelächter, als er erzählte, wie er sich an seinem ersten Tag im Präsidium verlaufen hatte. Der Pförtner hatte ihn direkt zum Polizeichef geschickt, in der Annahme, es handle sich um den neuen Referenten, denn der hieß auch zufällig Harry mit Vornamen.

»Ich saß zwei Stunden da oben im Büro, habe telefoniert und Akten entgegengenommen, bevor irgendwer merkte, dass ich der falsche Harry war. Und auch mir ist es die ganze Zeit nicht aufgefallen. Ich dachte nur: Wahnsinn, was für ein geräumiges Amtszimmer, sogar mit eigenem Telefon! Und einem richtigen, edlen Füller! Dann schmissen sie mich raus und schickten mich runter, in ein Büro, das deutlich kleiner war, aber dafür mit einem halben Dutzend Schreibtischen darin, die so eng stehen, dass man einen Schuhanzieher zum Hinsetzen braucht.«

Carl griente, obwohl er die Geschichte schon kannte. In seiner Abteilung hatten sich alle darüber schlappgelacht.

Der Lärm schwoll wieder an, die nächste Runde Bier wurde ausgeschenkt. Die Gäste prosteten einander zu, die meisten davon Bergleute und Fabrikarbeiter, aber auch mehrere Frauen. Einige davon umlagerten Harry wie einen Paradiesvogel, was er mit seinem eleganten Aufzug in dieser eher schlichten Umgebung wohl auch war.

Carl unterhielt sich mit Aleksandr und Borjan Drewin, den baltischen Zwillingsbrüdern, die auf Zeche Zollverein als Hauer arbeiteten, so wie er selbst während der Nazizeit. Die zwei wohnten oben unterm Dach und waren oft im *Krausen Bäumchen,* Carl verstand sich recht gut mit ihnen. Eine Zeit lang hatte allerdings zwischen ihm und den Brüdern dicke Luft geherrscht – einmal hatte er Borjan verhaften müssen, was sich zum Glück bald darauf als unbegründet erwiesen hatte.

Mit siebzehn waren die beiden als Zwangsarbeiter nach Deutschland verschleppt worden und nach dem Krieg in Essen geblieben. Wie so viele Displaced Persons aus den sowjetischen Gebieten zogen sie es vor, nicht in ihre Heimat zurückzukehren, weil sie dort damit rechnen mussten, als Kollaborateure im Straflager zu landen.

In einer Gesprächspause gab Frieda Carl einen Wink. Sie deutete auf die Schwingtür hinter sich, zum Zeichen dafür, dass sie allein mit ihm reden wollte. Irgendwas war passiert, seine Ahnung hatte ihn nicht getrogen.

Mit einem mulmigen Gefühl im Magen folgte er ihr in den Raum hinter der Theke. Hier befand sich die Küche der Gaststätte. Frieda hatte beide Arme um ihren Oberkörper geschlungen, als würde sie frieren. Ein Ausdruck von Verzweiflung spiegelte sich in ihren ebenmäßigen Zügen.

»Was ist los?«, fragte Carl, bereits auf schlechte Nachrichten eingestellt. Als sie ihm dann allerdings vom Auftauchen eines Fremden namens Ernst Haller erzählte, zog es ihm den Boden unter den Füßen weg. Wie versteinert stand er da und konnte es nicht fassen.

»Ich hätte es Anne schon gestern sagen sollen«, schloss sie bedrückt. »Spätestens heute Morgen! Aber ich hab's einfach nicht fertiggebracht!« Hoffnungsvoll sah sie ihn an. »Vielleicht muss sie es ja gar nicht erfahren. Wenn du dir diesen Ernst Haller mal richtig vornimmst ... Der Kerl *kann* doch nur ein Betrüger sein, oder? Carl? Sag doch was!«

Carl blieb stumm. Es hatte ihm nachhaltig die Sprache verschlagen. Mit einem Mal hatte er Mühe zu atmen. Er hatte keine Ahnung, wer oder was der Kerl war. Aber natürlich würde er es herausfinden, schließlich ging es um nichts weniger als seine Zukunft mit Anne. Sie war sein Leben, ohne sie war er nichts. Er versuchte, sich zusammenzureißen und Haltung zu bewahren, doch nach dem Gespräch mit Frieda fühlte sein Inneres sich an wie in Stücke gebrochenes Eis.

*

Auf der Station war um diese späte Tageszeit nicht viel los, die meisten Patienten schliefen längst. Anne saß im Schwesternzimmer und las Zeitung, als ihre Kollegin Gesine hereinkam. Wie üblich war sie kurz vor zehn erschienen, rechtzeitig für die Übernahme der Nachtschicht.

»Vorn beim Ausgang wartet jemand auf dich«, sagte sie zu Anne. »Es ist nicht Carl«, fügte sie beim Anblick von Annes erfreutem Gesicht hinzu.

»Wer denn dann?« Anne verdrängte die beklemmende Furcht, die von ihr Besitz ergreifen wollte. Ihr verbrecherischer Schwager Arnold war tot, er würde ihr nie wieder was antun können. Genauso wie die anderen Mörder. Sie waren vor ihren Augen gestorben. Warum konnte sie nicht einfach aufhören, sich zu ängstigen?

»Ein ziemlich heruntergekommener Kerl. Er sagt, er will dich sprechen.« Gesine musterte sie fragend. »Soll ich ihn wegschicken?«

»Hat er auch gesagt, worum es geht?«

»Um deinen Mann. Heinz. Mehr hat er sich nicht entlocken lassen. Meine Güte, Anne! Was könnte er wollen? Du hast deinen Mann doch für tot erklären lassen, oder?«

Anne spürte, wie eine kalte Hand nach ihrem Herzen griff. Wie gelähmt blieb sie sitzen, ihr Puls raste. Im nächsten Moment hielt es sie nicht mehr auf dem Stuhl, sie sprang auf und eilte zur Tür.

»Ich komme besser mal mit«, sagte Gesine besorgt. Sie wartete Annes Antwort nicht ab, sondern hängte rasch ihre Jacke an einen der Wandhaken und folgte Anne in Richtung Ausgang.

Gesine hatte nicht übertrieben, der Fremde wirkte verwahrlost, auch wenn das in einer Zeit, in der kaum jemand genug Geld für gute Kleidung besaß, nicht viel über einen Menschen aussagte.

Vielleicht war es sein unsteter Blick oder die Art, wie er sich bewegte, als er auf Anne zutrat. Vielleicht auch dieses ölige, aufgesetzte Lächeln, mit dem er sich ihr vorstellte. Woran auch immer es lag – er war ihr auf Anhieb zuwider.

»Gestatten, Ernst Haller mein Name. Sie müssen Annemarie Wiesner sein. Genau wie Heinz Sie mir beschrieben hat. ›Meine Anne ist blond und zierlich und wunderhübsch‹, das waren seine Worte.«

Es traf Anne wie ein Schlag in die Magengrube. »Wann?«, fragte sie. Ihre Stimme war kaum mehr als ein Krächzen. »Wann hat er das gesagt?«

»Vor drei Monaten. In Sibirien. Da waren wir noch zusammen im Lager. Ich bin rausgekommen, er nicht. Wir haben uns gegenseitig versprochen, unsere Angehörigen zu informieren.

Je nachdem, wer als Erster freikommt. Und da bin ich. War auch schon bei Ihnen zu Hause in der Klarastraße, sogar zweimal. Aber Ihre Schwester hat mich weggeschickt. Sie glaubt mir nicht, dass Heinz noch lebt, obwohl ich einen Brief von ihm mitgebracht habe.«

Seine Erklärungen kamen wie durch dicken Nebel bei Anne an, sie konnte kaum nachvollziehen, was er sagte. Um sie herum drehte sich alles, vor ihren Augen wallten dunkle Schwaden, mit einem Mal spürte sie ihren Körper nicht mehr. Raum und Zeit schienen ihr abhandengekommen zu sein.

»Anne?« Gesines Stimme drang wie aus weiter Ferne an ihr Ohr. »Anne!«

Was war los mit ihr? War sie umgekippt? Ja, sie lag tatsächlich auf dem Boden, immerhin das nahm sie wahr.

Von irgendwoher hörte sie Doktor Emmerichs besorgte Stimme.

»Du lieber Himmel! Ist sie kollabiert? Frau Wiesner?!«

Anne sackte wieder weg, sie vermochte nicht zu sagen, ob Sekunden oder Minuten vergingen, bevor sie nach Luft schnappend zu sich kam. Gesine schwenkte ein Fläschchen vor ihrer Nase hin und her, es roch scheußlich.

»Gott«, keuchte Anne. Sie hustete und musste einen Würgereflex unterdrücken. »Was für ein Zeug ist das?«

»Gutes altes Riechsalz«, sagte Gesine. »Hab ich noch von meiner Oma.«

Gemeinsam mit Doktor Emmerich hievte sie Anne wieder auf die Beine.

»Geht's?«, wollte sie wissen. Sie wirkte betroffen.

Anne nickte. Wie von ferne sah sie Carl vorfahren und aus dem Wagen springen. Er kam die Treppe zum Eingang des Krankenhauses heraufgehastet. »Anne! Was ist passiert? Geht es dir gut?«

»Sie war nur kurz ohnmächtig«, erklärte Gesine. Es sollte beruhigend klingen, aber Carls Anspannung schien sich nicht zu legen, er bestand darauf, den Grund zu erfahren.

»Da war so ein Fremder, der mit ihr sprechen wollte«, sagte Gesine, als Anne nicht sofort antwortete. Sie blickte sich suchend um. »Jetzt ist er weg. Er hat behauptet, dass …«

Anne fiel ihr ins Wort. »Ich erzähl's Carl nachher selber, Gesine.«

Doktor Emmerich ließ sich nicht davon abhalten, ihren Puls zu messen und sie sorgfältig abzuhören, und erst nachdem er sich davon überzeugt hatte, dass sie wohlauf war, kehrte er auf die Station zurück.

»Ich gehe mich rasch umziehen, bin gleich wieder da«, sagte Anne zu Carl. Er stand kreidebleich und mit hängenden Armen bei der Tür und nickte nur stumm.

Gesine blieb ihr auf dem Weg ins Schwesternzimmer dicht auf den Fersen, und während Anne sich vor dem Spind den Kittel auszog und in ihre Straßenkleidung schlüpfte, lehnte sie an der Wand und schaute ihr zu.

»Wirklich, es geht mir wieder gut«, beteuerte Anne. »Du musst nicht auf mich aufpassen.«

»Ich will nur sichergehen«, meinte Gesine. Sie rang mit sich, dann fügte sie hinzu: »Anne, ich hab gehört, was der Mann zu dir gesagt hat.«

»Ja«, sagte Anne nur, womit sie zugleich deutlich machte, dass sie nicht darüber reden wollte.

Gesine drang zum Glück nicht weiter in sie. Anne nahm ihre Handtasche und eilte zum Ausgang, wo Carl schon ungeduldig auf sie wartete. Er zog sie ohne Umschweife in die Arme und hielt sie fest. Sie spürte seinen Herzschlag an ihrem Brustkorb.

»Dieser Mann«, sagte er leise neben ihrem Ohr. »Hat er seinen Namen gesagt?«

Sie nickte. »Ernst Haller. Carl, ich …« Sie brach ab und suchte nach Worten.

»Ich weiß es schon.« Carls Umarmung verstärkte sich, er presste sie so fest an sich, dass sie kaum noch atmen konnte. »Er war auch in der Klarastraße. Gestern und heute. Frieda hat's mir vorhin erzählt. Sie hat sich nicht getraut, es dir zu sagen.«

Nur zögernd ließ er sie los. Behutsam fasste er sie beim Arm und dirigierte sie zum Wagen wie ein kleines Kind. Als sie beide drinsaßen, sprach er weiter.

»Anne, du darfst nicht glauben, was der Kerl behauptet! Das ist eine bekannte Masche. Morgen ziehe ich beim Betrugsdezernat Erkundigungen ein. Bestimmt liegt gegen den Mann schon was vor. Das sind Wiederholungstäter.« Seine Stimme klang abgehackt, er redete ohne Punkt und Komma. »Hauptsache, du kaufst ihm seine Lügen nicht ab. Und das meine ich wörtlich, Anne! Für seine angeblichen Informationen wollte er Geld von Frieda, und das nicht zu knapp. Auch von dir wird er welches fordern, wenn er das nächste Mal aufkreuzt.«

»Er sagte, er hätte einen Brief von Heinz«, erwiderte Anne tonlos.

»Das hat er Frieda gegenüber auch behauptet. Eine Lüge, die zum Himmel stinkt.«

»Und wenn es wahr ist?«

»Ist es nicht!«

Anne wusste nicht mehr, was sie sagen sollte. Sie war bis in die Grundfesten erschüttert. Alles war auf einmal wieder da. Die vielen Monate der Hoffnung, die sich allmählich in lähmende Trauer verwandelt hatte. Das schmerzliche Gefühl, ihre Liebe zu Heinz zu verraten, als sie ihn nach fünf Jahren der Ungewissheit schließlich für tot erklären ließ. Ihr war nichts anderes übrig geblieben, sie hatten die Witwenrente so dringend gebraucht, um über die Runden zu kommen! Und dann der Tag, an dem sie ihn endlich hatte loslassen können. Wo sie begriffen hatte, dass er Teil einer Zeit war, die unwiederbringlich vorbei war. An jenem Tag hatte sie sich neu verliebt, in

Carl, der nach zwanzig Jahren wieder in ihr Leben getreten war, und obwohl sie es nie für möglich gehalten hätte, war es so leicht gewesen, sich in diesem wundervollen Gefühl zu verlieren.

»Und wenn doch alles stimmt?«, fragte sie irgendwann leise.

»Hör auf damit!« Carl sah sie eindringlich an. »Selbst wenn es einen Brief geben sollte – es wäre eine Fälschung! So machen es Betrüger, Anne! Sie spielen dir was vor, mit allen Mitteln! Das ist ja genau die Masche, mit der sie einen ködern wollen! Allein die Tatsache, dass er vorhin so plötzlich verschwunden ist, spricht Bände! Er hat den Polizeiwagen gesehen, und ruckzuck war er weg!«

Darauf ging Anne nicht ein. Eine Menge Leute hatten Angst vor der Polizei, selbst wenn sie nichts verbrochen hatten. Das steckte ihnen in den Knochen. Es war noch nicht lange her, dass Menschen von der Straße weg verhaftet worden waren, nur weil sie dem falschen Glauben oder der falschen Partei angehörten.

Sie atmete durch. »Wie viel wollte er von Frieda für diesen Brief haben?«

»Dreihundert Mark.« Carl musterte sie. »Warte mal. Du denkst doch nicht ernstlich daran, dem Kerl das Geld in den Rachen zu werfen?!«

»Wenn ich mir damit Gewissheit verschaffen könnte, wäre es nicht zu viel!« Sie bemühte sich, ihr Argument zu untermauern. »Ich kenne Heinz' Handschrift genau! Und auch seine Ausdrucksweise. Er hat mir ein paarmal von der Front geschrieben. Die Feldpostbriefe habe ich noch!«

»Es gibt nur eine Möglichkeit, wie du dir Gewissheit verschaffen wirst«, sagte Carl mit grimmiger Stimme. »Ich verhafte den Mistkerl, und dann sehen wir weiter!«

*

Später, als sie mit Frieda allein im Schlafzimmer war, versuchte Anne immer noch vergeblich, Ordnung in ihre Gedanken zu bringen. Sie ging es von der Seite der Vernunft an. Carl hatte recht, der Mann hatte beim Auftauchen des Polizeiwagens blitzartig die Flucht ergriffen. Und er hatte alles andere als vertrauenswürdig gewirkt. Allein dass er Geld verlangt hatte und damit die verzweifelte Hoffnung von Hinterbliebenen ausnutzte, bezeugte eine widerwärtig unredliche Gesinnung. Andererseits – was, wenn er dennoch die Wahrheit gesagt hatte? War das tatsächlich mit letzter Gewissheit auszuschließen? Heinz in einem sibirischen Gefangenenlager, einsam und abgeschnitten vom Rest der Welt, nur am Leben gehalten von der Hoffnung, eines Tages wieder nach Hause zurückzukehren. Zu ihr, seiner Frau.

Anne starrte das amtliche Schreiben an, das heute von der Stadtverwaltung gekommen war. Sie saß auf dem Bett und hatte es auf den Knien liegen, weil ihre Hände nicht aufhörten zu zittern, sobald sie es hochhob. Ein neuer Termin beim Standesamt. Ihrer Heirat stand nichts mehr im Wege. Es sei denn, Heinz wäre noch am Leben.

Sie war kurz davor, ihre Qual laut hinauszuschreien. Wie sollte sie das aushalten?

Frieda schlug sich auf Carls Seite. »Von dem Kerl lassen wir uns nicht abkochen«, erklärte sie mit Bestimmtheit. »Der kriegt keinen Pfennig von uns!«

Sie stand vor dem Kleiderschrank und zog sich aus, umgeben von einer Wolke aus Bier- und Zigarettendunst. Die stundenlange Arbeit in der Kneipe hing ihr buchstäblich in den Kleidern. »Du solltest einfach nicht mehr dran denken«, schlug sie Anne vor. »Es wird schon alles gut.«

»Was soll denn bitte gut werden?«, entfuhr es Anne. »Wenn Heinz noch lebt, kann ich Carl nicht heiraten! Das wäre Bigamie!«

»Stell dir doch nicht immer gleich das Schlimmste vor!« Frieda streifte energisch ihre Unterwäsche ab und warf sie in den Wäschekorb in der Ecke. Mit der anderen Hand zerrte sie ein frisches Nachthemd aus dem Schrank, ohne Rücksicht darauf, dass sie damit alles durcheinanderbrachte. Dann wandte sie sich mit einem Ruck zu Anne um. Ihre nackten Brüste wogten bei der raschen Bewegung, sie hielt das Nachthemd noch in der Hand. »Ich weiß, was wir machen!«, erklärte sie mit entschlossener Stimme. »Wenn er das nächste Mal aufkreuzt, tun wir so, als würden wir ihm das Geld geben wollen. Aber stattdessen halten wir ihm *das* hier vor die Nase! Und sperren ihn so lange in den Keller, bis Carl kommt und ihn in den Knast steckt.« Mit diesen Worten brachte sie einen Gegenstand zum Vorschein, der Anne vor Entsetzen zusammenzucken ließ – eine in stumpfem Schwarz schimmernde Schusswaffe.

Anne starrte die Pistole an. »Ich dachte, du hättest sie bei der Polizei abgegeben!«

»Es ist eine andere«, sagte Frieda. Trotzig hob sie den Kopf. »Ich brauche das einfach zu meinem Schutz. Keine Ahnung, wieso. Ich *weiß,* dass sie alle tot sind, Arnold und die restliche Bande. Aber trotzdem habe ich immer noch Albträume. Diese Knarre hilft mir, besser zu schlafen.« Eilig fügte sie hinzu: »Keine Sorge, sie ist nicht geladen! Denkst du, ich wüsste nicht, wie neugierig Emil ist? In seinem Alter war ich genauso, kein Schrank war vor mir sicher.« Sie verstaute die Waffe wieder hinter ihrer Wäsche und schickte sich an, das Nachthemd überzuziehen. Genau in diesem Moment bemerkte Anne etwas, das sie die ganze Zeit vor sich gehabt, in ihrem desolaten Gemütszustand jedoch nicht richtig wahrgenommen hatte.

»Um Gottes willen, Frieda!«, entfuhr es ihr. »Du bist schwanger!«

Frieda hielt sich hastig das Nachthemd vor den nackten Oberkörper. Sogar im matten Licht der Nachttischlampe war zu erkennen, dass sie rot anlief. Sie machte keinen Versuch, das Offensichtliche abzustreiten. Anne war eine erfahrene Krankenschwester, sie hatte schon Frauen in allen Stadien der Schwangerschaft gesehen und kannte sämtliche Anzeichen, auch die frühen. Die volleren Brüste, die dunkleren Warzenhöfe, den schmalen Längsstreifen und die noch kaum sichtbare Leibeswölbung unter dem Nabel. Und natürlich die vermeintlich unerklärlichen Stimmungsschwankungen in den letzten Wochen.

»Wie lange schon?«, fragte sie erschüttert.

Frieda hob die Schultern. »Zwei Monate. Vielleicht auch drei. Ich hatte zwischendurch mal Schmierblutungen und dachte, es wäre meine Periode, deshalb hab ich nicht so genau nachgezählt.«

»Von wem ist es?«

Die Röte in Friedas Gesicht vertiefte sich. »Keine Ahnung.«

»Frieda!« Annes Entsetzen erreichte ungeahnte Höhen.

»So schlimm, wie du denkst, ist es auch wieder nicht«, wehrte Frieda in ruppigem Ton ab. »Es kommen nur zwei Männer in Betracht. Frag nicht, wie die heißen, die Namen sagen dir eh nichts.«

Für Anne war das nichts Neues. Sie hatte kaum je einen von Friedas Liebhabern näher kennengelernt.

»Mit denen will ich nichts mehr zu tun haben«, stellte Frieda klar. »Der eine ist verheiratet, deshalb hab ich ihn zum Teufel gejagt. Der andere ist … ähm, pervers. Also jedenfalls würdest *du* ihn für pervers halten.«

»Du hast doch gar keine Ahnung, was ich pervers finde«, hielt Anne ihrer Schwester entgegen.

»Na ja, eines Abends brachte er einen Freund mit und wollte, dass wir es zu dritt tun.«

»Oh.« Nun war es an Anne, zu erröten. Dennoch ließ sie sich nicht vom Thema abbringen. »Ich dachte immer, du passt auf!

Wozu hast du dir denn diesen Riesenvorrat an Kondomen auf dem Schwarzmarkt besorgt?« Sie schluckte schwer. »Die waren doch nicht etwa schon alle, oder?«

Frieda verdrehte die Augen. »Sie sind noch massenhaft vorhanden. Genau das war wohl mein Verderben. Ich schätze, die Dinger haben ihre guten Zeiten schon eine Weile hinter sich.«

»Und was hast du jetzt vor?«, fragte Anne beklommen. Ihre eigenen Probleme hätten angesichts dieses zusätzlichen Dramas in den Hintergrund treten können, aber das Gegenteil war der Fall. Die Zukunft hatte sich schlagartig in eine pechschwarze Mauer aus Angst und Sorgen verwandelt.

»Ich lass mir schon was einfallen«, erklärte Frieda. Gähnend kletterte sie neben Anne ins Bett. »Aber nicht mehr heute Nacht. Jetzt muss ich erst mal pennen. Gott, bin ich erledigt!« Binnen Minuten war sie eingeschlummert, Anne hörte es an den gleichmäßigen Atemzügen.

Sie selbst fand bis in die frühen Morgenstunden keinen Schlaf.

KAPITEL 5

Als Carl am nächsten Tag zur Arbeit gehen wollte, wurde er im Treppenhaus von seiner Hauswirtin abgefangen. Berta Schulte stand mit Bärbel Böhm an der Hand da und schien ihn schon zu erwarten. Die Kleine wirkte noch verschlafen, aber ihr Haar war frisch gekämmt und in niedliche Zöpfe geflochten, ihre abgetragenen Schuhe blank geputzt. Sie trug ihren Tornister auf dem Rücken, offensichtlich abmarschbereit für die Schule.

»Ich hab dat Bärbel die ganze Zeit dagehabt«, erklärte Frau Schulte in entschlossenem Ton. »Aber so kann dat nich weitergehen. Ich bin eine alte Frau.«

Carl betrachtete sie alarmiert. Ihm schwante Übles.

»Soll das heißen, dass Kurt Böhm schon wieder versackt ist?«, fragte er, obwohl die Tatsachen für sich sprachen.

»Nein, et is schlimmer«, informierte Frau Schulte ihn. »Er is seit drei Tagen gar nich mehr nach Hause gekommen. Dat müssen Sie getz mal endlich regeln. Sie sind ja schließlich bei der Polizei.«

»Ich kümmere mich drum«, versprach Carl.

»Wann?«

»Heute noch. Nach der Arbeit.«

Frau Schulte nickte grimmig. »Ich schick Ihnen dat Kind hoch, falls Sie et vergessen haben sollten.«

Auf dem Weg in die Büscherstraße zerbrach Carl sich den Kopf darüber, was mit Kurt Böhm los war. Auch bei seinen schlimmsten Sauftouren war der Mann nie länger als eine Nacht weggeblieben und spätestens irgendwann am folgenden Tag wieder aufgetaucht.

Doch weit mehr als diese Frage beschäftigte ihn die angebliche Wiederauferstehung von Annes Ehemann Heinz. Darum musste er sich als Erstes kümmern, das durfte er nicht auf die lange Bank schieben. Anne brauchte klare Verhältnisse. Und er selbst erst recht.

Offenbar war dies der Tag der Probleme, eines reihte sich ans nächste: Am Haupteingang des Polizeipräsidiums wartete wieder einmal Josef Brinkmann von der *NRZ*. Der Reporter lächelte ihn erfreut an.

»Pünktlich wie die Maurer«, empfing er Carl in leutseligem Ton.

»Ich habe keine Zeit«, versuchte Carl ihn abzuwimmeln, in Gedanken schon beim Betrugsdezernat, wo er mehr über diesen Ernst Haller herausfinden wollte. Solche Konsorten hatten meist ellenlange Strafregister.

»Es geht ganz schnell«, versicherte Brinkmann. »Ich wollte nur eine Bestätigung von Ihnen. Nämlich dafür, dass es noch eine zweite Anklageschrift gegen Richter Vahrendonk gibt.«

Carl, bereits im Begriff, an Brinkmann vorbeizueilen, blieb abrupt stehen. »Moment mal. Woher wissen Sie überhaupt von der ersten?«

»Also gibt es zwei.« Brinkmann schien zufrieden mit dem Ergebnis seiner List.

»Ich hab Sie was gefragt.« Carl machte keinen Hehl aus seiner Verärgerung. »Wie haben Sie davon erfahren?«

»Flurfunk«, erwiderte Brinkmann. »Genauer gesagt, habe ich eine Unterhaltung vorm Gerichtsgebäude aufgeschnappt.« Er zückte ein Notizbuch. »Können Sie mir für die Leser der *NRZ* erklären, was in diesen beiden Anklageschriften steht? Geht daraus hervor, was Vahrendonk zur Last gelegt wird? Hätte man ihn, falls er noch am Leben wäre, dafür zur Verantwortung gezogen?«

»Kein Kommentar. Das sind laufende Ermittlungen, und die gehen Sie nichts an.« Carl ließ den Reporter einfach stehen.

Wenig später erfuhr seine Laune einen weiteren Dämpfer. Beim Betrugsdezernat lagen keinerlei Erkenntnisse zu einem Ernst Haller vor.

»Was aber nichts heißen muss«, sagte der Kollege, der auf Carls Bitte hin die Register durchgesehen hatte. »Der Kerl wird seine Masche ja wohl kaum unter seinem richtigen Namen abziehen.«

Carl verfluchte sich stumm, weil er augenscheinlich zu dämlich war, selbst auf diesen Gedanken zu kommen. Entsprechend verbiestert trat er anschließend seinen Dienst an. Harry versuchte, die gedrückte Stimmung mit ein paar Scherzen aufzulockern, aber Carl war nicht in der Verfassung, darauf einzugehen. Er brütete über der Ermittlungsakte – aktuell gab es ja nur einen Fall, den er zu lösen hatte – und versuchte dabei, das quälende Gedankenkarussell abzustellen, welches unaufhörlich um Anne und ihren womöglich noch lebendigen Ehemann rotierte.

In der Akte zum Mordfall Vahrendonk fand sich nicht viel Neues. Die beiden nachgemachten Anklageschriften lagen seit gestern im Kriminallabor, der Bericht dazu stand noch aus. Die daktyloskopische Untersuchung der Pappschachtel, in der die tödlichen Mandelhörnchen gelegen hatten, war bereits in unüblicher Eile durchgeführt worden, hatte aber keine verwertbaren Spuren hervorgebracht. Dafür war das Ergebnis der medizinischen Laboranalyse umso aussagekräftiger, wie Carl bei einem wenig später eingehenden Anruf von Doktor Wielspütz erfuhr.

»Ich hab mich gestern noch drum gekümmert«, teilte der Pathologe ihm mit, nachdem die Telefonvermittlung ihn durchgestellt hatte. »Weil Sie ja sagten, dass die Sache absolute Priorität hat. Manche Leichen sind anscheinend wichtiger als andere.« Wielspütz ließ ein Kichern hören, ehe er in aufgeräumtem Ton fortfuhr. »Kurzum: Im Magen des Toten befand sich Kaliumzyanid, wie schon vermutet. Und zwar eine Menge davon. Es hätte wahrscheinlich für das komplette Landgericht gereicht.« Erneut unterbrach er sich für ein kurzes Auflachen. Dann wurde er wieder ernst. »Aber jetzt kommt's: Bei der Autopsie habe ich noch was entdeckt. Der Mann war unheilbar krank. Er hätte sowieso nicht mehr lange gelebt.«

Carl blendete seine privaten Probleme aus und konzentrierte sich auf das Gespräch mit Wielspütz. »Was war das für eine Krankheit?«

»Ein fortgeschrittenes Pankreaskarzinom.«

»Heißt auf Deutsch?«

»Bauchspeicheldrüsenkrebs. Kann bis zu einem späten Stadium unbemerkt verlaufen und führt dann rasch zum Tode. Das können Sie aber auch alles in ein paar Tagen noch in meinem Bericht lesen. Ich wollte Sie nur schon mal vorab davon unterrichten, damit Sie Bescheid wissen.«

Carl bedankte sich und legte auf. Grübelnd wog er die aktuellen Informationen gegen die bisherigen ab. Hatte Vahrendonk von seiner Erkrankung gewusst? Und falls ja – warf das möglicherweise ein neues Licht auf die Ermittlungen? Es gab immer wieder mal vermeintliche Mordfälle, die sich im Nachhinein als Suizide entpuppten, nicht selten unter Mithilfe von Dritten. Welche wiederum als Täter in die Mühlen der Justiz geraten konnten, wenn sie sich nicht vorsahen.

»Irgendwas Neues?«, fragte Harry vom Schreibtisch gegenüber.

Carl nickte und erzählte ihm von Wielspütz' Untersuchungsergebnissen. »Finden Sie raus, wer Vahrendonks Hausarzt war, und fragen den, ob es eine Krebsdiagnose gab. Ich fahre unterdessen nach Kupferdreh, zu der Anschrift von diesem Wilhelm Gerber. Mal sehen, ob von da eine Spur zum Mordfall Vahrendonk führt.«

Carl hatte Harry bei der Meldebehörde nachfragen lassen,

ob noch jemand aus der Familie des Toten unter der Adresse wohnhaft war, doch die für diesen Stadtbezirk verfügbaren Aktenbestände waren unvollständig, also musste er sich selbst einen Überblick verschaffen. Er fand problemlos die Straße, in der Wilhelm Gerber gelebt hatte, doch unter der angegebenen Hausnummer standen nur trostlose Ruinen.

*

Der Borbecker Mühlenbach, ein teils verrohrtes, teils offenes Fließgewässer, das von Bredeney kommend diverse Essener Stadtteile durchzog und in Bergeborbeck schließlich in die Berne mündete, war trotz des durchdringenden Kloakengestanks eine beliebte Anlaufstelle für spielende Kinder. Die Schlackenberge, die sich in der Nähe der Kohlezechen entlang der Ufer auftürmten, erhöhten den Reiz der eigentlich verbotenen Umgebung noch. Nirgends ließ es sich so gut klettern wie auf den Abraumhalden. Banden wurden gebildet und Fehden ausgetragen, indem man sich gegenseitig jagte und schnappte. Das wiederum machte am meisten Spaß, wenn es kreuz und quer über die dreckigen Halden und den stinkenden Bach ging. An den Warnschildern, die dort standen, störte sich keiner, auch nicht daran, dass es zu Hause garantiert was setzte, wenn man kohlebeschmiert und nach Abwasser miefend heimkam.

Ein achtjähriger Bergmannssprössling aus Borbeck war an diesem sonnigen Frühlingstag drauf und dran, seiner Bande den Sieg zu sichern – er hatte beim Fangen schon drei gegnerische Jungs abgeklatscht und war dem vierten dicht auf den Fersen. Nur noch ein Stück die Wiese runter bis zum Bach, dann würde er sich den auch noch schnappen. In seiner Bande war er mit Abstand der Schnellste, und der Pimpf, der vor ihm abhaute – zufällig war es sein jüngerer Bruder –, war erst sechs und eine lahme Ente.

Er wollte gerade die Hand ausstrecken und den Jüngeren abschlagen, möglichst bevor sie beide im Bach landeten (die Strafe würde bloß ihn allein treffen, weil er auf seinen Bruder aufpassen sollte), als dieser plötzlich abbremste und anfing zu kreischen. Erst beim nächsten Atemzug bildeten sich verständliche Worte aus dem unartikulierten Geschrei heraus.

»Hansi! Da liecht einen inne Köttelbecke!«, brüllte der Kleine.

Hansi, der mit Vornamen eigentlich Johannes hieß, war ebenfalls wie angewurzelt stehen geblieben. Da lag tatsächlich einer in der Köttelbecke, wie der Bach allgemein genannt wurde, weil die Scheiße von halb Essen dort hineinfloss.

Der Mann lag auf dem Rücken, die Beine im Wasser und der Oberkörper auf dem betonierten Ufer, und starrte mit weit aufgerissenen Augen zum Himmel hoch. Wobei er wohl in Wahrheit nichts mehr sehen konnte, weil er höchstwahrscheinlich tot war. Das wiederum erschloss sich für Hansi nicht nur aus den schleimig überzogenen, irgendwie faulig wirkenden Augäpfeln, sondern auch aus dem Umstand, dass der Griff eines Messers aus der Brust des Mannes ragte.

Ein anderes Bandenmitglied hatte zu Hansi und seinem kleinen Bruder aufgeschlossen und gab ein Quieken von sich. »Guck ma, da liecht einen! Is der tot?«

Hansi hob die Schultern, obwohl er ziemlich sicher war, dass der Mann so tot war, wie es nur irgend ging. An dem bewegte sich nichts mehr, nur noch der eine Arm, der sacht in der Strömung hoch und runter schaukelte. Schaudernd bemerkte Hansi, dass an dem Arm keine Hand war. Es blutete nicht, also war die nicht frisch abgerissen oder so, aber es sah trotzdem gruselig aus. Als hätte ein schreckliches Ungeheuer, das versteckt im Kanal lebte, dem Mann mal eben im Vorbeischwimmen die Hand weggebissen. Hansi schluckte, weil er es sich sofort bildlich vorstellte. Und dann kam ihm in den

Sinn, dass derjenige, der dem Mann das Messer in die Brust gerammt hatte – es sah wirklich *riesig* aus! –, vielleicht noch in der Nähe lauerte.

»Ich will nach Hause«, sagte sein kleiner Bruder weinerlich. Er griff Hilfe suchend nach Hansis Hand.

»Is gut«, stimmte Hansi sofort zu. Er umklammerte die Hand seines Bruders fester als beabsichtigt. »Dat Spiel is sowieso aus.«

*

Nach der Mittagspause kam Döring zu Carl ins Büro und erkundigte sich nach den Fortschritten im Fall Vahrendonk.

Carl, der aufs Mittagessen verzichtet hatte und seit einer Stunde frustrierende Berichte tippte, bemühte sich um einen sachlichen Ton, als er die in seinen Augen eher dürftigen Ermittlungsergebnisse der Reihe nach aufzählte. »Die Ehefrau des Mordopfers hatte eindeutig ein Motiv, da bleibe ich am Ball. Dasselbe gilt für ihren Geliebten, diesen Staatsanwalt Albrecht. Durchsuchungsbeschlüsse gegen beide sind beantragt. Die außereheliche Affäre ließ sich durch Befragung der Haushälterin Isolde Mertens bestätigen, ebenso die Tatsache, dass Vahrendonk seine Frau mit Drogen gefügig gemacht hat. Sybille Vahrendonk und Albrecht hatten mehr als einen Grund, den Richter loszuwerden.«

Döring nickte. »Was ist mit diesem Wilhelm Gerber, der von Vahrendonk wegen Rundfunkverbrechen zum Tode verurteilt wurde?«

»Der hat in Kupferdreh gewohnt, doch das Haus steht nicht mehr. Die halbe Straße ist weggebombt, fast die gesamte Familie ausgelöscht. Ein Nachbar meinte, dass nur noch der älteste Sohn lebt, ein gewisser Bruno Gerber. Wo der jetzt wohnt, wusste er nicht, nur dass er auf Zollverein arbeitet.«

»Waren Sie in Ihrer Zeit als Bergmann nicht auch auf diesem Pütt?«

Carl nickte. »Ich gehe da noch hin und lasse mir die neue Adresse von Bruno Gerber geben.« Er hielt inne und musterte Döring aufmerksam. Seinem Abteilungsleiter machte etwas zu schaffen, und das hatte nichts mit den Hinterbliebenen von Regine Markwart und Wilhelm Gerber zu tun. »Liegt sonst noch was an?«

»Die vom Gericht mauern«, erklärte Döring mit finsterem Gesicht. »Gerade hatte ich ein Gespräch mit dem Chef. Den Herren von der Justiz gefällt es nicht, dass Sie Vahrendonks Personalakte angefordert und Durchsuchungsbeschlüsse gegen seine Witwe und diesen Staatsanwalt beantragt haben. Das wurde erst mal auf Eis gelegt.«

Carl fuhr auf. »Scheiße, was soll das denn? Die zwei sind meine Hauptverdächtigen!«

»Bei mir rennen Sie offene Türen ein, Bruns.« Döring seufzte schwer. »Am Gericht geht die Sorge um, dass durch die Ermittlungen Vahrendonks Ansehen und der Ruf der Justiz ruiniert werden könnten.«

Carl starrte Döring ungläubig an, doch der hielt seinem Blick stand und setzte sich auf eine freie Ecke von Carls Schreibtisch. »Vielleicht sollten Sie umdenken, Bruns. Auf herkömmlichem Weg kommen wir da nicht weiter, die vom Gericht sitzen am längeren Hebel. Die Polizei ist, wie Sie wissen, weisungsgebunden, unsere Entscheidungsbefugnis ist begrenzt. Wir sind von richterlichen Beschlüssen abhängig, außer es wäre Gefahr im Verzug. Die Zeiten sind nicht mehr so wie früher.«

So wie früher, hallte es in Carl nach. Als die Polizei unter den Nazis in ungebremster Brutalität frei schalten und walten konnte.

Verdammte Hacke, *keiner* wollte, dass es wie früher war, vor allem nicht er selbst! Er wollte Döring anschreien und es ihm klarmachen. Dass es ihm überhaupt nicht darum ging, die Notwendigkeit richterlicher Beschlüsse infrage zu stellen. Schließlich hatte die Strafprozessordnung das schon vor Jahrzehnten so vorgeschrieben, ehe die Nazis das angestammte Recht über den Haufen geworfen und durch ihr menschenverachtendes Unrecht ersetzt hatten.

Aber was zum Henker hatte sich daran gebessert, wenn die Justiz, auf deren Beschlüsse er als Polizist angewiesen war, ihn auflaufen ließ, aus der scheinheiligen Sorge heraus, ihr beschissener Ruf könne leiden?

Carl wollte Döring die Frage ins Gesicht schleudern, aber der sprach bereits weiter. »Bei Sybille Vahrendonk und ihrem hübschen Staatsanwalt werden Sie sowieso nichts finden, die sind ja nicht blöd. Und Vahrendonks Personalakte ist garantiert sauber wie frisch gefallener Schnee, da steht mit absoluter Gewissheit nur das drin, was jeder sehen darf. Mit der Entnazifizierungsakte könnten wir vielleicht mehr anfangen, aber die liegt bei den Tommys.«

»Ich habe schon einen Antrag auf Einsichtnahme hingeschickt«, sagte Carl mühsam beherrscht. Er musste an sich halten, seinen Zorn nicht hinauszubrüllen.

»Gut.« Für Döring schien das Gespräch beendet zu sein. Er wandte sich an Behrends, der am Nachbarschreibtisch Akten wälzte. »Für Sie habe ich einen neuen Fall, Behrends. Da sollten Sie gleich mal hin. Messermord in Borbeck. Männliche Leiche, Alter um die dreißig, Identität unbekannt. Keine Ausweise, keine Papiere.« Er reichte Behrends die Meldung der Streife.

Behrends richtete sich erfreut auf. Jede Abwechslung von der öden Schreibtischarbeit war hochwillkommen. Es verstrich kaum eine Stunde, in der er sich nicht darüber beklagte, dass er nun auch noch Carls Fälle am Hals hatte.

»Fehlen der rechten Hand«, las Behrends mit halblauter

Stimme vor, einen Anflug von Sensationslust im Blick. »Ein Serienmörder, der ein Souvenir mitgenommen hat?«

»Nein, eher ein Kriegsversehrter«, gab Döring trocken zurück. »Die Hand war schon länger ab. Könnte ein Merkmal sein, ihn zu identifizieren.«

Carl hatte alarmiert zugehört. »Das möchte ich mir anschauen. Ich komme mit.«

Döring schüttelte den Kopf. »Nein, Bruns. Sie haben mit der Vahrendonk-Sache mehr als genug zu tun.«

»Kann sein, dass ich den Mann kenne. Jemand, auf den die Beschreibung passt, wohnt bei mir im Haus. Er ist seit drei Tagen verschwunden.« Eilig setzte Carl hinzu: »Ich will mir den Toten nur ansehen. Der Vermisste hat eine kleine Tochter, die steht völlig allein auf der Welt!«

Döring gab nur widerstrebend nach. »Aber bloß zum Identifizieren der Leiche. Die Ermittlungen führt Behrends. Sie selbst machen mit Ihrem eigenen Fall weiter. Und zwar möglichst unauffällig.«

*

»Ja«, sagte Carl erschüttert. »Das ist er.«

»Und wer genau?«, wollte Behrends schlecht gelaunt wissen.

»Kurt Böhm, achtundzwanzig Jahre alt, wohnhaft unter derselben Adresse wie ich, Rosastraße in Rüttenscheid.«

Der Leichnam lag in der ausbetonierten Senke des Bachlaufs, halb von Wasser überspült und von Fliegen umschwärmt. Rund um das Heft des Messers war Blut ausgetreten, das in der sommerlichen Wärme eine tintenschwarze Färbung angenommen hatte. Die im Tod gebrochenen Augen waren getrübt, das Gesicht zu einer wächsernen Fratze erstarrt.

Carl trat vorsichtig auf den betonierten Rand des Kanals, darauf bedacht, dass nichts von dem fäkalverseuchten Wasser an seine Schuhe gelangte. Erinnerungen durchfluteten ihn, an heiße Sommertage, in denen er sich als Junge mit Bachlaufen die Zeit vertrieben hatte, so wie alle Kinder, die in der Nähe einer Köttelbecke lebten. Bei diesem Sport ging es darum, behände von einer Seite des kanalisierten Bachs auf die andere zu hüpfen, immer im Wechsel und ohne von der glatten, teils bemoosten Wand der Rinne abzurutschen. Fiel man hinein, war man verloren und stank für den Rest des Tages wie eine Jauchegrube.

Behutsam fasste er nach dem linken Arm des Toten und hob ihn aus dem Wasser. Die Totenstarre hatte bereits nachgelassen, die Gelenke waren beweglich. Die Verwesung hatte schon eingesetzt, Böhm war nach Carls Einschätzung vor ungefähr drei Tagen gestorben. Am selben Tag, als er verschwunden war. Wielspütz würde es ihm sicher genauer sagen können, aber in etwa dürfte es hinkommen.

Die Haut war aufgequollen, die Finger durch die Einwirkung des Wassers fast so dick wie Würste, aber soweit Carl es auf den ersten Blick beurteilen konnte, waren sie unversehrt, ebenso wie der Handteller und der Unterarm.

»Dem Kerl fehlt die *rechte* Hand«, teilte Behrends ihm mit verdrossener Stimme mit. Ihm schien zu missfallen, dass Carl sich an seinem Tatort herumtrieb und zu allem Überfluss auch noch die Leiche anfasste.

»Eben«, sagte Carl bloß.

»Was meinst du damit?«

»Dass er die linke benutzen musste, um sich zu wehren. Hat er aber nicht.«

Bei Behrends fiel der Groschen. »Verstehe. Er hat keine Abwehrverletzungen. Weder rechts noch links.«

Carl nickte. »Er hat es nicht kommen sehen. Höchstwahrscheinlich kannte er den Angreifer.«

Behrends quittierte diese These mit einem gleichgültigen

Achselzucken. »Ich bringe das Messer zur Spurensicherung und lasse die Leiche zur Rechtsmedizin befördern, vielleicht finden die da ja auch noch was.« Er räusperte sich. »Wenn er sowieso im selben Haus gewohnt hat wie du …« Den Rest des Satzes ließ er unausgesprochen in der Luft hängen.

»Schon gut«, meinte Carl. »Ich sag's dem Kind, das musst du nicht machen. Sonst gibt es keine Hinterbliebenen, nur die Kleine.«

»Hm«, machte Behrends vage.

Carl wusste, worauf das hinauslief. Er konnte in Behrends' Miene lesen wie in einem offenen Buch. Sein Kollege war kein schlechter Ermittler, doch bei diesem Fall würde sich sein Eifer in Grenzen halten. Wo einem keine Angehörigen im Nacken saßen, musste man sich kein Bein ausreißen. Außerdem hatte er sowieso schon zu viele Fälle am Hals.

»Ich könnte an deiner Stelle weiterermitteln«, bot Carl an. »Döring muss es ja nicht wissen. Ich kann das privat machen.« Er sprach leise, denn inzwischen hatte sich eine beträchtliche Schar von Schaulustigen versammelt. Der Streifenpolizist, der Carl und Behrends zum Fundort der Leiche geführt hatte, stand auch in der Nähe, und wenige Schritte weiter packte gerade der Polizeifotograf seine Kamera aus.

»Soll mir recht sein«, stimmte Behrends bereitwillig zu. »Aber die Berichte darfst du dann selbst tippen, komm mir bloß nicht mit dem Notizbuch an. Deine Sauklaue kann kein Mensch lesen.«

*

Zurück im Präsidium, zerbrach Carl sich unablässig den Kopf, wie er Bärbel die Hiobsbotschaft überbringen sollte. Schon bei dem Gedanken drehte es ihm den Magen um. Für die Kleine würde eine Welt zusammenbrechen. Kurt Böhm war kein besonders liebevoller Vater gewesen, aber sie hatte nun mal keinen anderen gehabt, und egal wie schlecht Böhm seine Sache gemacht hatte – es stand außer Frage, dass seine kleine Tochter ihn lieb gehabt und zu ihm aufgeblickt hatte.

So waren Kinder nun mal. Sie hingen mit unerschütterlicher Zuneigung an ihren Erzeugern, sogar wenn sie unter ihnen zu leiden hatten. Böhm hatte seine Tochter zwar nicht verdroschen wie so viele andere Väter, sie jedoch mehr oder weniger links liegen lassen und sich nur um das Allernötigste gekümmert. Wäre nicht immer wieder Berta Schulte in die Bresche gesprungen, wäre die Kleine mittlerweile längst in einem Heim. Wo sie nun als Vollwaise ohne nähere Verwandte schlussendlich doch noch landen würde – außer es fand sich eine bessere Lösung.

Später am Nachmittag kehrte Harry mit neuen Informationen zurück. Er hatte Vahrendonks Hausarzt ausfindig gemacht.

»Die Adresse habe ich von der Haushälterin bekommen«, berichtete er. »Der Arzt hat mir berichtet, dass Vahrendonk wegen Verdauungsproblemen bei ihm in Behandlung war, hauptsächlich Magendrücken und Völlegefühl. Er hat Vahrendonk geraten, die Finger vom Alkohol zu lassen und sich mehr zu schonen. Interessanterweise hat Vahrendonk bei den Untersuchungen stets bestritten, Alkohol zu trinken, was der Arzt ihm nicht glaubte, da die Leber eindeutig vergrößert war. Als ich ihm von dem Krebs erzählte, meinte er ganz erschrocken, da müsse er Vahrendonk wohl posthum Abbitte leisten, weil sich so die Lebervergrößerung erklären lässt.«

»Also hat Vahrendonk nichts von seinem Krebs gewusst«, resümierte Carl.

»Scheint so. Sofern er nicht noch bei anderen Ärzten gewesen ist. Aber davon ist dem Hausarzt nichts bekannt. Vahrendonk war erst vorige Woche bei ihm und hat sich wieder ein Mittel für seine Magenprobleme verschreiben lassen.«

»Was ist mit dem Pervitin? Das muss er sich über Jahre hinweg immer wieder beschafft haben, um es seiner Frau zu geben. Hat sein Arzt ihm das auch verordnet?«

»Nein, nie«, sagte Harry. »Ich hab ihn extra gefragt.«

»Sehr gut.«

Ein Hauch von Röte überzog Harrys Wangen, aber er schien eher verlegen als erfreut. »Nein, nicht gut. Ich hab was übersehen. Eigentlich *muss* es einen zweiten Arzt geben. Pervitin steht ja seit dem Krieg unter Rezeptpflicht.«

»Dann finden Sie doch mal als Nächstes raus, woher er das Zeug hatte.«

Harry dachte kurz nach. »Ich könnte die Haushälterin fragen, in welcher Apotheke er seine Medikamente holte. Oder ob sie irgendwas von anderen Ärzten weiß.« Er schnalzte verärgert mit der Zunge. »Danach hätte ich sie direkt fragen sollen!«

»Holen Sie es einfach nach.«

Carl fand die Idee, dass Vahrendonk zusätzlich bei einem weiteren Arzt in Behandlung gewesen war, relativ abwegig, völlig ausgeschlossen war es indes nicht. Er spann den Gedanken fort. Angenommen, es gab einen zweiten Arzt. Einen, der Vahrendonk das Pervitin verschrieben und bei genaueren Untersuchungen vielleicht sogar den Krebs entdeckt hatte. Was, wenn Vahrendonk daraufhin seinen sowieso unabwendbaren Tod eigenhändig als Mord inszeniert hatte, um ein paar Leuten so richtig das Leben schwer zu machen? Beispielsweise seiner untreuen jungen Frau. Oder diesem arroganten Staatsanwalt, der es mit ihr trieb.

Blieb dann allerdings die Frage, was diese zwei merkwürdigen Anklageschriften im Zusammenhang mit Vahrendonks plötzlichem Tod zu bedeuten hatten. Möglicherweise überhaupt nichts, sinnierte Carl. Vielleicht gab es da gar keine wirkliche Verbindung, sondern nur eine rein zufällige zeitliche Überlappung.

Er befahl sich, nicht länger darüber nachzudenken. Solche abseitigen Theorien besaßen die lästige Eigenschaft, sich in den Vordergrund zu schieben und den Blick auf andere, naheliegendere Möglichkeiten zu verstellen. Davon abgesehen hatte er weit dringendere Probleme zu lösen.

Den geplanten Gang zur Zeche Zollverein verschob er kurz entschlossen auf morgen, dieser Bruno Gerber lief ihm schon nicht weg. Als Erstes musste er sich um Bärbel kümmern, das ging vor. An diesem Tag machte er überpünktlich Feierabend.

*

Es war viel schlimmer als befürchtet, obwohl er Frau Schulte als Unterstützung mitnahm. Bärbel stand bleich und stumm da, mit entsetzt aufgerissenen Augen. Sie sagte kein Wort, als Carl ihr erklärte, dass ihr Vater gestorben sei. Man hätte eine Stecknadel fallen hören können.

»Wann kommt Papa denn wieder?«, fragte das Kind nach endlosen Augenblicken des Schweigens.

»Mein Gott, Bärbelchen, du has et doch gerade gehört – dein Vatter is tot«, sagte Frau Schulte mit brüchiger Stimme. »Der kommt nich wieder. Nie mehr. Weil der getz im Himmel is.«

Carl wartete hilflos darauf, dass Bärbel es begriff. Das Kind blickte fragend auf, zu ihm, dem Zauberer, der doch immer diese fabelhaften Tricks auf Lager hatte, mit denen er die Welt bunt und fröhlich machte. Der sich darauf verstand, ihr die Sorgen zu nehmen und sie davon zu überzeugen, dass alles wieder gut werden würde.

Er merkte, dass ihm die Tränen kamen.

Das war der Moment, in dem Bärbel verstand, dass in ihrem Leben nichts mehr so sein würde wie vorher. Ihre Lippen zitterten, ihr Gesicht wurde kalkweiß.

Und da hob er sie hoch und drückte sie fest an sich. Sie war noch klein und zart und wog fast nichts, und mit gerade mal sechs Jahren war ein Kind nicht zu groß, um hochgehoben und getröstet zu werden. Anderenfalls wäre er vor ihr auf die Knie gefallen und hätte sie in den Arm genommen.

»Keine Sorge«, sagte er, nicht nur einmal, sondern immer wieder. »Keine Sorge!«

Er wiegte sie hin und her. »Dat wird widder, Bärbel. Du bis nich alleine.« Er war ins Platt abgerutscht, ganz unabsichtlich, es passierte einfach, so wie ihm die Tränen aus den Augen liefen, ohne dass er was dagegen ausrichten konnte. »Dein Vatter is wech, aber du bis nich alleine!«

Berta Schulte legte ihm die Hand auf die Schulter, wie um ihn daran zu erinnern, dass er bloß nichts versprechen sollte, was er hinterher nicht halten konnte. Vielleicht auch, um ihm klarzumachen, dass sie selbst Bärbel auf keinen Fall zu sich nehmen würde; das hatte sie in der Vergangenheit schon oft genug durchblicken lassen. Ein paar Stunden zwischendurch, oder im Winter mal einige Übernachtungen, das ging noch, aber mehr auch nicht. Sie war hilfsbereit und hatte ein gutes Herz, doch sie war alt und weder willens noch in der Lage, die volle Verantwortung für ein Kind zu übernehmen. Jedenfalls war es keine Geste der Zustimmung, als sie seine Schulter drückte, sondern eher eine Warnung, Carl spürte es mit allen Sinnen, obwohl er das zitternde Mädchen in seinen Armen hielt und nur daran denken konnte, wie furchtbar das jetzt für sie war. Es gab so viele Kinder wie sie, unendlich viele, die der Krieg allein und unversorgt in den verwüsteten Städten zurückgelassen hatte. Und zu wenige Menschen, die ihnen helfen konnten.

Aber er hatte sich schon vorher was überlegt.

»Komm, wir packen deine Sachen ein«, sagte er zu der Kleinen, während er sie vorsichtig wieder auf die Beine stellte. »Wir fahren zu Magda und Engelbert.«

Er war so gut wie sicher, dass die beiden das Kind fürs Erste aufnehmen würden. Zumindest für ein paar Tage oder Wochen. Im Laufe des vergangenen Jahres hatte er Bärbel schon mehrmals auf Besuch mit nach Werden genommen. Magda und Engelbert mochten die Kleine gern, beide hatten sie auf Anhieb ins Herz geschlossen. Auch die Geburt ihres Sohnes hatte daran nichts geändert, im Gegenteil: Nachdem das Baby auf die Welt gekommen war, hatten sowohl Magda als auch Engelbert ihn wiederholt darum gebeten, dass er Bärbel mitbrachte, wenn er vorbeischaute.

Natürlich war ein Nachmittagsbesuch eine andere Sache als eine längere Beherbergung. Aber Carl kannte Magda gut genug, schließlich war sie jahrelang seine Frau gewesen. Sie würde nicht Nein sagen, wenn er sie bat, eine Weile auf Bärbel aufzupassen. Zumindest so lange, bis sich was anderes ergab. Sobald er mit Anne verheiratet war und zu ihr in die Wohnung in der Klarastraße zog, lagen die Dinge ganz anders. Dann war dort für Bärbel auch noch Platz. Es war ja schon ein Kind da. Emil und Bärbel waren nur ein Jahr auseinander und verstanden sich prima. Anne und Frieda würden garantiert keine Einwände erheben.

Mit aller Macht verbannte Carl aus seinen Gedanken, dass aus der Heirat vielleicht nichts wurde. Die Sache mit diesem obskuren Ernst Haller würde er als Nächstes klären. Und zwar so, dass keine Fragen mehr offenblieben.

*

Magda reagierte wie erwartet, als sie von Kurt Böhms Tod erfuhr. Ohne Umschweife schloss sie Bärbel in ihre Arme und drückte sie tröstend an sich. »Mein armes, armes Mädchen!« Wie zuvor Carl konnte sie die Tränen nicht zurückhalten.

Bärbel ließ die Umarmung stumm über sich ergehen. Auf

der Fahrt von Rüttenscheid nach Werden – Carl hatte kurzerhand den für ihn bereitgestellten Dienstwagen genommen, der ohnehin nur herumstand, wenn er ihn nicht benutzte – hatte sie wie ein kleiner bleicher Geist neben ihm gesessen. Frau Schulte hatte ihr noch das Haar geflochten und das Gesicht gewaschen, während Carl das Nötigste für die Kleine zusammengepackt und bei der Gelegenheit auch gleich die Besitztümer von Kurt Böhm durchgesehen hatte. Viel war es nicht, nur ein klägliches Sammelsurium an Kleidung und Hausrat. Falls Böhm irgendwas besessen hatte, um dessentwillen man ihn umgebracht hatte, so war es nicht mehr da. Bei den Sachen, die Carl fand, gab es nichts, was Rückschlüsse darauf zuließ, warum Böhm gestorben war. Keine verdächtigen Gegenstände, keine Hinterlassenschaften, die auf mögliche Feindschaften oder kriminelle Aktivitäten hindeuteten.

Magda hatte sich wieder beruhigt. Sie zog die Kleine mit sich in die Küche. »Ich koch dir erst mal Kakao.« Heißer Kakao war ihre Antwort auf alle nur erdenklichen Bedrängnisse. Über die Schulter sagte sie leise zu Carl: »Bei uns ist sie gut aufgehoben.« Ihr Gesichtsausdruck ließ keinen Zweifel daran, was sie meinte – eine zeitliche Begrenzung gab es nicht.

Engelbert kam die Treppe herunter, er trug seinen schlafenden Sohn über der Schulter. Der Säugling nahm sich im Vergleich zu seiner mächtigen Gestalt winzig aus, das mit flaumigem dunklem Haar bedeckte Köpfchen neben dem massigen Schädel war kaum größer als bei einem Püppchen. Dabei war der kleine Bertram ein strammer Junge, wie Engelbert nicht müde wurde zu betonen, bei der Geburt über acht Pfund schwer und mit Lungen gesegnet, die jeden Opernsänger neidisch werden ließen.

Die Nachricht von Kurt Böhms Tod nahm er mit einem bedächtigen Nicken auf, als würde es ihn nicht groß wundern. Er warf einen Blick auf die kleine Reisetasche, die Carl im Vestibül abgestellt hatte. »Das war die richtige Entscheidung, Carl.« Er klopfte seinem Sohn sacht auf den Rücken, und Carl kam es einen Moment lang so vor, als gelte dieses Tätscheln eigentlich ihm selbst.

»Es wäre nur für ein paar Wochen«, stellte er klar. »Wenn Anne und ich erst …« Er brach ab und setzte erneut an. »Ich will nur nicht, dass Bärbel ins Heim kommt.«

Engelbert brachte ihn mit einer entschiedenen Geste seiner freien Hand zum Schweigen. »Natürlich bleibt sie bei uns. Sie ist genau die Tochter, die uns noch fehlt. Die Schwester, die Bertie sonst nie bekäme. Du weißt ja, dass Magda keine Kinder mehr kriegen kann.«

Ja, das war Carl bekannt. So problemlos Magdas Schwangerschaft trotz ihrer früheren Fehlgeburten auch verlaufen war – bei der Entbindung wäre sie fast gestorben. Das Kind war zu groß gewesen, es war per Notkaiserschnitt auf die Welt gekommen, und die massiven Blutungen hätten sie um ein Haar das Leben gekostet. Um das Schlimmste abzuwenden, hatte man ihr die Gebärmutter herausnehmen müssen.

»Wir werden Bärbel behandeln wie unser eigenes Kind«, bekräftigte Engelbert. »Darauf hast du mein Wort.«

»Danke«, sagte Carl nur.

Es war mehr, als er zu hoffen gewagt hatte. Magda war die geborene Mutter, sie floss geradezu über vor Liebe und Fürsorglichkeit, und Engelbert, dem man sicher vieles nachsagen konnte (Carl wusste immer noch nicht, ob seine zahlreichen Geschäfte durchweg legal waren), war ein kompromissloser Beschützer, dem die Familie über alles ging. Mit ihm als zweitem Ehemann hatte Magda das große Los gezogen, nachdem Carl sich für sie mehr oder weniger als Niete erwiesen hatte. Bei alledem konnte er nur dankbar dafür sein, dass das Schicksal ihm Magdas Zuneigung erhalten hatte. Und dass Engelbert, dessen Herz fast so groß war wie sein hünenhafter Körper, ihn nie als Konkurrenten betrachtet hatte. Gefühle wie Eifersucht oder Missgunst schienen ihm völlig fremd zu sein.

Ja, Bärbel würde es bei den beiden gut haben. Nicht nur, weil sie von einem zugigen, dreckigen Keller in eine veritable Villa mit poliertem Intarsienparkett und samtgepolsterten Sofas umzog, sondern weil sie zu Menschen kam, die sie gernhatten. Auch wenn sie eine Weile brauchen würde, um über den Verlust ihres Vaters hinwegzukommen – im Grunde war sein Tod ein Segen für sie, denn ab sofort konnte sie ein Leben führen, wie sie es verdiente. Wie *jedes* Kind es verdiente: liebevoll umhegt und versorgt.

»Wegen der Schule, die ist ja in Rüttenscheid …«, begann Carl.

Engelbert schnitt ihm erneut das Wort ab. »Das regle ich schon, ich fahre da gleich morgen hin und sage Bescheid, dass sie nach Werden in die Volksschule wechselt. Wir müssen ja wegen der ganzen Formalitäten sowieso aufs Amt.«

Wegen welcher Formalitäten?, wollte Carl fragen, aber dann kam er von selbst dahinter. Wenn Bärbel länger bei Magda und Engelbert bleiben sollte, mussten die zuständigen Behörden nicht nur informiert werden, sondern auch zustimmen. Jugendamt, Vormundschaftsgericht … Carl wusste nicht genau, wie es ablief, doch Engelbert schien von einer unbeirrbaren Gewissheit erfüllt zu sein, dass alles wie am Schnürchen klappen würde.

Carl war drauf und dran, ihn zu fragen, woher er diese Gewissheit nahm, als aus der Küche ein gedämpftes Lachen erklang. Es kam von Bärbel.

Er wechselte einen Blick mit Engelbert, der sichtlich zufrieden wirkte.

Carl kämpfte gegen das mulmige Gefühl an, das sich bei diesem Anblick in ihm ausbreiten wollte. Er hätte sich darüber freuen sollen, dass sich für Bärbel alles zum Guten wandte. Aus irgendwelchen Gründen konnte er es nicht. Jedenfalls nicht richtig.

»Bleibst du zum Abendessen?«, fragte Engelbert. »Du bist herzlich eingeladen. Magda könnte mal wieder Reibekuchen backen. Du weißt ja, dafür hat sie immer alle Zutaten im Haus. Und ich hab ein paar Flaschen Bier kalt stehen.«

Unter anderen Umständen hätte Carl nur zu gern ein paar von Magdas Reibekuchen verdrückt, ihm knurrte schon der Magen vor Hunger, und ein kühles Bier wäre ihm auch recht gewesen. Im Moment überwog allerdings sein Bedürfnis, allein zu sein und über alles nachzudenken.

»Ein andermal«, sagte er, ehe er in die Küche ging, um sich von Magda und Bärbel zu verabschieden.

KAPITEL 6

Abends im *Krausen Bäumchen* hatte Frieda alle Hände voll zu tun, und hätten Aleksandr und Borjan nicht tatkräftig mit angepackt, hätte sie wohl schon vor Stunden das Handtuch geworfen. Lotti hatte auch eine Zeit lang ausgeholfen, aber die musste immer pünktlich um sieben aufhören. Denn spätestens dann musste jemand dafür sorgen, dass Emil vom Spielen nach Hause kam und ins Bett gesteckt wurde, und weil Anne momentan Spätschicht hatte, fiel diese Aufgabe Lotti zu, egal wie groß der Andrang in der Kneipe war.

Ganze zwei Mal hatte Frieda versucht, Frau Lindemann dafür einzuspannen, aber die hatte es trotz vorheriger Zusage beide Male vergessen, jeweils mit der Folge, dass Emil noch lange nach Einbruch der Dunkelheit draußen herumgestrolcht war. Ein drittes Mal hatte es folglich nicht gegeben, denn im Stillen vermutete Frieda, dass sich Frau Lindemann schlichtweg drücken wollte. Was auf gewisse Weise sogar verständlich war – kein Kind ging abends gern freiwillig schlafen, Emil bildete da keine Ausnahme. Meist gab es vorm Zubettgehen längere Diskussionen und nicht selten sogar Protestgeheul. Aufräumen, Ausziehen, Zähneputzen, Nachtgebet – all das konnte zu einer aufreibenden Prozedur geraten, erst recht für eine ältere Frau.

Frieda blickte der Tatsache ins Auge, dass sie für die Kneipe wirklich eine Aushilfe einstellen musste, und zwar dringend. Immer vorausgesetzt, dass sie das *Krause Bäumchen* überhaupt weiter betreiben konnte.

Der Gedanke an ihre vertrackte Situation überfiel sie mit voller Wucht. Allmählich drängte die Zeit, mehr als ein paar Wochen blieben ihr nicht mehr für die Entscheidung.

Borjan kam mit dem Zapfen kaum nach, und Aleksandr ging von Tisch zu Tisch, sammelte die leeren Gläser ein und nahm neue Bestellungen auf. Die Stimmung in der Kneipe hätte an diesem Abend nicht besser sein können. Wie ein Lauffeuer hatte sich die Nachricht verbreitet, dass die Westsektoren seit Mitternacht wieder durchgehend mit Strom und Gas versorgt wurden. Die Blockade war Geschichte, der Interzonenverkehr nach langen Verhandlungen wieder möglich. Eine halbe Million Westberliner, so hieß es im Radio, hatte sich vorm Schöneberger Rathaus versammelt, um dort in einem einzigen Freudentaumel die neue Freiheit zu feiern.

Darauf stießen auch die Rüttenscheider in ihrer Lieblingskneipe *Hinterm krausen Bäumchen* an, und wenn sie nicht darauf tranken, dann auf was anderes. Gründe gab es immer. Auch im Kohlenpott ging es aufwärts. Die Trümmerberge wurden kleiner und dafür die Abraumhalden bei den Zechen höher. Die Schlote qualmten Tag und Nacht, die Förderbänder liefen auf Hochtouren. An den Buden gab es wieder Süßigkeiten, Zigaretten, Pils und Underberg, aber wer ein bisschen Geld aus der Lohntüte abzwacken konnte, ging lieber in die Kneipe, auch wenn das Löcher ins Portemonnaie brannte.

Frieda hatte schon erlebt, dass im Laufe des Abends aufgebrachte Ehefrauen hereinschneiten, Lockenwickler im Haar und Jacke überm Nachthemd, und den allzu trinkfreudigen Gatten unter Gezeter nach Hause beförderten. Andere ließen es erst gar nicht so weit kommen – sie holten ihre Männer samstags vom Pütt oder an der Fabrik ab und sackten den Wochenlohn gleich vorm Werkstor ein, sicher war sicher.

Zwei Männer bestellten Frikadellen, einer wollte ein Solei. Das große Glas mit den Soleiern stand am Rand der Theke, Frieda fischte eins mit der Holzzange aus der Lake. Bei ihr wurden die Eier *vor* dem Einlegen gepellt – sie hasste es, wenn abends in der Kneipe überall Schalenreste herumlagen. Und die Tunke bestand nur aus Salzwasser mit einem Schuss Essig, ohne solches Gedöns wie Lorbeerblätter, Wacholderbeeren oder Pfefferkörner. Die Eier servierte sie immer so, wie sie es selbst am liebsten mochte: der Länge nach halbiert, mit einem Löffel vorsichtig die Dotterhälften herausgehoben, die Vertiefungen mit Essig und Öl beträufelt und mit Salz und Pfeffer bestreut, dazu ein Klecks Senf. Danach wurden die Dotter in die Kuhle zurückgelegt und die Eihälften wieder zusammengefügt.

Beim Anrichten des glitschigen Happens wurde ihr übel, sie musste die Luft anhalten, als sie durch die Schwingtür hinter der Theke in die Küche eilte, um die gewünschten Frikadellen zu holen. Die bereitete Frieda (beziehungsweise in der letzten Zeit meist Lotti) immer selbst zu, aus frisch durchgedrehtem, gut gewürztem Hackfleisch. Die fertigen Frikadellen kamen nach dem Abkühlen in den Eisschrank und später, wenn sie die Kneipe aufmachte, in den kleinen Hungerturm, der neben den Soleiern auf der Theke stand – eine rundum verglaste Vitrine, in der auch Käsebrötchen, Mettwürstchen und saure Gurken die Blicke der Gäste auf sich zogen und zu einem raschen Imbiss verlockten. Beim Biertrinken erwachte regelmäßig der Appetit auf Herzhaftes.

Die Frikadellen im Hungerturm waren ausgegangen, aber im Eisschrank gab es noch ausreichende Mengen an Nachschub. Dort befand sich auch schon in einer großen Schüssel das Fleisch, das Frieda am Mittag gekauft hatte und das spätestens morgen weiterverarbeitet werden sollte, drei Kilo rohes Hack, fertig angemacht und bereit zum Braten.

Der durchdringende Fleischgeruch traf sie wie ein Keulenschlag. Frieda schaffte es nur knapp zu dem in der Ecke stehenden Putzeimer, bevor ihr alles, was sie in den letzten Stunden zu sich genommen hatte, schwallweise hochkam. Während sie über den Eimer gebeugt dastand und würgend ihren Mageninhalt von sich gab, hörte sie Schritte hinter sich. Es war Borjan, sie erkannte es an seiner Stimme, als er sie ansprach.

»Frieda? Meine Güte, ist es so schlimm?«

Gleich darauf kam Aleksandr dazu, er legte ihr die Hand auf den Rücken und reichte ihr ein nasses Handtuch, damit sie sich das Gesicht abwischen konnte.

Tief durchatmend drehte sie sich zu den beiden um und entrang sich ein missglücktes Grinsen. »Alles gut, Jungs! Unkraut vergeht nicht! Ich fühle mich großartig!«

Borjan und Aleksandr schüttelten in einer vollkommen simultanen Bewegung den Kopf, was Frieda ein weiteres Lächeln entlockte – diesmal ein echtes.

Kaum einer konnte die Brüder auseinanderhalten, die meisten schworen Stein und Bein, dass sie noch nie derartig identisch aussehende Zwillinge gesehen hätten. Es sei doch bei beiden alles völlig gleich – das rötliche Haar, die himmelblauen Augen, die jungenhaften Gesichter. Aber für Frieda erschöpfte sich die Ähnlichkeit schon bei einem ersten flüchtigen Blick, und wenn sie gerade nicht hinsah, wusste sie beim Klang der Stimme, mit welchem der Brüder sie es zu tun hatte – eine Fähigkeit, die sie dem Rest der Welt voraushatte.

Vielleicht war das der Grund, warum zwischen ihr und den Zwillingen eine so enge Verbindung bestand. Manchmal kam es Frieda so vor, als könnten Borjan und Aleksandr ihre Gedanken lesen. So wie jetzt gerade.

»Du bekommst ein Kind«, sagte Aleksandr. Es hörte sich nicht nach einer Frage an.

Frieda unternahm keinen Versuch, es abzustreiten. In den letzten paar Wochen hatte sie mindestens dreimal in Anwesenheit der beiden kotzen müssen, ganz zu schweigen von den vielen Malen, bei denen sie ein Würgen unterdrückt hatte. Ständig kam es ihr hoch, bei Gerüchen, die ihr sonst nie was ausmachten. Sie wusste, dass es vorübergehen würde; länger als drei, vier Wochen würde es hoffentlich nicht mehr dauern. Damals bei ihrer ersten Schwangerschaft war es genauso gewesen.

Vor Anne hatte sie es – jedenfalls bis zum gestrigen Abend – gut verbergen können, was daran lag, dass sie meist zu unterschiedlichen Zeiten zu Hause waren. Wegen Annes Schichtdiensten und Friedas Arbeit in der Kneipe liefen sie sich manchmal tagelang kaum über den Weg.

Einmal hatte Anne dennoch mitbekommen, wie sie sich morgens nach dem Aufstehen auf der Toilette erbrach, doch da hatte Frieda kurzerhand behauptet, einen Kater zu haben. Letztlich hatte es ihr trotzdem nichts geholfen. Es vor ihrer Schwester abzustreiten wäre zwecklos gewesen, so wie es auch keinen Sinn hatte, Borjan und Aleksandr anzulügen.

Auf Borjans Bemerkung reagierte sie mit einem Achselzucken und wartete ergeben auf die Frage nach dem Erzeuger. Aber stattdessen erklärte er in entschiedenem Tonfall: »Du musst heiraten!«

»Mit Muss-Ehen habe ich schlechte Erfahrungen. Das letzte Mal hatte ich einen Massenmörder am Hals, schon vergessen?«

»Das konntest du bei der Hochzeit nicht ahnen.«

»Immerhin wusste ich damals, wer der Vater meines Kindes war.«

Borjan und Aleksandr erröteten, abermals so perfekt synchron, dass Frieda kichern musste. Sofort wurde sie wieder ernst. »Es kommen nur zwei Männer infrage. Der eine ist schon verheiratet, und der andere … Na ja, egal. Jedenfalls ist er nichts für mich. Ich bin mit allen beiden fertig.«

»Das haben wir uns schon gedacht«, meinte Borjan.

Sie war verwirrt. »Wieso?«

»Weil diese zwei nicht mehr hier aufgetaucht sind.«

Frieda benötigte nur einen Sekundenbruchteil, um die Antwort richtig einzuordnen. Die Zwillinge hatten offenbar noch schärfere Augen als gedacht. Wobei allerdings einzubeziehen war, dass sie hier im Haus wohnten und deshalb fast jeden Abend ins *Krause Bäumchen* kamen, sei es auf ein Bierchen oder zum Helfen. Dabei war ihnen anscheinend nicht entgangen, mit welchen Männern sie herumpoussiert hatte. Einem Flirt war sie selten abgeneigt, es war ihre zweite Natur und außerdem gut fürs Geschäft, aber ins Bett ging sie nur mit wenigen. Jedenfalls längst nicht mit so vielen, wie Anne vermutlich annahm.

Anne … Beim Gedanken an ihre Schwester zogen sich ihre Magennerven erneut zusammen, diesmal nicht, weil ihr übel war, sondern in einer Aufwallung von Zukunftsangst. Das Entsetzen in Annes Miene war wie eine stumme Anklage gewesen, und Frieda wusste nur zu gut, dass sie es verdient hatte. *Sie* war diejenige gewesen, die damals schwanger geworden war und Arnold angeschleppt hatte. Und jetzt ruinierte sie schon wieder ihr aller Leben: ein uneheliches Kind, die schlimmste nur denkbare Schande. Sobald es sich nicht länger verbergen ließ, würden die Leute mit Fingern auf sie zeigen und sich die Mäuler zerreißen. Dabei war es kein Trost, dass sie es sowieso schon taten; manchmal glaubte Frieda das Getuschel förmlich zu hören. *Die Frau des Massenmörders. Die Kneipenwirtin, die für jeden dahergelaufenen Kerl die Beine breit macht. Die armen, armen Schwestern und der unschuldige kleine Junge, die nichts dafürkönnen, dass sie mit so einer Schickse geschlagen sind.*

»Es ist noch lange nicht ausgemacht, dass ich das Kind kriege«, sagte sie leise.

»An so was darfst du nicht denken«, widersprach Aleksandr. Er sah sie unverwandt an. »Deshalb wollten wir auch mit dir reden, Frieda.«

»Worüber?«

»Darüber, dass du das Richtige tun musst.«

»Und was wäre das?«

»Du sollst uns heiraten. Also *einen* von uns.«

»Du kannst auswählen«, fügte Borjan erklärend hinzu. »Ich wäre ein guter Vater. Für Emil und für das neue Kind.«

»Ich auch«, sagte Aleksandr. »Und wir beide haben anständige Arbeit auf dem Pütt, wir können für dich sorgen.«

Perplex blickte sie von einem zum anderen. »Ist das ein Heiratsantrag?«

»Eigentlich sind es zwei«, meinte Aleksandr. Dem jungen Balten schien es völlig ernst zu sein, ebenso wie seinem Bruder.

Unversehens gluckste ein Lachen in Frieda hoch. Sie wollte sich nicht über ihre besten Freunde lustig machen, aber vor ihrem inneren Auge erschien gerade ein Bild, auf dem sie mit beiden gleichzeitig vorm Altar stand, einer rechts, der andere links, und sie selbst in der Mitte. Mit einem dicken Bauch, so wie damals bei der Hochzeit mit Arnold. Dieser letzte Gedanke wiederum erstickte auf der Stelle jeden Anflug von Heiterkeit.

»Das ist wirklich sehr nett von euch«, sagte sie sanft. »Aber so ein Opfer würde ich niemals von euch verlangen.«

»Es wäre kein Opfer.« Der Einwand kam von beiden gleichzeitig, und näher erklärt wurde es abermals von Aleksandr, der eine Spur wagemutiger und unbekümmerter war als sein Bruder.

»Wir lieben dich und wären deshalb gern mit dir verheiratet«, bekannte er. »Aber das hast du schon gewusst, oder?«

Frieda blieb die Antwort schuldig, sie musste sich jedoch eingestehen, dass es stimmte. Zumindest gespürt hatte sie es schon seit Langem. In den Gesichtern von Männern zu lesen und ihre Gefühle zu erraten, fiel ihr nicht sonderlich schwer. Allerdings hatte sie es bei den Zwillingen als eine Art jugendliche Schwärmerei abgetan. Sie fühlte sich um Jahre älter als sie. Aber dabei hatte sie wohl aus den Augen verloren, dass der Abstand kaum ins Gewicht fiel. Aleksandr und Borjan waren im März fünfundzwanzig geworden, also nicht mal ein Jahr jünger als sie selbst. Harry Bloom war sogar erst vierundzwanzig, und an dem erschien ihr überhaupt nichts jungenhaft oder unreif.

Dennoch, sie fand die Vorstellung, einen der Zwillinge zu heiraten, immer noch grotesk. Allein die Überlegung, wem sie den Vorzug geben sollte – das war an Absurdität nicht zu überbieten. Mal abgesehen davon, dass sie dabei ja einen im Regen stehen lassen müsste.

»Keiner von uns wäre sauer, wenn du den anderen nimmst«, erklärte Borjan, als wüsste er genau, was ihr gerade durch den Kopf ging.

Sie warf ihm einen argwöhnischen Blick zu. »Schwebt euch etwa vor, dass ihr euch abwechselt? Weil es außer mir ja niemand merken würde?«

Wieder erröteten sie gleichzeitig, und auch der Ausdruck rechtschaffener Entrüstung in ihren Mienen war nahezu identisch.

»Tut mir leid, ich wollte euch nicht auf den Schlips treten«, meinte Frieda. Es klang ein wenig lahm, und eilig fügte sie hinzu: »Ihr seid wirklich die Besten! Ich bin unendlich gerührt, dass ihr das für mich tun wollt! Auch wenn es … Na ja, es ist verrückt, ganz ehrlich. Vergesst es lieber schnell wieder. Ich komm schon klar. Und jetzt muss ich zurück an die Arbeit.«

Sie packte einen Schwung Frikadellen auf einen Teller und schickte sich an, in den Schankraum zu gehen.

»Denkst du denn darüber nach?«, fragte Aleksandr.

»Ich weiß nicht«, sagte sie ausweichend, aber zu ihrer Beschämung hatte sie längst damit angefangen. Verwundert spürte sie, wie viel besser sie sich auf einmal fühlte. Der Heiratsantrag – nein, die Anträge, es waren ja tatsächlich zwei! – hatte ihre Ängste schlagartig zusammenschrumpfen lassen.

Die Zeit, die ihr bis zu einer Entscheidung blieb, welche auch immer sie traf, kam ihr nun nicht mehr wie eine grausame Galgenfrist vor. Plötzlich war das Leben wieder voller Möglichkeiten.

*

An diesem Abend war Carl zeitig zur Stelle, um Anne von der Spätschicht abzuholen. Er parkte den Wagen direkt vorm Polizeikrankenhaus und machte sich anschließend daran, die nähere Umgebung des Gebäudes zu kontrollieren. Vor dem angrenzenden Waldstück blieb er stehen und ließ den Strahl seiner Taschenlampe zwischen den Bäumen hin und her gleiten. Einmal sah er in der Dunkelheit die Augen eines kleineren Tieres aufglimmen, wahrscheinlich ein Fuchs. Ein anderes Mal schreckte er ein Reh auf, das wie gebannt ins Licht starrte, bis er die Taschenlampe ausknipste.

Er ging zurück zum Eingang und wartete dort auf Anne, nicht ohne sich zu vergewissern, dass die Tür abgeschlossen war. Nach Ernst Hallers unvermutetem Auftauchen hatte er Doktor Emmerich ins Gebet genommen und darauf bestanden, dass spätestens bei Einbruch der Dunkelheit die Türen verschlossen wurden. Vorsicht war die Mutter der Porzellankiste. Schließlich gab es eine Klingel, und die Schwestern hatten Schlüssel.

Es war bereits nach zehn. Carl wollte gerade läuten, als von innen die Tür aufgesperrt wurde und Anne vor ihm stand. Ohne Umschweife zog er sie in die Arme, machtlos gegen die schmerzliche Sehnsucht, die ihn jedes Mal erfüllte, wenn er sie nach einem langen Arbeitstag wiedersah. Ob das wohl jemals aufhörte? Möglicherweise dann, wenn er sich ihrer wirklich sicher sein konnte. Eine Zeit lang hatte er sich kurz davor gewähnt, doch die letzten Tage hatten ihn eines Besseren belehrt.

Die Ungewissheit war wie eine lästige Schramme, die sich entzündet hatte und einfach nicht zuheilen wollte. Nicht bevor Anne nicht endlich seine Frau war.

Worte drängten sich auf seine Lippen, er wollte ihr beteuern, wie sehr er sie liebte und brauchte, aber was auch immer er hätte sagen können, blieb ihm im Hals stecken. Tief im Inneren wusste er, dass er damit nichts ändern konnte. Sie war sowieso schon mit den Nerven fertig, und mit irgendwelchen Liebeserklärungen würde er sie bloß zusätzlich unter Druck setzen. Er meinte zu spüren, dass sie seine Umarmung nur verhalten erwiderte. Dass da ein gewisses Zögern war, vielleicht sogar eine Spur von Widerstand. Seine Verzweiflung wuchs im selben Maße wie die Erkenntnis, dass ihre gemeinsame Zukunft am seidenen Faden hing. Sollte sich herausstellen, dass dieser Ernst Haller die Wahrheit sagte, wäre es im selben Moment vorbei zwischen ihnen.

Es war ein Unding, sie jetzt zu einem Bekenntnis ihrer Liebe zu nötigen. Doch Carls Bedürfnis, ihren Zusammenhalt auf die Probe zu stellen, war stärker als alle Vernunft. Oder es war einfach nur die nackte Eifersucht, die ihn dazu trieb, auf direktem Wege mit ihr in den Wald zu fahren, zu der Stelle, wo sie auch sonst immer parkten.

Anne erhob keine Einwände, sie saß während der ganzen Fahrt stumm neben ihm, und auch nachdem er auf der Lichtung angehalten und die Scheinwerfer ausschaltet hatte, sagte sie kein einziges Wort. Als er dann zögernd die Hand ausstreckte und sie auf ihr Knie legte, zuckte sie zusammen.

»Carl …«

»Du hast keine Lust«, entfuhr es ihm. Es klang wie ein Vorwurf. Nein, schlimmer: wie eine Anklage. Er hasste sich dafür, kaum dass er die Worte ausgesprochen hatte. Aber er konnte sie nicht zurücknehmen, im Gegenteil, er musste noch eins draufsetzen: »Seinetwegen. Wegen Heinz.«

Anne zog scharf die Luft ein.

»Es tut mir leid«, sagte er erschrocken.

Sie gab keine Antwort. Er konnte sie nur in schwachen Umrissen sehen, weil auch die Innenbeleuchtung des Wagens ausgeschaltet war. Das mattsilberne Licht des Vollmonds reichte für eine romantische Zusammenkunft, es war allerdings nicht hell genug, um ihren Gesichtsausdruck zu erkennen.

Auf einmal nahm sie völlig unerwartet seine Hand und legte sie an ihre Wange. Unter seinen Fingerspitzen fühlte er Nässe, und jetzt gewahrte er auch ihr unterdrücktes Schluchzen. Sie weinte.

»Carl, ich liebe dich über alles! Und ich glaube genau wie du, dass dieser Kerl ein Betrüger ist und dass es in Wahrheit gar keinen Brief gibt. Aber wenn auch nur die allerkleinste Möglichkeit besteht, dass es stimmt – ich hätte nie wieder Frieden! Verstehst du nicht, wie mir zumute ist?«

Ihm entwich ein tiefer Seufzer. Natürlich verstand er es. Das änderte nur rein gar nichts an seinem verzweifelten Wunsch, dieses Problem hier und jetzt aus der Welt zu räumen. Es drängte ihn, sie zu fragen, welche Pläne sie hatte, für den Fall, dass Heinz noch lebte. Würde sie ihren Mann zurücknehmen wollen? Oder würde sie Heinz klarmachen, dass der Platz an ihrer Seite nun anderweitig besetzt war? Sie wäre nicht die erste Frau, die so eine Entscheidung traf.

Doch Carl kannte keinen loyaleren Menschen als Anne. Und egal wie sehr sie ihn liebte – niemals würde sie ihrem Ehemann die Tür weisen. Sie würde zu ihm stehen, in guten wie in schlechten Tagen.

Unter dieser Prämisse zog Carl es vor, sie jetzt besser nicht vor die Wahl zu stellen, auch wenn es ihn mehr Kraft kostete, als er aufbringen konnte. Außerdem gab es andere Dinge, über die er dringend mit ihr sprechen musste. Ohne einen weiteren Annäherungsversuch zu unternehmen, startete er den Motor und wendete den Wagen. Auf der Rückfahrt nach Rüttenscheid erzählte er Anne von Kurt Böhms Ermordung.

Nach dem ersten Schreck wollte sie sofort wissen, wie es Bärbel ging und wer sich jetzt um sie kümmerte.

»Ich hab sie zu Magda und Engelbert gebracht, die nehmen sie vorläufig auf«, sagte Carl. »Jedenfalls fürs Erste.« Dass es für immer wäre, wenn es nach Engelbert ginge, ließ er in diesem Zusammenhang unerwähnt.

»Oh, Gott sei Dank!«, sagte Anne. Es klang zutiefst erleichtert. »Das ist wirklich sehr großmütig von den beiden!«

»Ja, das ist es.« An dieser Stelle hätte er sie fragen müssen, ob sie sich vorstellen könne, dass Bärbel bei ihnen in der Klarastraße wohnte. Demnächst, wenn sie verheiratet waren. Aber dann wären sie wieder bei dem Thema gelandet, das wie eine schwarze Wand zwischen ihnen stand.

Im vergangenen Jahr, als sie beide dem Tod von der Schippe gesprungen waren, hatten sie einander hoch und heilig versprochen, immer über alles, was sie bedrückte, zu reden. Im Augenblick erschien es ihm allerdings ratsamer, einfach den Mund zu halten.

*

Am nächsten Morgen stürzte Carl sich in aller Herrgottsfrühe in die Arbeit, das Einzige, das ihn nach einer fast schlaflosen Nacht von seiner Misere ablenken konnte. Noch vor seinem regulären Dienstantritt fuhr er in die Stahlstraße, um unter der Hand herauszufinden, mit wem Kurt Böhm sich zuletzt getroffen hatte. Die Wahrscheinlichkeit, dass der Mann sich da gelegentlich herumgetrieben hatte, war hoch. Carl wusste kaum noch, wie oft Böhm abends in einer Wolke aus Fusel und billigem Parfüm bei ihm aufgetaucht war, um Bärbel abzuholen. Dabei war es ihm scheißegal gewesen, wer sich in der Zwischenzeit um seine kleine Tochter gekümmert hatte. *Sie* war ihm scheißegal gewesen.

Carl fragte sich, wieso er sich überhaupt die Mühe machte, den Mord an Böhm aufzuklären, statt den Fall wie befohlen Behrends zu überlassen, der ihn sicher beizeiten in irgendeinem Aktenstapel verschwinden lassen würde. Wen scherte es denn, dass Böhm tot war? Als Vater war er ein einziger Reinfall gewesen, lieblos und kalt wie ein Fisch. Niemand würde ihn vermissen.

Außer Bärbel.

Die Kleine wusste bis jetzt nur, dass ihr Vater gestorben war, aber irgendwann würde sie herausfinden, dass man ihn abgestochen hatte wie ein Stück Vieh. Sie würde es sich bildlich vorstellen. Und dann würde sie Carl fragen, warum er nicht nach dem Mörder gesucht hatte, er sei doch bei der Polizei. Er könnte ihr antworten: »Weil es nicht mein Fall war.« Aber das wäre eine Lüge gewesen. Es *war* sein Fall. Schon deshalb, weil ja auch Bärbel sein Fall war. Das Leben hatte sie dazu gemacht. Oder, genauer: Sie selbst hatte das getan. Hatte sich oben in seiner Dachkammer zu ihm an den Tisch gesetzt und ihn mit diesem hoffnungsvollen Lächeln angesehen. *Zaubers du mich getz wat vor?*

Die Aussichten, Böhms Tod aufzuklären, standen nicht schlecht. Die Chancen hingegen, dass Behrends das hinbekam, tendierten gegen null. Im Grunde, so resümierte Carl, hatte er überhaupt keine Wahl. Folglich sollte er aufhören, über die Sinnhaftigkeit dieser außerdienstlichen Ermittlung nachzudenken, und stattdessen einfach seine Arbeit machen.

Er parkte zwei Straßen vom Rotlichtviertel entfernt, damit die Frauen, die dort auf den Strich gingen, ihn nicht direkt als Bullen erkannten und sich verdrückten. Die eine oder andere von den älteren hatte ihn vielleicht früher schon mal in der Stahlstraße gesehen, aber das war sehr lange her, mindestens sechzehn Jahre. Damals hatte er in dieser Gegend zwei-, dreimal in Tötungsdelikten ermittelt, bevor er wegen seiner jüdischen Herkunft bei der Polizei rausgeflogen war, doch in den vier Jahren seit seiner Wiedereinstellung hatte er hier noch keinen Fall gehabt. Immerhin wusste er noch, dass der Straßenstrich an keine feste Tageszeit gebunden war. Manche Männer kamen nach der Arbeit her, andere vorher, wieder andere in der Mittagspause.

Privat war er noch nie bei einer Prostituierten gewesen. Nicht etwa, weil er auf die Frauen herabsah, sondern weil es ihm zutiefst widerstrebte, zur Befriedigung seiner Lust einen menschlichen Körper zu kaufen. Seit seiner Jugend war der Austausch von Zärtlichkeiten für ihn so stark mit Zuneigung und Hingabe verbunden, dass ihn schon der bloße Gedanke an bezahlte Gunst abschreckte. Nichts ging über echte Liebe, wenn man mit einer Frau zusammen war. Es war die vollkommene Erfüllung.

Carl merkte, dass er gedanklich schon wieder auf die schwarze Wand zusteuerte. Er riss sich zusammen und wandte sich der Frau zu, die sich ihm soeben näherte, ein erwartungsvolles Lächeln im Gesicht. Zwischen den Fingern hielt sie eine Zigarette, an der sie lange zog, ehe sie Carl ansprach.

»So früh schon inne Gegend?«, fragte sie. »Hasse Lust auf'n Schnäpsken? Oder auf wat anderes?« In einer intim anmutenden Geste ließ sie ihre Finger durch ihr blondiertes Haar gleiten und lenkte damit seinen Blick auf die billigen Ohrringe – riesige Dinger, die mit künstlichen blauen Edelsteinen besetzt waren und aussahen wie von der Losbude auf der Kirmes.

Die starke Schminke konnte nicht verbergen, wie jung sie war. Wahrscheinlich *zu* jung und damit ein Fall für die Sitte. Um ein Haar hätte Carl sie nach ihrem Ausweis gefragt, aber auf diese Weise hätte er sich nur selbst ins Knie geschossen.

»Normalerweise gerne«, behauptete er. »Aber eigentlich suche ich gerade nach einem Freund.«

»Wenne auf Männer stehs, bisse hier anne falsche Adresse«, sagte die Blondine. Es klang weder angewidert noch erstaunt, sondern nur bedauernd.

»Nein, ich suche nicht *so* einen Freund. Sondern einfach nur einen Mann, der bei mir im Haus wohnt und der öfters hier ist. Er heißt Kurt Böhm und ist achtundzwanzig Jahre alt. Im Krieg hat er die rechte Hand verloren. Hast du den hier mal gesehen?«

Sie krauste die Stirn. »Kann sein. Kann aber auch nich sein.«

Ihm war klar, worauf das hinauslief. Um ihre Auskunftsbereitschaft anzuregen, hätte er sein Portemonnaie zücken und ein bisschen was von seiner spärlichen Barschaft opfern können, aber zuerst versuchte er es auf andere Weise.

»Kurt ist verwitwet und hat eine kleine Tochter. Bärbelchen. Sechs Jahre alt. Die ist jetzt ganz alleine. Wenn er nicht zurückkommt, muss sie ins Heim, weil es sonst keine Verwandten mehr gibt. Und da fiel mir ein, dass er ab und zu in die Stahlstraße geht. Vielleicht hat er hier ja Leute getroffen, die wissen, wo er ist. Kann doch sein, dass er bei einem von denen versackt ist.«

Noch während er sprach, wich der berechnende Ausdruck aus ihrer Miene. Sie wirkte bestürzt. Zum Feilschen war sie wohl nicht abgebrüht genug. Und offensichtlich hatte sich noch nicht bis zu ihr herumgesprochen, dass Böhm tot war.

»Der Kurti kommt immer wieder mal«, sagte sie. »Ein-, zweimal im Monat ungefähr. Mal zu mir, mal zu anderen. Aber getz is der garantiert nich hier. Nich um die Tageszeit. Übernachten geht im Puff nich, außer man wär Krösus. Aber dat is der Kurti nich. Der is ja bloß Pförtner auffem Pütt.«

»Ich weiß«, sagte Carl. »Kommt er denn immer alleine her? Oder hat er auch mal jemanden mitgebracht? Sich vielleicht mit einem Freund getroffen? Irgendwo hier zusammen mit anderen was getrunken oder so?«

Sie zog ausgiebig an ihrer Zigarette und blies den Rauch von sich. »Ja, da war wirklich so einen, den hatte der Kurti im Schlepptau, vorige Tage erst.« Sie runzelte erneut die Stirn, diesmal nachdenklich. »Warte mal, wie hieß der noch ... Nee, ich komm nich drauf.« Sie warf ihm einen hoffnungsvollen Blick zu.

Carl seufzte unhörbar. »Wie viel?«

»Zehn Mark«, sagte sie forsch.

Er schüttelte den Kopf. »Ich hab bloß noch fünf.«

»Na gut, dann fünf.«

Sie wartete, bis er ihr den zerknitterten Fünfer überreicht hatte. Er ließ sie dabei absichtlich einen Blick in sein Portemonnaie werfen, damit sie sehen konnte, dass er die Wahrheit gesagt hatte. Der Geldschein verschwand in ihrer Handtasche, und Carl unterdrückte ein weiteres Seufzen. Er fragte sich, an welcher Stelle er die ungeplante Ausgabe wieder einsparen konnte. Als Polizist war er nicht auf Rosen gebettet, da hatte er auf dem Pütt mitsamt allen Schichtzulagen mehr verdient. Zwar besaß er immer noch seine eiserne Reserve – das Geld, das Engelbert ihm letztes Jahr geschenkt hatte, einfach so, weil seine Geschäfte gerade so gut liefen –, aber das wollte er nicht antasten. Es war noch fast alles da, nur einmal hatte er was davon genommen, um Anne auszuführen. Er sparte es für ihr gemeinsames Leben. Einen Teil würde er auch für die Hochzeit brauchen, da wollte er sich nicht lumpen lassen. Damals, als er Magda geheiratet hatte, war nach alter Sitte der Brautvater für alles aufgekommen, doch Annes Eltern waren schon lange tot, und Carl würde unter keinen Umständen dulden, dass sie sich an den Kosten für die Feierlichkeiten beteiligte. Das hatte er ihr schon klargemacht, und dabei würde er auch bleiben. Sofern es überhaupt eine Feier gab.

Er fluchte innerlich. Anscheinend kam er nicht dagegen an, immer wieder an diese Misere zu denken.

Die junge Prostituierte riss ihn aus seiner Grübelei.

»Karrenberg«, sagte sie.

»Was?«

»Karrenberg.« Sie zog ein letztes Mal an ihrer Zigarette, ehe sie den Stummel auf den Boden warf und austrat. »Dat war der Name von dem Kerl, mit dem Kurti hier ankam. Ich hab's noch im Ohr, wie er zu dem sachte: Komma her, Karrenberg, ich zeich dich getz ma en richtich lecker Mädchen.« Sie lächelte verschämt. »Da hat der Kurti *mich* mit gemeint.«

»Hat er Ihnen den Mann näher vorgestellt?«

»Näher nich. Der Kurti hat bloß wat von ein alten Freund ausse Gefangenschaft gesacht.«

»Was denn genau?«

Sie überlegte kurz. »Er hat gesacht: ›Guck ma, Mimi, dat is mein alten Kumpel aus Sinzig.‹« Sie zeigte auf sich. »Mimi, dat bin ich.«

»Sinzig?«

»Ja, dat is so ne Stadt irgendwo hinter Köln, da war der Kurti in Kriegsgefangenschaft, bei de Franzosen. Hat er sich immer drüber beschwert. Dat er da ein Jahr absitzen musste, obwohl er doch die Hand abhatte. Da kannten die Franzmänner kein Pardong.«

»Hat er auch den Vornamen genannt?«

»Nee. Bloß Karrenberg.«

»Wie sah der denn aus?«

»Widerlich«, sagte Mimi mit einem Naserümpfen. »Mit dem wär ich garantiert nich mitgegangen, egal wat der bezahlt hätte.«

»Was war denn an dem so widerlich?«

»Alles«, erklärte sie nachdrücklich.

»Was können Sie mir über die genaue Erscheinung von diesem Karrenberg sagen? Alter, Größe, Kleidung?«

Ein Hauch von Misstrauen zeigte sich in Mimis Blick. Möglicherweise hatte er gerade allzu sehr nach Polizei geklungen.

»Worüber haben die beiden sich denn sonst noch unterhalten?«, hakte Carl hastig nach. Wenn er mit seinen inoffiziellen Ermittlungen nicht auffliegen wollte, durfte er es nicht so plump angehen.

Sie hob die Schultern. »Weiß nich. Die sind dann weiter. Aber da gab et wohl Streit. Hab noch mitgekricht, wie der Kurti den Karrenberg angebrüllt hat. Verstanden hab ich nix, da waren die schon zu weit weg, und dann hatte ich Kundschaft.«

»Wann genau war das denn?«

Mimi dachte kurz nach. »Anfang der Woche. Montag, glaub ich. Ja, Montag.«

Das kam hin. Montag war mit ziemlicher Sicherheit Kurt Böhms Todestag.

»Haben Sie den Karrenberg davor oder danach noch mal gesehen?«

»Nee, bloß dat eine Mal.« Mimi hielt inne und schaute über die Schulter. »Ach du Scheiße. Da hinten is mein Freund. Der kann dat nich leiden, wenn ich bloß so rumtötter. Also dann mal tschö, ich muss getz weiter.«

Ein Mann war aus einem der benachbarten Häuser ins Freie getreten. Er ließ seinen Blick schweifen, erspähte Mimi und setzte sich mit finsterer Miene in Bewegung. Sie eilte ihm entgegen und hob beide Hände, als wollte sie klarstellen, dass sie es wenigstens versucht hatte. Offensichtlich konnte sie ihren Zuhälter nicht beschwichtigen, denn er holte aus und verpasste ihr eine Ohrfeige, die Carl trotz der Entfernung hören konnte. Als Nächstes packte der Mann Mimi beim Arm und zerrte sie mit sich ins Haus.

Carl musste an sich halten, den Kerl nicht augenblicklich festzunehmen, obwohl es sowieso bloß sinnlose Zeitverschwendung gewesen wäre. Die Lage war eindeutig: eine einfache Körperverletzung, die nur auf Antrag verfolgt wurde. Dass Mimi Anzeige erstattete, konnte man schon im Voraus vergessen.

Ganz zu schweigen von dem unnützen Papierkrieg. Und vor allem davon, dass Döring ihm den Kopf abreißen würde, weil er sich einer ausdrücklichen dienstlichen Weisung widersetzte und abseits seines eigentlichen Falls ermittelte.

Trotzdem war Carl fürs Erste nicht unzufrieden. Was für ein unfassbarer Dusel, dass er hier gleich im ersten Anlauf einen Namen erfahren hatte! Ein gewisser Karrenberg, mit dem Kurt Böhm sich am Tag seines Todes getroffen und gestritten hatte. Damit hatte Carl einen Mordverdächtigen. Vielleicht sogar den Täter selbst.

KAPITEL 7

Die Zeche Zollverein, seit über einhundertzwanzig Jahren in Betrieb, war eine der größten und modernsten im gesamten Ruhrgebiet. Im Nordosten von Essen gelegen, dehnte sich das Abbaugebiet des Steinkohlebergwerks tief unter der Erde über mehrere Stadtteile aus. Einschneidende Kriegsschäden hatte das Unternehmen nicht zu verzeichnen, die Förderung lief längst wieder auf Hochtouren und steigerte sich immer noch beständig.

Beim vertrauten Anblick des unverwechselbaren Doppelbock-Förderturms an Schacht Albert beschleunigte sich Carls Herzschlag, es kam ihm vor, als wollte sein Körper einen Gleichklang zum Rattern der gewaltigen Maschine erzeugen, bis beides im selben Rhythmus tönte.

Harry beschattete die Augen mit der Hand und blickte zu dem stählernen Ungetüm hoch, wo sich innerhalb der Verstrebung die vier mächtigen Seilscheiben drehten, jede im Durchmesser sechseinhalb Meter groß.

»Wahnsinn«, sagte er ehrfürchtig. Er sah Carl an. »Und hier waren Sie als Bergmann unter Tage? Wie war das so?«

»Beschissen«, antwortete Carl wahrheitsgemäß. Kohle zu hauen hatte nichts mit Heldentum zu tun, auch wenn manche Leute nicht müde wurden, die krank machende Plackerei mythisch zu verklären. Es war einfach nur elende Drecksarbeit. Er für seinen Teil war jedenfalls heilfroh gewesen, nach all den Jahren wieder an seinen Schreibtisch im Polizeipräsidium zurückkehren zu können. Seine Lunge würde es ihm im Laufe der Zeit garantiert danken.

Vor dem Eingang des Bürogebäudes wurden Harry und er von einem Mann im Anzug aufgehalten, der mit einem Klemmbrett unterm Arm ihren Weg kreuzte. »Kann ich Ihnen weiterhelfen?«

»Kripo Essen, Mordkommission«, sagte Carl.

Aufgeschreckt starrte der Mann die Marke an, die Carl ihm vor die Nase hielt. »Was ist passiert? Wurde einer umgebracht? Hier bei uns auf'm Pütt?«

»Nein, wir sind bloß auf der Suche nach jemandem, der uns vielleicht Auskunft in einem Fall erteilen könnte. Ein Hauer namens Bruno Gerber.«

Der Mann furchte ratlos die Stirn. »Da müssen Sie im Personalbüro nachfragen.« Er setzte an, den Weg innerhalb des Verwaltungsgebäudes zu beschreiben, aber Carl winkte ab. »Danke, ich finde mich schon zurecht.«

Im Personalbüro suchte ihm eine Sachbearbeiterin die benötigten Unterlagen heraus. Bruno Gerber wohnte in einem Knappenheim in Frillendorf.

»Bis du dat etwa, Carl? Carl Bruns?« Die Frage kam von einem Mann in den Fünfzigern, der an einem der Schreibtische in Papieren geblättert hatte. Er hatte grau meliertes Haar, war von gedrungener Gestalt und trug ein kariertes Hemd sowie eine schlichte Hose. Bei Carls Anblick hatte er sich erhoben, die buschigen Brauen hochgezogen. »Dat glaub ich getz nich! Mein alten Kumpel Carl! Wat machs du denn hier?« Mit einem breiten Lächeln streckte er Carl die Hand hin.

»Jupp! Schön, dich zu sehen!« Carl erwiderte den Händedruck voller Wiedersehensfreude und wandte sich dann erklärend an Harry. »Das ist Herr Burmeister, mein Steiger von damals. Jupp, das ist mein Kollege, Kriminalassistent Harry Bloom.«

Burmeister betrachtete Harry von oben bis unten, dann nickte er nur gleichmütig. Wahrscheinlich hatte er im Laufe seines Lebens schon Seltsameres gesehen als einen allzu elegant gekleideten Essener Nachwuchsermittler.

»Wat willsse hier auf Zollverein?«, erkundigte er sich bei Carl. »Geht et um wat Polizeiliches?«

Carl nickte. »Ich suche einen gewissen Bruno Gerber.«

»Den Bruno? Hat der wat ausgefressen?«

»Nein, gegen den liegt nichts vor. Wir wollen ihn nur routinemäßig befragen. Kennst du ihn?«

»Klar. Der ist in meiner Schicht. Ich wollte sowieso gleich wieder runter, da kannsse mit. Dann musse den Bruno nich extra auffe Wache bestellen. Wie isset, willsse?« Das Angebot war wohl halb im Scherz gemeint, denn Burmeister zwinkerte Carl dabei zu.

»Warum nicht«, hörte Carl sich zu seinem eigenen Erstaunen antworten. Abermals fühlte er sein Herz schneller schlagen. Wann war er das letzte Mal eingefahren? Er musste nicht lange zurückrechnen. Im Frühjahr 1945, das war vier Jahre her. Eine halbe Ewigkeit, aber in diesem Moment kam es ihm vor, als sei es erst gestern gewesen. Er hatte einen kleinen Ausstand gegeben und den Kumpels versprochen, bald mal wieder vorbeizuschauen. Doch es hatte sich nie ergeben. Er hatte bei der Kripo einen Arsch voll Arbeit gehabt und für Privates zu wenig Zeit.

Gemeinsam mit Harry begleitete Carl seinen alten Kumpel ins Schachtgebäude, wo Burmeister sie kurz warten ließ, während er per Grubentelefon Bruno Gerber zum Füllort der Fördersohle beorderte; die Besucher zur Abbaustelle zu bringen hätte zu viel Zeit in Anspruch genommen. Gar nicht zu reden vom Lärm der Bohrhämmer und Schrämmaschinen, die man für eine Befragung nicht einfach abschalten konnte.

Anschließend tauschte Burmeister in der Steigerkaue seine Alltagskluft gegen Grubenzeug und kam mit zwei Helmen für Carl und Harry zurück. »Vorschrift«, erklärte er auf dem Weg zur Hängebank.

Carl fühlte sich schlagartig in die Vergangenheit zurückversetzt. Er war aufgeregt wie ein kleines Kind, als die Anschlagglocke mit schrillem Läuten die Fahrbereitschaft des Förderkorbs ankündigte. Sie stiegen ein, und Burmeister sprach ein paar Takte mit dem Anschläger, ehe ein weiteres Signal erklang und der Korb mit höllischem Tempo in die Tiefe sauste.

Harry gab ein erschrockenes Ächzen von sich. Carl hörte ihn irgendwas murmeln, das nach einem Gebet klang. Hoffentlich hatte der Junge keine Platzangst. Dann würde er sich, wenn sie erst unten waren, in ein winselndes Häuflein Elend verwandeln. Manche verkrafteten es nicht, fast einen Kilometer undurchdringliches, massives Gestein über sich zu haben, die fühlten sich da unten lebendig begraben.

Die Finsternis tat ein Übriges, um Neulinge einzuschüchtern. Carl erinnerte sich noch gut an den Schreck, als er das erste Mal eingefahren war. Das jähe Verschwinden des Tageslichts, dazu das unheilvoll klingende Brausen der aus dem Schacht entweichenden Winde, in Bergwerkssprache Wetter genannt. Sie sirrten durch das Lochgitter des Förderkorbs, zerrten am Grubenzeug und strichen wie mit Geisterfingern über die Haut.

Schließlich kam der Korb nach scheinbar endloser Fahrt mit einem Ruck tief unter der Erde zum Halten. Nach dem Verlassen der Kabine fanden sie sich im hell erleuchteten Füllort wieder – Harry stand das Entsetzen immer noch ins Gesicht geschrieben, auch wenn er sich erkennbar abmühte, es zu verbergen.

Burmeister blickte auf seine Armbanduhr. »Kann noch ein paar Minuten dauern, bis der Bruno kommt.« Er sah Carl an. »Dat is ein ganz tüchtigen Jung.«

»Dat glaub ich dir, Jupp«, versicherte Carl. Er fiel ins Ruhrplatt wie in einen bequemen Sessel, auf dem er lange nicht gesessen hatte. Es war, als hätte er mit der Seilfahrt seine Haut abgestreift und eine ältere, derbere zum Vorschein gebracht, die seinem Wesen eher entsprach.

»Et geht um den toten Richter, oder?«, erkundigte sich Burmeister.

»Du has davon gehört?«, fragte Carl zurück.

»Stand ja in alle Zeitungen, dat der ermordet wurde.«

»Weiß der Bruno dat auch schon?«

Burmeister hob die Schultern. »Sicher. Dat wissen alle hier. So wie die auch wissen, wat mit dem Bruno sein Vatter passiert ist, dem Willi. Der war auch Bergmann, auf Pörtingsiepen. Hat et nich verdient, einfach aufgehängt zu werden. Wenne mich frags – *dat* war Mord.«

Carl hatte sein Notizbuch hervorgeholt und kritzelte einige Worte hinein.

Burmeister nahm es sichtlich befremdet zur Kenntnis.

»Wieso schreibsse dich dat getz auf?«

Carl fühlte sich ertappt. Er steckte das Notizbuch wieder weg. »Dat is die Macht der Gewohnheit«, erklärte er entschuldigend.

Burmeister hob skeptisch die Brauen, kommentierte es aber nicht weiter.

Aus dem angrenzenden Querschlag tönte das Rattern eines Zuges, der aus mehreren zusammengekoppelten Loren bestand. In Carl erwachten bei dem Geräusch unangenehme Erinnerungen. Die Personenbeförderung hier unten war denkbar primitiv. Auf den Fahrten wurde man mitunter hart durchgerüttelt, blaue Flecken waren an der Tagesordnung. Das einzig Gute, das sich darüber sagen ließ: Man musste nicht kilometerweit zu Fuß gehen.

Der Zug hielt an, und aus einer der vorderen Loren stieg ein junger Mann, der zögernd näher kam.

Carl betrachtete ihn aufmerksam. Den Personalien zufolge war Bruno Gerber neunzehn Jahre alt. Als man seinen Vater im März 1944 hingerichtet hatte, war er gerade mal vierzehn gewesen. Kurz danach war die restliche Familie bei jenem Bombenangriff in Kupferdreh umgekommen, seither stand Bruno Gerber allein auf der Welt. So weit die bekannten Fakten.

Gerbers Grubenanzug starrte vor Kohlenstaub, und auch das Gesicht unter dem obligatorischen Helm war tiefschwarz, bis auf die Augen, die inmitten der dunkel gefärbten Haut wie weiße Murmeln leuchteten. Er hatte alles dabei, was er beim Einfahren mit runtergenommen hatte – Helm mit Grubenlampe, Kaffeeflasche vor der Brust, Gezähe am Gürtel, Arschleder um die Hüften. Nur für den Fall, dass seine Schicht vorzeitig für beendet erklärt wurde und er mit ausfahren musste.

Carl stellte sich vor, Gerbers Miene blieb jedoch ausdruckslos. Es mochte am Kohlenstaub liegen, dass der Junge kaum eine Regung erkennen ließ, aber Carl kam es eher so vor, als wollte er seine Gefühle absichtlich verbergen. Auf die Frage, ob er denn bereits wisse, warum die Kripo ihn sprechen wolle, reagierte Gerber weder überrascht noch verunsichert, sondern nickte einfach nur stumm.

»Ich hab vorhin am Grubentelefon Bescheid gesagt, wieso ihr hier seid«, warf Burmeister ein.

Carl überging die Bemerkung des Steigers, er ließ Bruno Gerber nicht aus den Augen. »Was ging Ihnen durch den Kopf, als Sie von Vahrendonks Tod erfahren haben?«, erkundigte er sich, jetzt wieder in deutlich akzentuiertem Hochdeutsch, Kriminalinspektor vom Scheitel bis zur Sohle. Der sentimentale Rückfall in die Kumpelrolle war vorbei.

Als Antwort erntete er ein wortloses Achselzucken.

»Sie müssen doch irgendwas gedacht haben, als Sie von seinem Tod erfuhren«, insistierte Carl.

Gerber schluckte, dann sagte er mit kratziger Stimme: »Et war mir egal.«

»Wirklich?«

Nun offenbarten sich doch Gefühle in den Zügen des jungen Mannes. In seinen Augen flackerte Zorn auf. »Ich war froh!«, entfuhr es ihm. »Der hat doch schon längst inne Hölle gehört! Warum konnte er *mich* laufen lassen, aber mein Vatter nich?!«

Überrascht sah Carl ihn an. »Waren Sie mitangeklagt? Wegen Rundfunkverbrechen?«

Gerber nickte. »Wir hatten ja bloß ein Radio zu Hause.«

»Und Sie wurden freigesprochen?«

Gerber zuckte die Achseln. »Ich bin bloß verwarnt worden. Weil ich erst vierzehn war. Und weil wir vier Kinder waren und einer ja dat Geld für die Familie verdienen musste, also ich, denn ich war der Älteste. Aber der Vatter wurde zum Tode verurteilt, weil der vorher schon mal beim Hören von Feindsendern erwischt worden war. Einer vonne Nachbarn meinte, wir sollten ein Gnadenersuch einreichen. Also hab ich ein langen Brief an dat Gericht geschrieben. Hat nix geholfen.« In lakonischem Ton schloss er: »War noch nie so gut im Schreiben.«

»Dat war nich deine Schuld, mein Jung!«, mischte Burmeister sich ein. Wie zum Schutz stellte er sich neben Gerber.

»Haben Sie irgendwas mit dem Tod von Richter Vahrendonk zu tun?«, fragte Carl den jungen Hauer geradeheraus.

Gerber schüttelte den Kopf. Die weißen Murmeln waren verschwunden, er hatte die Augen geschlossen, als wäre er der ganzen Sache müde.

»Is gut, mein Jung. Du kanns getz widder anne Arbeit«, sagte Burmeister. Es schien ihm völlig egal zu sein, ob Carl mit der Befragung fertig war oder nicht.

Gerber wandte sich ab und ging zurück zum Zug, der gleich darauf davonratterte.

»Sach ma, musste dat unbedingt sein?«, beschwerte sich Burmeister bei Carl, nachdem der Lärm abgeklungen war. »Der Jung hat so viel mitgemacht! Und überhaupt – dat mit dem sein Vatter ist doch schon so lange her! Wieso hätte der nach den ganzen Jahren dem Richter noch wat antun sollen?«

Carl hätte seinem alten Steiger sagen können, dass Mörder, die aus Rache töteten, oft eine endlose Leidensgeschichte hinter sich hatten, ehe sie den Mut fanden, den Verursacher dieses Leids auszuschalten. Manchmal mussten sie auch lange auf eine passende Gelegenheit warten. Oder es fehlte ihnen an den nötigen Tatmitteln. An Zyankali beispielsweise war nicht leicht heranzukommen. Normalerweise hatten nur bestimmte Berufsgruppen Zugang zu dem Gift, etwa Chemiker, Ärzte, Apotheker, Laboranten oder Kammerjäger.

»Ich hab noch wat hier unten zu tun«, sagte Burmeister. Sein Tonfall war weit weniger herzlich als zu Anfang. »Ihr müsst alleine ausfahren.«

»Kein Problem. Und danke noch mal«, erwiderte Carl. Kurz überlegte er, ob er noch ein paar Worte hinzufügen sollte. Beispielsweise *Nichts für ungut* oder *Bis dann mal.* Aber Burmeister hatte sich schon mit einem knappen Nicken abgewandt und ging seiner Wege.

Carl bestieg mit Harry den Förderkorb, und nach dem Fertigsignal ging es in schwindelerregender Fahrt aufwärts. Als der Anschläger das Sicherheitsgitter zur Hängebank öffnete, ließ Harry ein lang gezogenes Seufzen hören. Er nahm den Helm ab und fuhr sich durch das verschwitzte Haar. Unter Tage war es ein paar Grad wärmer als oben, man bemerkte es oft erst, wenn man wieder hochkam.

»Der Burmeister war richtig sauer«, stellte Harry fest.

»Das ist normal. Er ist Gerbers Steiger.«

»Was meinen Sie damit? Dass er sich für ihn verantwortlich fühlt?«

»Mehr als das. Die Bergleute bilden eine verschworene Gemeinschaft. Man hält fest zusammen. Gegenseitiges Vertrauen ist da unten die einzige Überlebensstrategie. Einer steht für den anderen ein. Man verlässt sich aufeinander, denn sonst geht man drauf.«

»Sie meinen, weil die Arbeit im Bergbau so gefährlich ist?« Harry räusperte sich mit erkennbarem Unbehagen. »Ich hab davon gelesen. Von dieser Schlagwetterexplosion vor drei Jahren. Da sind über vierhundert Leute umgekommen.«

Carl nickte nur. Das schwere Grubenunglück von Bergkamen hatte das ganze Land erschüttert, aber es war nur eins von vielen gewesen. Unter Tage passierten ständig Unfälle, bei denen Bergleute starben. Allerdings traf es meist nur einzelne, was höchstens für eine Randnotiz in der Zeitung reichte. Und das langsame Sterben, unter dem fast alle litten, die bis zur Rente durchhielten, interessierte sowieso keinen.

»Was halten Sie von Bruno Gerber?«, fragte Harry, während sie zum Wagen zurückgingen.

»Was halten *Sie* von ihm?«, konterte Carl. Als Kriminalassistent hatte Harry noch viel zu lernen. Wenn er weiterkommen wollte, war es nur logisch, dass er ab und zu ganz unbeeinflusst seine eigene fachliche Einschätzung beisteuerte. Davon abgesehen interessierte es Carl wirklich, was Harry über Gerber dachte.

»Ich bin nicht ganz sicher«, sagte Harry. »Es kam mir nicht direkt so vor, als würde er lügen. Aber auch nicht so, als hätte er die reine Wahrheit gesagt.«

Carl nickte. »Gut zusammengefasst.«

Harry musterte ihn verblüfft. »Wollen Sie damit sagen, dass es Ihnen genauso geht?«

»So sieht's aus.«

»Was machen wir denn jetzt? Ihn noch mal befragen?«

»Natürlich. Das können übrigens *Sie* machen.«

»Äh … muss ich dann wieder mit diesem Aufzug fahren?«

»Das heißt nicht Aufzug, sondern Förderkorb«, korrigierte Carl ihn. »Es hat Ihnen wohl nicht besonders gefallen, oder?«

»Na ja … Nein.«

»Dann haben Sie Glück. Sie müssen da nicht mehr runter, es

war sowieso eine Ausnahme. Das nächste Mal können Sie Gerber nach Schichtende im Frillendorfer Bullenkloster befragen, seine Wohnadresse haben wir ja jetzt.«

»Bullenkloster?«

»So nennt man unter Bergleuten die Knappenheime.«

»Knappen?«

»Ein anderes Wort für Bergleute«, erklärte Carl. »In dem Fall die ledigen.«

Sie hatten den Parkplatz erreicht und stiegen in den Wagen. Harry übernahm wie üblich das Steuer, was Carl Gelegenheit gab, seine Notizen zu ergänzen.

Harry spähte auf das Gekritzel. »Können Sie das eigentlich selbst alles entziffern?«

»Nein.«

»Oh. Ach so.«

»Sie fragen sich jetzt bestimmt, wieso ich mir dann überhaupt so viel aufschreibe, oder?«

»Ich denke, ich weiß es. Sie machen das, um sich bei der Ermittlung besser konzentrieren zu können. Damit da eine Struktur reinkommt. Wichtige Punkte, bei denen eins zum anderen führt. Wie eine Art Straße mit verschiedenen Kreuzungen. Nur wenn man in die passende Richtung abbiegt, kommt man zum Ziel.«

Carl betrachtete seinen Assistenten sprachlos. Hatte Harry sich das vorher zurechtgelegt oder mal eben so aus der Lamäng geschüttelt? Wie auch immer, der Junge hatte ein verdammt gutes Gespür. Carl hätte es selbst nicht besser beschreiben können.

»Stimmt das so ungefähr?«, wollte Harry wissen.

»So ungefähr«, antwortete Carl, immer noch schwer beeindruckt.

»Dann hatte Frieda wirklich recht«, meinte Harry.

»Wer?«

»Na, Frieda. Ihre zukünftige Schwägerin. Dieser Tage hatte ich sie und das *Krause Bäumchen* doch schon mal erwähnt, Sie erinnern sich bestimmt.«

Carl erinnerte sich bestens, sein Gedächtnis ließ nichts zu wünschen übrig. Vor allem wusste er noch ganz genau, dass bei jenem Gespräch nur von einer Wirtin die Rede gewesen war. Nicht von *Frieda* und auch nicht von *Schwägerin*. Wie es schien, hatten die beiden sich in der Zwischenzeit besser kennengelernt. Zumindest so gut, dass Frieda nichts dabei fand, ihr Wissen über Carls Notizen mit Harry zu teilen. Einmal hatte sich Carl in ihrem Beisein mit Anne darüber unterhalten und seinen Notizbuchfimmel erklärt. Mit ganz ähnlichen Worten, wie Harry sie gerade verwendet hatte.

Carl klappte das Notizbuch zu und steckte es weg. Er verkniff sich die Frage, ob Harry und Frieda sich schon nähergekommen waren. Das war definitiv zu privat. Noch schwerer fiel es ihm, Harry nicht vor ihr zu warnen. Schließlich wusste er genau, wozu sie fähig war. Aber das war nicht bloß Privatsache, sondern ein schreckliches Geheimnis, von dem niemand erfahren durfte. Blieb nur zu hoffen, dass der Junge nicht sein Herz an Frieda verlor, denn das würde ihm garantiert nicht gut bekommen.

*

Carl informierte Behrends über seine morgendlichen Ermittlungen in der Stahlstraße und hielt anschließend sein Versprechen, auch das Schriftliche im Mordfall Böhm zu erledigen. Auf der altersschwachen Schreibmaschine tippte er rasch einen kurzen Bericht, in welchem er dreimal den Namen *Karrenberg* erwähnte, damit Behrends ihn nicht vergaß.

»Viel Erfolg bei der Suche nach dem Kerl«, meinte Behrends gelangweilt, nachdem er das Blatt überflogen und in die Akte geheftet hatte.

Carl fluchte innerlich, er hätte es gleich wissen müssen. Behrends würde in dem Fall keinen Finger mehr krumm machen. Ihm reichte es nicht, einen perfekten Ermittlungsansatz serviert zu bekommen. Man musste auch noch alles mundgerecht klein schneiden und ihn damit füttern.

Carl kam nicht dazu, seinem Ärger Luft zu machen, denn im nächsten Moment erhielt er einen Anruf auf der Hausleitung. Es war Döring, der ihm befahl, umgehend ins Besprechungszimmer zu kommen, es sei dringend.

Natürlich ging es um den Fall Vahrendonk, was sonst. Keiner musste Carl darauf hinweisen, als er den Raum betrat und in die ernsten Gesichter der Männer blickte, die sich dort versammelt hatten. Neben Döring hatten sich drei hochrangige Juristen eingefunden, mit denen Carl bereits am Tatort gesprochen hatte: der Referent des Polizeichefs, der Oberstaatsanwalt und der Vizepräsident des Landgerichts. Sie saßen am großen Konferenztisch und verstummten bei Carls Eintreten. Ihre Mienen verhießen nichts Gutes.

»Guten Morgen, die Herren«, sagte er höflich.

»Setzen Sie sich, Bruns«, sagte der Referent des Polizeichefs anstelle einer Begrüßung. Carl nahm zögernd auf einem der freien Stühle Platz.

»Lesen Sie das«, sagte Döring, während er Carl mit spitzen Fingern ein Schriftstück reichte.

Es war auf Anhieb zu erkennen, dass es sich um eine weitere nachgemachte Anklageschrift handelte, abermals mit Julius Vahrendonk als Angeschuldigtem.

Staatsanwaltschaft
Landgericht Essen

An das Landgericht Essen, Strafkammer

Anklageschrift

Der Vorsitzende Richter am Landgericht
Dr. Julius V a h r e n d o n k,
geboren am 10. Mai 1899 in Essen, verheiratet,
Deutscher, wohnhaft in Essen-Bredeney,

wird angeklagt,
in Essen am 25. Januar 1943 zur Begehung des Mordes an Ruth Rosental, Jakob Rosental und Esther Rosental wissentlich Hilfe geleistet zu haben.

Verbrechen, strafbar nach §§ 211, 49 StGB.

»Das ist heute Morgen eingegangen«, sagte Döring.

»Wo?«, wollte Carl wissen.

Die Antwort kam vom Vizepräsidenten des Landgerichts. »In meinem Büro.«

»Haben Sie es etwa alle schon angefasst?« Carl blickte in die Runde. »Es ist ein Beweisstück!«

Der Vizepräsident breitete die Hände aus. »Gewiss, wir hätten daran denken sollen, aber nun ja … Es herrschte eine gewisse Aufregung.«

»Warum bin ich hier? Ist an diesem Ding irgendwas anders als bei den beiden vorherigen?«

Der Vizepräsident nickte. »So könnte man sagen.« Er hielt inne und fuhr dann in juristischer Manier fort: »Gewisse Aspekte dieses Pamphlets weisen nachweisliche Bezüge zur Realität auf. Die namentlich als Opfer aufgeführten Personen kamen tatsächlich durch persönliche Einwirkung von Julius Vahrendonk ums Leben.«

»Weil er sie zum Tode verurteilt hat? Oder starben sie bei einer von ihm angeordneten Zwangssterilisation?« Carl gab sich keine große Mühe, den Sarkasmus in seiner Stimme zu unterdrücken.

»Was ist denn das für ein Ton?«, blaffte ihn der Referent des Polizeichefs an. Hinter der schweren Hornbrille funkelten seine Augen vor Zorn.

»Aber meine Herren!«, meldete sich der Oberstaatsanwalt zu Wort. »Wollen wir unsere wertvolle Zeit wirklich mit solchen … Dissonanzen vergeuden oder gemeinsam an der Lösung dieses Falles arbeiten?«

»Ruth Rosental sowie ihre beiden Kinder Jakob und Esther sind in Auschwitz umgebracht worden«, erklärte Döring. Er warf Carl einen eindringlichen Blick zu. Die Botschaft darin war klar, sie lautete: *Behalt bloß die Nerven!*

»Was hatte Vahrendonk damit zu tun?«, wollte Carl wissen.

»Er hat die Familie bei der SS denunziert.«

»Und das wissen wir woher?«, fragte Carl.

»Das von Vahrendonk unterzeichnete Denunziationsschreiben war dieser … Anklageschrift beigefügt. Im Original.« Döring bedachte ihn erneut mit einem warnenden Blick.

Carl drehte das aus einem einzigen Blatt bestehende Schriftstück um und betrachtete die leere Rückseite. »Ich sehe da nichts.« Er schaute abermals in die Runde. »Wo ist dieser Anhang? Wieso habe ich ihn nicht in meiner Ermittlungsakte?«

»Weil es keine Rolle spielt«, wies der Referent ihn zurecht. »Wir sagen Ihnen ja, was drinstand.« Er nickte Döring zu, der sich beeilte, die fehlende Erklärung beizusteuern.

»Es war nur eine kurze Notiz, in der Vahrendonk dem damaligen Chef der örtlichen SS-Leitstelle mitteilte, dass sich unter einer bestimmten Adresse Juden verstecken«, berichtete Döring. »Diese Juden hatte er namentlich aufgeführt. Alle säuberlich der Reihe nach, genau vier Personen. Das Ehepaar Helmuth und Ruth Rosental sowie deren achtjährige Zwillinge Jakob und Esther.«

Carl nahm es ungläubig zur Kenntnis. »Er hat eine ganze Familie ans Messer geliefert?!«

»Dergleichen gehörte nicht zu Vahrendonks Dienstgeschäften«, warf der Vizepräsident des Landgerichts ein. »Nicht dass Sie glauben, wir wollten das in irgendeiner Form entschuldigen. Es war ein aus unser aller Sicht gänzlich unverzeihliches Fehlverhalten. Das nur zur Klarstellung.«

Carl konnte kaum glauben, was er da hörte. Gab gerade tatsächlich jemand von den hohen Tieren zu, dass die glänzende Reputation des ehrenwerten Richters ein paar hässliche Schrammen aufwies?

Die Einschränkung folgte auf dem Fuße.

»Natürlich war es kein Delikt im strafrechtlichen Sinne.« Der Vizepräsident deutete auf die Anklageschrift vor Carl. »Juristisch betrachtet völliger Humbug. Genauso wie die beiden anderen Schmierblätter.«

»Es war also ganz legal, dass die SS auf Vahrendonks Betreiben hin die Familie aus dem Versteck geholt und zum Abtransport in den nächsten Viehwaggon Richtung Auschwitz gesteckt hat?«

Für einige Augenblicke herrschte peinliches Schweigen im Raum, dann sagte der Oberstaatsanwalt mit überraschend sanfter Stimme: »Auch deswegen wollten wir mit Ihnen über dieses neue Beweisstück sprechen, Inspektor Bruns. Weil wir ja wissen, dass Sie in diesem … Bereich persönlich schlechte Erfahrungen gemacht haben. Familiär und beruflich.«

»Ich kann private und dienstliche Belange sehr gut trennen«, behauptete Carl. Er deutete auf die Anklageschrift. »Der Familienvater ist nicht als Mordopfer aufgelistet. Was ist mit dem passiert?«

»Helmuth Rosental lebt noch«, sagte Döring. »Ich gebe Ihnen nachher die Adresse. Er wohnt ganz in der Nähe.«

»Und damit kommen wir zum eigentlichen Punkt«, sagte

der Referent, seine schwere Brille zurechtrückend. »Der Mann hat nämlich eine bestimmte Eigenschaft, die ihn unter den bisherigen Verdächtigen deutlich hervortreten lässt.« Er machte eine gewichtige Pause. »Rosental ist Rechtsanwalt.«

»Aha, das erklärt natürlich alles«, sagte Carl lakonisch.

Der Referent starrte ihn argwöhnisch an.

»Genau genommen ist Helmuth Rosental kein Anwalt mehr«, wandte der Vizepräsident ein. Unbehagen klang aus seiner Stimme. »Ihm wurde im Jahr neunzehnhundertvierunddreißig die Zulassung entzogen.«

»Warum?«, fragte Carl.

»Warum wohl?«, fuhr der Referent des Polizeichefs ihn an.

»Jetzt mal ernsthaft«, meinte der Oberstaatsanwalt. »Als Anwalt – auch als ehemaliger – beherrscht Rosental das juristische Vokabular, das man zum Abfassen von Anklageschriften braucht. Und natürlich hat er ein persönliches Motiv. Das wird hier ja wohl niemand bestreiten wollen.«

»Damit unterstellen Sie, dass der Mörder zugleich derjenige ist, der diese Anklageschriften fabriziert hat«, sagte Carl, diesmal betont sachlich. »Das können wir zum derzeitigen Stand der Ermittlungen aber noch nicht sicher sagen. Denn wir haben ja nun drei Anklageschriften und daher eine Mehrzahl möglicher Täter.«

»Die beiden anderen könnte er geschrieben haben, um den Verdacht von sich abzulenken«, warf der Referent ein.

Sieh einer an, dachte Carl. Das Arschloch ist gar nicht so dumm.

»Theoretisch könnte es so gewesen sein«, räumte er ein. »Die Sache hat bloß einen Haken: Er wäre nicht der einzige verdächtige Jurist. Da gibt es noch den anderen, der ohne jeden Zweifel ebenfalls brauchbare Anklageschriften zustande bringt. Er ist nämlich Staatsanwalt und schreibt jeden Tag welche.« Höhnischer Zorn klang aus Carls Stimme, und er gab sich keine

Mühe, es zu verbergen. »Weshalb mir mal jemand auf rechtlich fundierte Weise erklären muss, wieso die von mir beantragten Durchsuchungsbeschlüsse zurückgehalten werden.«

Die eisige Stille, die auf seine Worte folgte, sprach Bände.

Der Referent des Polizeipräsidenten brach als Erster das Schweigen.

»Damit sind wir beim nächsten wichtigen Punkt, warum wir Sie zu dieser Unterredung gebeten haben, Bruns. Bei Ihren Ermittlungen lassen Sie gefälligst Staatsanwalt Albrecht einstweilen außen vor. Das ist ein dienstlicher Befehl.« Er hob die Hand, denn ihm schien nicht zu entgehen, dass sich bei Carl ein Wutausbruch anbahnte. »Ich sagte: *einstweilen.* Also nicht etwa endgültig. Sie sollen nur zuerst all die anderen Spuren verfolgen, und das sind ja nicht gerade wenige.« Er zählte es an den Fingern auf. »Da haben wir diesen Markwart, der seine einzige Tochter betrauert. Dazu jetzt Rosental, der seine ganze Familie verloren hat. Außerdem dieser junge Bergmann, wie hieß er gleich …« Er unterbrach sich und warf einen Blick auf die vor ihm liegenden Notizen. »Bruno Gerber. Sein Vater wurde hingerichtet.« Er schaute auf und sah Carl an. »Das sind machtvolle Motive für einen Mord. Sehr viel stärkere als jene, die man aufgrund einer … Liebelei mit der Witwe unterstellen könnte.«

Der Oberstaatsanwalt hieb in dieselbe Kerbe. »Nehmen wir nur an, dass es naheliegenderweise einer von denen war, die der werte Herr Kollege gerade aufgeführt hat, also entweder Markwart oder Gerber oder Rosental – dann hätte sich ein möglicher Verdacht gegen den Kollegen Albrecht auf der Stelle erledigt«, führte er ein wenig gestelzt aus. Sein Blick war ernst und zugleich Verständnis heischend. »Warum sollte man einen untadeligen, der Tat nicht unmittelbar verdächtigen Amtsträger mit nutzlosen Ermittlungen überziehen und auf diese Weise seinem Renommee schaden, statt sich zunächst ausschließlich jenen zu widmen, auf denen ein mindestens ebenso gewichtiger Verdacht lastet?«

So wie er es sagte, klang es einleuchtend. Beinahe sogar logisch. Wenn es nur nicht dermaßen bigott und verlogen gewesen wäre. So sehr, dass Carl am liebsten mit der Faust auf den Tisch gehauen hätte. Aber er wusste mit hundertprozentiger Sicherheit, dass er den Fall dann von jetzt auf gleich los wäre. Man würde ihn einfach kalt lächelnd ersetzen. Döring war mit allen Einzelheiten vertraut, er konnte die Ermittlungen nahtlos übernehmen.

Trotzdem. Vielleicht war das genau der richtige Moment, denen diesen ganzen Mist um die Ohren zu hauen. Ihnen klarzumachen, dass sie sich den Fall sonst wohin stecken sollten.

Doch das Geschwurbel der Juristen hatte den Bluthund in Carl aufgescheucht. Diesen instinktgetriebenen Schnüffler, der Fährten verfolgen und dabei Hindernisse wegbeißen wollte, bis er schließlich auf der richtigen Spur war. Er würde den Mörder schnappen und dabei auf nichts und niemanden Rücksicht nehmen. Schon gar nicht auf den guten Ruf der Justiz. Denn der war sowieso nur das, was nach Abzug der ganzen Scheinheiligkeit übrig blieb: reine Illusion.

*

Nach der Mittagspause kam Döring zu ihm ins Büro und überreichte ihm einen Zettel mit der Adresse von Helmuth Rosental. Es war eine Rüttenscheider Anschrift, gar nicht weit entfernt vom *Krausen Bäumchen*.

»Rosental wohnt da zur Untermiete«, erklärte Döring.

Carl nickte nur schweigend. Er war immer noch in düsterer Stimmung, was Döring offenbar nicht entging.

Er setzte sich auf die Kante von Carls Schreibtisch, ein sicheres Zeichen, dass er die Unterhaltung auf einer persönlicheren

Ebene fortsetzen wollte. »Bruns, ich kann verstehen, dass Sie sauer sind. Wenn Sie wollen, ziehe ich Sie von dem Fall ab.« Zögernd fügte er hinzu: »Das käme denen sowieso entgegen.«

»Haben die das gesagt?«

»Nicht direkt. Aber nach der Besprechung sind sie noch im Gang stehen geblieben, ich hab im Weggehen gehört, wie einer davon anfing. Die haben wohl wirklich Sorge, dass wir zufällig irgendwas ausgraben, von dem sie nicht wollen, dass es sich rumspricht. Also nicht mal unbedingt den Fall betreffend, sondern andere Sachen.«

»Welche denn?«

»Na, irgendwelchen braunen Dreck. Die waren schließlich alle miteinander im Nationalsozialistischen Rechtswahrerbund und haben von Anfang an die ganzen Naziparolen nachgebetet.« Döring schüttelte den Kopf. »Ist doch klar, wieso die nicht wollen, dass man da zu genau hinguckt.«

»Ich will nicht von dem Fall abgezogen werden.«

»Dachte ich mir schon.«

»Und ich werde ganz sicher nicht aufhören, gegen Burkhard Albrecht und Sybille Vahrendonk zu ermitteln.«

Döring nickte langsam. »Schon klar. Ich werde versuchen, Ihnen den Rücken frei zu halten. Aber denken Sie dran, dass es ein Eiertanz ist. Wenn die von oben partout drauf bestehen, dass jemand anderer die Ermittlungen weiterführt, sind Sie raus. Die haben das Sagen.«

Er deutete auf den Zettel mit Rosentals Anschrift. »Unter der Adresse werden Sie den Mann übrigens erst nach Büroschluss antreffen. Tagsüber ist er bei der Arbeit. Und macht wohl auch oft Überstunden.«

»Hat er sich die Anwaltszulassung zurückgeholt?«

»Nein, er ist als Bürovorsteher in einer Kanzlei beschäftigt.«

»Wie konnten Sie das so schnell rausfinden?«

»Gar nicht. Hat mir der Oberstaatsanwalt erzählt.« Döring

verzog angewidert das Gesicht. »Der kam nach der Besprechung noch zu mir ins Büro und hat mir was verraten, ganz im Vertrauen. Nämlich wie das mit dem Entzug von Rosentals Anwaltszulassung vonstattengegangen ist.« Er machte eine bedeutungsvolle Pause. »Das hatte der damalige Landgerichtspräsident zu verantworten.«

»Wie lief das ab?«

»Indem er eine persönliche Stellungnahme schrieb. Seinerzeit war es üblich, dass jüdische Anwälte, die im Ersten Weltkrieg gedient haben, ihre Zulassung behalten durften. Vorausgesetzt, es wurde vom Landgerichtspräsidenten befürwortet. Das taten damals die meisten Gerichtspräsidenten, um ihre jüdischen Berufskollegen zu schützen. Zumal anfangs viele noch glaubten, dass der braune Spuk bald vorbei wäre. Die haben sich den Nazis erst gebeugt, als es nicht mehr anders ging und sie sich sonst selbst in Gefahr gebracht hätten. Nicht so der Präsident des Landgerichts Essen. Der plädierte energisch dafür, Rosental die Anwaltszulassung zu entziehen. Einem verdienten, hochdekorierten Kriegsveteranen. Einfach nur, weil Rosental Jude war.«

Zwischen Carls Fingern zerbrach der Bleistift, unseligerweise einer von den wenigen neueren.

»Wieso hat der Oberstaatsanwalt Ihnen überhaupt davon erzählt?«, wollte Carl wissen. »Stört es ihn nicht, dass *der gute Ruf der Justiz* darunter leiden könnte?« Er betonte es mit ätzendem Sarkasmus.

Döring betrachtete den zerbrochenen Bleistift. »Natürlich hat er mir das nur aus einem einzigen Grund anvertraut: um mir Rosental als möglichen Mörder schmackhafter zu machen. Damit wir uns bei dem richtig dahinterklemmen und dafür Albrecht in Ruhe lassen.«

Carl dachte nach. »Vielleicht hatte der Oberstaatsanwalt dabei ja auch noch was anderes im Sinn.«

»Ich ahne, was Ihnen durch den Kopf geht, Bruns. Aber der damalige Landgerichtspräsident wurde im Jahr fünfundvierzig ausgewechselt. Also kein Grund mehr, dem ans Bein zu pissen, damit sein Posten für aufstrebende Konkurrenten frei wird.« Er sah Carl an. »Steigern Sie sich bloß nicht in abwegige Konstruktionen rein. Etwa, dass da im Hintergrund irgendwelche Spielchen von karrieresüchtigen Juristenkollegen im Gange sind.«

Ähnliches hatte Carl sich am Tag des Mordes schon vom Oberstaatsanwalt anhören müssen. Aber die Augen vor einer Fallvariante zu verschließen, nur weil sie unwahrscheinlich war – so einen Fehler hatte er einmal gemacht, letztes Jahr, als Anne und er deswegen fast gestorben wären. Eine bittere Erfahrung, die sich, wenn es nach ihm ging, ganz bestimmt nicht wiederholen würde.

KAPITEL 8

Anne steckte sich gerade im Badezimmer vor dem Spiegel die Haare hoch, als Frieda hereingeplatzt kam, sich über die Kloschüssel beugte und würgend ihr Mittagessen von sich gab. Anschließend zog sie an der Kette und brachte die Wasserspülung in Gang, bevor sie den Toilettendeckel zuklappte und sich draufsetzte, tief durchatmend und den Kopf in beide Hände gestützt. »Gott, wenn es doch nur endlich aufhören würde!«, stöhnte sie.

Von jähem Mitleid erfasst, strich Anne ihr über den Kopf. Den Schock über die Schwangerschaft hatte sie längst verdaut, doch ihre Sorgen hatten dadurch nicht abgenommen. Am meisten Angst hatte sie davor, dass Frieda in einer Kurzschlussreaktion zu einer Engelmacherin ging. Sich heimlich auf irgendeinen verdreckten Küchentisch legte und sich damit der Gefahr auslieferte, drei Tage später tot zu sein. Die Frauen starben ja meist nicht an Ort und Stelle im Verlauf der Abtreibung. Sondern in sicherer Entfernung und mit mehrtägigem Abstand. Die Sepsis, die sie von dem Eingriff mit nach Hause nahmen, brauchte ihre Zeit.

Anne zermarterte sich den Kopf deswegen, sie hatte sich schon die absurdesten Lösungsvorschläge zurechtgelegt. Etwa eine Vernunftehe mit irgendeinem Mann, dem man Geld dafür geben konnte. Eine Rate fürs Heiraten und eine dafür, dass er sich hinterher wieder scheiden ließ. Die Stadt war voll von alleinstehenden Männern ohne feste Wurzeln, von denen würde sich bestimmt so mancher gern eine schnelle Mark nebenher verdienen. Natürlich würde es trotzdem fürchterliches Gerede geben, aber das Kind käme wenigstens ehelich zur Welt, damit wäre die schlimmste Schande schon mal gebannt.

Sie waren noch nicht dazu gekommen, über alles zu reden. Frieda ging ihr beharrlich aus dem Weg. Sie legte sich erst ins Bett, wenn Anne schon schlief, und anderntags nach dem Aufstehen verschwand sie so schnell aus dem Zimmer, dass man sich nicht mal mehr Guten Morgen sagen konnte.

Das hier war das erste Zusammentreffen unter vier Augen, seit Anne von der Schwangerschaft erfahren hatte. Und auch diese Begegnung hätte Frieda bestimmt vermieden, hätte sie sich irgendwo anders ungestört übergeben können. Der Lokus auf halber Treppe war vermutlich besetzt, so wie fast den ganzen Tag über. Runter bis in die Kneipe hätte sie es nicht mehr geschafft. Und in der Küche saßen gerade Lotti und ihre Freundin Alice bei den Hausaufgaben.

Anne beschloss, die Gelegenheit beim Schopf zu packen.

»Frieda, eins musst du wissen: Ich stehe zu dir. Immer. Das weißt du, oder?«

»Natürlich weiß ich das«, meinte Frieda erschöpft. Sie trat ans Waschbecken und drehte den Wasserkran auf, um sich den Mund auszuspülen. »Sag mir lieber, was ich dem Sparkassenfritzen erzählen soll. Der kommt ja gleich.«

»Die Sparkasse?«, fragte Anne mit leisem Erschrecken. »Stimmt was mit Emils Sparbuch nicht?« Einmal im Monat, immer nach Einzug der Mieten, brachte Anne Geld zur Bank und zahlte es auf ein Sparkonto ein, das auf Emils Namen lief. Schließlich gehörte das Haus nicht ihr oder ihren Schwestern, sondern allein ihm, und das galt selbstredend auch für die Mieteinnahmen. Die sollten ihm zugutekommen, sobald er mündig war.

»Was? Nein«, erwiderte Frieda. Sie drückte Zahnpasta aus der Tube auf ihren Zeigefinger und fuhr sich damit über die Zähne, dann spülte sie erneut mit Wasser nach und spuckte kräftig aus. »Der kommt wegen dem Sparschrank.«

»Sparschrank?«

»Ja, du weißt schon. Solche Schränke mit verschließbaren Fächern. Diese Dinger, die vor dem Krieg in vielen Kneipen standen. Die sollen jetzt wieder aufgestellt werden. Und der Sparkassenfritze will abends vorbeikommen und eine Rede halten.«

»Vor den Gästen?«

Frieda nickte. »Der möchte, dass die Leute einen Sparverein gründen und ihr Geld in den Schrank stecken.«

»Wozu soll das gut sein? Ich meine – was ist der Anreiz?«

Frieda rieb sich die Schläfen. »Er hat's mir erklärt, aber ich hab's vergessen. Hab ihm gesagt, ich überleg's mir und rede mit dir und dass er übermorgen wiederkommen soll. Also heute. Aber ich habe immer noch keine Ahnung, was ich dem sagen soll.«

»Warte … Es könnte irgendwas mit Zinsen zu tun haben«, sagte Anne. »Ich meine, dass es Zinsen für das Geld gibt.«

»Von der Sparkasse?«

»Natürlich. So wie auf Emils Sparbuch.«

»Und was hätte *ich* davon?«

»Das solltest du den Mann von der Sparkasse fragen.« Anne warf einen Blick auf ihre Uhr. »Ich wär ja gern bei dem Gespräch dabei, aber ich bin spät dran. Mein Dienst fängt schon in zwanzig Minuten an.« Sie sah ihrer Schwester fest in die Augen. »Du musst mir was versprechen, Frieda.«

»Was denn?«

»Dass du keine Entscheidung triffst, ohne vorher mit mir drüber zu reden. Ganz egal wozu du dich entschließt.«

»Na hör mal, es ist bloß ein blöder Sparschrank«, frotzelte Frieda.

»Du weißt genau, dass ich den gerade nicht gemeint habe. Also versprichst du es?«

Frieda seufzte. »Ich versprech's.«

»Hoch und heilig und Hand drauf?« Anne streckte ihre Hand aus.

Frieda schlug ein. »Großes Schwestern-Ehrenwort«, beteuerte sie.

Anne musste es wohl oder übel glauben.

*

Nach den Hausaufgaben stand für Lotti Küchenarbeit an: Von dem Hackfleischteig, der unten in der Kneipe im Eisschrank lagerte, mussten Frikadellen für den Thekenverkauf gebraten werden. Alice bestand darauf, dazubleiben und mitzuhelfen. Lotti unternahm keinen Versuch, es ihr auszureden. Dafür genoss sie die gemeinsame Zeit mit ihrer Freundin viel zu sehr. Zudem konnte sie ein bisschen Hilfe wirklich gut gebrauchen, da sie sonst alles allein am Hals gehabt hätte – Frieda hatte es mit dem Magen, ihr wurde es neuerdings bei der Zubereitung der Frikadellen immer schlecht, und Anne hatte diese Woche Spätschicht. Daher hing mal wieder alles an Lotti, die in der letzten Zeit auch stets am Vortag das Fleisch durch den Wolf drehen und es hinterher mit den übrigen Zutaten vermengen musste, weil Frieda den Geruch nicht mehr vertrug.

Gebraten wurden die Frikadellen oben in der Wohnung, weil der Herd, der unten in der Kneipenküche stand, nicht richtig funktionierte. Er war schon defekt gewesen, als Frieda letztes Jahr das *Krause Bäumchen* übernommen hatte, und ehe sie aus Versehen eine Gasexplosion herbeiführten, ließen sie ihn lieber aus.

Lotti schleppte die riesige Schüssel mit dem Fleisch nach oben, dann ging's ans Formen der Klopse. Die wurden vor dem Braten einzeln auf Tante Adelheids uralter Küchenwaage abgewogen, weil sie alle ungefähr gleich schwer sein mussten. Ein Viertelpfund, nicht mehr und nicht weniger. Die Gäste passten bei so was auf wie die Schießhunde. Fleisch war teuer, erst recht in der Kneipe. Wenn jemand eine kleinere Frikadelle bekam als die anderen, gab es unweigerlich Stunk.

Außerdem musste man bei der Zubereitung darauf achten, nicht zu viel Paniermehl oder eingeweichte Brötchen einzukneten – auch das fiel sofort auf. Frieda und Lotti hielten sich streng an das Rezept, das früher auch schon ihre Mutter verwendet hatte: zwei Eier und vier eingeweichte Brötchen auf ein Kilo gemischtes Hack. Dazu eine dicke Zwiebel, in kleine Würfel geschnitten, einen gestrichenen Esslöffel Senf und eine ordentliche Prise Salz. Wobei Lotti das mit der ordentlichen Prise noch nicht richtig raushatte. Die Mutter hatte es immer nach Gefühl gemacht, und Frieda machte es genauso, wobei Lotti nicht sicher war, ob Frieda nicht manchmal zu tief in den Salztopf griff, wahrscheinlich mit dem Hintergedanken, dass das die Gäste durstiger werden ließ. Lotti behalf sich damit, dass sie die ordentliche Prise durch einen gestrichenen Teelöffel ersetzte, das schien ihr am ehesten hinzukommen. Die fertigen Frikadellen schmeckten jedenfalls hinterher genau richtig. Wer sie unbedingt salziger wollte, konnte ja nachwürzen. In der Kneipe standen Salz- und Pfefferstreuer auf der Theke, schon wegen der Soleier.

Zur Geschmacksverfeinerung hätte man noch einen Schuss Milch oder Sahne oder gekörnte Brühe mit einkneten können, das hatte die Mutter früher manchmal so gemacht, aber Frieda hatte gemeint, damit wollte sie gar nicht erst anfangen, das würde nur die Preise hochtreiben. Tatsächlich war seit dem letzten Jahr alles noch teurer geworden. Fleisch, Eier, Wurst – ganz egal was man kaufte, man legte ständig drauf. Butter oder Kaffeebohnen konnte sich sowieso kein Mensch leisten, für beides musste man horrende Summen hinblättern, Lotti hörte es von allen Seiten. Wobei sie sehr gut wusste, dass sie selbst zu denen gehörte, die ein privilegiertes Leben führten. Vor einem Jahr waren sie noch die reinsten Hungerkünstler gewesen, da war es ihnen wie ein Fest vorgekommen, wenn es für eine Extrastulle mit Margarine und Zucker drauf reichte. Jetzt überlegten sie, ob ein Schuss Sahne in die Frikadellen gehörte. So änderten sich die Zeiten.

Lotti und Alice formten einen Klops nach dem anderen und wogen zwischendurch gewissenhaft alle ab. Wurde mal einer zu leicht oder zu schwer, ließ es sich mit kurzen Handgriffen korrigieren. Dort ein Stückchen dranpappen, da eine Winzigkeit abzwacken, und schon war das geforderte Gleichmaß wiederhergestellt.

Als Bratfett dienten ausgelassene Speckschwarten, die waren günstiger als Margarine oder Schmalz und sorgten zudem für einen angenehm rauchigen Geschmack. Der Vorgang des Bratens nahm reichlich Zeit in Anspruch – in die gusseiserne Pfanne passten immer nur zehn Frikadellen. Man hätte noch mehr hineinquetschen können, aber dann misslangen sie garantiert. Jede einzelne brauchte Platz um sich herum, um richtig ausbacken zu können. Die Kunst bestand darin, sie jeweils so lange anzubraten, dass sie schön braun und kross wurden und sich leicht wenden ließen, ohne am Pfannenboden festzukleben und zu zerbröckeln. In diesem Fall schmeckten sie zwar immer noch, doch das war nicht Sinn der Sache, denn am Ende sollte ja kein Haschee herauskommen, sondern hausgemachte Bratklopse.

Das Fett musste gut erhitzt sein, aber auf keinen Fall zu heiß. Die Frikadellen sollten sanft schmurgeln, nicht rauchend brutzeln; dabei brannten sie zu schnell an.

Lotti und Alice arbeiteten Hand in Hand, ohne dass es zu Leerlauf kam. Während Alice die restlichen Klopse formte und abwog, stand Lotti schon am Herd und kümmerte sich ums Braten. Besondere Vorsicht war geboten, wenn die Frikadellen ins heiße Fett gelegt wurden, das konnte ganz gemein spritzen. Mittlerweile hatte Lotti den Bogen einigermaßen raus, sie ließ die Klopse langsam vom Pfannenwender hineingleiten. Trotzdem hatte sie jedes Mal nach dem Braten rote Flecken an den Händen, das blieb nicht aus. Ganz zu schweigen von dem Geruch, der sich in Haaren und Kleidung festsetzte, trotz Kopftuch und Schürze. Hinterher steckte sie ihr Zeug immer sofort in die Wäsche und gönnte sich außer der Reihe ein Bad.

Lotti merkte, dass ihre Gedanken ziellos hin und her schweiften, *vom Höcksken aufs Stöcksken,* wie man es im Ruhrpott nannte, sie schaffte es kaum, sich richtig aufs Braten zu konzentrieren. Zwischendurch stahl sich ihr Blick immer wieder hinüber zu Alice. Wie sie am Küchentisch stand und emsig Klopse formte. Die sie nach Einsatz der Waage zurechtstutzte oder vergrößerte und dann erneut abwog. Alices Augen verengten sich immer ein wenig, wenn sie sich hinabbeugte und das Austarieren der Waagschalen beobachtete, den Fleischklops auf der einen und das Eisengewicht auf der anderen Seite.

Eine rote Locke blitzte seitlich unter dem Kopftuch hervor und kringelte sich vorwitzig an ihrer Schläfe. Durchs Küchenfenster fielen Sonnenstrahlen, die das Haar wie flüssiges Kupfer leuchten ließen.

Alice schaute auf und sah Lotti an, ein Lächeln auf den Lippen. »Gleich ist die nächste Ladung fertig zum Braten«, erklärte sie.

Lottis Herz tat einen Satz, sie spürte es bis in die Kehle. Hastig wandte sie sich wieder der Pfanne zu und drehte die Frikadellen um, gerade noch rechtzeitig. Einige waren schon fast zu dunkel.

Ob Alice es wohl spürte, wenn Lottis Blicke auf ihr ruhten? Angenommen, sie merkte es irgendwann – wäre es ihr völlig egal? Oder, schlimmer noch, zuwider?

Überwältigt von diesem quälenden Gedanken, malte Lotti sich aus, dass ihre Gefühle womöglich Abneigung in Alice weckten, sollte sie es je erfahren. Wenn sie herausfand, wie sehr Lotti sich danach sehnte, mit den Fingerspitzen über diese rote Locke zu streichen. In ihr Gesicht zu schauen, ganz lange und ungestört. In diese Augen, die mit ihren goldgrünen Einsprengseln verwunschenen Märchenteichen glichen, so unergründlich tief, dass ein einziger Blick ausreichen konnte, einen für immer hinabzuziehen.

Mit jäher Bestürzung fragte Lotti sich, ob ihre Gedanken womöglich sündig waren. Es ließ sich nicht leugnen, dass sie Alice auf eine Weise anhimmelte, die ihr völlig neu war. Sicher, sie hatte diesen besonderen Draht zu Jesus gehabt, und die Visionen, in denen er ihr leibhaftig erschienen war, hatten reine Verzückung in ihr ausgelöst. Aber sosehr sie das auch geliebt hatte – man konnte es nicht mit ihren Empfindungen für Alice vergleichen.

Es wäre sicher nicht weiter bemerkenswert gewesen, wenn Alice ein Junge gewesen wäre. So wie Jürgen, den Lotti sogar schon geküsst hatte. Doch er hatte noch nie solche Sehnsüchte in ihr geweckt, wie es ihr regelmäßig bei Alice passierte. Nicht mal seine Knutschversuche hatten das bewirken können. Kein einziges Mal hatte sie sich gedacht: Oh, jetzt möchte ich ihn gern küssen!

Als sie darüber nachsann, erschrak sie zutiefst, denn in diesem Moment verspürte sie zum ersten Mal den bewussten Wunsch, Alice zu küssen. Auf dieselbe Weise, wie sie Jürgen geküsst hatte. Bei dem bloßen Gedanken wurde ihr heiß vor Erregung, und im selben Maße steigerte sich ihr Entsetzen.

Im nächsten Moment kam Emil zur Tür hereingeschneit, gefolgt von Hermännchen, dem Nachbarskind.

»Ich hab Hunger!«, rief Emil.

»Ich auch«, stimmte Hermännchen zu.

Die beiden gingen in dieselbe Klasse und waren ein unzertrennliches Gespann. Es verstrich kaum ein Tag, an dem sie nicht irgendeinen Unfug ausheckten. Genauer gesagt: Emil heckte ihn aus, und Hermännchen machte mit.

Emil, obschon ein Jahr jünger als Hermännchen, war eindeutig einfallsreicher und umtriebiger, aber was die Ausführung diverser nichtsnutziger Ideen betraf, ließ Hermännchen sich trotz seiner eher bedächtigen Art nicht zweimal bitten.

Lotti klopfte Emil auf die Finger, als er sich eine von den fertig gebratenen Frikadellen schnappen wollte, und direkt im Anschluss musste sie auch Hermännchens schmutzige kleine Hand wegschieben.

»Das ist fürs *Krause Bäumchen*«, sagte sie streng.

»Ich möchte *bitte* eine!«, rief Emil. Wie fast alle Kinder hatte er frühzeitig gelernt, dass man mit Bitten mehr erreichte als mit Forderungen.

»Ich auch!«, echote Hermännchen. »Bitte!«

»Es gibt aber keine. Die sollen verkauft werden und sind deshalb bares Geld wert.«

Emil hatte eine Idee. »Und wenn wir mithelfen? Das wäre Arbeit. Und Arbeit ist auch bares Geld wert. Also könnten wir dann eine Frikadelle kriegen. Als Bezahlung für die Arbeit.« Sein niedliches Knabengesicht unter den hellen Engelslocken spiegelte reine Unschuld wider, aber sein Wille war überaus zäh, wie Lotti nur allzu gut wusste.

Ihr Widerstand erlahmte. Es war klar, dass die zwei nicht unverrichteter Dinge abziehen würden.

»Lass sie doch«, meinte Alice. Sie deutete auf die Reste in der Schüssel. »Ein paar Klopse gibt das noch her, das können sie ein bisschen durchkneten und sich eine kleine Kinderfrikadelle machen.«

Emil wollte gleich loslegen, Lotti bestand jedoch darauf, dass er und Hermännchen sich zuerst gründlich die Hände wuschen. »Mit Seife und Fingerbürste!«, rief sie den Jungen hinterher, als sie ins Bad flitzten.

Die Frikadellen in der Pfanne waren fertig. Lotti hob sie vorsichtig heraus und legte sie zum Abtropfen auf das bereitstehende Kuchengitter. Alice trat neben sie an den Herd.

»Vielleicht solltest du für die letzte Partie noch Speckschwarte auslassen«, sagte sie. »Ist ein bisschen wenig Fett in der Pfanne. Was meinst du?«

Lotti nickte angespannt. Alice stand so dicht bei ihr, dass sie einander fast berührten. Im nächsten Augenblick geschah es: Sie streckten beide gleichzeitig die Hand nach der Speckschwarte aus, und dabei berührten sich ihre Finger. Lotti riss ihre Hand zurück, als hätte sie sich verbrannt.

»Entschuldige!«, stammelte sie mit heißen Wangen.

»Wofür denn?«, gab Alice leise zurück.

Lotti konnte ihrem Blick nicht ausweichen, obwohl sie vor Verlegenheit kaum Luft bekam.

Alice sah irgendwie hilflos aus. Aber auch aufgeregt. Genauso, wie sich Lotti fühlte.

Gleich darauf kehrten die Kinder zurück und matschten eifrig mit dem restlichen Fleischteig herum, bis Lotti sie wieder zum Spielen rausschickte und jedem der beiden eine kleine Frikadelle mitgab.

Anschließend räumte sie zusammen mit Alice die Küche auf. Sie waren gerade beim Abwasch, als Frieda hereinschaute. Sie sah müde und abgekämpft aus.

»So, der Sparkassenfritze ist wieder weg. Ich hab trotzdem noch unten zu tun. Bleibt ihr noch eine Weile hier?« Bevor Lotti antworten konnte, fuhr Frieda fort: »Nur für den Fall, dass dieser Haller wieder aufkreuzt und hier oben klingelt.«

»Keine Sorgen, den wimmeln wir ab«, antwortete Alice.

»Nein, nein, lasst den ruhig rein«, sagte Frieda. »Setzt den hier an den Tisch und bietet ihm einen Muckefuck an. In der Zwischenzeit läuft eine von euch schnell runter und sagt mir Bescheid.«

»Und dann?«, wollte Lotti wissen, von einem unguten Gefühl erfüllt.

»Darum kümmere ich mich schon.« Mit diesen Worten verzog ihre Schwester sich wieder.

»Was meinte sie wohl damit?« Alice sah Lotti fragend an.

»Keine Ahnung«, antwortete Lotti, auch wenn sie in Wahrheit sehr wohl eine hatte, und die hatte mit der Waffe zu tun, die Frieda in ihrem Kleiderschrank verwahrte. Blieb nur zu hoffen, dass dieser Haller gar nicht erst auf der Bildfläche erschien.

»Angenommen, dein Schwager Heinz lebt wirklich noch«, begann Alice.

Lotti antwortete, bevor Alice den Satz beenden konnte. »Dann würde Anne ihn zurücknehmen und Carl in die Wüste schicken.«

»Weil sie Heinz mehr liebt als Carl?«

»Nein, ganz sicher nicht. Heinz ist schon zu lange weg, und sie liebt Carl über alles. Aber Heinz ist ihr Ehemann.«

»Also ist Treue ihr wichtiger als Liebe?«

»Ich denke schon.«

Alice betrachtete sie forschend. »Wie würdest *du* dich entscheiden, wenn du in ihrer Situation wärst? Für die Liebe oder für die Treue?«

»Für die Liebe!«, platzte Lotti heraus. Ihr Blick hielt den von Alice fest, einige endlose, atemlose Sekunden lang, und da wusste Lotti, dass Alice genauso empfand wie sie.

Sie hatte keine Ahnung, was passiert wäre, wenn sie noch länger ungestört in der Küche beisammengestanden hätten. Doch im nächsten Moment klingelte es an der Wohnungstür, und als Lotti in den Flur eilte und öffnete, stand tatsächlich Ernst Haller vor ihr.

*

Frieda saß im *Krausen Bäumchen* an einem der Tische, den Kopf auf die verschränkten Arme gelegt und den Schrubber neben sich. Theoretisch hätte sie längst mit dem Putzen fertig sein können, aber sie war zu erledigt.

Nur eine Minute ausruhen, ich muss bloß wach bleiben, dachte sie schläfrig, doch sie merkte schon, wie sie einnickte.

Eigentlich hätte Brunhilde König zum Durchwischen runterkommen sollen, Frieda gab ihr jede Woche ein paar Mark dafür, aber ihre Etagennachbarin hatte mal wieder Migräne. Die sie nach Friedas Einschätzung zufällig immer dann bekam, wenn sie keine Lust zum Saubermachen hatte. Zwischendurch hatte Frieda schon überlegt, Hedwig Schwelm aus dem zweiten Stock zu fragen. Die Schwelms konnten jeden Pfennig brauchen, der Mann war Hilfsarbeiter und verdiente kaum genug zum Leben. Trotzdem sparten die beiden eisern auf einen eigenen Hausstand. Die Familie musste sich immer noch mit sieben anderen Personen die Wohnung teilen. Kaum war ein Mieter ausgezogen, setzte das Amt ihnen wieder einen neuen rein.

Hedwig wäre sicher gern für Brunhilde König eingesprungen, aber sie war im siebten Monat schwanger, folglich wollte Frieda ihr keine Zusatzarbeit aufhalsen. Auch wenn derartige Bedenken angesichts ihres eigenen Zustands absurd erscheinen mochten – schließlich war *sie* die Betreiberin, das *Krause Bäumchen* stand unter ihrer Verantwortung. Somit war es allein ihre Sache, wie sauber oder dreckig es hier war. Und dass sie ständig müde war oder kotzen musste, war ebenfalls ihr Problem. Das sie sich obendrein selbst eingebrockt hatte.

Mit diesem Gedanken döste sie ein.

»Er ist da! Sie müssen kommen!«

Alice Lejeune schrie diese Worte, das wild gelockte rote Haar wie eine Flammengloriole um ihren Kopf. Für die Dauer eines Atemzugs glaubte Frieda, sich in einem Albtraum mit einem

Verkündigungsengel zu befinden, dann landete sie auf dem Boden der Tatsachen und war schlagartig hellwach.

Ihr Herz raste, als sie aufsprang und nach oben rannte. Ohne innezuhalten, sprintete sie durch den Wohnungsflur direkt ins Schlafzimmer. Auf ihrem Weg dorthin sah sie durch die offene Küchentür wie in einer Momentaufnahme den Drecksack Ernst Haller am Tisch sitzen und gierig auf die fertigen Frikadellen schielen.

Ihr Puls hämmerte immer noch wie verrückt, doch ihre Hand zitterte nicht, während sie den Kleiderschrank aufriss und in ihrer Wäsche herumwühlte, bis sie endlich die Pistole zu fassen bekam. Sie eilte damit in die Küche, wo Haller gerade nach einer Frikadelle greifen wollte, unter den Augen von Lotti, die sich mit angstvoller Miene in die äußerste Ecke des Raums zurückgezogen hatte.

Frieda richtete die Waffe auf den ungebetenen Besucher.

»Hände hoch, oder ich puste dich weg!«

Sofort hob Haller beide Hände, die Augen vor Schreck weit aufgerissen. Doch die Furcht in seinen wieselartigen Zügen wich sofort kalter Verschlagenheit. Unvermittelt hob er die große Servierplatte an, auf der die Frikadellen zu einem Berg aufgetürmt lagen, und schleuderte sie in Friedas Richtung, alles in einer einzigen blitzartigen Bewegung. Die schwere Platte traf sie am Oberarm, genau da, wo sie im vergangenen Sommer die Pistolenkugel erwischt hatte. Ihr Arm wurde sofort taub, und ehe Frieda sich's versah, war Haller bei ihr und schlug ihr die Waffe aus der Hand.

»Ich mach dich kalt!«, brüllte er sie an, wobei er sie brutal gegen die Wand stieß. Dann schnappte er sich die Pistole – und betrachtete sie irritiert, als er merkte, dass sich kein Magazin darin befand. Wutentbrannt hieb er mit der Waffe auf Frieda ein.

Frieda wich dem Schlag aus und bekam den Griff der Gusseisenpfanne zu fassen, die fettbespritzt auf dem Herd stand. Mit aller Kraft holte sie aus, wild entschlossen, Haller den Schädel einzuschlagen.

Reflexartig hob er beide Hände, um sich zu schützen. Die Pfanne prallte gegen die Pistole, aus der sich mit ohrenbetäubendem Knall ein Schuss löste. Das Projektil fuhr in die Decke, eine Handvoll Putz platzte ab und fiel herunter.

Für einen Moment war Frieda wie gelähmt. Wie konnte das sein? Die Waffe war doch gar nicht geladen! Sie hatte das Magazin eigenhändig entfernt und separat versteckt!

Doch sofort wich ihr Schock kalter Ernüchterung. Eine Kugel musste noch im Lauf gesteckt haben, und sie hatte nicht dran gedacht, es zu überprüfen. Gott im Himmel, was für ein Dusel, dass nichts Schlimmeres passiert war!

Erneut versuchte sie mit der Pfanne nach Haller zu schlagen, woraufhin er einen Satz zur Seite tat und die Pistole nach ihr warf.

»Die Polizei ist gleich hier!« Der Ausruf kam von Alice. Sie stand in der offenen Küchentür und hielt den Schrubber mit beiden Händen vor sich wie eine Lanze.

Haller würdigte sie keines Blickes. Er starrte Frieda an. »Wir sprechen uns noch, Miststück! Es kommt der Tag, da stech ich dich ab!«

Im nächsten Augenblick drängte er sich an Alice vorbei in den Flur und stürmte aus der Wohnung. Sie hörten ihn die Treppe runtertrampeln, dann fiel mit einem Krachen die Haustür zu.

»O mein Gott«, stieß Alice hervor. Zitternd ließ sie den Schrubber sinken und starrte auf das Loch in der Decke. »Der hätte uns alle umbringen könnten!« Sie sah aus dem Fenster. »Da läuft er! Haut in Richtung Innenstadt ab!«

Frieda hob die Pistole auf und deponierte sie oben auf dem Küchenschrank, garantiert außer Reichweite von Kinderhänden. Dann ließ sie sich benommen auf einen Stuhl fallen und atmete ein paarmal tief durch. Wie durch Watte hörte sie Lotti ein Gebet stammeln, mit dem sie Jesus für seine übergroße Gnade dankte.

Als Nächstes stellte Frieda fest, dass Haller bei seinem überstürzten Aufbruch eine Frikadelle zertreten hatte. Fluchend stemmte sie sich vom Stuhl hoch und fing an, die übrigen Klopse vom Boden aufzusammeln und in die mittlerweile abgekühlte Pfanne zu legen.

Nach einigen weiteren Schrecksekunden machten Lotti und Alice sich daran, ihr zu helfen.

»Hast du wirklich die Polizei gerufen?«, wollte Frieda von Alice wissen.

»Nein, das hab ich bloß so gesagt. Es gibt ja gar kein Telefon im Haus.«

»Ich könnte zu Jürgen rüberlaufen«, schlug Lotti vor. »Sein Vater hat eins in der Zahnarztpraxis.«

Frieda warf einen Blick zum Küchenschrank hinüber und schüttelte den Kopf. Unerlaubter Waffenbesitz, das zog nur einen Haufen Ärger nach sich. Womöglich sogar eine Strafanzeige, und das konnte sie wirklich nicht brauchen.

Wenigstens war Frau Lindemann gerade nicht zu Hause; die hätte nach allem, was letztes Jahr hier passiert war, einen fürchterlichen Nervenzusammenbruch bekommen. Im Übrigen grenzte es schon an ein Wunder, dass nach dem Pistolenschuss nicht längst die halbe Nachbarschaft zusammengelaufen war.

Frieda hatte es kaum gedacht, als wie aus dem Nichts Brunhilde König erschien. »Die Tür war offen«, sagte sie anstelle einer Begrüßung. »Wat war dat denn vorhin hier für ’n Knall?«

Frieda deutete auf den Fußboden, wo noch überall verstreut die Scherben der Servierplatte lagen. »Die ist uns runtergefallen.«

Hinter Brunhilde Königs Stirn fing es sichtlich an zu arbeiten, aber sie war noch nie die hellste Kerze auf der Torte gewesen und meldete keine Zweifel an. Stattdessen hob sie zwei Frikadellen auf, die unter den Tisch gerollt waren, und legte sie zu den übrigen in die Pfanne. Mit dem geschulten Blick der Hausfrau hatte sie sofort erfasst, dass eben wohl noch alle Klopse auf dem Boden gelegen haben mussten. Sie zupfte einen Fussel aus der Pfanne, dann ein langes blondes Haar und schließlich ein Bröckchen Deckenputz.

»Einmal kurz mittem Lappen über die Frikadellen rübergegangen, und die sind wie neu«, kommentierte sie. »Die kannsse alle noch verkaufen.«

»Das hab ich auch vor«, stimmte Frieda zu.

»Mhm, die riechen wirklich lecker!«, meinte Brunhilde König mit begehrlichem Blick.

»Du könntest ja mal eine probieren und hinterher unten putzen«, bot Frieda an. »Außer du hättest noch Migräne.«

Brunhilde König überlegte kurz und entschied dann, dass ihre Kopfschmerzen verflogen waren.

KAPITEL 9

An diesem Freitag ging Carl nach Büroschluss auf direktem Wege in die Julienstraße, um den jüdischen Anwalt Helmuth Rosental zu befragen.

Wie fast alle Straßen in Rüttenscheid war auch diese vom Krieg schwer in Mitleidenschaft gezogen worden. Einige der zerstörten Häuser waren bereits im Wiederaufbau begriffen, andere behelfsmäßig hergerichtet, mit Balken, Blech und Wellpappe oder provisorisch hochgezogenen Ziegelwänden.

Das Haus, in dem Helmuth Rosental lebte, wies keine sichtbaren Bombenschäden auf. Gleichwohl bot es einen trostlosen Anblick, die Fassade von schwarzgrauem Schmutz überzogen, die Fenster teilweise mit Pappe abgeklebt. Die Namensschilder waren zu verdreckt, um irgendwas darauf lesen zu können. Carl läutete aufs Geratewohl, doch auf ein Klingelgeräusch wartete er vergebens. Die Haustür war ohnehin offen, sie bewegte sich mit widerspenstigem Knarren in den Angeln, als Carl sie aufstieß. Drinnen schlug ihm der Mief entgegen, der für solche angejahrten, mit zu vielen Menschen vollgestopften Mietshäuser typisch war, ein beißender Gestank nach Scheißhaus, vollen Ascheimern und verkochtem Kohl.

Er fragte eine alte Frau, die im Erdgeschoss angeschlurft kam, nach Rosentals Unterkunft.

»Fünfter Stock.« Sie ließ ein Kichern hören, das eindeutig schadenfroh klang.

Er ging es mit sportlichem Ehrgeiz an, schließlich hatte er im Gegensatz zu der Alten idealerweise noch eine Menge guter Jahre vor sich. Oben angekommen, schallte ihm durch die offene Wohnungstür Kindergebrüll entgegen, das vom Keifen einer Frau untermalt wurde.

»Jemand zu Hause?«, rief Carl in die Wohnung hinein. Er klopfte gegen den Türstock.

Ein unrasierter Hüne in einem fleckigen Unterhemd tauchte im Flur auf und musterte Carl misstrauisch. »Wir kaufen nix.«

Carl zeigte dem Mann seine Marke. »Kripo Essen. Ich möchte mit einem Mieter namens Helmuth Rosental sprechen.«

»Warum dat denn? Hat der wat verbrochen?«

»Das geht Sie nichts an.«

»Helmuth!«, brüllte der Mann über die Schulter. »Polente!«

»Der Helmuth is nich da.« Die Frau, deren Keifen gerade noch zu hören gewesen war, kam aus der Küche in den Flur.

»Wann kommt er denn wieder?«, erkundigte sich Carl.

»Woher soll ich dat wissen?«

»Wer könnte es denn wissen?«

»Keine Ahnung.«

Im Hintergrund lugten einige kleine Kinder aus einem Zimmer, in dem sich mehrere Stockbetten türmten. Inmitten eines heillosen Durcheinanders aus überquellenden Wäschekörben und schäbigem Spielzeug machte Carl ein weiteres Kleinkind aus, das nackt auf einem Töpfchen saß. In einem anderen Zimmer hockten zwei alte Männer an einem Tisch und spielten Schach. Einer davon rief mit knarzender Stimme: »Der Helmuth arbeitet immer lange. Is sicher noch im Büro!«

Auch gut, dachte Carl. Mit einem Mal spürte er die Erschöpfung des hinter ihm liegenden Arbeitstages, und er beschloss, für heute Schluss zu machen und sich ein Bier im *Krausen Bäumchen* zu gönnen. Später wollte er Anne von ihrer Schicht abholen. Dem schlecht gelaunten Mieter im Unterhemd teilte er mit, dass er ein andermal wiederkommen werde.

*

Als Carl in der Kneipe eintraf, herrschte bereits Hochbetrieb. Aleksandr und Borjan halfen beim Ausschank, und Lotti servierte an den Tischen. Frieda stand hinter der Theke am Zapfhahn und füllte Glas um Glas.

Carl bestellte ein Pils, und als sie hochblickte, erkannte er an ihrem gequälten Gesichtsausdruck sofort, dass irgendwas im Busch war.

Auf seinen eindringlichen Blick hin gab sie ihm einen Wink, ihr in die Kneipenküche zu folgen, wo sie ihm ohne Umschweife erzählte, dass sie am Nachmittag wieder einmal unerwünschten Besuch von Ernst Haller gehabt hatte.

Sie wirkte dabei seltsam kleinlaut, und Carl ließ nicht locker, bis er ihr auch den Rest aus der Nase gezogen hatte. Er fluchte, als sie ihm die Sache mit der Pistole gestand.

»Herrgott, Frieda! Wie kann man nur so verdammt unvernünftig sein!«

»Es hätte auch klappen können«, widersprach sie. »So wie letztes Jahr, oder hast du das schon vergessen?«

Darauf ging er nicht ein. »Wo ist die Pistole jetzt?«

»Oben in der Wohnung, auf dem Küchenschrank.«

»Ich muss sie mitnehmen.«

»Tu dir keinen Zwang an. Aber dann solltest du um Annes willen auch dafür sorgen, dass dieser Mistkerl endlich aus dem Verkehr gezogen wird!«

»Das werde ich schon noch!«, versicherte er, allerdings mit dem vagen Gefühl, dass es sich wenig überzeugend anhörte.

Ihm fiel auf, wie blass sie war. Unter ihren Augen lagen dunkle Ringe, und von der Lebensfreude, die sie sonst immer ausstrahlte, war auch nichts mehr zu sehen. Die Geschichte mit Haller schien ihr schwer im Magen zu liegen. Oder gab es noch etwas anderes, das sie belastete?

Sie musterte ihn forschend. »Du siehst richtig fertig aus«, befand sie. »Wo drückt dich der Schuh? Abgesehen von Haller.«

Verwundert erwiderte er ihren Blick. »Eigentlich wollte ich dich gerade dasselbe fragen.«

»Mit mir ist alles in Ordnung«, behauptete sie. »Bei dir auch?«

Er zog die Schultern hoch. »Nein. Mein Nachbar Kurt Böhm ist ermordet worden. Wurde gestern mit einem Messer in der Brust in der Köttelbecke gefunden.«

»Bärbels Vater? Um Gottes willen, das ist ja furchtbar! Wer hat das getan?«

»Wissen wir noch nicht.«

»Was wird denn jetzt aus der Kleinen?«

»Ich hab sie vorläufig bei Magda untergebracht.«

»Bei deiner geschiedenen Frau? Hat die nicht erst neulich ein Baby bekommen? Was sagt denn ihr Mann dazu?«

»Die beiden wollen Bärbel gern bei sich aufnehmen.«

»Du meinst, für immer?« Ein Anflug von Neugier spiegelte sich in Friedas Zügen. »Ist wohl nicht so ganz in deinem Sinne, stimmt's? Du hast die Kleine selber ziemlich gern.«

Carl unternahm keinen Versuch, es zu leugnen. »Ich hätte sowieso noch mit dir darüber reden wollen«, erklärte er ein wenig hölzern. »Also wenn Anne und ich verheiratet sind … Wir wären ja dann eine Familie. Und Emil und Bärbel verstehen sich sehr gut. Was ich eigentlich sagen möchte … Wo schon ein Kind ist, hätte auch ein zweites noch Platz, oder?«

Ein schwer zu deutendes Lächeln huschte über ihr Gesicht. »Falls du auf diese Weise herausfinden willst, ob ich was dagegen hätte, dass Bärbel zu uns kommt – meinen Segen hast du. Kinder können einem manchmal kolossal auf die Nerven gehen, aber man muss sie nehmen, wie sie kommen.« Sie schien einen Moment lang ihren eigenen Worten nachzulauschen, ehe sie schloss: »Wir waren ja alle selbst mal Kinder. Und drauf angewiesen, dass irgendwer uns lieb hatte und für uns da war. Bärbelchen darf gerne bei uns wohnen.«

»Gut zu wissen.«

»Was sagt Anne denn dazu?«

»Ich hab sie noch nicht gefragt.«

»Ach. Wieso nicht?«

»Es hat sich nicht ergeben.« Peinlich berührt dachte er an seine gestrige Zusammenkunft mit Anne im Wald. Statt mit ihr über Bärbels Zukunft zu sprechen, hatte er ihr wegen Heinz zugesetzt. »Ich rede noch mit ihr. Sie wird sicher genauso wenig dagegen haben wie du. Dass du einverstanden bist, ist sehr anständig von dir, Frieda.«

Sie betrachtete ihn mit hochgezogenen Brauen. »Du sagst das so, als wäre Anstand das Letzte, was man von mir erwarten kann.«

Es klang eher nach einer Feststellung als nach einem Vorwurf. Dennoch rief es sofort Schuldgefühle in ihm wach.

»Vielleicht kenne ich dich einfach noch nicht gut genug«, meinte er ausweichend.

Frieda quittierte seine Antwort mit einem Achselzucken. Im nächsten Moment kam mit federnden Schritten ein Besucher durch die Schwingtür und zauberte mit seinem Erscheinen ein Strahlen auf ihr Gesicht.

»Guten Abend«, sagte Harry Bloom mit leuchtenden Augen.

»Guten Abend, Harry«, erwiderte sie, und Carl hatte den Eindruck, dass es ein wenig atemlos klang.

»'n Abend, Chef«, sagte Harry als Nächstes, zerstreut und ohne Carl eines Blickes zu würdigen. »Komme gerade aus Frillendorf zurück, vom Knappenheim. Hab da mit Bruno Gerber gesprochen.«

»Was hat er denn gesagt?«, wollte Carl wissen.

Frieda mischte sich ein. »Ich muss sowieso wieder an die Arbeit, tut euch mit eurer Dienstbesprechung keinen Zwang an.« Sie stieß die Schwingtür auf und verschwand im Gastraum.

Harry sah ihr sekundenlang nach, ehe er sich Carl zuwandte, um über seinen Abstecher nach Frillendorf zu berichten.

»Zuerst hat Gerber sich bedeckt gehalten. Er beteuerte mehrmals, er hätte sich nichts zuschulden kommen lassen. Aber als die Rede auf das Todesurteil gegen seinen Vater kam, brach es förmlich aus ihm heraus. Er ist damals zusammen mit seiner Mutter zur Gerichtsverhandlung des Vaters gegangen. Da haben sie beide noch einmal gemeinsam um Gnade gebettelt, aber Vahrendonk kannte kein Erbarmen. Hat bloß gesagt, so wäre nun mal die Rechtslage, und wenn sie nicht aufhörten mit dem Geheule, würde er sie vom Wachtmeister in eine Arrestzelle stecken lassen und ein Ordnungsgeld verhängen, das sich gewaschen hätte.« Harry hielt inne. »Sie hätten mal das Gesicht des Jungen sehen sollen, das war richtig verzerrt vor Hass. Bruno Gerber hat eindeutig ein starkes Motiv für den Mord an Vahrendonk.«

»Das haben andere auch«, gab Carl zurück.

»Ja, das stimmt. Aber irgendwie …«

»Irgendwie was?«

»Ich hab bei dem Jungen ein komisches Gefühl.«

»Erklären Sie das genauer.«

»So als könnte er irgendwas mit dem Mord zu tun haben.«

»Sie meinen, als Gehilfe? Oder Mittäter?«

Harry hob die Schultern. »Vielleicht auch nur als Mitwisser. Etwas an der Art, wie er darüber sprach … Es kam mir vor, als hätte er was zu verbergen. Keine Ahnung, wie ich es exakter beschreiben soll. Aber ich denke, wir sollten ihn uns nochmals vorknöpfen.«

Carl nickte nur stumm, er hatte es schon befürchtet. Der Kreis der Verdächtigen hätte sich im Laufe der Ermittlungen verkleinern statt vergrößern sollen. Doch je tiefer sie bohrten, desto undurchsichtiger wurde alles.

»Oh, und noch was«, meinte Harry. »Ich war nicht der Einzige, der mit Bruno Gerber sprechen wollte. Als ich beim Knappenheim ankam, machte sich gerade Josef Brinkmann vom Acker.«

»Der Reporter von der *NRZ?*«

Harry bejahte. »Er hat mit Gerber geredet, draußen vorm Gebäude.« Erklärend fügte er hinzu: »Drinnen ging es schlecht. Die Bergleute hausen da alle mit mehreren Kollegen auf einer Stube, dicht an dicht, jetzt ist mir auch klar, wieso sie es Bullenkloster nennen.«

»Kumpel«, sagte Carl.

Auf Harrys fragenden Blick hin erläuterte er: »Unter Bergleuten heißt es nicht *Kollege,* sondern *Kumpel.*«

»Aha. Wie auch immer, ich habe Gerber gefragt, worüber er mit Brinkmann gesprochen hat, woraufhin Gerber ein bisschen hämisch meinte, über genau dasselbe wie mit mir.« Harry runzelte die Stirn. »Dieser Reporter scheint im Mordfall Vahrendonk auf seine eigene Art zu ermitteln.«

Carl verspürte eine Aufwallung von Ärger. Am Ende würde der Fall lang und breit in der Presse verhackstückt werden, bevor die Kripo mit der Aufklärung auch nur einen einzigen Schritt weitergekommen war.

»Sonst noch irgendwas Neues?«, fragte er frustriert.

Harry schüttelte den Kopf. »Und bei Ihnen? Haben Sie mit Helmuth Rosental sprechen können, dem jüdischen Anwalt?«

»Der war nicht zu Hause.«

»Also ebenfalls nichts.«

»Null Komma nichts«, bestätigte Carl.

Nach diesem ernüchternden Fazit kehrten sie beide auf ein gemeinsames Bier in die Gaststube zurück.

*

»In der Küche ist ein Loch in der Decke«, sagte Anne zu Frieda, als sie an diesem Abend ins Bett stieg. Sie hatte sich die Zähne geputzt, das Gesicht eingecremt, das Haar gebürstet und ihr Nachthemd übergestreift wie an allen anderen Tagen dieser Woche, aber seit sie vorhin das Loch in der Decke bemerkt hatte, sagte ihr ein siebter Sinn, dass in der Küche irgendwas Schlimmes passiert war.

Frieda lag auf ihrer Bettseite, ebenfalls mit eingecremtem Gesicht und Lockenwicklern im Haar. Sie blätterte in den Unterlagen, die ihr der Sparkassenmensch wegen des geplanten Sparvereins dagelassen hatte.

»Wieso ist da ein Loch in der Decke?«, wollte Anne wissen, als von ihrer Schwester keine Antwort kam.

»Ach, das«, meinte Frieda. Sie gähnte ausgiebig. »Da hat Frau Lindemann wahrscheinlich ein bisschen zu hart mit dem Besenstiel zugestoßen. Oben war's wohl mal wieder laut.«

»Du lügst.«

Frieda blickte von den Unterlagen auf und sah Anne mit widerwilliger Bewunderung an. »Wie zum Teufel merkst du das immer?«

»Weil das Loch kein bisschen nach einem Besenstiel aussieht.« Anne musterte sie scharf. »Du hast mit der Pistole rumgeballert!«

»Meine Güte, ja.« Frieda verdrehte ungeduldig die Augen. »Es war ein Versehen. Sie ging auf einmal los. Ist passiert, als ich das Ding oben auf dem Küchenschrank verstecken wollte.«

»Du lügst schon wieder.«

Frieda seufzte und rückte endlich mit der Wahrheit heraus, und als Anne hörte, dass der unsägliche Ernst Haller in ihrer Küche um ein Haar ein Massaker veranstaltet hätte, lief es ihr eiskalt den Rücken herunter. Fast wünschte sie sich, auf Friedas Geflunker hereingefallen zu sein.

»Wo ist die Pistole jetzt?«, stieß sie mit gepresster Stimme hervor.

»Carl hat sie mitgenommen.«

Das musste Anne erst mal verdauen. Carl hatte sie erst vor einer Stunde von der Arbeit abgeholt, aber Haller mit keinem Sterbenswort erwähnt. Wahrscheinlich aus denselben Gründen, aus denen Frieda es gern für sich behalten hätte – um sie zu schonen. Als wäre dadurch die Angst vor jenem ominösen Brief weniger schlimm.

Frieda räusperte sich. »Übrigens kann es sein, dass ich bald heirate.«

Anne, die sich gerade im Bett ausgestreckt hatte, setzte sich nach dieser Ankündigung ruckartig auf.

»Was?«

»Solltest du nicht lieber fragen: Wen?«, kam es in belustigtem Ton zurück.

Anne musste tief durchatmen. »Also wen?«

»Das steht noch nicht fest.«

»Oh«, erwiderte Anne lahm. Dann schüttelte sie vehement den Kopf. »Das kann unmöglich dein Ernst sein. Du musst doch irgendwen im Auge haben!«

»Klar habe ich das. Und zwar nicht nur einen. Deshalb steht es ja auch noch nicht fest.«

»Äh … Wen *genau* hast du denn im Auge?«

»Das ist meine Privatsache.«

»Frieda!«

»Du erfährst es schon noch früh genug. Aber solange ich selber nicht sicher bin, will ich nicht drüber reden!«

»Kenne ich einen von denen? Oder alle? Wie viele sind es denn überhaupt? Wäre es eine Vernunftehe oder eine aus … ähm, Liebe?«

Frieda schwieg eisern, und ihre entschlossene Miene zeigte deutlich, dass sich daran nichts ändern würde. Anne verkniff sich weitere Fragen. Wer immer auch der Kandidat war, der letztlich vor Friedas Augen Gnade fand – alles wurde dadurch um so vieles einfacher! Dem Kind würde der unauslöschliche Makel einer unehelichen Geburt erspart bleiben. Was natürlich nicht das Ausbleiben anderer Probleme garantierte. Aber über die konnte man sich den Kopf zerbrechen, wenn sie eintraten. Warum sollte nicht ausnahmsweise alles gut gehen?

Mit dieser Hoffnung versuchte Anne einzuschlafen, doch unmittelbar darauf begannen ihre Gedanken wieder um ihre eigenen Schwierigkeiten zu kreisen und sie in einen dunklen Strudel hinabzuziehen, bis sie am Ende in schweren Albträumen versank.

*

Als Brinkmann das Büro betrat, zu dem der Pförtner ihn geschickt hatte, war er sich der missbilligenden Blicke, die ihn von allen Seiten trafen, überdeutlich bewusst. Der verfluchte Trenchcoat war in der Wäsche eingegangen, die halben Unterarme ragten aus den Ärmeln heraus, und egal wie straff er den Gürtel vorn zuband – von den Knöpfen oberhalb der Mitte ging keiner mehr zu. Aber er musste das Ding tragen, ihm blieb keine Wahl. Aus irgendwelchen Gründen war das einzige passable Hemd, das er noch besessen hatte, verschwunden. Seine Hauswirtin behauptete, einer von den Nachbarn hätte es von der Wäscheleine gestohlen, und folgerichtig hatte sie sich geweigert, ihm den Schaden zu ersetzen. Sie sei fürs Waschen und Bügeln zuständig, nicht für die Aufsicht an der Leine. An dem verbrannten Loch, das sie ihm in das andere Hemd gebügelt hatte, war nach ihrem Dafürhalten ebenfalls nicht sie schuld, sondern der minderwertige Stoff.

Der geschniegelte junge Schnösel, der Bruns gegenübersaß, hatte sich wahrscheinlich noch nie Gedanken über die Auswahl seiner Hemden und übrigen Kleidungsstücke machen müssen. Jedes Mal wenn Brinkmann ihn zu Gesicht bekam, sah er aus, als käme er frisch vom Schneider. Und zwar von einem *teuren* Schneider. Dieser Kriminalassistent Harry Bloom hatte definitiv einen Haufen feines Zeug im Schrank.

Immerhin waren die anderen Beamten, mit denen Bruns sich das enge, von Zigarettenqualm verräucherte Amtszimmer teilen musste, eher schäbig angezogen, teilweise kaum weniger ärmlich als Brinkmann. Allerdings hatten sie allesamt ein Hemd an, im Gegensatz zu ihm, der schon seit einer Woche mit Unterhemd und – nun auch noch extrem eingelaufenem – Trenchcoat vorliebnehmen musste. Nein, er sah wahrhaftig nicht aus wie der seriöse Zeitungsmann, der er in seiner Vorstellung war.

Theoretisch hätte er auch anrufen können. Polizeipräsidium, Abteilung Kapitalverbrechen – irgendein nettes Fräulein vom Amt hätte ihn zu Bruns durchgestellt. Der ihn allerdings zweifellos in Rekordgeschwindigkeit abgewimmelt oder vielleicht sogar direkt aufgelegt hätte. Das war die traurige Realität, vor der Brinkmann nicht die Augen verschließen konnte. Folglich war ihm gar nichts anderes übrig geblieben, als wieder einmal persönlich vorstellig zu werden.

Zu seinem Leidwesen hatte er seine Chancen richtig eingeschätzt, denn als Bruns seiner ansichtig wurde, machte er ein Gesicht, als hätte er in eine Zitrone gebissen. »Was wollen Sie denn hier?«

»Mit Ihnen sprechen. Nur ganz kurz«, fügte Brinkmann eilig hinzu. »Ich weiß, es ist Samstag, und außerdem schon fast Feierabend, sicher wollen Sie gleich ins wohlverdiente Wochenende aufbrechen. Aber ich komme mit wichtigen Informationen zum Mordfall Vahrendonk.« Aufmerksam beobachtete er Bruns' Mienenspiel, das zwischen Verdrossenheit, Ärger und Ungeduld wechselte. Bis schließlich der Ausdruck erschien, auf den Brinkmann gewartet hatte: widerwilliges Interesse.

»Ich höre«, sagte Bruns.

Brinkmann ließ seinen Blick über die benachbarten Schreibtische schweifen. »Vielleicht möchten Sie das, was ich zu erzählen habe, lieber unter vier Augen erfahren. Es ist, wie soll ich sagen … delikat.«

Sofort wurde es mucksmäuschenstill im Raum. Außer Bruns und seinem jungen Assistenten waren noch vier andere Beamte anwesend. Zwei hatten sich gerade noch unterhalten, einer ein vorsintflutliches Gerät zum Anspitzen von Bleistiften betätigt und ein weiterer auf eine Schreibmaschine eingehämmert. Nach Brinkmanns letzten Worten hatten alle schlagartig mit ihrer jeweiligen Beschäftigung aufgehört und die Köpfe wie Antennen in seine Richtung gedreht.

Bruns hatte sich bereits von seinem Stuhl erhoben. Er gab dem jungen Assistenten einen Wink, mitzukommen. Brinkmann folgte den beiden in ein anderes, nicht minder hässliches Amtszimmer ein Stück den Flur runter.

Vernehmungsraum stand auf dem Schild neben der Tür. Brinkmann konnte nicht verhindern, dass sein Hals trocken wurde, gefolgt von leichter Atemnot. Seine Erinnerung an den letzten Vernehmungsraum, in dem er gesessen hatte, war noch ziemlich frisch, und die darauffolgende Zeit hinter Gittern nicht minder. Er rief sich ins Gedächtnis, dass er vorsichtig agieren musste. Zwischen Vorstoß und Rückzug wechseln, die ganze Zeit mit einem Bein im Knast. Aber dafür das andere Bein auf der Leiter zum Erfolg. Das war sein Halt. Seine Hoffnung, sein Leben.

Der Inspektor hatte sein Notizbuch mitgenommen und klappte es auf. Der junge Assistent stand mit verschränkten Armen neben ihm und betrachtete Brinkmann erwartungsvoll.

»Also, was haben Sie für uns?«, fragte Bruns.

»Eine Information über einen möglichen Verdächtigen«, erklärte Brinkmann. »Ein zusätzliches Motiv für den Mord an Vahrendonk.«

»Ich bin ganz Ohr.« Bruns zückte einen Bleistiftstummel.

»Es geht um Staatsanwalt Albrecht.«

Damit hatte er auf den richtigen Knopf gedrückt, Bruns' Gesichtsausdruck sprach Bände. Burkhard Albrecht war sein Hauptverdächtiger, schon vom ersten Tag an. Bruns würde was drum geben, den zu schnappen. Brinkmann holte Luft. Jetzt durfte er es nicht versauen!

»Verstehen Sie mich bitte nicht falsch, Herr Inspektor. Wenn ich Ihnen diese Information liefere, brauche ich auch was von Ihnen.« Er hob die Hand, ehe Bruns aus der Haut fahren konnte. Was ohne Frage im nächsten Moment passieren würde, wenn Brinkmann es falsch anging. »Sie sollen mir keine Dienstgeheimnisse verraten oder so was, Gott bewahre! Ich brauche nur eine kurze Bestätigung. Von einem Gerücht, das sowieso bereits die Runde macht. Dabei kann ich Ihnen zusichern, dass alles, was Sie mir sagen, vertraulich behandelt wird. Meine Quellen schütze ich gegen alle Widerstände, das ist mein oberstes Prinzip!« Brinkmann wusste, dass es aufrichtig klang. Denn es war nichts weiter als die Wahrheit.« Er ließ Bruns keine Zeit zum Überlegen und sprach direkt weiter. »Es heißt, dass man Ihnen Schwierigkeiten macht. Ihnen bei den Ermittlungen zum Fall Vahrendonk Knüppel zwischen die Beine wirft. Weil die Justiz sich sorgt, dabei schlecht wegzukommen. Ist da was dran?«

Bruns sah ihn mit verengten Augen an. In seinem Gesicht arbeitete es. »Wo haben Sie das her?«

»Ich sagte doch, es macht schon die Runde. Und wenn's mir jemand erzählt hat, wäre es eine Quelle, die ich schützen muss. So funktioniert es im Journalismus, Herr Inspektor. Mit einer Quelle allein lässt sich noch nicht viel anfangen. Man braucht für eine ernst zu nehmende Meldung mindestens zwei. Dann kann man von *informierten Kreisen* schreiben. Oder *Wie von mehreren Personen unabhängig voneinander bestätigt wurde.* Und niemand kann einen zwingen, die Quellen offenzulegen. Das nennt man Pressefreiheit.«

»Von mir hören Sie dazu nichts«, sagte Bruns.

Brinkmann lenkte sofort ein. »In Ordnung. Hab's verstanden.« Und das hatte er tatsächlich. In diesem Fall traf eindeutig die Binsenweisheit zu, dass keine Antwort auch eine Antwort war. Bruns' Miene hatte es ihm verraten.

»Worüber genau wollen Sie denn eigentlich schreiben?«, erkundigte sich der Assistent. Es klang aufrichtig interessiert.

»Eine Artikelserie über die Justiz. Genauer: über deren Rolle im Dritten Reich. Wussten Sie, dass von all den Nazirichtern kein einziger bestraft wurde?« Brinkmann machte eine bedeutungsvolle Pause, um die Information sacken zu lassen. »Deshalb würde ich auch gern mehr über diese plötzlich aufgetauchten Anklageschriften gegen Vahrendonk erfahren. Ich frage mich, ob jemand aus Justizkreisen hier vielleicht das Bedürfnis verspürt hat, den eigenen Laden aufzuräumen. Ich gäbe sonst was dafür, mit dem Verfasser dieser Schriften sprechen zu können!«

»Wir auch«, sagte Bruns knapp. »Jetzt spucken Sie endlich aus, was Sie über Albrecht wissen! Ich habe nicht ewig Zeit!«

Brinkmann zögerte die Antwort trotzdem für ein paar Sekunden hinaus, in dem Wissen, dass sie dadurch umso effektvoller ausfiel. »Burkhard Albrecht stand bei Vahrendonk mit einer Riesensumme in der Kreide. In D-Mark wohlgemerkt. Den genauen Betrag und den Anlass der Verschuldung kenne ich nicht, aber es muss um viel Geld gehen. Es gab einen fälligen Schuldschein. Ein Offenbarungseid war unausweichlich. Es wäre Albrechts finanzieller und beruflicher Ruin gewesen.«

»Diese Information stammt wahrscheinlich von einer Quelle, die Sie schützen müssen, was?«

»So ist es«, stimmte Brinkmann zu, während er Bruns musterte. Dessen Miene war ausdruckslos, aber es entging Brinkmann nicht, wie sehr es in dem Mann rumorte. Der Inspektor hatte Blut geleckt und wollte mehr. »Wie ich schon sagte«, fuhr Brinkmann fort. »Eine einzige Quelle ist zu wenig. Sie können aber selbst eine zweite anzapfen und sich damit Gewissheit verschaffen. Ich kann Ihnen den Namen einer informierten Person sagen, da können Sie nachfragen. Und hinterher lassen Sie mich wissen, ob es geklappt hat, dann habe ich meine zwei Quellen und kann einen Artikel über Albrecht schreiben.«

»Einen Scheiß lasse ich Sie wissen«, erklärte Bruns. Sein Blick wurde drohend. »Allmählich langt's mir mit Ihnen. Nennen Sie mir den Namen! Sonst kriege ich Sie wegen versuchter Strafvereitelung dran.« Er wies mit dem Daumen über die Schulter. »Das Untersuchungsgefängnis ist gleich nebenan.«

»Sybille Vahrendonk«, sagte Brinkmann hastig. Er hob beide Hände. »Ich hätte es Ihnen so oder so gesagt, Herr Inspektor!«

Bruns ließ ihn mit einem ärgerlichen Schnauben stehen und stürmte hinaus. Der junge Assistent folgte ihm auf dem Fuße, drehte sich an der Tür aber noch mal um. »Danke für das Gespräch, Herr Brinkmann. Sie finden sicher allein hinaus.« Dann war auch er draußen.

Brinkmann ließ einen tiefen Atemzug entweichen. Das war besser gelaufen als gedacht. Aber an zwei, drei Stellen war es kritisch gewesen, er hatte deutlich gemerkt, wie dünn das Eis war, auf dem er da gewandelt war. Dieser Bruns war ein Fuchs und hatte eine verflucht gute Menschenkenntnis, so viel stand fest. Wenn er nicht höllisch aufpasste, wanderte er doch noch in den Bau. Dann konnte er sich gleich einen Strick nehmen.

Draußen sann er weiter über die Unterhaltung nach, doch auf halbem Weg zu seiner Bleibe stutzte er. In der Nähe ging gerade jemand über die Straße, der ihm diese Woche schon einmal über den Weg gelaufen war. Sein alter Knastkumpan Karrenberg bemerkte ihn gar nicht, er hatte den Blick stur geradeaus gerichtet und schritt in ungewohnter Zielstrebigkeit aus, nur um plötzlich hinter einen Baum zurückzuweichen und von dort aus die Lage zu peilen, ehe er weitereilte. Keine Frage, der Kerl verfolgte jemanden. Sogar von Weitem erkannte Brinkmann den Jagdtrieb und die Gier in Karrenbergs Gesicht.

Unschwer war auch festzustellen, wem Karrenbergs Aufmerksamkeit galt – einer hübschen Blondine, die gerade etwas fallen gelassen hatte. Sie war stehen geblieben, um es aufzuheben, was wiederum Karrenberg bewogen hatte, sich zu verstecken. Die Frau war schlank, fast zierlich, und hatte ein sanftes Madonnengesicht. Brinkmann schätzte sie auf Anfang bis Mitte dreißig. Ihre Kleidung war schlicht, aber ordentlich. Und sie hatte keine Ahnung, dass Karrenberg an ihren Fersen klebte.

Ohne auch nur eine Sekunde zu zögern, ging Brinkmann den beiden nach.

*

Anne wischte den Straßenstaub von dem Brief, der ihr heruntergefallen war. Sie hatte versucht, ihn beim Gehen zu lesen, was wohl keine gute Idee gewesen war – um ein Haar wäre sie über ihre eigenen Füße gestolpert. Entschlossen schob sie ihn zurück in ihre Handtasche. Nachher im Krankenhaus blieb ihr genug Zeit, noch mal reinzuschauen. Und es war ja auch nicht so, als wüsste sie nicht sowieso ganz genau, was drinstand. Eine Zeit lang hätte sie sogar Satz für Satz auswendig aufsagen können, so oft hatte sie den Brief gelesen. Heinz hatte ihn ihr von der Ostfront geschrieben. Sein letztes Lebenszeichen. Es sei denn, der andere, neuere Brief – dieses ominöse Schriftstück, das Ernst Haller ihr verkaufen wollte – wäre echt. Das war auch der Grund, warum sie diesen letzten Feldpostbrief überhaupt hervorgekramt und mitgenommen hatte. Um einen Vergleich zu haben, für den Fall der Fälle.

Und genau dieser Fall schien jetzt einzutreten. Bei einem Blick über die Schulter bemerkte sie, dass ihr jemand folgte.

Sie hatte damit gerechnet, dass Haller es noch mal versuchen würde, diesmal bei ihr persönlich und von Angesicht zu Angesicht, ohne dass ihm Frieda oder sonst wer in die Suppe spucken konnte. Trotzdem fuhr ihr der Schreck in die Glieder, sie musste die Luft anhalten, weil sie auf einmal Angst vor ihrer eigenen Courage bekam. Es kostete sie eine Menge Überwindung, sich zu dem Verfolger umzudrehen und ihm entgegenzublicken. Anne hatte den Mann vorher noch nie gesehen, aber Frieda und Lotti hatten ihn ihr auf plastische Weise beschrieben. Sie wusste sofort, dass es Ernst Haller war.

Er verharrte kurz, offensichtlich verdutzt darüber, dass sie auf ihn wartete. Vielleicht hatte er sich erhofft, sie an einer anderen, weniger öffentlichen Stelle ansprechen zu können.

Panik erfasste sie, als er mit ausgreifenden Schritten näher kam, doch ihr Wille, sich endlich Gewissheit zu verschaffen, war stärker als ihre Furcht.

»Ich will den Brief sehen«, sagte sie, als Ernst Haller dicht vor ihr stehen blieb. Viel zu nah, kaum eine Armlänge entfernt. Sie konnte seinen widerlichen Atem riechen, all die aufgekratzten Geschwüre auf seinem rasierten Schädel und an seinem Hals sehen.

Sie wollte zurückweichen, aber da schoss seine Hand vor und packte ihren Arm. Sie starrte entsetzt auf die klauenartigen, überraschend starken Finger. »Ich will den Brief sehen!«, wiederholte sie mit bebender Stimme.

»Ich *wusste,* dass Sie das wollen«, sagte er, ein triumphierendes Grinsen im Gesicht. »Weil Sie alles dafür geben würden, die Wahrheit zu erfahren. Und ich wette, Sie tragen aus diesem Grund schon seit Tagen das Geld mit sich herum. Das tun Sie doch, oder?«

Sie erstarrte. Wie konnte er das wissen? War sie so leicht zu durchschauen? Bestand darin die besondere Begabung eines Betrügers?

»Ich will zuerst einen Blick auf die Schrift von Ihrem Brief werfen.« Sie griff in ihre Handtasche und zog mit zitternden Fingern den Feldpostbrief hervor. »Diesen Brief hier hat mein Mann mir geschrieben. Ich kenne seine Handschrift in- und auswendig. Ich will sehen, ob die Schrift auf beiden Briefen gleich aussieht. Sonst gibt's kein Geld.«

»Zeigen Sie doch mal her.« Schon wieder trat er dicht an sie heran. Sie sah das Flackern in seinem Blick, die geröteten Augen. Da wurde ihr klar, dass er süchtig sein musste. Wahrscheinlich nach Pervitin, wie so viele verkrachte Existenzen, die der Krieg zurückgelassen hatte. Die Gier nach den Drogen bestimmte sein Handeln und ließ ihn jeglichen Anstand verlieren. Jeder andere hätte ihr eine Nachricht ihres Mannes ohne Gegenleistung überlassen.

Ein Mann im Trenchcoat tauchte hinter Haller auf. »Belästigt der Kerl Sie, gnädige Frau?«

Haller fuhr zu ihm herum, und im nächsten Moment rannte er ohne ein weiteres Wort davon.

Anne sah ihm verzweifelt nach. Sie war so nahe dran gewesen!

»Mein Name ist Josef Brinkmann, ich bin Reporter bei der *NRZ*«, stellte der Fremde sich vor. »Ich hoffe, Sie sind nicht auf den Kerl hereingefallen.«

»Was?« Verwirrt sah sie ihn an. »Kennen Sie diesen Mann?«

»Allerdings. Sein Name ist Ernst Karrenberg, und seine Masche besteht darin, den Angehörigen vermisster Wehrmachtssoldaten weiszumachen, dass ihre Liebsten am Leben sind.« Er warf einen Blick auf Heinz' Brief, den sie immer noch in der Hand hielt. »Ich hoffe, Sie sind ihm nicht auf den Leim gegangen!«

Anne schüttelte den Kopf. »Nein, das ist wirklich ein Brief meines Mannes. Ich wollte ihn mit dem anderen Brief vergleichen, den dieser Mensch mir verkaufen wollte.« Fahrig steckte sie den Brief wieder ein. Ihre Hände zitterten immer noch, und zu ihrer eigenen Bestürzung fing sie an zu weinen. »Ich danke Ihnen, Herr Brinkmann! Sie können nicht ahnen, was ... Ich will wieder heiraten, ganz bald schon ... Aber wenn Heinz ... Das war mein Mann, er ist an der Ostfront verschollen ... Und dann kam Ernst Haller ... ich meine Karrenberg ...« Schluchzend brach sie ab.

»Es tut mir so leid«, sagte der Reporter. Es klang hilflos.

»Ich heule nur vor Erleichterung. Es geht schon wieder.« Sie zog ein Taschentuch hervor und wischte sich die Tränen ab. »Tausend Dank noch mal! Ich glaube, der Himmel hat Sie mir geschickt! Die letzten Tage waren schrecklich!« Sie holte Luft und versuchte, sich zu fassen. »Woher kennen Sie den Mann?«

»Ich habe eine Zeit lang in Düsseldorf an einer Artikelreihe über Kriegsheimkehrer gearbeitet, dabei bin ich ihm begegnet. Er ist nicht der einzige Betrüger, der mit so einer Masche unterwegs ist. Die wechseln immer gern die Stadt, wenn ihnen der Boden unter den Füßen zu heiß wird. In Düsseldorf hat er wohl zu lange damit gewartet, da wurde er geschnappt und landete im Gefängnis. Jetzt will er seine Gaunereien offenbar in Essen durchziehen.«

Anne hatte immer noch das Gefühl, neben sich zu stehen. »Er hat so viele Einzelheiten über meinen Mann und mich gewusst!«

»Die hat er sich aus dritter Hand beschafft, so was ist nicht weiter schwer. Im Ausbaldowern sind solche Betrüger ganz groß. Und den Rest erfinden sie dazu. Dafür haben Verbrecher wie Karrenberg ein Gespür. Und allzu oft auch leichtes Spiel. Denn ihre Opfer *wollen* ja glauben, was ihnen erzählt wird. Weil sie so sehr hoffen, dass es wahr ist.« Sichtlich angewidert schüttelte der Reporter den Kopf. »Hat er behauptet, dass er ebenfalls an der Ostfront war? Dass er zusammen mit Ihrem Mann in einem abgelegenen, geheimen sibirischen Lager gesessen hat?«

Anne nickte stumm.

»Nun, Karrenberg war tatsächlich in Kriegsgefangenschaft«, führte Brinkmann aus. »Aber nicht in Sibirien, sondern in Sinzig. Das liegt im Rheinland. In die Ostgebiete hat er nie einen Fuß gesetzt. Na, den sind Sie jedenfalls los! Bleibt nur zu hoffen, dass die Polizei ihm auch diesmal das Handwerk legt.«

»Ich zeige ihn auf alle Fälle an«, sagte Anne. »Jetzt kenne ich ja seinen echten Namen. Mein Verlobter Carl ist bei der Kripo, der lässt bestimmt nicht locker, bis dieser Karrenberg hinter Gittern sitzt.«

»Ihr Verlobter Carl – heißt der zufällig Bruns mit Nachnamen?«

»Ja«, erwiderte Anne überrascht. »Kennen Sie ihn?«

»Nur flüchtig. Aber ich habe viel Gutes über ihn gehört.«

Anne betrachtete Brinkmann verstohlen. Rein äußerlich wirkte er wie ein schräger Vogel. Sein viel zu enger, vorn aufklaffender Trenchcoat und die krumme Nase verliehen ihm eine vage Ähnlichkeit mit einer Figur von Wilhelm Busch. Wahrscheinlich musste er jeden Pfennig dreimal umdrehen und konnte sich deshalb nichts zum Anziehen kaufen. Spontan nahm sie den Umschlag mit dem Geld aus der Tasche und zog einen Zwanzigmarkschein heraus.

»Nicht doch, ich bitte Sie!« Er hob abwehrend die Hand, als sie ihm den Schein geben wollte.

»Ich bestehe darauf. Sie haben mich gerade vor dem Verlust von dreihundert Mark bewahrt.«

»Das war keine große Leistung, ich hab's gern gemacht!«

»Und ich gebe Ihnen jetzt gern diese zwanzig Mark.« Bittend sah sie ihn an. »Ich würde mich wirklich besser fühlen, wenn ich es Ihnen auf diese Weise vergelten dürfte!«

Mit sichtlichem Widerstreben nahm er den Schein entgegen und stopfte ihn in die Tasche seines lächerlichen Trenchcoats. »Ich schätze, ich sollte mir wohl davon schleunigst ein neues Hemd zulegen«, meinte er ein wenig kläglich. »Und dabei hoffen, dass meine Hauswirtin mir nicht wieder mit dem Bügeleisen ein Loch reinbrennt. Sonst muss ich wohl noch den Rest des Sommers in diesem Mantel herumlaufen.« Trocken schloss er: »Der übrigens nur deswegen so miserabel sitzt, weil sie ihn in die Kochwäsche getan hat.«

Anne entwich ein Kichern, dann sah sie auf ihre Uhr. »Himmel, ich komme zu spät zum Dienst! Tut mir leid, ich muss weiter!«

Der Reporter tippte an eine imaginäre Hutkrempe. »Ich muss mich auch wieder auf die Socken machen, sonst verpasse ich den Redaktionsschluss.«

Eilig lief sie los, aber als sie sich nach ein paar Dutzend Schritten kurz umwandte, stand er immer noch bewegungslos da und blickte ihr nach.

KAPITEL 10

Wie bei ihrem letzten Besuch in Vahrendonks Villa wurde ihnen auch diesmal wieder von der Haushälterin Isolde Mertens die Tür geöffnet, aber statt zur Seite zu treten und den Besuch hereinzubitten, versperrte sie den Weg.

»Herr Inspektor. Herr Bloom. Falls Sie Sybille sprechen wollen … Es ist ein ganz schlechter Zeitpunkt.«

»Wieso? Ist Staatsanwalt Albrecht bei ihr?« Eigentlich würde das gut passen, dachte Carl grimmig. Dann könnte er gleich alle beide festnageln.

»Nein, der ist nicht da. Noch nicht«, betonte die Haushälterin. »Wir rechnen aber jeden Moment mit seinem Eintreffen. Vielleicht warten wir einfach, bis er da ist.«

»Nein, wir warten *nicht*«, versetzte Carl. »Führen Sie mich zu Frau Vahrendonk. Jetzt.« Es klang ruppig und war auch so gemeint. Mit seiner Geduld war es momentan nicht weit her.

Das schien auch Isolde Mertens zu merken, doch so schnell gab sie nicht auf.

»Sybille geht es nicht gut«, sagte sie mit kämpferisch gerecktem Kinn. »Sie ist nicht in der Verfassung, befragt zu werden.«

»Ist Ihnen klar, dass Sie gerade polizeiliche Ermittlungen behindern? Ich muss Sie darauf hinweisen, dass so ein Verhalten strafbar ist.«

Isolde Mertens sah ihn erschrocken an. Er hatte ihr offensichtlich Angst eingejagt. Dennoch hielt sie die Stellung und machte keinerlei Anstalten, sich zu fügen.

Wie eine Löwin, die ihr Junges beschützen will, kam es Carl in den Sinn.

Im nächsten Moment klärte sich die angespannte Situation – Sybille Vahrendonk erschien von allein auf der Bildfläche. Sie kam die Treppe herunter, die vom Obergeschoss in die weitläufige Diele hinabführte. Mit mechanischen Schritten hielt sie auf die Tür zum Salon zu. Ihr Blick wirkte leer, sie schien die Besucher gar nicht zu bemerken.

»Frau Vahrendonk!«, rief Carl mit scharfer Stimme.

Sie zuckte zusammen und starrte Carl mit weit aufgerissenen Augen an.

»Sybille, die Polizei ist da«, sagte Isolde Mertens überflüssigerweise. »Inspektor Bruns möchte noch einmal mit dir sprechen.«

»Das geht nicht«, wehrte Sybille Vahrendonk ab. »Burkhard hat gesagt, ich soll nicht ohne ihn mit der Polizei reden.« Suchend blickte sie sich um. »Ist er schon da, Isolde?«

»Nein«, sagte die Haushälterin. »Aber er kommt bestimmt gleich. Es ist kurz vor vier. Um vier Uhr wollte er hier sein.«

»Dann ist es ja gut«, meinte Sybille Vahrendonk. Es klang seltsam geistesabwesend. Sie wandte sich ab und ging in den Salon.

»Frau Vahrendonk, Sie müssen mir eine wichtige Frage beantworten«, erklärte Carl. Kurz entschlossen folgte er ihr in den Salon. Ihr Gesicht nahm einen gehetzten Eindruck an, als er ihr in den Weg trat und sich direkt vor ihr aufbaute. Carl bemerkte das Zittern ihrer Hände, den flackernden Blick, die blutig gebissenen Lippen. Sie war eindeutig auf Entzug.

»Frau Vahrendonk, der Polizei ist bekannt, dass Burkhard Albrecht Schulden bei Ihrem Mann hatte. Hohe Schulden. Was können Sie uns darüber sagen?«

»Bitte, ich brauche … Ich brauche eine Tablette. Bloß eine.« Hilfe suchend griff Sybille Vahrendonk nach Carls Hand und hielt sie fest. »Können Sie mir was geben? Pervitin? Die Polizei hat bestimmt welches. Burkhard hat mir erzählt, dass es bei Razzien immer wieder beschlagnahmt wird. Sie könnten mir was davon holen, dann reden wir über die Schulden.«

»Sybille«, mischte sich Isolde Mertens ein. Sie war ebenfalls in den Salon gekommen. »Du solltest nicht …«

Carl schnitt ihr das Wort ab. »Wie hoch sind die Schulden?«, fragte er, an Sybille gewandt. »Wann waren sie fällig? Wurde ein Schuldschein ausgestellt?«

»Nur eine einzige Tablette«, bettelte Sybille Vahrendonk. Ihre Stimme kippte über vor Verzweiflung.

»Ich hab Sie was gefragt.«

»Ja doch, in Gottes Namen!«, schrie Sybille ihn an. »Julius hat Burkhard Geld geborgt!« Erkennbar darum bemüht, sich zusammenzureißen, senkte sie die Stimme. »Der Schuldschein liegt irgendwo herum, wir müssen noch mal danach suchen.«

»Wir?«, echote Harry, der ebenfalls vom Vestibül in den Salon gekommen war.

»Burkhard und ich. Wir haben schon überall nachgeschaut, aber nichts gefunden.«

»Auf welche Summe beläuft sich das Darlehen?«, fragte Harry.

»Dreißigtausend Mark.«

»D-Mark?«, vergewisserte sich Carl.

Sybille Vahrendonk nickte stumm.

»Und wann wird das Darlehen zur Rückzahlung fällig?«

»Die Frist ist schon rum.«

»Seit wann?«

»Ende letzten Monats.«

»Wurde es zurückgezahlt?«

Sybille schüttelte den Kopf. Ihre Augen füllten sich mit Tränen, die den seltenen silberblauen Farbton ihrer Iris wie unter einem Brennglas verstärkten. Vielleicht hing der Effekt aber auch mit dem leuchtenden Azurblau ihres Pullis zusammen, den sie über ihrem schmal geschnittenen Rock trug. Ihr rotblondes Haar umrahmte ihr zeitlos schönes Gesicht in lockeren Wellen, die aussahen wie gemalt. Wäre sie nicht so blass gewesen, hätte sie in dieser Aufmachung jedes Modemagazin zieren können. Kein Wunder, dass Vahrendonk ihrer Anziehungskraft so schnell erlegen war. Der gut situierte, alternde Witwer und die mittellose junge Schönheit – ein klassisches Klischee. Es konnte nicht lange gedauert haben, bis Vahrendonk begriffen hatte, dass seine Zuneigung nicht im selben Maße erwidert wurde. Womöglich hatte er es auch von Anfang an gewusst.

War er deshalb dazu übergegangen, Sybille mit Tabletten von sich abhängig zu machen? Wie es wohl angefangen hatte mit ihrer Sucht? Hatte er ihr Hausfrauenschokolade geschenkt? Im Krieg waren die mit Pervitin versetzten Pralinen in jeder Apotheke erhältlich gewesen, Carl erinnerte sich noch gut an den Werbespruch. *Pervitin macht die Hausfrau fröhlich.* Die Süßigkeit hatte reißenden Absatz gefunden, auch Wehrmachtssoldaten waren damit versorgt worden, da nannte man es Panzerschokolade oder Fliegermarzipan. Massenweise hatten sie das Zeug konsumiert, bis schließlich auch dem Letzten klar war, wie süchtig es machte. Im dritten Kriegsjahr hatte man Pervitin unter das Opiumgesetz gestellt, seitdem war es bloß noch auf Rezept erhältlich. Was ganze Heerscharen von Abhängigen nicht daran hinderte, es sich auf allen nur erdenklichen Kanälen zu beschaffen.

Sybille zog an Carls Hand. »Bitte«, flehte sie erneut, als hätte sie seine Gedanken gelesen. »Es war doch ausgemacht, dass ich was bekomme, wenn wir über die Schulden reden!«

Carl entzog ihr vorsichtig seine Hand, dann wandte er sich zu Isolde Mertens um. »Wo wir schon bei dem Thema sind – wie ist der Richter an das Pervitin gekommen?«

»Ich nehme an, er hat es sich beim Arzt besorgt. Das Mittel ist ja verschreibungspflichtig.«

»Sein Hausarzt hat ihm kein Pervitin verordnet«, warf Harry ein. »Übrigens, das wollte ich Sie schon bei meinem letzten Besuch hier gefragt haben: War er noch bei einem zweiten Arzt in Behandlung?«

»Davon weiß ich nichts«, erwiderte die Haushälterin.

»Und Sie?«, wandte Carl sich an Sybille.

»Nein«, murmelte die junge Frau.

»Wissen Sie was darüber, wo er das Zeug herhatte?«

»Er meinte mal, er kennt da so einen Apotheker, von früher. Nicht den, bei dem er sonst immer seine Medikamente holte. Ein anderer. Keine Ahnung, wie der heißt.«

»Kennen Sie den Namen dieses Apothekers, Frau Mertens?«, erkundigte sich Carl bei der Haushälterin.

Isolde Mertens schüttelte den Kopf. »Leider nicht.«

»Fällt Ihnen jemand ein, der es wissen könnte?«

Auf seine Frage erntete er erneutes Kopfschütteln, sowohl von Sybille als auch von der Haushälterin.

Carl wechselte abrupt das Thema. »Wussten Sie, dass Ihr Mann an einer tödlichen Krankheit litt?«, fragte er Sybille.

Ihr Kopf ruckte hoch. »Was? Nein!« Sie schluckte schwer, sichtlich erschüttert. »Was hatte er denn?«

»Bauchspeicheldrüsenkrebs, in einem fortgeschrittenen Stadium. Er hatte nicht mehr lange zu leben.«

»O mein Gott!«, entfuhr es Sybille. »Das ist ja schrecklich!«

Carl wandte sich an Isolde Mertens. »Haben Sie es gewusst?«

»Nein«, erwiderte sie beherrscht. Ihre Miene zeigte keine Regung. Falls Sie log, machte sie ihre Sache gut.

»Ich kann das gar nicht glauben!«, rief Sybille. Nicht ohne eine gewisse Theatralik breitete sie die Hände aus. »Das hätte Julius mir doch *gesagt!* Er war mein *Ehemann!*«

Carl zog sarkastisch die Brauen hoch. »Mit anderen Worten: Sie vertrauten einander alles an? Zwischen Ihnen gab es keine Geheimnisse?«

Sybille lief tiefrot an und sagte nichts mehr.

Isolde Mertens meldete sich zu Wort, erkennbar bemüht,

die peinliche Situation zu entschärfen. »Uns war nur bekannt, dass er unter Magenbeschwerden litt«, führte sie aus. »Von Krebs war nie die Rede.« Sie runzelte die Stirn. »Wie haben Sie denn überhaupt davon erfahren? Hat sein Arzt es Ihnen erzählt?«

»Es wurde bei der Obduktion festgestellt.«

»Dann hatte Herr Doktor Vahrendonk vielleicht gar keine Ahnung, wie krank er wirklich war«, meinte Isolde Mertens.

»Gut möglich«, räumte Carl ein. Seine Gedanken kreisten um jenen unbekannten Apotheker, von dem angeblich das Pervitin stammte. Ein alter Bekannter des Richters und zugleich eine verschwiegene Bezugsquelle für fragwürdige Substanzen – durchaus denkbar, dass es so abgelaufen war.

Ob dieser Apotheker zufällig auch Zyankali auf Lager hatte? Von irgendwoher musste das Gift, an dem Vahrendonk gestorben war, schließlich stammen, und es würde zu jener Hypothese passen, über die Carl schon einmal kurz nachgedacht hatte – ein absichtlich als Mord getarnter Suizid. Die letzte Tat eines gehörnten, todkranken Mannes, mit dem Ziel, den jungen Nebenbuhler ans Messer zu liefern.

Carl wischte den Gedanken beiseite, damit begab er sich nur auf bedeutungslose Nebengleise. Erste Priorität kam den offenen Schulden zu. Dreißigtausend Mark, ein glasklares Mordmotiv, zusätzlich zu der schon bekannten außerehelichen Beziehung zur Gattin des Opfers. Die Beweise waren erdrückend. Einer vorläufigen Festnahme stand nichts mehr im Wege.

Im nächsten Moment läutete es an der Haustür.

»Vier Uhr, pünktlich auf die Minute«, sagte Harry mit Blick auf seine Armbanduhr. Fragend sah er Carl an und deutete dessen Miene richtig. Er nickte unmerklich und machte sich bereit.

Isolde Mertens ging öffnen, und nur Sekunden später kam Burkhard Albrecht vor Wut kochend in den Salon gestürmt.

Offenbar hatte die Haushälterin ihn bereits vom Erscheinen der Kripo informiert.

»Was wollen Sie hier?«, herrschte er Carl an. »Hat man Ihnen nicht eindeutig klargemacht, dass Sie uns in Ruhe lassen sollen?«

»Es gibt neue Beweise«, teilte Carl ihm mit. »Und zwar welche, die den Tatverdacht gegen Sie ausreichend erhärten. Herr Doktor Albrecht, ich nehme Sie vorläufig fest.« Er zog die Handschellen hervor, die er unter dem Sakko seitlich am Gürtel trug, unauffällig unter dem Pistolenholster befestigt.

Albrecht reagierte anders als erwartet. Er warf den Kopf in den Nacken und lachte schallend. Als Carl auf ihn zutrat, hob er beide Hände. Immer noch prustend, wich er zwei Schritte zurück. »Sekunde, Herr Inspektor. Bevor Sie sich restlos blamieren und obendrein Ihre Stelle verlieren, sollten wir kurz über diese angeblichen neuen Beweise sprechen.« Lauernd sah er Carl an. »Lassen Sie mich raten. Es geht um die Schulden.«

Irritiert hielt Carl inne. »Sie geben also zu, dass Sie bei dem Mordopfer in der Kreide standen?«

»Natürlich. Es ist überhaupt kein Geheimnis, dass Julius mir finanziell unter die Arme gegriffen hat. Mein Elternhaus war infolge der Bombenangriffe stark beschädigt worden, die Ersparnisse meiner Familie reichten nicht zum Wiederaufbau.«

»Dreißigtausend Mark sind eine Menge Geld.«

»Es ist ja auch ein großes Haus. Sie haben keine Vorstellung, was ein ordentliches neues Dach kostet.«

»Anscheinend zu viel. Sie haben die Schulden trotz Fälligkeit nicht zurückgezahlt.«

Albrecht starrte zuerst ihn und dann Sybille an. »Waren wir uns nicht einig, dass du nur in meinem Beisein mit der Kripo redest?«

Sie zog den Kopf ein. »Er hat mich so bedrängt«, sagte sie weinerlich.

Sofort eilte Albrecht zu ihr und legte ihr fürsorglich den Arm um die Schultern. »Schon gut, du kannst nichts dafür! Aber du hättest ihm dann auch sagen müssen, dass Julius mir eine Verlängerung bewilligt hatte.«

»Können Sie diese angebliche Verlängerung belegen?«, fragte Carl.

»Natürlich kann ich das«, sagte Albrecht. »Sybille war ja dabei, als Julius und ich das vereinbart haben. Sybille, sag es dem Herrn Inspektor.«

»Ich war dabei«, bestätigte sie.

Carl forschte in ihrem Gesicht nach Anzeichen dafür, dass sie log, aber das Zittern ihrer Lippen und der verzweifelte Blick hätten ebenso gut Entzugserscheinungen sein können.

»Was genau wurde da besprochen?«, wollte Carl wissen.

»Dass der Kredit erst ein Jahr später zurückgezahlt werden sollte«, erklärte Albrecht.

»Stimmt das, Frau Vahrendonk?«

Sybille Vahrendonk blickte geistesabwesend zu Boden.

»Bestätige es einfach, Sybille«, meinte Albrecht aufmunternd.

»Ich bestätige das«, sagte Sybille. Es klang mechanisch.

Carls Finger krampften sich um die Handschellen, die ihm mit einem Mal wie nutzloser Ballast vorkamen.

Harry, der die ganze Zeit im Hintergrund gewartet hatte, mischte sich in die Vernehmung ein. »Erfolgt die Verlängerung der Laufzeit bei einem Schuldschein nicht für gewöhnlich durch Ausstellung eines neuen Schuldscheins, und zwar nach Rückgabe des ersten Schuldscheins?«, erkundigte er sich höflich bei Albrecht.

»Was wollen Sie damit sagen?«, schnappte Albrecht.

»Es war nur eine einfache Frage eines einfachen Nichtjuristen«, gab Harry zurück, immer noch mit ausgesuchter Höflichkeit.

»Das merkt man. Sie verwechseln Schuldscheine mit Wechseln«, sagte Albrecht von oben herab. »Bei einem Schuldschein reicht es völlig, dem Dokument eine von beiden Parteien unterzeichnete Vereinbarung über die hinausgeschobene Fälligkeit hinzuzusetzen. So wie Julius und ich es gemacht haben.«

»Oh. Tatsächlich. Interessant. Allerdings verstehe ich dann eines nicht: Wenn da schon zu Ihren Gunsten dieser Zusatz draufstand – wieso haben Sie und Frau Vahrendonk mit solchem Eifer nach dem Schuldschein gesucht? Das jedenfalls hat Frau Vahrendonk uns vorhin berichtet.«

Albrecht sah Sybille an und biss die Zähne zusammen. Sein Gesicht rötete sich zusehends. Er schien plötzlich nach Worten ringen zu müssen.

»Wir *haben* danach gesucht«, räumte er schließlich ein. »Aber nicht aus den Gründen, auf die Sie sich hier offenbar versteifen wollen. Sondern einfach nur der guten Ordnung halber. Um den Schuldschein aus dem Verkehr zu ziehen. So macht man es für gewöhnlich mit ungültigen Dokumenten.«

»Werden Schuldscheine durch den Tod des Gläubigers denn ungültig?« Harry gab sich arglos. »Ich dachte immer, offene Forderungen werden vererbt und können von den Erben eingetrieben werden.«

Carl verfolgte das Wortgefecht verdutzt. Er dachte keine Sekunde daran, sich einzumischen.

Albrecht lockerte seinen Hemdkragen, er war ins Schwitzen geraten. »Das trifft zu«, sagte er. Von seinem aufbrausenden Gebaren war nichts mehr zu spüren. »Aber in diesem Fall war der Schuldschein dennoch wertlos geworden. Weil nämlich die Schuld erloschen ist.« Er räusperte sich. »Sybille hat sie mir nach Julius' Ableben erlassen. Als Alleinerbin war sie dazu berechtigt. Ist doch so, Sybille, oder?«

Sybille nickte erneut, woraufhin Carl davon absah, das Thema zu vertiefen. Er hatte zunehmend das Gefühl, sich hier zum

Affen zu machen. Sicher, er konnte Albrecht für ein paar Stunden hinter Gitter bringen, aber spätestens dann würde ihm die vorläufige Festnahme um die Ohren fliegen, und höchstwahrscheinlich auch gleich seine Stelle bei der Polizei. Kein Richter weit und breit würde bei so einer Sachlage die Untersuchungshaft anordnen. Albrecht konnte mit Sybilles Hilfe alle Verdachtsmomente auf plausible Weise entkräften, auch wenn es eben kurz so ausgesehen hatte, als würde sein hastig errichtetes Gerüst aus Ausreden, Halbwahrheiten und Lügen auseinanderbrechen.

Carl hängte sich die Handschellen wieder an den Gürtel und zog sein Sakko darüber zurecht. »Wir sind hier fertig«, sagte er zu Harry. *Für heute.*

Er sah Albrecht an und wich dessen Blick nicht aus, auch nicht, als das höhnische Grinsen des Staatsanwalts immer breiter wurde.

In ihm erwachte kalter Zorn. Ich krieg dich noch, dachte er auf dem Weg nach draußen.

Doch gleichzeitig fragte er sich, ob er sich damit nicht was vormachte.

*

Carl war todmüde, als er spätabends vor dem Polizeikrankenhaus auf Anne wartete. Vergangene Nacht hatte er schlecht geschlafen, so wie auch schon in der Nacht davor. Er hatte das Gefühl, permanent unter Strom zu stehen. Sobald er versuchte, zur Ruhe zu kommen, fingen die Gedanken an zu kreisen. Unaufhörlich, wie dunkle Schatten, bis sie schließlich alle Winkel seines Verstandes ausfüllten. Bis die Angst, Anne zu verlieren, übermächtig wurde.

Quälende Sehnsucht erfasste ihn, als sie pünktlich nach Schichtende in der Eingangstür auftauchte. Sie strahlte bei seinem Anblick, Carl konnte es kaum glauben. Einen Moment lang war er davon überzeugt, dass er sich das glückliche Leuchten in ihren Augen nur einbildete, aber in der nächsten Sekunde lachte sie befreit auf und schlang die Arme um ihn.

»Oh, Carl, du ahnst nicht, was passiert ist! Ich bin so froh!«

Das Herz schlug ihm bis zum Hals. »Was denn?«

»Ich hätt's dir so gern schon vorher erzählt! Heute Nachmittag habe ich bei dir im Büro angerufen, aber du warst nicht da. Dieser Ernst Haller – er heißt in Wahrheit Ernst Karrenberg und ist *wirklich* ein Betrüger! Es existiert kein Brief!«

Carl entwich ein Stöhnen. In seinen Ohren klang es, als sei er soeben von den Toten erwacht, und so ähnlich fühlte es sich auch für ihn an. Er war nicht sicher, ob er jemals zuvor in seinem Leben eine derartige Erleichterung verspürt hatte.

»Stell dir vor, er hat mich heute auf meinem Weg zur Arbeit verfolgt!«, berichtete Anne mit aufgeregter Stimme. »Er hat tatsächlich Geld verlangt. Und ich fürchte, ich hätte ihm welches gegeben. Einfach nur, um diese furchtbare Ungewissheit loszuwerden. Aber genau in dem Augenblick ist jemand eingeschritten. Ein Reporter, der diesen Karrenberg kannte und zufällig gesehen hat, dass er mir auf den Fersen war.«

»Was war das für ein Reporter?«, wollte Carl wissen. Er löste sich aus der Umarmung, um Anne ansehen zu können. »Hat er sich dir vorgestellt?«

»Ja, sein Name ist Josef Brinkmann, er arbeitet bei der *NRZ*. Du musst ihn schon mal getroffen haben, er wusste jedenfalls, wer du bist.«

Carl nickte. »Hat er auch gesagt, woher er Ernst Karrenberg kennt?«

»Aus Düsseldorf. Da hat Karrenberg wegen seiner Betrügereien im Gefängnis gesessen. Herr Brinkmann meinte, es sei die Masche von diesem Kerl, Hinterbliebene von vermissten Kriegsgefangenen hereinzulegen.«

Carls Gedanken überschlugen sich. Karrenberg. So hieß laut Mimis Aussage der Bursche, mit dem Kurt Böhm kurz vor seinem Tod in der Stahlstraße aufgekreuzt war. Sein Kumpel aus dem französischen Kriegsgefangenenlager. Der offenbar gleichzeitig auch mit dem Reporter Brinkmann bekannt war. Welcher wiederum ständig an Carls Hacken klebte, um seine Nase in die Ermittlungen zum Mordfall Vahrendonk stecken zu können.

Lauter Zufälle? Nein, ganz sicher nicht. Zwischen den beiden Mordfällen musste es eine Verbindung geben.

»Was ist?«, fragte Anne. Es klang verunsichert. »Freust du dich denn nicht?«

»Doch, natürlich«, sagte Carl, und das war die reine Wahrheit. Anne und er konnten wie geplant heiraten! Nichts hätte ihn glücklicher machen können. Vorhin hatte nicht viel gefehlt, und er hätte einen Jubelschrei ausgestoßen. Seine schlimmste Angst war auf einen Schlag von ihm abgefallen. Geblieben war allerdings ein ganzer Haufen offener Fragen, und die hätten ihn deutlich weniger gestört, wenn sie allesamt rein beruflicher Natur gewesen wären. Aber das waren sie ganz und gar nicht. Nicht nachdem dieser obskure Reporter so mir nichts, dir nichts als Annes Retter auf den Plan getreten war. Welche Pläne verfolgte Brinkmann damit? Aus reiner Menschenfreundlichkeit hatte er das sicher nicht gemacht. Wollte er bei Carl punkten, um bei den Ermittlungen im Mordfall Vahrendonk weiterhin an vorderster Front mitmischen zu können?

Ganz zu schweigen davon, dass Karrenberg für Brinkmann kein Unbekannter war. Ebenso wenig wie für Kurt Böhm, dessen kleine Tochter Carl so sehr am Herzen lag. Die ganze Sache stank!

»Aber du hast doch irgendwas«, hakte Anne nach. Carl meinte, einen Unterton von Enttäuschung herauszuhören. Vermutlich hatte sie eine enthusiastischere Reaktion auf ihre Enthüllungen erwartet.

Anstelle einer Antwort zog Carl sie fest an sich und küsste sie voller Leidenschaft.

Sie holte tief Luft, als sie sich voneinander lösten.

»Ich bin mit dem Wagen da«, erklärte er, ebenfalls atemlos.

Sie musste kichern. »Sag bloß. Dann nichts wie los, in den Wald!«

Carl grinste. Seine Müdigkeit war verflogen, er war hellwach. Hand in Hand gingen sie zu dem hässlichen alten Polizeiauto, das auf dem Vorplatz unterhalb der Eingangstreppe parkte. Die ungeklärten Fragen hatten Zeit bis später. Vielleicht sogar bis morgen. Die Nacht war noch jung, und sie gehörte nur ihnen beiden.

KAPITEL 11

Am nächsten Tag entschied Carl spontan, Magda und Engelbert einen Besuch abzustatten. Normalerweise kreuzte er nicht ohne Einladung einfach bei den beiden auf, aber in diesem Fall wollte er nicht darauf warten. Er musste sich vergewissern, dass es Bärbel gut ging.

Nicht dass er Magdas und Engelberts Fähigkeiten anzweifelte, alles nur Erdenkliche für das Wohlergehen der Kleinen zu tun – es war eher ein vages Gefühl eigener Unzulänglichkeit. So als hätte er eine Verantwortung übernommen, ohne wirklich imstande zu sein, sie zu tragen. Der Gedanke, Bärbel könne sich von ihm abgeschoben fühlen, setzte ihm zu, und alles in ihm drängte danach, sich vom Gegenteil zu überzeugen.

Magda wirkte überrascht, als sie ihm öffnete, doch schon in der nächsten Sekunde verklärte ein Strahlen ihr Gesicht.

»Carl! Wie schön, dass du vorbeischaust!« Ein Hauch von schlechtem Gewissen überschattete ihr Lächeln. »Ich wollte dich längst gefragt haben, ob du nicht zum Essen vorbeikommen magst, aber … Na ja, es war wieder eine turbulente Woche. Bertie hat solche Koliken!«

Wie zum Beweis erhob sich im Hintergrund das Geschrei des Babys, und im nächsten Moment erschien Engelbert in der Diele, sein brüllendes Söhnchen über der Schulter. Erfreut nickte er Carl zu, während er dem Kleinen auf den Rücken klopfte.

»Carl! Alter Knabe! Wunderbar, dass du dich blicken lässt! Bleibst du zum Mittagessen? Bärbel wird sich freuen!« Er wandte den Kopf und rief über die Schulter: »Bärbel! Carl ist da!«

Bärbel kam wie ein Wirbelwind aus dem Wohnzimmer gefegt, ihr Gesicht leuchtete vor Aufregung. »Carl!«

Das Herz ging ihm auf, als sie ihn ansah, und seine Sorgen

zerstoben augenblicklich. Es ging ihr gut. Wahrscheinlich besser als je zuvor. Sie trug ein neues Sonntagskleid, zweifellos das erste seit Jahren. Es war aus blauem Samtstoff und hatte einen weißen Kragen. Ihre Füße steckten in Hausschuhen, die farblich zum Kleid passten. Das helle Haar war ordentlich gebürstet und zu einer niedlichen Zopfkrone geflochten. Ein richtiges Modepüppchen. Vorher hatte Carl sie immer nur in abgetragener Kleidung gesehen, lauter altes Zeug, das ihr entweder zu groß oder zu klein war. Dass es nicht obendrein aus Lumpen bestand, war nur Berta Schulte zu verdanken, die regelmäßig alles ausbesserte.

Ein kleiner Hund kam aus dem Wohnzimmer in die Diele getapst und schnüffelte an Carls Schuhen. Bärbel nahm den Welpen auf den Arm und präsentierte ihn stolz.

»Guck mal, Carl. Das ist Lupo. Er gehört mir! Mein eigener kleiner Hund! Ist er nicht goldig?«

»Ja«, sagte Carl. Die Erleichterung, sie so glücklich zu sehen, überwog alle anderen Empfindungen. Und doch war da irgendetwas, das an ihm nagte. Vielleicht war es Engelberts selbstzufriedener Gesichtsausdruck, als sie einander später beim Essen gegenübersaßen, auf den mit Chintz bezogenen Stühlen an dem polierten Mahagonitisch. Vor sich die silbernen Platzteller, die Kristallgläser und das Essgeschirr aus feinstem Meißener Porzellan.

Das Baby war eingeschlafen, es lag in einer mit geblümtem Stoff bespannten Wiege, die in einer Ecke des Raums stand. Oben im Schlafzimmer gab es noch eine, hatte Magda Carl erzählt. So hatten sie den ganzen Tag über kurze Wege, wenn Bertie sich meldete. Und natürlich hatte Bärbel bereits ihr eigenes Reich, neu eingerichtet mit weißen Schleiflackmöbeln und Rüschengardinen vor dem Fenster, im selben Rosa wie die bestickte Tagesdecke auf dem Bett, das von einer ganzen Riege entzückender Teddybären und Puppen bevölkert war. Voller Stolz hatte Magda Carl alles gezeigt.

»Wie um alles in der Welt habt ihr bloß diese ganzen Sachen so schnell herschaffen können?«, hatte er sich erkundigt. Eine naheliegende Frage, wohl jeder hätte sie gestellt, aber Magda hatte kurz das Gesicht verzogen, als ginge es ihr gegen den Strich.

Ihre Antwort war knapp ausgefallen. »Engelbert hat gute Beziehungen zu einem Möbelhändler. Er konnte eine Expresslieferung heraushandeln.«

Was offenbar auch für die ganzen übrigen Anschaffungen galt. Spielsachen, Bekleidung, ein kleiner Hund. Es war fast so, als wäre alles einem schon länger bestehenden Plan gefolgt.

Carl unterdrückte eine Aufwallung von Unbehagen. Was zum Teufel störte ihn daran? Er sollte froh sein, dass Bärbel von lauter schönen Dingen umgeben war. Eine Prinzessin hätte es kaum besser treffen können. Und keiner konnte übersehen, mit welcher Zuneigung Magda und Engelbert auf das Kind eingingen. Jeder Außenstehende hätte sofort angenommen, es handle sich um ihre geliebte Tochter.

»Hau rein, es muss nichts übrig bleiben«, sagte Engelbert, als Magda für Carl noch eine Scheibe von dem Sonntagsbraten abschnitt. Es war feinstes Rindfleisch, frei von Fett und Sehnen und allerbeste Qualität. Zwei Stunden in einem Sud aus Rotwein und Gemüse geschmort, hatte Engelbert betont. Bœuf bourguignon nannte sich das Gericht, Carl erinnerte sich, dass er das vor Urzeiten als Kind mal bei seiner Großtante Ruth gegessen hatte. Sie war schon lange tot, verschwunden in der Vernichtungsmaschinerie der Nazis, so wie der größte Teil seiner jüdischen Verwandtschaft. Nur wenige waren davongekommen. Ein Cousin war nach Israel ausgewandert, ein anderer nach Amerika, zusammen mit Carls Großonkel. Ab und zu kamen wieder Weihnachtskarten, höfliche Grüße aus einer besseren Welt.

»Schmeckt es?«, fragte Magda. Sie schenkte ihm Wein nach. Burgunder, passend zum Braten.

»Danke, ausgezeichnet«, erklärte Carl, der mit einem Mal

trotz der fabelhaften Qualität dieser Mahlzeit das Gefühl hatte, auf Sägemehl zu kauen.

Immerhin sprach Bärbel dem Essen mit Begeisterung zu. Sie verputzte alles bis auf den letzten Bissen und schaffte auch das meiste von dem Nachschlag, den Magda ihr auf den Teller häufte. Carl hätte schwören können, dass die Kleine in den paar Tagen, seit sie hier war, schon zugenommen hatte.

»Hat es mit der Schule geklappt?«, fragte Carl.

»Das war gar kein Problem«, meinte Magda. »Bärbel kann schon morgen hier in Werden auf die Volksschule gehen.«

»Carl, kannst du uns ein paar von deinen Tricks vorführen?«, fragte Engelbert. »Bärbel hat uns von deinen Kunststücken erzählt.«

»Carl ist ein *richtiger* Zauberer«, erklärte Bärbel. »Das ist echte Magie!«

»Natürlich ist es das«, kommentierte Engelbert nachsichtig. »Wie ist es, Carl? Zauberst du uns was vor?«

»O ja, bitte!«, rief Magda. »Ich hab dich noch nie zaubern sehen!«

Stimmt, dachte Carl. Sie waren jahrelang lang verheiratet gewesen und hatten einander so gut gekannt wie nur irgend möglich. Aber mit dem Zaubern hatte er erst nach der Scheidung begonnen, da war er schon eine Weile auf dem Pütt gewesen. Sie hatten beide ein neues Leben angefangen. Mit neuen Menschen und neuen Hobbys. Die gemeinsame Vergangenheit schien Äonen zurückzuliegen.

Er hatte nicht die geringste Lust, zu zaubern, zumal er seine üblichen Utensilien nicht dabeihatte. Außerdem spürte er, dass was in der Luft lag. Etwas Unausgesprochenes. Engelbert gab sich jovial und gesellig wie immer, aber Magda konnte sich schlecht verstellen. Ihr brannte etwas auf der Seele, und es schien, als müsse sie sich beherrschen, um nicht damit herauszuplatzen.

»Ich zaubere beim nächsten Mal, versprochen«, sagte Carl,

um seiner Ablehnung einen freundlichen Anstrich zu verleihen. »Ohne mein Zauberarsenal funktioniert es nicht richtig.« Er legte sein Besteck weg, obwohl er noch nicht aufgegessen hatte. »Wolltet ihr mir vielleicht noch was erzählen?«, fragte er Magda.

Sie wurde rot und wandte sich Hilfe suchend an Engelbert.

»Bärbelchen, geh doch mal nach Lupo schauen«, sagte Engelbert. »Ich glaube, der fühlt sich in seinem Körbchen ganz einsam! Und vielleicht hat er auch Durst, dann kannst du ihm ein bisschen Wasser geben.«

Sofort sprang die Kleine auf und lief hinaus.

»Also?«, fragte Carl, als sie außer Hörweite war.

»Wir haben einen Adoptionsantrag eingereicht«, sagte Engelbert. Es klang gelassen, als wäre es das Natürlichste der Welt.

»Ihr habt *was?!*«, entfuhr es Carl. »Wann?«

»Vorgestern.«

»Das ging ja verdammt schnell.«

»Wir mussten ja sowieso aufs Amt. Und da haben wir halt Nägel mit Köpfen gemacht.«

»*So* nennst du das?« Carl starrte Engelbert an.

»Ja, so nenne ich es«, gab dieser lapidar zurück.

»Wir möchten, dass Bärbelchen unser Kind wird«, platzte Magda heraus. »Auch vor dem Gesetz. Sie soll immer bei uns bleiben.« Carls Fassungslosigkeit schien ihr nicht zu entgehen, und hastig fügte sie hinzu: »Sie fühlt sich wohl bei uns, Carl! Sie ist gern hier! In den paar Tagen ist sie schon richtig aufgeblüht, das ist dir doch sicher auch längst aufgefallen!«

Carl musste an sich halten, seinen Zorn nicht hinauszubrüllen. So hatte er sich das alles nicht vorgestellt! Was war mit seinen eigenen Plänen? In der vergangenen Nacht hatte er mit Anne darüber gesprochen. Genau wie ihre Schwester hatte sie nichts dagegen, wenn Bärbel nach der Hochzeit zu ihnen in die Klarastraße zog. Und jetzt wurde ihnen auf diese Weise ein Strich durch die Rechnung gemacht.

Carl ballte die Fäuste. Engelbert hatte keinen Tag lang gezögert! Nicht einen einzigen! Als hätte er alles schon vorher gewusst und in Ruhe planen können, was zu tun war.

»Sie wird es nirgendwo besser haben als hier bei uns«, sagte Engelbert ruhig. Hatte er sich die Worte vorher zurechtgelegt? »Das dürfte auch in deinem Sinne sein, Carl. Ich bin sicher, dass du nur das Beste für dieses Kind willst. Oder irre ich mich da?«

Carl hatte keine Schwierigkeiten, die wahre Botschaft hinter diesen Sätzen zu erkennen. *Bei mir hat sie ein schöneres Leben als bei dir.*

Klar hatte sie das. Engelbert schwamm ja förmlich in Geld. Und Magda hatte keinen anstrengenden Beruf, bei dem sie in Schichten arbeiten musste und nur stundenweise zu Hause war. Sie konnte sich den ganzen Tag um ihren kleinen Sohn und um Bärbel kümmern. Ihnen die leckersten Sachen kochen, sie in teure Kleidung stecken. Wahrscheinlich würde Bärbel Klavierunterricht bekommen und in ein paar Jahren aufs Gymnasium gehen, egal wie viel es kostete. Normalsterbliche konnten sich das Schulgeld kaum leisten.

»Carl, ich weiß, wie gern du die Kleine hast«, sagte Magda sanft, als hätte sie seine Gedanken gelesen. »Aber in allererster Linie geht es doch darum, was für sie am besten ist, oder?«

»Ihr hättet vorher mit mir darüber sprechen können.«

»Nein, das hätten wir nicht«, beschied ihn Engelbert. »Es ist ja nicht so, als hättest du ältere Rechte. Du hast jahrelang tatenlos zugesehen, was dieses Kind da bei euch im Keller für ein Leben geführt hat.«

»Was hätte ich denn machen sollen?«, fuhr Carl auf. »Sie hatte schließlich einen Vater!«

»Dieses Problem ist ja jetzt endlich gelöst«, sagte Engelbert knapp.

Carl sah ihn mit verengten Augen an. Etwas in Engelberts

Tonfall ließ ihn aufmerken. Oder bildete er es sich nur ein, weil er gerade dermaßen auf hundertachtzig war? Verflucht, er musste aufhören, hinter jeder Ecke Verbrechen und Heimtücke zu wittern! Andererseits – Engelbert war keiner von der Sorte, die mit Skrupeln zu kämpfen hatten, wenn es darum ging, sich gegen Konkurrenten durchzusetzen und seine Pfründe abzustecken. Es gab zu viele Gerüchte. Und eine Menge Zufälle, an denen Engelbert sich eine goldene Nase verdient hatte.

Von einem Fall wusste Carl sogar, wie es abgelaufen war, weil Engelbert es ihm selbst erzählt hatte: der plötzliche Tod eines SS-Verbrechers, der gebunkertes Nazivermögen hatte waschen wollen. Geld, das auf halber Strecke und unter dubiosen Umständen bei Engelbert hängen geblieben war. Er hatte ein Kinderheim davon gebaut. Wer hätte ihm das verargen wollen? Carl ganz sicher nicht. Zumal Engelbert ihm von dem unverhofften Geldsegen zweitausend Mark zugesteckt hatte. Druckfrische D-Mark, einfach so, als Freundschaftsgeschenk, damit Carl sich auch mal was leisten konnte.

Mit einem Teil des Geldes wollte er übernächste Woche die Hochzeitsfeier bezahlen.

Er stand ruckartig auf. Sein Stuhl scharrte über den Boden.

»Ich muss gehen«, presste er zwischen zusammengebissenen Zähnen hervor.

»Carl, nicht!«, sagte Magda bestürzt.

»Lass ihn«, meinte Engelbert. Er stand ebenfalls auf. »Ich bring dich noch raus.«

In der Diele spielte Bärbel mit dem Welpen, der vergnügt fiepend nach dem Spielzeug haschte, das sie ihm hinhielt.

»Bis bald, Bärbel«, sagte Carl.

»O nein, gehst du schon?«, fragte sie erstaunt.

»Ja, ich muss.«

»Kommst du bald wieder? Mit Anne?«

»Auf jeden Fall«, antwortete Engelbert an Carls Stelle. »Und wenn nicht, besuchen wir sie. Spätestens zur Hochzeit. Stimmt's, Carl?«

»Sicher«, sagte Carl mit flacher Stimme.

Engelbert begleitete ihn zur Haustür. »Ich hoffe, du trägst es mir nicht nach, alter Junge«, sagte er. »Du musst wissen, dass ich nur das Beste für Magda will. Und für Bärbel natürlich auch. Nichts liegt mir mehr am Herzen als das Glück meiner Familie. Familie geht über alles, findest du nicht?« Er blickte Carl eindringlich in die Augen, als wollte er ihm auf den Grund seiner Seele blicken.

Alles in Carl schrie danach, Engelbert jene eine Frage zu stellen, die in seinem Kopf widerhallte und sein Inneres zerfraß. Aber er brachte es nicht fertig. Denn mit dieser Frage würde er etwas lostreten, das zwischen ihm und Magda alles vergiften würde. Einen derart ungeheuerlichen Verdacht verzieh niemand, sie wären die längste Zeit Freunde gewesen. Im besten Fall. Den schlimmsten Fall wollte Carl sich gar nicht erst ausmalen.

Carl schluckte die Frage hinunter und beschwor sich, an das Gute in Engelbert zu glauben. Er blendete jedwedes Szenarium aus, in welchem Engelbert irgendwas mit dem Mord an Kurt Böhm zu tun hatte.

»Das ist wahr«, sagte Carl. »Familie geht über alles. Ich kann verstehen, dass du den Adoptionsantrag gestellt hast.« Nun war er derjenige, der Engelbert ansah. »Ist ja auch kein Verbrechen, sich eine Tochter zu wünschen.«

In Engelberts Augen glomm etwas auf, das Carl wie eine Warnung erschien. Im nächsten Moment war es verschwunden, und in Engelberts Miene spiegelte sich reine Verbindlichkeit.

»Ich bin froh, dass du das so sehen kannst«, sagte er. »Bis dann, alter Junge. Komm bald wieder vorbei. Du weißt ja, wie wichtig du für uns bist. Als Freund und als Mensch. Für Bärbel sowieso. Sie hängt sehr an dir.«

Carl rang sich ein Nicken ab, bevor er vors Haus trat und die Tür hinter sich zuzog. Er fühlte sich so hilflos wie schon lange nicht mehr.

*

Am späten Nachmittag ging er ins *Krause Bäumchen,* wo er mit Anne verabredet war. Sie wollten mal wieder ins Kino gehen, es lief irgendeine Klamotte mit Theo Lingen. Der Film war Carl völlig gleichgültig – ihm ging es nur darum, anderthalb Stunden neben Anne sitzen zu können und die ganze Zeit über ihre Hand festzuhalten. Sie vielleicht zwischendurch mal zu küssen, als wäre er wieder achtzehn und sie fünfzehn. Und sich dabei auf die Hochzeit zu freuen, die ihnen jetzt niemand mehr wegnehmen konnte. Sie würden jede Nacht im selben Bett schlafen, gemeinsam frühstücken und zu Abend essen und für den Rest ihres Lebens auch sonst alles teilen, so wie es sich für ein verheiratetes Paar gehörte.

Carl hängte seinen Hut an den letzten freien Haken der Garderobe. Wie immer an den Sonntagnachmittagen war es im *Krausen Bäumchen* brechend voll. Die Kneipe hatte sich seit der Neueröffnung im letzten Spätsommer nach und nach zu einem beliebten Treffpunkt entwickelt. Alle Tische waren besetzt, und auch vor der Theke standen die Gäste in dichter Reihe. Das halbe Haus war anwesend – die Königs aus der ersten Etage, die Schwelms aus der zweiten, die Drewin-Zwillinge aus dem Dachgeschoss. Auch Lotti war da, ihre grazile, hochgewachsene Gestalt war nicht zu übersehen. Sie ging von Tisch zu Tisch und bediente die Gäste.

Carl hielt nach Anne Ausschau, aber anscheinend war sie noch oben in der Wohnung.

Frieda stand wie üblich hinter der Theke, flankiert von Borjan und Aleksandr, die ihr beim Bierzapfen und Servieren halfen. Als Carl hereinkam und ihr kurz zuwinkte, trat ein breites Lächeln auf ihr Gesicht. Er wusste, worüber sie sich freute – um ihren Seelenfrieden war es deutlich besser bestellt, seit Ernst Haller alias Karrenberg endgültig als Betrüger entlarvt war.

Geradezu glänzend wurde ihre Laune jedoch, als eine Viertelstunde später Harry Bloom hereinschneite. Sie strahlte ihn an wie das achte Weltwunder, und seine Begeisterung über dieses Zusammentreffen stand der ihren in nichts nach. Nur widerstrebend nahm Harry sich die Zeit, wenigstens kurz seinen Chef zu begrüßen, ehe er seine gesamte Aufmerksamkeit wieder Frieda zuwandte.

Carl runzelte die Stirn. Bei den beiden bahnte sich eindeutig was an. Wenn es nicht sogar schon in vollem Gange war.

Den Drewin-Brüdern schien diese Entwicklung nicht sonderlich zu behagen. Sie zeigten beide denselben verbissenen Gesichtsausdruck, als Harry sich vis-à-vis zu Frieda an der Theke positionierte und ungefragt ein Pils von ihr serviert bekam.

Endlich tauchte Anne auf, und Carl ging sofort zu ihr, um sie zu umarmen. In der vergangenen Nacht hatten sie sich ausgiebig geliebt, wenn auch wie immer unter Verrenkungen und auf viel zu engem Raum, aber Carl kam es so vor, als sei es schon wieder wochenlang her. Auch das war eine Sache, die sich bald erledigt hätte – sobald sie vor dem Gesetz Mann und Frau waren, durfte er sie jede Nacht in den Armen halten.

Er sog den Duft ihres Haars ein und hielt sie fester. »Ich habe dich vermisst!«

»So schnell schon?«, flachste sie. Ihre Augen schimmerten im einfallenden Sonnenlicht, als sie sich in seinen Armen zurücklehnte, und Carl floss das Herz über, sie so glücklich zu sehen.

»Alles in Ordnung bei dir?«, fragte sie im nächsten Moment. Ihr entging nicht, dass ihm was quersteckte. Dafür kannte sie ihn zu gut.

Carl nickte ein wenig verkrampft. Er hätte ihr von Engelberts und Magdas Adoptionsantrag erzählen müssen. Doch nichts davon kam ihm über die Lippen. Und erst recht verriet er nichts von seinen unguten Gefühlen im Zusammenhang mit Kurt Böhms Tod – schließlich war das bloß eine unausgegorene und weit hergeholte Horrorvorstellung, nicht etwa eine Vermutung oder gar ein Verdacht.

Und zu guter Letzt wollte er sich und Anne den schönen Sonntag nicht verderben. Sie hatten beide nur diesen einen freien Tag in der Woche. Ein paar kostbare, ungetrübte Stunden, nur sie und er. Die knapp bemessene Zeit wollte er auf keinen Fall ruinieren, indem er Anne seine Sorgen aufbürdete.

Nachdem ihr aber nun mal aufgefallen war, dass er nicht gerade vor guter Laune überschäumte, musste er eine Erklärung liefern. Er griff zu der nächstbesten.

»Hast du gesehen? Mein Assistent ist wieder hier.« Er deutete mit dem Kinn zur Theke, wo Harry und Frieda gerade gemeinsam über irgendeinen Witz lachten.

»Ja, der kommt neuerdings fast jeden Tag«, sagte Anne. Wachsam blickte sie ihn an. »Stört es dich, dass er Frieda mag?«

Carl hob die Schultern. »Harry ist ein netter Kerl. Ich habe ihn ziemlich gern.«

Ihre Augen wurden schmal. »Klingt für mich, als würdest du denken, dass er zu gut für Frieda ist.«

»Ach, Anne, so habe ich es wirklich nicht gemeint. Ich frage mich einfach bloß, wo das hinführen soll.« Seine Verteidigung kam spontan und klang aufrichtig. Doch bei Licht betrachtet hatte Anne den Nagel auf den Kopf getroffen. Ihre Schwester war das, was man einen männermordenden Vamp nannte. Frieda nahm sich die Liebhaber, wie es ihr gerade in den Sinn kam. Und genauso leichtherzig ließ sie ihre Eroberungen anschließend wieder fallen. Ohne Reue, ohne Bedauern.

Zu seiner Überraschung pflichtete Anne ihm bei. »Genau

das frage ich mich auch«, bekannte sie leise. »So wie ich es sehe, ist er nicht nur einer ihrer unverbindlichen Flirts. Ich glaube, Frieda ist dabei, sich in Harry zu verknallen.« Ihr beklommener Blick sprach Bände.

Carl registrierte, dass ihr das genauso zu missfallen schien wie ihm. »Du bist komplett dagegen«, stellte er fest.

Sie konnte es schlecht abstreiten. Anstelle einer Antwort seufzte sie nur tief.

»Was gefällt dir nicht daran?«, wollte Carl wissen. Es interessierte ihn tatsächlich brennend. Für Friedas bisherige Techtelmechtel war sie auch nicht gerade Feuer und Flamme gewesen, aber so offenkundig besorgt hatte er sie bisher nicht erlebt. Es musste irgendwas passiert sein, von dem er noch nichts wusste.

»Lass uns lieber über was anderes reden«, meinte Anne nur.

Damit stachelte sie seine Neugier erst recht an. Doch sein Bedürfnis, sie mit Fragen zu bedrängen, hielt sich in Grenzen. Er konnte ihr schlecht vorwerfen, dass es Dinge gab, die sie lieber für sich behielt. Nicht solange er dasselbe tat.

Flüchtig kam ihm in den Sinn, dass sie sich versprochen hatten, nie wieder Geheimnisse voreinander zu haben. Liebe bedeutete Vertrauen. War es nicht die Basis jeden Vertrauens, alle Sorgen zu teilen?

An diesem Sonntag schien es nicht zu funktionieren.

*

Brinkmann war betrunken, als er sich auf den Heimweg machte. Es ließ sich nicht leugnen, dass er Schlagseite hatte. Und wie! Immer wieder geriet er aus dem Gleichgewicht und stolperte über seine eigenen Füße, und es half ihm auch nichts, dass er den Gehweg nicht aus den Augen ließ, um etwaige Unebenheiten oder Hindernisse rechtzeitig erkennen zu können.

Der Boden schien abwechselnd auf ihn zuzukommen und wieder zurückzuweichen, dagegen ließ sich offenbar nichts machen.

Der letzte Whisky war zu viel gewesen. Wahrscheinlich auch schon der vorletzte und der davor, aber wann hatte er in den vergangenen zehn Jahren – nein, es waren eher fünfzehn – jemals Gelegenheit bekommen, sich echten schottischen Whisky hinter die Binde zu gießen?

Ein neuer Kollege bei der *NRZ* hatte seinen Einstand gegeben, er hatte die halbe Redaktion eingeladen und zum Anlass mehrere Flaschen besten Single Malt springen lassen. Übrig gebliebene Schwarzmarktbestände, hatte er augenzwinkernd erklärt. Müsste endlich mal weg, das Zeug. Und alle hatten ihm ihre Gläser hingestreckt, Brinkmann vorneweg. Es brauchte nicht viel, bis man von dem hochprozentigen Gesöff einen im Tee hatte, besonders nicht dann, wenn man vorher nichts Vernünftiges gegessen hatte.

Und natürlich hätte er langsamer trinken müssen. Jeden einzelnen Schluck genießen. Doch es hatte einfach zu gut geschmeckt, und das Gefühl, die beschissene Welt nach und nach hinter sich zu lassen, war zu verlockend gewesen. Er *wollte* betrunken sein, so sah's aus. Weil sich so alles viel besser ertragen ließ. Die Angst davor, aufzufliegen. Die Angst, zu versagen und nicht mehr nach Leipzig zurückzukönnen. Und vor allem die Angst davor, dass dort nach seiner Rückkehr alles noch viel schlimmer war als vorher. Der Sozialismus war an sich eine gute Sache, aber nur solange man jedem das Maul stopfte, der auf Meinungsfreiheit pochte.

Brinkmann rülpste und hielt sich an einem Laternenpfahl fest, um einen Moment zu verschnaufen. Der angenehme Rausch ging allmählich in einen Zustand über, der ihm zuwider war – wachsende Übelkeit mischte sich mit Schwindelgefühlen, und sein Körper, der ihm eben noch so leicht und elastisch vorgekommen war, verwandelte sich in ein Gebilde aus Blei, das gegen die Macht der Schwerkraft ankämpfte.

Brinkmann bekam eine Vorstellung davon, woher das Wort sturzbesoffen kam – einmal schlug er der Länge nach hin, und erst nach mehreren mühseligen Versuchen gelang es ihm, sich wieder aufzurappeln. Er hatte sich das Kinn aufgeschlagen, was er allerdings nur daran bemerkte, dass ihm das Blut in den Kragen seines neuen Hemdes lief. Das Hemd, das er sich von den zwanzig Mark zugelegt hatte, die Bruns' Verlobte ihm gegeben hatte. Mann, der Kerl hatte vielleicht ein Glück! So eine Frau, und sie wollte ihn allen Ernstes heiraten!

Nach der Begegnung hatte Brinkmann kurz damit gehadert, dass er ihr über Karrenberg reinen Wein eingeschenkt hatte. Sie war eine von der Sorte, die bis ans Ende ihrer Tage auf ihren vermissten Ehemann warten würde – es sei denn, sie wäre davon überzeugt, dass er nicht mehr lebte. Und das war sie bis zu seinem Einschreiten ganz und gar nicht gewesen.

Bei Licht betrachtet war also er es gewesen, der alle Hindernisse aus dem Weg geräumt hatte, die der geplanten Hochzeit noch entgegenstanden. Nicht eine Sekunde lang hatte er sie im Ungewissen gelassen. Bruns musste ihm dankbar sein.

Hoffentlich war er es. Brinkmann brauchte ihn noch.

Er biss die Zähne zusammen und wischte sich das Blut vom Kinn. Es wollte einfach nicht aufhören zu fließen. Schmerzen hatte er keine, aber dass er sich gerade das einzige brauchbare Hemd ruinierte, tat weh genug. Die Flecken würden garantiert nicht rausgehen, doch seine Hauswirtin würde versuchen, sie dennoch zu entfernen, etwa indem sie das Hemd kochte. Woraufhin es auf die Hälfte der ursprünglichen Größe einlaufen würde, so wie der Trenchcoat.

Wo um Himmels willen war er eigentlich gerade? Während Brinkmann weitertorkelte, suchte er nach Anzeichen dafür, dass er sich seiner Behausung näherte. Die vertraute Ansicht der Nachbarschaft in der Annastraße, bei der sich Trümmergrundstücke mit solchen abwechselten, auf denen neue Häuser emporwuchsen. Dazwischen immer wieder Reste von Ruinen, die noch abgetragen werden mussten. Oder halb zerstörte Gebäude wie das, in dem er selbst wohnte. Noch. Ende des Monats sollte es abgerissen werden, und er hatte immer noch keine neue Bleibe. Er hatte vorgehabt, die Kollegen zu fragen. Zum Beispiel Erich Biederstedt. Der war ein alteingesessener Rüttenscheider und kannte Gott und die Welt. Vielleicht hatte er ja eine Empfehlung. Für irgendeine Bude, es war Brinkmann völlig egal, welche. Schlimmer als das Loch, in dem er aktuell hauste, konnte es kaum sein.

Darauf zu bauen, dass er die Story vor dem Abriss fertig hatte, grenzte an ein Hasardspiel. Es konnte noch Wochen dauern, bis er genug Material beisammenhatte. Wochen, in denen er irgendwo seine Zelte aufschlagen musste.

Morgen frag ich Biederstedt, dachte er in flüchtiger Benommenheit, während er sich abermals suchend umsah.

Es dauerte eine Weile, bis ihm klar wurde, dass er sich nicht mal in der Nähe seiner Wohnadresse befand. Ungläubig machte er sich bewusst, dass er sich verlaufen hatte. In nüchternem Zustand wäre ihm das nicht passiert, da hätte er all die Straßen mit den unterschiedlichen Vornamen, die es in diesem Viertel gab, problemlos auseinanderhalten können. Anna war nicht gleich Flora, Lydia nicht gleich Ursula und Moritz nicht gleich Manfred. Er hatte nicht mal ein paar Wochen gebraucht, bis er sich in der Gegend zurechtgefunden hatte, so wie zuvor schon in Düsseldorf und davor in Leipzig oder in all den anderen Städten, in denen er bereits gelebt hatte.

Irgendwo an einer der Einmündungen musste es ein Straßenschild geben, fast überall standen wieder welche, aber es war so verdammt dunkel, weil von drei Laternen höchstens eine funktionierte.

Möglicherweise begegnete er noch einem Passanten, den er nach dem Weg fragen konnte. Als er vorhin gegen Mitternacht von der Feier aufgebrochen war, waren noch etliche Nachtschwärmer unterwegs gewesen.

Doch jetzt war die ganze Umgebung wie leer gefegt. In nächtlicher Stille lag sie da, die Umrisse der Häuser und der Ruinen in schattenhafte Schwärze getaucht. Die Leute schliefen schon, morgen war Montag, und für die meisten ging es früh an die Arbeit.

Hinter der nächsten Biegung wurde es noch dunkler, da endete die Bebauung in trostlosem Brachgelände. Brinkmann atmete durch, in der Hoffnung, sich besser orientieren zu können, doch der einzige Erfolg bestand darin, dass es ihm unvermittelt hochkam. Er beugte sich vor und kotzte sich die Seele aus dem Leib, zusammen mit einem guten halben Liter unverdautem Single Malt. Was für ein verfluchter Jammer!

Wenigstens fühlte er sich anschließend deutlich nüchterner, auch wenn sein Gang immer noch mehr einem Torkeln ähnelte als dem zivilisierten Ausschreiten eines Mannes, der vollständig Herr seiner Sinne war.

Als er rasche Schritte hinter sich hörte, wollte er sich erleichtert umwenden. Endlich ein Mensch, der ihm sagen konnte, wo er war!

Aber Brinkmann schaffte es nicht mehr, sich umzudrehen, er war nicht schnell genug. Aus dem Augenwinkel nahm er einen niedersausenden Schatten wahr, und im nächsten Sekundenbruchteil explodierte die Welt in Schmerz.

KAPITEL 12

Soll das ein Witz sein?« Verbittert starrte Behrends die neue Akte an, die zur Bearbeitung auf seinem Schreibtisch gelandet war. »Muss ich eigentlich jetzt auch noch deinen allerletzten Scheiß übernehmen?«

»Keine Ahnung, wovon du redest«, meinte Carl.

»Dieser Kerl, der schon mal hier war. Josef Brinkmann, Reporter bei der *NRZ*.«

»Was ist mit dem?«

»Jemand wollte ihm letzte Nacht den Schädel einschlagen. Sagt jedenfalls eine Zeugin.«

»Was genau ist passiert?« Carl stand auf, um über Behrends' Schulter einen Blick auf die Akte zu werfen, doch Behrends klappte sie kurzerhand zu und warf sie ihm rüber.

»Bitte sehr, der Fall gehört dir.«

Carl schnappte sich die Akte gerade noch, ehe sie zu Boden segeln konnte. Er setzte sich wieder hin und blätterte sie durch. Die Aussage der Zeugin war denkbar knapp.

Gegen halb eins wurde ich wach, weil mein Kind gehustet hat. Ich habe kurz das Fenster aufgemacht. Dabei habe ich gesehen, wie einer mit einem Knüppel niedergeschlagen wurde. Einfach so, ganz heimtückisch und von hinten. Der, der's getan hat, ist weggerannt.

Auf Vorhalt:

Nein, ich konnte niemanden erkennen, es war zu dunkel, und es war zu weit entfernt. Zuerst habe ich sogar gedacht, ich hätte mich getäuscht, aber sicherheitshalber bin ich nachsehen gegangen. Da lag der Mann dann in seinem Blut, und daneben der große Knüppel. Ich bin sofort zu den Nachbarn gelaufen, die haben Telefon. Dort habe ich einen Krankenwagen und die Polizei gerufen.

Josef Brinkmann war ebenfalls noch in der Nacht befragt worden, kurz nach seiner Versorgung in der Notaufnahme der Städtischen Krankenanstalten. Der ärztliche Bericht stand noch aus, aber Brinkmann war trotz erkennbarer Alkoholisierung vernehmungsfähig gewesen, folglich war davon auszugehen, dass er einigermaßen glimpflich davongekommen war. Seiner Aussage zufolge hatte er den Täter nicht gesehen.

Auf Vorhalt:

Nein, ich habe keine Ahnung, wer das gewesen sein könnte. Feinde habe ich nicht, zumindest keine, von denen ich weiß.

Auf Vorhalt:

Nein, ich wurde nicht ausgeraubt. Meine Schlüssel und mein Portemonnaie waren noch an Ort und Stelle.

Der Knüppel war sichergestellt und zur Spurensicherung gebracht worden, die übliche Vorgehensweise. Alles in allem kein spektakulärer Fall. Ohne die Beobachtung der Zeugin wäre die Sache sicher nicht beim Morddezernat gelandet, sondern als Prügelei nach einem Besäufnis durchgegangen.

Carl las sich die Protokolle ein weiteres Mal durch, und sein Gefühl, dass Brinkmann bei der Befragung nicht die ganze Wahrheit gesagt hatte, vertiefte sich. Irgendwas stimmte daran nicht. Brinkmann mauerte.

Blieb nur zu hoffen, dass wenigstens dieser Fall sich aufklären ließ. Die Fortschritte in der Mordsache Vahrendonk waren nach wie vor überschaubar.

Sie traten auf der Stelle, es gab weit und breit nichts Neues. Auch nicht zu dem unbekannten Apotheker, bei dem Vahrendonk das Pervitin für seine Frau beschafft hatte – und möglicherweise auch das Zyankali für einen Suizid. Sofern er sich denn wirklich umgebracht hatte. Was wiederum bezweifelt werden musste, weil kein zweiter Arzt auffindbar war, der Vahrendonk über seine tödliche Erkrankung hätte informieren können. Harry Bloom hatte den ganzen Morgen lang Arztpraxen und Apotheken abgeklappert – ohne Ergebnis. Nach den bisherigen Erkenntnissen musste davon ausgegangen werden, dass der Richter von seiner Erkrankung keine Ahnung gehabt hatte. Folglich sprach nach wie vor alles für einen Mord.

Mittags kam Döring zu Carl ins Büro und wollte wissen, ob er schon mit Helmuth Rosental gesprochen hatte.

»Ich wollte heute noch mal hin«, sagte Carl.

»Machen Sie es gleich«, forderte Döring ihn auf. »Wenn er nicht zu Hause ist, gehen Sie zu der Kanzlei, bei der er arbeitet.«

»Er könnte scheel angesehen werden, wenn die Kripo da auftaucht und was von ihm will.«

»Den Bruno Gerber haben Sie auch an seinem Arbeitsplatz befragt.«

»Ein Pütt ist keine Kanzlei«, stellte Carl klar. »Und Bruno Gerbers Steiger ist zufällig ein alter Kumpel von mir. Bei dem wusste ich vorher hundertprozentig, dass er felsenfest zu Gerber hält. Von Rosentals Vorgesetzten kann man so eine Solidarität bestimmt nicht erwarten.«

»Warum nicht?«

»Weil das Juristen sind.«

Döring verdrehte die Augen. »Holen Sie Rosental meinetwegen unter irgendeinem Vorwand aus dem Büro. Nur tun Sie es heute noch. Kann ich mich darauf verlassen?«

»Klar«, sagte Carl nur.

Er würde Rosental schon noch aufsuchen, aber vorher wollte er mit Brinkmann sprechen und ihm alles aus der Nase ziehen, was er über Karrenberg wusste. Über diesen Betrüger, der nicht nur um ein Haar seine Hochzeit zum Platzen gebracht hätte, sondern auch sein Hauptverdächtiger im Mordfall Böhm war.

Auf dem Messer, das in Kurt Böhms Brust gesteckt hatte, waren Fingerabdrücke sichergestellt worden, aber es gab bisher keine Übereinstimmung in der Kartei. Carl hätte Friedas

Pistole für Vergleichsabdrücke ins Labor bringen können, die hatte Karrenberg ja laut Frieda in der Hand gehabt, aber da waren auch ihre Fingerabdrücke drauf. Dass die wieder im System landeten, musste um jeden Preis vermieden werden. Folglich hatte Carl die Düsseldorfer Strafakte von Ernst Karrenberg angefordert, mitsamt den darin enthaltenen Fingerabdrücken, doch bis die auf seinem Schreibtisch landete, konnte locker eine Woche ins Land ziehen, wenn nicht mehr. Die Mühlen der Justiz mahlten bekanntlich langsam. Zu allem Überfluss musste er die Ermittlungen im Fall Böhm hinter Dörings Rücken führen, weil er sich laut Weisung ausschließlich um die Aufklärung des Mordes an Vahrendonk zu kümmern hatte. Die ganze Heimlichtuerei erschwerte seine Untersuchungen zusätzlich.

Eigentlich hätte er Döring ins Vertrauen ziehen müssen. Ihn darüber ins Bild setzen sollen, dass die beiden Fälle auf bisher ungeklärte Weise zusammenhingen. Aber wer Böhm umgebracht hatte, interessierte hier niemanden, und wenn Carl jetzt davon anfing, würde nicht nur seine Kungelei mit Behrends auffliegen, sondern vor allem, dass er sich einer dienstlichen Anweisung widersetzt hatte. Gut möglich, dass Dörings Geduldsfaden dann endgültig riss und er den Fall Vahrendonk kurzerhand zur Chefsache erklärte. Allein schon deshalb, weil er sonst Gefahr lief, am Ende selbst auf der Strecke zu bleiben. Döring machte sich Hoffnung auf den Chefposten des Hauptreviers in der Innenstadt. Da kam man nicht ohne Belobigung von oben hin. Davon abgesehen stand Döring die ganze Zeit unter Druck; vermutlich hatte der selbstherrliche Referent des Polizeichefs ihn auch heute wieder wegen Helmuth Rosentals noch ausstehender Befragung getriezt, was wiederum der Grund dafür war, dass er Carl deswegen aufgescheucht hatte.

Trotzdem wollte Carl sich als Erstes Brinkmann vorknöpfen.

Der Reporter war die Schnittstelle, an der die Fälle Vahrendonk und Böhm zusammenliefen.

Harry war noch in der Mittagspause. Carl hinterließ ihm einen Zettel mit Anweisungen und machte sich sofort auf den Weg.

*

Josef Brinkmann wohnte in einem abbruchreifen Mietshaus in der Annastraße. Zwei Stockwerke waren komplett weggebombt, und der noch vorhandene Rest des Hauses sah aus, als würde er bald von allein einstürzen.

Dass noch Leute drin lebten, war indessen alles andere als ungewöhnlich. Wohnraum war so rar wie Gold. Jeder wollte ein Dach überm Kopf, und es war immer noch besser, in einem Notquartier zu hausen als unter freiem Himmel.

Die Haustür hing defekt in den Angeln. Ein Treppengeländer gab es nicht mehr, wahrscheinlich verfeuert im Hungerwinter 46/47, so wie das meiste Holz, das man nach den Bombardierungen aus den zerstörten Häusern noch hatte retten können.

Die Tür zu Brinkmanns Zimmer im Souterrain war jedoch vergleichsweise gut erhalten – sie bestand aus stabilem Holz und wies sogar ein neues Schloss auf. Carl klopfte ein paarmal, aber es machte niemand auf.

»Der is inne Arbeit!«, rief eine Frau, die gerade eine halbe Treppe höher das Haus betrat.

»Wissen Sie das genau?«, wollte Carl wissen.

Die Frau nickte. »Der hatte ein Verband ummen Kopp, da wollt ich wissen, wat passiert is. Wär hingefallen, hatte gesacht. Und dat et kein Grund wär, zu Hause zu bleiben.« Sie stellte ihren Einkaufskorb ab, um einen der Briefkästen zu öffnen. Das metallene Türchen quietschte protestierend, Rost rieselte aus den Angeln. »Der Herr Brinkmann, dat is ein Zeitungsmann mit Leib und Seele«, fuhr sie fort. »Haut in die Tasten wie en Verrückten, auch nach Feierabend.« Neugierig sah sie Carl an. »Wat wollen Sie denn von dem?«

»Ist was Berufliches«, sagte Carl.

»Dann gehn Sie am besten direkt zu dem seine Zeitung. Dat is die *NRZ* inne Sachsenstraße. Bei dem Herrn Brinkmann weiß man nie, wanne wieder nach Hause kommt.« Die Frau machte den Briefkasten zu und verschwand in ihrer Wohnung, während Carl ihre Empfehlung befolgte und sich auf den Weg zur Zeitungsredaktion machte.

*

Dem Verlagshaus in der Sachsenstraße waren die Kriegsfolgen ebenfalls noch anzusehen. Das ramponierte Mauerwerk war nur notdürftig repariert, die zersprungenen Fensterscheiben hatte man erst teilweise durch neue ersetzt. Der große Redaktionsraum im Inneren des Gebäudes erinnerte Carl an seine Amtsstube im Polizeipräsidium – dicht an dicht stehendes, stark in die Jahre gekommenes Mobiliar, und dazwischen wabernde Wolken von Zigarettenqualm. Ein rundes Dutzend Beschäftigte arbeitete in diesem Raum; viele von ihnen kamen Carl erstaunlich jung vor, sie wirkten kaum älter als Mitte zwanzig.

Auch die Geräuschkulisse ähnelte der im Präsidium – klingelnde Telefone, klappernde Schreibmaschinen und ein Stimmengewirr, das die Luft zum Vibrieren brachte. Im Hintergrund ratterte ein Fernschreiber, der eine Bahn Papier ausspuckte. Einer der Reporter stand von seinem Schreibtisch auf, ging hinüber, riss den fertig bedruckten Teil von der Rolle ab und las murmelnd den Text.

Carl erkundigte sich bei einer jungen Frau, die sich gerade

aus einer abgestoßenen Kanne eine Tasse Muckefuck einschenkte, nach Josef Brinkmann. Sie nahm einen Schluck und wies mit der freien Hand über die Schulter.

»Der ist drinnen beim CvD.«

»CvD?«, fragte Carl.

»Chef vom Dienst.«

»Danke, wieder was dazugelernt.«

Drinnen war in dem Fall ein vom restlichen Arbeitsbereich abgeteilter Büroraum. Die Abtrennung wirkte genauso provisorisch wie die übrige Umgebung. Die Wände sahen verdächtig nach Pappmaschee aus. Zusammengehalten wurde das Konstrukt von geschwärzten Holzbalken, die vermutlich von irgendeiner abgebrannten Bombenruine stammten.

Carl klopfte an die angelehnte Tür. Ein kräftiges Herein ertönte, und als er den Raum betrat, fiel sein erster Blick auf Josef Brinkmann.

»Herr Inspektor!«, sagte der Reporter verdutzt.

Carl nickte ihm knapp zu. »Herr Brinkmann.«

Brinkmann stand vor einem Schreibtisch, hinter dem sich soeben ein Mann erhob und Carl die Hand zur Begrüßung hinstreckte. »Inspektor Bruns! Wie schön, Sie zu sehen! Was führt Sie zu mir?«

»Geschäfte, Herr Biederstedt. Geschäfte.«

»Mit anderen Worten: das Verbrechen?«

»So sieht's aus.« Carl erwiderte Erich Biederstedts Händedruck und fühlte sich trotz des herzlichen Empfangs unbehaglich. Mit Zeitungsleuten hatte er nicht viel am Hut. Seit dem Blutbad in der Klarastraße gab es kaum noch einen Reporter in Essen, der ihn nicht kannte. Erich Biederstedt war auch einer von denen, die ihn im vorigen Jahr interviewt hatten. Immerhin hatte Biederstedts Artikel ihn ganz gut dastehen lassen, ohne gehässigen Unterton. *Der erfahrene Kriminalbeamte, der mit entschlossenem Nachdruck verbrecherische Verstrickungen innerhalb der Polizei aufgedeckt hatte.* Kein Wort davon, dass Carl mit seinen Ermittlungen altgediente Polizisten reingeritten hatte, von denen einer sein Freund gewesen war – eine Tatsache, die von anderen Blättern weidlich ausgeschlachtet worden war.

»Was kann ich für Sie tun, Herr Inspektor?«, fragte Biederstedt mit verbindlichem Lächeln. Er war wie Carl um die vierzig, aber um einiges schmaler gebaut. Eine übergroße Hornbrille dominierte seine feinen Gesichtszüge. Das Ding passte ihm nicht richtig, er schob es wiederholt hoch auf den Nasenrücken.

»Eigentlich wollte ich mit Herrn Brinkmann sprechen«, sagte Carl.

Josef Brinkmann nickte ergeben, offenbar hatte er es bereits geahnt. Sein Gesicht unter dem Kopfverband war auffallend blass, bis auf die dunkle Schwellung an seiner Wange und die blutig aufgeschürfte Nase. Auch das Kinn hatte was abbekommen. Allem Anschein nach war er bei dem nächtlichen Überfall mit dem Gesicht aufgeschlagen.

»Können wir rausgehen?«, fragte Carl.

»Klar.« Brinkmann folgte Carl durch den großen Redaktionsraum nach draußen, gefolgt von den neugierigen und abwägenden Blicken der Anwesenden. Die Gespräche waren verstummt, aller Augen richteten sich auf Carl und Brinkmann.

Beide waren noch nicht ganz durch die Tür, als das Geschnatter umso lauter wieder einsetzte. Sicher würde Brinkmann einiges zu erklären haben, sobald er wieder an seinen Schreibtisch zurückkehrte.

»Wie geht es Ihnen?«, fragte Carl ihn, als sie draußen waren.

»Ich lebe noch.« Brinkmann zog fröstelnd die hageren Schultern nach vorn. Es war nicht kalt, aber ziemlich windig, und die Sonne hatte sich hinter dicken Wolken versteckt. Der Reporter trug keine Jacke, und das Hemd, das er anhatte, war keins von der wärmenden Sorte. Kragen und Schulterpartie waren mit Blutflecken gesprenkelt, offenbar ein Überbleibsel der nächtlichen Attacke.

Carl deutete auf den Kopfverband. »Wie ist das passiert?«

»Jemand hat mir von hinten eins übergebraten.«

»Wer?«

»Keine Ahnung. Hab den Kerl nicht gesehen.«

»Eine Vermutung?«

»Keine.«

»Um Geld ging es anscheinend nicht. Sie wurden nicht ausgeraubt.«

Brinkmann musterte ihn eingehend. »Sie haben wohl schon die Ermittlungsakte gelesen.«

»Das hab ich«, bestätigte Carl.

»Wie kommt so ein Feld-Wald-Wiesen-Fall wie meiner in Ihre Abteilung?«

»Weil irgendwer Ihnen hinterrücks den Schädel einschlagen wollte. Das nennt man versuchten Mord.«

»Da ist was dran.« Brinkmann schlang die Arme um sich, um sich gegen den Wind zu schützen. »Aber so richtig erklärt es nicht die Tatsache, dass Sie persönlich bei der *NRZ* reinschneien und mit mir reden wollen. Sonst bin ja immer ich derjenige, der für ein Gespräch mit Ihnen die Klinken putzen muss. Außerdem weiß ich zufällig, dass Sie aktuell nur in einem einzigen Fall ermitteln, und zwar im Mordfall Vahrendonk.«

Carl versagte sich die Frage, woher Brinkmann diese Information hatte. Der Bursche schien seine Augen und Ohren überall zu haben.

Stattdessen kam er zur Sache. »Ich bin hier, weil ich verdammt noch mal von Ihnen wissen will, was Sie mit Ernst Karrenberg zu tun haben.« Seine Stimme hatte einen drohenden Unterton angenommen.

»Mit dem hab ich überhaupt nichts zu tun. Jedenfalls nicht persönlich.«

Carl verlor die Geduld. Ganz gegen seine Gewohnheit erhob er die Stimme, bis er fast brüllte. »Ein Kriegskamerad von Karrenberg wurde letzte Woche umgebracht, und Karrenberg ist der Hauptverdächtige! Den Sie *zufällig* kennen! Und rein *zufällig* stecken Sie ständig Ihre Nase in den Mord an Vahrendonk! Halten Sie mich für blöd?«

»Es ist wirklich reiner Zufall«, beteuerte Brinkmann. Es klang erschrocken. »Das müssen Sie mir glauben, Herr Inspektor!«

»Tu ich aber nicht.« Carl sprach wieder leiser, aber es klang nicht minder drohend. »Sie lügen doch, wenn Sie nur den Mund aufmachen!«

»Das ist nicht fair! Hab ich Ihrer Verlobten nicht die Wahrheit über Karrenberg gesagt? Ich dachte, Sie freuen sich darüber!«

»Darum geht's jetzt nicht. Ich will sofort alles hören, was Sie über Karrenberg wissen. Und zwar wirklich *alles*. Sollte ich den Eindruck haben, dass Sie mir was verschweigen, nehme ich Sie wegen des Verdachts der Strafvereitelung fest.« Carls Tonfall ließ keinen Zweifel daran, dass er es ernst meinte.

»Über Karrenberg weiß ich nur das, was ich schon Ihrer Verlobten erzählt habe! Letztes Jahr habe ich für eine Düsseldorfer Zeitung gearbeitet, da ist ein Bericht über die Masche dieses Betrügers erschienen. Karrenberg war deswegen im Bau. Als Reporter vor Ort war ich damals in der Gerichtsverhandlung. Ich kann den Artikel raussuchen und Ihnen zeigen. Irgendwo habe ich noch ein Exemplar der Zeitungsausgabe herumliegen.«

Carl starrte ihn an, suchte in seiner Miene nach Anzeichen von Unehrlichkeit, aber da war nichts. Der Reporter verströmte einen Eindruck reiner Unbescholtenheit. Und dennoch. Carls Instinkt sagte ihm, dass der Mann ihm was vorlog.

»Ich werde das noch überprüfen«, sagte er.

»Natürlich. Jederzeit.« Brinkmann holte Luft, ehe er abrupt das Thema wechselte. »Übrigens – ich wäre heute sowieso noch mal aufs Präsidium gekommen. Denn in der Zwischenzeit habe ich was erfahren, das für Ihre Ermittlungen von Bedeutung sein könnte. Ach, was sage ich: Es *ist* von Bedeutung! Und zwar von überragender, wenn Sie mich fragen.« Erwartungsvoll sah er Carl an. Der tat ihm nicht den Gefallen, nachzufragen, weshalb er hastig schloss: »Unser schöner Staatsanwalt Burkhard Albrecht wird den Offenbarungseid leisten müssen, damit ist er als Staatsdiener für immer erledigt! Den Schuldschein kann er nicht bezahlen, weil er völlig blank ist. Seine Eltern können ihm auch nicht aus der Patsche helfen, die haben alles in die Sanierung ihres Hauses gesteckt. Das obendrein bis unter den Dachfirst mit Hypotheken belastet ist.«

»Den Schuldschein können Sie vergessen«, sagte Carl.

»Wieso?«

Carl erwog kurz, Brinkmann mit seiner Frage abblitzen zu lassen. Schließlich gab es so was wie ein Dienstgeheimnis. Aber Brinkmanns Gesichtsausdruck verriet ihm, dass der Reporter noch eine Neuigkeit in petto hatte, die alles in den Schatten stellte, was er bisher geliefert hatte. Dieses Funkeln in den Augen, der Anflug eines siegesgewissen Lächelns – so sah nur ein Mann aus, der auf ganzer Linie punkten konnte.

»Nehmen wir mal an, dass Albrecht die Schulden erlassen wurden«, sagte Carl.

»Von wem? Von Vahrendonk?«

Carl schüttelte den Kopf.

»Aha. Demnach wohl von Vahrendonks Witwe, der nicht minder schönen Sybille.«

Carl zuckte nur mit den Schultern, was Brinkmann folgerichtig als Bestätigung deutete. Mit einem Mal wirkte der Reporter aufgekratzt, geradezu fröhlich. Das, was Carl ihn soeben durch die Blume hatte wissen lassen, schien seine Laune enorm zu beflügeln.

Carl beschloss, mit offenen Karten zu spielen. »Es gibt zwei Personen, die diesen Schuldenerlass bezeugen. Albrecht selbst und Sybille Vahrendonk. Ich sehe keinen Ansatz, das auszuhebeln.«

»Ich schon«, sagte Brinkmann vergnügt. »Selbst wenn Sybille Vahrendonk ihrem innig geliebten Staatsanwalt die Schulden erlassen hat – es wäre völlig wirkungslos.«

»Wie kommen Sie darauf? Als Erbin ist sie doch dazu berechtigt!«

»Dafür müsste sie was geerbt haben. Hat sie aber nicht. Sondern jemand anders.« Nun sprach offener Triumph aus Brinkmanns Zügen. Er legte eine dramatische Pause ein, ehe er fortfuhr. »Es gibt nämlich ein Testament. Erst ein paar Wochen alt. Wurde heute Morgen beim Amtsgericht eröffnet. Der ehrenwerte Richter Vahrendonk hat mit letztwilliger Verfügung bestimmt, dass sein gesamtes Vermögen an die Kirche geht. Seine Villa, sein Erspartes, alles. Also auch sein Schuldschein.«

Carl nahm es stirnrunzelnd zur Kenntnis. Aus dem Dossier, das er über Vahrendonk zusammengestellt hatte, war ihm bekannt, dass der Richter evangelischer Konfession gewesen war, aber nichts hatte auf eine besondere Hinwendung zum Glauben hingedeutet.

»Sicher fragen Sie sich jetzt: Wieso ausgerechnet die Kirche?«, meinte Brinkmann. »Wo der Richter doch alles andere als fromm war und nur selten zum Gottesdienst ging.«

»Sind Sie jetzt auch noch Gedankenleser?«, meinte Carl leicht angesäuert. Anscheinend war seine Miene für den Reporter ein offenes Buch.

»Ich gebe stets mein Bestes«, versetzte Brinkmann gutmütig. Betont sachlich fuhr er fort: »Testamente wie dieses verfolgen häufig nur einen Zweck: Rache. Will man seinen Hinterbliebenen so richtig eins auswischen, enterbt man sie zugunsten der Kirche. Denn der Kirche kann keiner entkommen. Wenn ihr eine Erbschaft zufällt – was übrigens tagtäglich geschieht –, trägt sie dafür Sorge, dass sie alles bekommt, was ihr zusteht. Sie hat einen langen Atem und erfahrene Justiziare. Vor denen kann keiner was verstecken.«

»Klingt schlüssig«, gab Carl zu, wie elektrisiert von dieser unvorhergesehenen Wendung. Endlich kam Bewegung in die verfahrenen Ermittlungen!

»Eigentlich müssten Sie so was sagen wie: Gute Arbeit, Herr Brinkmann!«, meinte Brinkmann aufgeräumt. »Natürlich hätten Sie es im Laufe der Woche sowieso erfahren, auf amtlichen Wegen. Aber vielleicht auch erst nächste oder übernächste Woche. Im Kosmos der Behörden kreist die Welt bekanntlich langsam. So gesehen ist es doch äußerst praktisch, einen direkten Draht zu einem Zeitungsmann zu haben, der die Vögel schon zwitschern hört, bevor sie schlüpfen.«

Carl fragte gar nicht erst, wie Brinkmann Wind von diesem Testament bekommen hatte. Es spielte auch keine Rolle, denn so oder so war das genau die Information, mit der er Albrecht endlich drankriegen konnte.

*

Diesmal überließ Carl nichts dem Zufall und machte einen Abstecher zum Amtsgericht, ehe er zu Albrecht ging. Bei einer kurzen Durchsicht der Nachlassakte entdeckte er etwas, das grimmigen Triumph in ihm aufwallen ließ.

Wenig später stürmte er ohne anzuklopfen in Albrechts Büro bei der Staatsanwaltschaft. Der Überraschungseffekt blieb jedoch aus. Carl erkannte sofort, dass Albrecht ihn erwartet hatte. Irgendwer beim Nachlassgericht, ein Beamter von der Geschäftsstelle oder vielleicht sogar der zuständige Richter selbst, musste seinem Verdächtigen innerhalb der letzten Stunde gesteckt haben, dass Carl sich neue Beweise gegen ihn besorgt hatte.

Albrecht war nicht allein im Büro, zwei Amtsträger in schwarzen Roben standen bei ihm, einer davon der Oberstaatsanwalt persönlich. Der andere war Vorsitzender einer der Strafkammern, Carl kannte ihn nicht nur aus diversen Verhandlungen, sondern hatte ihn auch am Tag von Vahrendonks Tod im Landgericht gesehen. Mit ernsten Mienen blickten die drei Juristen ihm entgegen.

»Guten Tag, Inspektor Bruns«, sagte der Oberstaatsanwalt in würdevollem und zugleich väterlichem Ton. Etwas in seiner Stimme schien Carl zu warnen. *Begib dich nicht aufs Glatteis, Junge. Pass auf, was du sagst!*

Bevor Carl auch nur ein einziges Wort äußern konnte, fing Albrecht an zu reden. »Herr Inspektor, es trifft sich sehr gut, dass Sie hier sind! Ich wollte Sie ohnehin noch heute aufsuchen. Um eine meiner Aussagen richtigzustellen. Zu meiner großen Beschämung habe ich Sie bei unserem letzten Zusammentreffen angeschwindelt. Eine schriftliche Vereinbarung über den Schuldenerlass zwischen Julius Vahrendonk und mir gab es nicht. Es tut mir sehr leid, dass ich zu dieser Notlüge gegriffen habe. Ich war einfach verzweifelt, weil ich nicht beweisen konnte, dass er mir vor seinem Tod die Schulden erlassen wollte. Ich kann beeiden, dass er mit mir darüber geredet hatte! Er hat mir in die Hand versprochen, eine Vereinbarung über einen Erlass aufzusetzen! Aber dann … Er hat es sich wohl anders überlegt.«

»Und Ihre plötzliche Reue hat nicht zufällig etwas damit zu tun, dass das Original des Schuldscheins zusammen mit dem Testament beim Nachlassgericht hinterlegt wurde? Damit es auch sicher in die Hände der wahren Erbin gelangt? Was Ihnen offenbar irgendwer gerade eben auf dem kleinen Dienstweg verraten hat.« Carls Stimme klirrte vor eisigem Sarkasmus und unverhohlenem Zorn. Der Schuldschein, der sich bei der Eröffnung des Testaments gefunden hatte, war sein Trumpf gewesen. Welcher sich soeben in Luft aufgelöst hatte. Albrecht hatte ihm den Wind aus den Segeln genommen. Und sich vorsorglich mit mächtiger Gefolgschaft aus dem Kollegenkreis umgeben, die ihm zur Seite stehen und Schlimmeres verhindern sollte. Wie es aussah, hatten alle miteinander dafür sogar eine amtliche Sitzung unterbrochen, denn für gewöhnlich liefen Richter und Staatsanwälte außerhalb der Verhandlungen nicht in Robe herum. Carls Hoffnungen auf einen Haftbefehl zerrannen wie Sand, der von einer Welle weggespült wird.

»Natürlich ist mir klar, dass der Schuldenerlass durch Sybille keine Wirksamkeit entfalten konnte«, fuhr Albrecht fort. »Wie Sie schon sagten – zwischenzeitlich habe ich erfahren, dass sie nicht Julius' Erbin ist. Wovon ich bis heute allerdings keine Ahnung hatte, genauso wenig wie Sybille.«

Das glaubte Carl ihm sogar. Albrechts zerknirschte Verbindlichkeit war nur gespielt. Wenn man genau hinsah, konnte man die Enttäuschung und die Sorge in seinen Zügen erkennen, die schwelende Wut darüber, dass sich alles anders entwickelt hatte als von ihm erhofft.

Brinkmann hatte es treffend zusammengefasst – Albrecht stand das Wasser bis zum Hals. Er hatte Schulden, die ihm die Luft abdrückten. Wahrscheinlich tüftelte er bereits Ideen aus, wie er sich frisches Geld beschaffen konnte. Im Zweifel würde Sybille Vahrendonk ihm aus der Patsche helfen. Als Witwe hatte sie immerhin Anrecht auf den Pflichtteil, auch wenn ihr verstorbener Mann sie enterbt hatte. Die dreißigtausend Mark würde sie wohl zusammenkratzen können, wodurch Albrecht am Ende wieder mit weißer Weste dastand.

»Mein Verhalten war falsch«, sagte Albrecht mit reumütiger Miene. »Und ich bedaure es außerordentlich.«

»Jedem von uns gehen mal die Nerven durch«, sagte der Strafrichter. Er klopfte Albrecht kurz auf den Rücken. »Wir haben alle schon Fehler begangen.«

»Glauben Sie ja nicht, dass Sie damit aus dem Schneider sind«, sagte Carl mit scharfer Stimme. Er hatte Mühe, sich zu beherrschen. »Sie führen immer noch die Riege meiner Verdächtigen an!«

»Aber, aber, Herr Inspektor! Jetzt mal sachte mit den jungen Pferden!« Der Oberstaatsanwalt zog mit einer energischen Bewegung die Robe um seine feiste Gestalt zurecht. Im Laufe des letzten Jahres war ihm das Amtsgewand entschieden zu eng geworden, er würde sehr bald ein weiter geschnittenes brauchen, wenn er ständig so viel futterte. »Natürlich ist es nicht korrekt, die Polizei bei amtlichen Ermittlungen anzuflunkern, aber lügen allein ist nicht strafbar.«

»Das muss sich noch finden!«, entfuhr es Carl, der bei dem Ausdruck von versteckter Schadenfreude in Albrechts Gesicht nicht mehr an sich halten konnte.

Die sauren Mienen des Oberstaatsanwalts und des Strafrichters zeigten ihm, dass er besser den Mund gehalten hätte.

*

Das dienstliche Donnerwetter ereilte ihn kurz vor Feierabend. Döring kam mit Leichenbittermiene zu ihm ins Büro und forderte ihn ohne nähere Erklärung auf, zum Konferenzraum mitzukommen.

Dort hatten sich mehrheitlich dieselben Honoratioren versammelt wie beim letzten Mal, als man ihn hier reinbeordert hatte. Der Referent des Polizeichefs, der Oberstaatsanwalt und der Vizepräsident des Landgerichts. Dazugekommen war noch ein weiterer Mann, den Carl nicht kannte, aber er wollte einen Besen fressen, wenn das nicht ein mindestens genauso hohes Tier war wie die anderen drei. Er war um die fünfzig, trug einen perfekt geschnittenen Anzug und eine teure Krawatte, und der Füller, mit dem er herumspielte, war unverkennbar ein Edelfabrikat. Niemand hielt es für nötig, ihn Carl vorzustellen.

»Einer vom Justizministerium«, raunte Döring ihm von der Seite zu, während sie sich nebeneinander niederließen. »Ist zufällig heute im Haus und will sich ein Bild machen.«

Jetzt entziehen sie mir den Fall, durchfuhr es Carl. Der Gedanke war wie ein Messerstich. Aber vielleicht sollte es einfach so sein. Sein gesamtes Leben stand deswegen kopf. Ständig trat ihm irgendwer auf die Füße. Schmiss ihm Steine in den Weg. Wollte ihn fertigmachen. Hatte er sich nicht schon genug Mist bieten lassen müssen? Wenn er den Fall los war, würde wieder Normalität einkehren. Er konnte sich endlich wieder um seine übrigen Fälle kümmern. Beispielsweise um den Mord an Kurt Böhm. Er konnte die Fahndung nach Karrenberg überwachen, bei den notwendigen Maßnahmen Dampf machen.

Die Botschaft, die diese geballte Präsenz von Volljuristen ihm übermitteln sollte, konnte nach seinem Empfinden nicht eindeutiger sein – er sollte ihresgleichen gefälligst in Ruhe lassen. Noch so einen rufschädigenden Mist wie im vergangenen Jahr wollte man nicht erleben. Carl las es in ihren Gesichtern, und der Referent des Polizeichefs sprach es aus. Carl solle sich doch bitte überlegen, ob er seine berufliche Existenz wirklich schon wieder aufs Spiel setzen wolle. Noch mehr solcher Alleingänge, und sein weiterer Lebensweg bei der Polizei stehe infrage.

»Wieso nehmen Sie statt eines unbescholtenen Staatsanwalts nicht endlich diesen Juden Helmuth Rosental aufs Korn?«, polterte der Referent.

Carl spürte, wie ihm das Blut in den Kopf stieg. Jetzt war der Moment gekommen, er hatte genug!

Doch ehe er aus der Haut fahren konnte, legte ihm Döring, der dicht neben Carl Platz genommen hatte, fest die Hand auf den Arm.

»Inspektor Bruns war quasi schon auf dem Weg zu Helmuth Rosental, als Sie diese Besprechung hier angesetzt hatten.« Dörings Stimme klang eine Spur zu devot, er war ersichtlich darauf aus, den aufkommenden Sturm zu dämpfen.

Carl wollte ihm widersprechen, diesen aalglatten Juristen auf der anderen Seite des großen Konferenztischs um die Ohren hauen, dass sie sich den Fall sonst wohin stecken konnten. Aber Döring drückte warnend seinen Arm, womit er Carl zum Schweigen brachte.

Das Geplänkel um richtige oder falsche Ermittlungen im Fall Vahrendonk ging noch eine Weile hin und her. Alle Anwesenden waren bestens informiert, auch der Besucher aus dem Ministerium. Dann war es vorbei, und Carl und Döring wurden gnädig zurück an die Arbeit geschickt.

Sie liefen ein Stück zusammen den Gang entlang, schweigend und in Gedanken vertieft. Ein paar Türen weiter blieb Döring unvermittelt stehen.

»Sie haben es gar nicht gemerkt, oder?«

»Was denn?«

»Wie nervös die waren.«

Carl runzelte die Stirn. Nein, dergleichen war ihm nicht aufgefallen. Wie denn auch. Er hatte den Kopf mit anderen Dingen voll gehabt. Übervoll.

»Sind Sie sicher?«, fragte er skeptisch.

»Hundertprozentig. Denen geht die Muffe. Sie haben Angst davor, was Sie noch rausfinden könnten.«

»Wieso entziehen die mir dann nicht einfach den Fall?«

»Davor haben sie noch mehr Angst. Die warten eher drauf, dass Sie freiwillig die Brocken hinschmeißen. Ich schätze, bloß deswegen werden Sie so gepiesackt.«

»Das versteh ich nicht. Es wäre doch einfacher, mir den Fall wegzunehmen. Warum machen die das nicht?«

»Weil Sie als Ermittler im letzten Jahr öffentlich von sich reden gemacht haben. Sie sind so was wie ein Held bei der Polizei. Und wenn man Sie plötzlich in so einem wichtigen Fall kaltstellt, würde sich sofort der Verdacht neuer Vertuschungsversuche erheben – es stünde direkt am nächsten Tag in der Zeitung. Das können die nicht brauchen. Mittlerweile wissen alle, dass die Presse hautnah an der Sache dran ist.«

»Josef Brinkmann von der *NRZ*«, sagte Carl nachdenklich.

Döring nickte. »Die *NRZ* ist nicht irgendein Schmierblatt, sondern eine seriöse, unabhängige, überregionale Zeitung, eine der besten und beliebtesten weit und breit.«

Das, was Döring da sagte, klang plausibel. Mehr noch: Es lag ziemlich deutlich auf der Hand, und Carl verfluchte sich, weil er es übersehen hatte. Was wiederum zweifellos daran lag, dass er bei diesem Fall vieles zu persönlich nahm. Das trübte den Blick.

»Ich hatte wirklich vor, heute noch zu Rosental zu gehen«, murmelte er. »Noch vor dem Feierabend.«

»Glaub ich Ihnen doch.«

»Und trotzdem bleibe ich Albrecht auf den Hacken«, sagte Carl, nur um das klarzustellen. »Der lügt wie gedruckt. Vahrendonk hat ihm garantiert zu keiner Zeit versprochen, die Schulden zu erlassen.«

»Finden Sie die Wahrheit raus«, sagte Döring nur. »Das ist der einzige Weg. Ich für meinen Teil habe aus der Vergangenheit gelernt, wissen Sie.« Er hielt kurz inne. »Aber behalten Sie im Auge, dass unter der Wahrheit auch Menschen leiden können, die es nicht verdienen.«

*

Dörings Worte hallten wie ein Echo in seinem Kopf wider, als er in sein Büro zurückging. Carl wusste nur zu gut, was das für eine vertrackte Sache war, das mit der Wahrheit. Ein zweischneidiges Schwert. Die einen konnte es retten, die anderen schwer verletzen. Unweigerlich musste er an Kurt Böhm denken. An den toten, schlaffen Körper in der Köttelbecke. Und an den beinahe triumphierenden Ausdruck in Engelberts Gesicht, als Carl ihm Bärbel ins Haus gebracht hatte. Die Tochter, die Engelbert sonst nie bekommen hätte.

Momentan war der Stand der Dinge so, dass Karrenberg der Hauptverdächtige in diesem Mordfall war. Aber man hatte schon Pferde kotzen sehen. Was, wenn Engelbert da doch auf die eine oder andere Weise seine Hände im Spiel gehabt hatte? Das wäre eine Wahrheit, die Leben vernichten konnte. Eine von der Sorte, die niemand brauchte. Am allerwenigsten Magda und Bärbel und der kleine Bertie.

Carl verdrängte die üblen Gedanken sofort wieder in die tiefsten Tiefen seines Unterbewusstseins. Es gab keinen Grund, sich ausgerechnet jetzt damit zu befassen.

Im Büro waren bis auf Harry schon alle gegangen – Dienst nach Vorschrift. Feierabend war Feierabend. Auch Carl wollte nur seine Jacke und seine Aktentasche holen. Auf dem Heimweg würde er noch bei Rosental vorbeischauen, er hatte es Döring versprochen. Anschließend würde er für heute Schluss machen und von dort in die Klarastraße gehen, zu Anne. Diese Woche hatte sie Frühschicht, sie konnten also den Abend zusammen verbringen. Das bisschen Freizeit, das sie beide hatten, wollte er nicht aufs Spiel setzen. Wenn er nicht aufpasste, verlor er über diesen verdammten Fall noch völlig sein eigenes Leben aus den Augen.

»Sie müssen nicht jedes Mal hierbleiben, bis ich Feierabend mache«, sagte er zu Harry. »Gehen Sie ruhig immer mit den anderen.«

Aber Harry hatte nicht nur aus Solidarität auf Carl gewartet. Er stand förmlich unter Strom. Mit leuchtenden Augen deutete er auf diverse beschriftete Papierbögen, die vor ihm auf dem Schreibtisch lagen. Es waren die drei fiktiven Anklageschriften, akkurat nebeneinander angeordnet.

»Die kamen vorhin aus dem Kriminallabor zurück! Sollten Sie sich unbedingt ansehen, Chef!«

»Gibt's Treffer bei den Fingerabdrücken?« Carl war überrascht, er hatte nicht damit gerechnet, dass aus dieser Richtung was Verwertbares kommen würde.

»Keine übereinstimmenden Spuren«, sagte Harry bedauernd. »Und insgesamt sowieso nur sehr wenige. Außer auf der letzten Anklageschrift, da waren unterschiedliche Abdrücke drauf. Aber von denen sind keine im Archiv. Sieht eher nach einer Verunreinigung aus.«

»Die letzte Anklageschrift ist durch ein paar unvorsichtige Juristenhände gegangen«, bestätigte Carl. Zufällig waren es dieselben Juristen, die ihm gerade schon wieder auf die Füße getreten hatten – der Referent des Polizeichefs, der Vizepräsident des Landgerichts und der Oberstaatsanwalt. Alle drei hatten an der dritten Anklageschrift herumgefummelt, bevor sie Carl das erste Mal in den Konferenzraum zitiert hatten. Logischerweise waren ihre Fingerabdrücke nicht in der Verbrecherkartei.

»Auf der zweiten gibt es recht deutliche Abdrücke von einer Person. Aber ebenfalls kein Treffer im Archiv.«

Klar, diese Abdrücke auf der zweiten Anklageschrift stammten von Albrecht, der Carl das Schriftstück auf den Schreibtisch geknallt hatte.

»Die erste ist sauber, da sind nur ganz am Rand ein paar verwischte Spuren«, fuhr Harry fort.

Auch das war nicht weiter verwunderlich – die erste Anklageschrift war die einzige, die im Kuvert und direkt über den

Postzutrag auf Carls Schreibtisch gelandet war. Vor der Untersuchung im Labor hatte niemand sie angefasst, jedenfalls nicht auf eine Weise, die Fingerabdrücke hinterlassen hätte. Auch nicht der Verfasser, der es offenkundig penibel vermieden hatte, Spuren zu verursachen. Für so dämlich hätte Carl ihn auch nicht gehalten.

»Keine verwertbaren Ergebnisse aus dem Labor«, fasste Harry den Sachstand zusammen. »Aber dafür was anderes, das uns weiterhelfen könnte.« Er zeigte mit jungenhafter Begeisterung auf die Anklageschriften. »Ist mir gerade erst bei genauerem Hinsehen aufgefallen. Hätten die im Labor eigentlich sehen müssen, aber momentan haben die wohl zu viel Arbeit. Schauen Sie selbst.«

Carl beugte sich über die Seiten, eine so sorgfältig beschriftet wie die andere. Fehlerfrei von vorne bis hinten. Perfektes Schriftbild, korrekte Grammatik, kein einziger Kommafehler.

»Worauf soll ich achten?«, fragte er Harry.

»Auf die Höhe der Buchstaben.«

Carl fasste eine der Anklageschriften vorsichtig am Rand an und hielt sie mit ausgestrecktem Arm gegen das Licht.

»Ich kann eine Lupe besorgen«, schlug Harry höflich vor.

Zum ersten Mal setzte Carl sich mit dem Gedanken auseinander, dass er vielleicht eine Brille brauchte. In der letzten Zeit ertappte er sich häufiger dabei, dass er die Zeitung mit ausgestreckten Armen las, statt sie vor sich auf dem Tisch liegen zu lassen. Wenn die Arme zu kurz werden, wird's Zeit für eine Brille, das hatte sein Opa mal gesagt.

Carl verengte die Augen und versuchte, die winzigen Abweichungen und Besonderheiten innerhalb der Schriftzeichen auszumachen, durch die sich eine Schreibmaschine von einer anderen unterschied.

Dann sah er es. Das kleine »e«. Es stand um den Bruchteil eines Millimeters höher als die übrigen Buchstaben. Mit der

Lupe würde man es sicher genauer erkennen können. Oder mit jungen Augen, wie denen von Harry.

Es war nicht nur diese eine Abweichung, wie Carl bei näherer Betrachtung feststellte, sondern es gab noch eine weitere. Ein schwacher Schatten im oberen Bereich des großen »Z«. Kaum zu erkennen, aber er war da.

»Na schön«, sagte Carl. »Wenn wir jetzt wüssten, auf welcher Schreibmaschine das getippt wurde, hätten wir den Kerl. Oder auch nicht«, fügte er sofort hinzu. »Er kann ja auch die von jemand anderem benutzt haben.«

Harry seufzte. »Ja, schon klar.«

»Trotzdem. Gute Arbeit.«

Harry errötete leicht, er freute sich sichtlich über das Lob.

Sie zogen sich die Jacken über und verließen das Gebäude. Der Wachmann am Ausgang wünschte ihnen einen schönen Feierabend.

»Soll ich Sie fahren?«, fragte Harry. »Wir haben ja immer noch das Auto.«

»Wieso nicht.« Im Wagen nannte Carl ihm Rosentals Adresse in der Julienstraße.

»Ach, Sie wollen noch zu dem jüdischen Anwalt? Ich kann ja mitgehen.«

»Müssen Sie aber nicht.«

»Würde ich aber gern. Wenn Sie nichts dagegen haben.«

»Hab ich nicht.«

Wie üblich lenkte Harry den Wagen umsichtig und souverän durch den Rüttenscheider Verkehr. Vom Autofahren verstand er was, jedenfalls konnte er es besser als Carl, der die meisten Wege während seiner Laufbahn zu Fuß zurückgelegt hatte. Ab und zu auch mal mit einem Krad oder Fahrrad, und zwei-, dreimal in der Anfangszeit auch auf einem Pferd, das hatte damals zur Ausbildung gehört. Immer noch zog es einige Anwärter zur Reiterstaffel, doch Carl hatte den großen, haarigen Biestern nie viel abgewinnen können, da nahm er lieber Schusters Rappen.

»Haben Sie was dagegen, wenn ich hinterher den Wagen beim *Krausen Bäumchen* abstelle?«, erkundigte Harry sich. »Ich wollte da noch auf ein Bier einkehren.«

»Von mir aus«, sagte Carl. »Wir können zusammen hin, ich will noch zu meiner Verlobten. Von da gehe ich später zu Fuß nach Hause, ist ja nicht weit.«

»Prima, danke.«

Carl sah Harry von der Seite an. Aus dem Ei gepellt wie immer. Passgenau geschnittenes Jackett, sogar mit Einstecktuch. Unauffällige, aber garantiert teure Krawatte, blütenweißer Hemdkragen. Carl unterdrückte den Impuls, Harry darauf anzusprechen, was das ganze Zeug gekostet hatte. Und noch mehr interessierte ihn, was zwischen Harry und Frieda lief. Er hatte schon Anne danach gefragt, aber die wusste es auch nicht. Sagte sie jedenfalls. Carl war sich nicht ganz sicher, ob es stimmte.

Zu seinem Erstaunen fing Harry von sich aus mit dem Thema an.

»Ich wollte Sie schon die ganze Zeit mal was fragen, Chef«, sagte er verlegen. »Allerdings ist es privat.«

Wieso nicht, dachte Carl. Vielleicht ergab sich daraus für ihn die Gelegenheit, ebenfalls ein paar private Fragen zu stellen.

»Nur zu«, sagte er.

»Wegen Frieda. Also Elfriede. Die Schwester Ihrer Verlobten. Sie wissen schon, die Wirtin vom *Krausen Bäumchen.*«

»Klar weiß ich, dass Frieda da die Wirtin ist. Und sie war schon immer Annes Schwester. Was wollen Sie über sie wissen?«

»Alles«, platzte Harry heraus. Er wurde rot. »Natürlich nur das, was Sie mir erzählen möchten.«

»Sie haben sich wohl ziemlich in sie verguckt, oder?«

Harry zuckte wortlos mit den Schultern.

Carl schwankte zwischen Belustigung und Ratlosigkeit. Er konnte Harry unmöglich die Wahrheit über Frieda sagen. Jedenfalls nicht den Teil, bei dem es einem eiskalt über den Rücken lief. Dass sie ihre Schwiegermutter umgebracht hatte, musste auf ewig ein Geheimnis bleiben. Nur eine verschwiegene, handverlesene Gruppe von Menschen wusste davon. Die baltischen Zwillingsbrüder. Ein alter Mann, der nach Israel ausgewandert war und niemals zurückkehren würde. Anne. Er selbst. Und natürlich Frieda, die Täterin. Mehr durften es nicht werden. Und dass Frieda nicht unbedingt die sanftmütigste und zurückhaltendste Frau in Rüttenscheid war, hatte Harry sicher schon selbst gemerkt. Ihr Männerverschleiß war auch nicht gerade ein geeignetes Thema, auf dieses Minenfeld wollte Carl sich gar nicht erst begeben.

»Sie ist großzügig«, sagte er. Zu seinem Erstaunen kam es ganz spontan heraus, er musste gar nicht erst darüber nachdenken. »Witzig. Loyal. Mutig.«

»Das sind gute Eigenschaften«, sagte Harry nachdenklich.

»Wenn Sie mir ein bisschen Zeit geben, fallen mir vielleicht noch ein paar mehr ein.« Auch ohne lange zu überlegen, hätte Carl welche aufzählen können. Kratzbürstig, arrogant, launisch, aufbrausend. Und manchmal wirklich gefährlich.

»Nicht nötig«, meinte Harry. »Ich glaube, das finde ich lieber selbst heraus.«

Viel Glück dabei, konnte Carl bloß ernüchtert denken.

KAPITEL 13

Carl geriet außer Atem, als er versuchte, mit Harry Schritt zu halten, der leichtfüßig vor ihm die Treppenstufen zum fünften Stock des vergammelten Mietshauses in der Julienstraße erklomm.

In der dritten Etage musste er kurz stehen bleiben und durchatmen. Er sollte unbedingt wieder Sport machen. Warum nicht wieder rudern? Das hatte ihm damals doch richtig Spaß gemacht! Ob der Ruderklub ihn wohl wieder aufnahm? Bei den Altherren war bestimmt noch Platz. Aber dann würden sie ihn garantiert auch zu irgendeiner zusätzlichen Vereinsarbeit verdonnern. Schriftführer. Kassenwart. Zeugwart. Genau die Posten, vor denen sich alle gern drückten.

Harry wartete zuvorkommend im vierten Stock auf ihn. »Tut mir leid«, sagte er im Weitergehen, als wäre er dafür verantwortlich, dass Carl die Puste ausging.

Wie beim letzten Mal war das Treppenhaus von Kindergeschrei erfüllt, und Carl hörte auch wieder dieselbe Frau herumkeifen.

»Willsse dat wohl sein lassen, du Rabenaas! Du kriss gleich wat hinter die Löffel!«

Carl klopfte nachdrücklich gegen die offen stehende Tür.

»Kriminalpolizei!«, rief er.

Der Lärm, der aus der Wohnung schallte, verstummte schlagartig, sogar die Kinder hörten auf zu kreischen.

Die Frau streckte ihren Kopf aus der Küche. Am Saum ihres verschossenen Kittels hingen zwei Kleinkinder, von denen nur eins vollständig angezogen war. Das andere trug nichts außer einer triefenden Windel.

»Mein Mann hat nix gemacht! Er war den ganzen Tag hier!«

»Ist Herr Rosental da?«

Der unrasierte Riese, der Carl beim letzten Mal in Empfang genommen hatte, tauchte aus dem benachbarten Raum auf.

»Helmuth!«, dröhnte er. »Die Bullen wollen wat von dir!« Er stieß die Tür zu einem anderen Zimmer auf. Die zwei alten Männer, die Carl schon bei seinem ersten Besuch hier gesehen hatte, saßen wieder dort am Tisch. Diesmal spielten sie Karten, gemeinsam mit einem dritten Mann – offensichtlich Helmuth Rosental. Er legte seine Karten weg und sprang auf, als Carl und Harry ins Zimmer traten. Ein halb erschrockener, halb resignierter Ausdruck erschien auf seinem Gesicht.

»Herr Rosental?«, fragte Carl.

Der Mann nickte. Er war von unscheinbarem Äußeren. Schmale, leicht gebeugte Schultern, dünnes graues Haar, fahle Gesichtshaut, wässrige Augen. Er trug einen fadenscheinigen Pullover und eine ausgebeulte Hose, dazu abgewetzte Pantoffeln. Hinter ihm hing an einem Kleiderbügel ein etwas hochwertiger aussehendes Sakko an der Wand, und daneben ein sorgfältig gebügeltes Hemd – vermutlich seine Bürokleidung.

Carl zeigte ihm seine Dienstmarke. »Dürfen wir Ihnen ein paar Fragen stellen?«

»Natürlich. In welcher Angelegenheit?«

»Das sollten wir vielleicht besser unter vier Augen besprechen.« Carl sah sich im Zimmer um, das mit drei Feldbetten, einem Schrank sowie Tisch nebst drei Stühlen so vollgestopft war, dass man sich kaum um die eigene Achse drehen konnte. Von dem Geruch nach miefenden Socken, abgestandenen Essensdünsten und Männerschweiß ganz zu schweigen. »Wollen wir rausgehen?«

»Sie können mir auch hier Ihre Fragen stellen. Ludger und Eugen sind meine Freunde, ich habe keine Geheimnisse vor ihnen.«

»Wie Sie meinen«, sagte Carl, während er sein Notizbuch zückte. »Herr Rosental …«

»Herr *Doktor* Rosental«, unterbrach ihn einer der beiden alten Männer.

»Doktor iuris«, warf der andere ein. »Summa cum laude.«

»Herr Rosental tut's auch«, sagte Rosental. Er wirkte verlegen. »Ist schon lange her, dass man mich so angeredet hat.«

»Das tut mir leid«, sagte Carl, und das meinte er wirklich so. Er dachte an die anderen Juristen, die seit der letzten Woche seinen Weg gekreuzt hatten. An die akademische Überlegenheit, die sie vor sich hertrugen wie eine Monstranz, geschmückt mit den Initialen ihrer Promotion. »Ich ermittle in einem Mordfall. Der Getötete war Vorsitzender Richter am Landgericht Essen, sein Name war …«

»Vahrendonk«, unterbrach Rosental ihn. »Doktor Julius Vahrendonk, um genau zu sein. Und ich kann mir schon denken, wieso Sie hier sind. Wahrscheinlich klappern Sie der Reihe nach alle seine Opfer ab.«

»Opfer?«

»Die Menschen, deren Angehörige durch sein Wirken zu Tode gekommen sind.«

»So wie Ihre Familie?«

Rosental nickte mit zusammengepressten Lippen. Seine Gesichtsfarbe wurde, wenn irgend möglich, noch blasser.

»Wissen Sie denn noch von anderen Geschädigten?«, warf Harry ein. »Sie waren doch früher Strafverteidiger. Im Zuge Ihrer Tätigkeit sind Sie sicher mit dem einen oder anderen Betroffenen in Kontakt gekommen. Also beispielsweise mit Menschen, die von Nazirichtern wie Vahrendonk verurteilt wurden. Kennen Sie welche von denen?«

Gute Frage, dachte Carl. Die hätte er wohl als Nächstes auch selbst gestellt.

»Nicht dass ich wüsste«, sagte Rosental. »Ich wurde vierunddreißig aus der Anwaltschaft ausgeschlossen. Ab da habe ich das, was an den Gerichten passierte, nur noch aus der Zeitung erfahren. Wie jeder andere auch.«

Schwer zu sagen, ob das stimmte. Rosental war aufgewühlt, das war nicht zu übersehen. Wenn jemand in so einem Zustand war, ließ sich eine Lüge für den Betrachter nicht ohne Weiteres von der Wahrheit unterscheiden.

»Dass Vahrendonk der SS das Versteck Ihrer Familie verraten hat, muss Sie mit tiefem Hass erfüllt haben«, brachte Carl es auf den Punkt.

»Sie meinen, mit genug Hass, um ihn mehr als sechs Jahre danach umzubringen?«

»Als Anwalt wissen Sie doch sicher genau, dass Rachemorde häufig erst Jahre später begangen werden.«

Rosental nickte. »Wohl wahr. Aber ich war's nicht.« Er schaute Carl unverwandt in die Augen, und für einen Moment sah Carl im Blick des Mannes etwas aufblitzen, das an den scharfsinnigen, kühl abwägenden Anwalt erinnerte, der er früher gewesen war. Rosental hatte alle Taktiken beherrscht, die man vor Gericht brauchte; er war, wie Carl gehört hatte, einer der besten Strafrechtler Essens.

»Und Sie denken, dass wir Ihnen das einfach so glauben?« Carl musste diese dämliche rhetorische Frage stellen. Die eigentlich gar keine Frage war, sondern eher eine Methode, Menschen in die Enge zu treiben. Es gehörte zu seinem Repertoire als Ermittler. Welches Rosental sicher ebenso gut kannte wie er selbst.

Rosental hielt seinem Blick unverwandt stand. »Ihnen wird nichts anderes übrig bleiben, Herr Inspektor.«

»Sag ihm, dass er verschwinden soll«, mischte sich einer der beiden alten Männer ein. Er wandte sich an Carl. »Waren Sie auch bei der Gestapo? Die sind doch nach dem Krieg alle bei der Kripo untergekrochen.«

»Nicht doch, Ludger«, ermahnte ihn Rosental.

»Stimmt aber!«, bekräftigte sein anderer Zimmergenosse, der demnach Eugen sein musste.

»Der Inspektor war nicht bei der Gestapo«, sagte Rosental. »Sein Großvater war Jude.«

»Woher wissen Sie das?«, fragte Carl.

»Stand letztes Jahr in der Zeitung«, gab Rosental knapp zurück. »War's das jetzt? Ich wüsste nicht, was ich zu der Sache noch sagen könnte.«

»Kommen wir noch mal zu der Denunziation«, sagte Carl. So schnell ließ er sich nicht abwimmeln. »Und zur Deportation Ihrer Familie. Wann haben Sie davon erfahren, dass Vahrendonk dahintersteckte? Sie *haben* doch davon erfahren, oder?«

Rosental versuchte nicht, es abzustreiten. In seinem Gesicht arbeitete es, seine Lippen bebten. Dann brach er in Tränen aus und schlug sich die Hände vors Gesicht.

Eugens Stuhl kippte um, als er sich ruckartig erhob. Der alte Mann legte den Arm um Rosentals Schultern.

»Da sehen Sie, was Sie angerichtet haben!«, fuhr er Carl an. »Können Sie den armen Mann nicht einfach in Frieden lassen?«

»Wir führen hier eine amtliche Ermittlung durch«, erklärte Harry. Es sollte sachlich klingen, aber ihm war anzusehen, wie sehr ihn Rosentals emotionaler Ausbruch verstörte. Er zog das Einstecktuch aus der Brusttasche seines Jacketts und reichte es Rosental in einer rührenden Geste des Mitgefühls.

Carl räusperte sich und wartete geduldig, bis Rosental sich ein wenig beruhigt hatte.

»Mir ist bewusst, dass Sie furchtbares Leid erfahren haben«, sagte er. »Aber Sie verstehen bestimmt auch, dass Sie nach allem, was damals geschehen ist, zu den Tatverdächtigen zählen.«

Rosental straffte sich und gab Harry das unbenutzte Taschentuch zurück. »Das will ich nicht bestreiten, Herr Inspektor. Und dennoch kann ich Ihnen nichts sagen, was zur Erhellung dieses Verbrechens beitragen könnte.«

Carl ließ nicht locker. »Wie und wann haben Sie erfahren, dass Vahrendonk Ihr Versteck verraten hatte?«

»Schon kurz danach. Es sprach sich unter der Hand schnell rum, vor allem in Kollegenkreisen.«

»Vorhin haben Sie noch gesagt, dass Sie nach vierunddreißig nur noch aus der Zeitung erfahren haben, was sich bei Gericht so alles abspielte.«

»Diese Sache hat sich nicht bei Gericht abgespielt«, stellte Rosental klar.

Carl fühlte sich auf dem falschen Fuß erwischt und kritzelte ziellos in seinem Notizbuch herum.

»Haben Sie danach nicht versucht, Vahrendonk zur Rede zu stellen?«

»Das hätte ich wohl machen können, aber dann hätte ich am selben Tag in einem Waggon Richtung Auschwitz gesessen. Ich musste mich *verstecken*. Können Sie sich vorstellen, was das bedeutet? Tag und Nacht, Woche für Woche, Monat für Monat, Jahr für Jahr? Die ganze Zeit in einem stickigen Verschlag auf dem Dachboden von alten Freunden, die für mich ihr Leben aufs Spiel gesetzt haben.« Er sah Ludger und Eugen an, dann deutete er auf den Schrank. »Der Verschlag ist übrigens immer noch da, genau dahinter. Dort habe ich mich verkrochen, nachdem die alte Frau, die meine Familie und mich bis dahin versteckt hatte, von der Gestapo so brutal verhört worden war, dass sie ein paar Tage später starb. Die hatten mich ja damals bloß knapp verpasst. Ich war nur kurz draußen, wollte irgendwas zum Geburtstag von Jakob und Esther organisieren. In der Zeit kam ein Schlägerkommando von der SS und hat Ruth und die Kinder geholt. Ich bin … übrig geblieben. Habe dann hinter diesem Schrank da drüben weitergelebt, ohne es wirklich zu wollen. Und wissen Sie, was das Verrückte an der ganzen nachfolgenden Zeit war? Ich hoffte, dass mir eine Bombe auf den Kopf fällt. Immer dann, wenn es Luftalarm gab und alle in den Bombenkeller rannten. Alle, nur ich nicht, denn das ging ja nicht. Was mir aber ganz egal war. Ich war sowieso tot, irgendwie, und ich wollte nur noch, dass es aufhört.«

Carl hatte einen Kloß im Hals, er musste sich räuspern, bevor er die nächste Frage stellen konnte.

»Haben Sie später versucht, Vahrendonk zur Verantwortung zu ziehen? Ich meine, nach dem Krieg?«

Rosental zuckte die Achseln. »Einmal habe ich ihn mit seiner Tat konfrontiert, das war ungefähr ein Jahr nach Kriegsende. Ich hab ihn vor dem Landgericht abgepasst, stellte mich vor ihn hin und fragte ihn, wie ihm bei dem Gedanken an meine tote Familie zumute sei.«

»Und was sagte er dazu?«

»Er behauptete, keine Ahnung zu haben. Und ich solle aufpassen, was ich sage, sonst würde er mich wegen Verleumdung anzeigen. Da bin ich wieder gegangen. Es gab ja keine Beweise, nur Gerüchte.«

Keine Beweise, echote es in Carl. Er dachte an den Anhang, welcher der letzten der fingierten Anklageschriften im Original beigefügt gewesen war. Die Denunziation, die Vahrendonk an die SS geschickt hatte und die man Carl nicht für seine Ermittlungsakte aushändigen wollte. Ein Beweis, wie er eindeutiger nicht sein konnte. Und vor allem war er eins: brisant. Carl hatte das Ding nicht mal lesen dürfen, die hatten ihm bei dieser ersten Zusammenkunft im Konferenzsaal nur erzählt, was drinstand.

Der Verfasser der Anklageschrift musste sich das Blatt aus irgendwelchen alten Akten beschafft haben. Was darauf hindeutete, dass er Zugriff auf amtliche Unterlagen hatte. Aber wie?

SS und Gestapo hatten vor dem Einmarsch der Alliierten

tonnenweise Akten vernichtet, aber natürlich gab es immer noch genug Material, um ein schauriges Licht auf die verübten Gräueltaten zu werfen. Oder auf widerwärtige Denunziationen. Bloß lagen diese Aktenbestände nicht einfach irgendwo zur freien Einsicht herum, sondern wurden unter Verschluss gehalten, größtenteils von Militärs. Die Amerikaner, so hieß es, hatten eine Menge Material in die USA verschifft, aber bestimmt hatten auch die übrigen Alliierten ungezählte Kubikmeter an Akten gebunkert. Nicht um sie als Basis für die Anklage bisher nicht gesühnter Verbrechen zu nutzen (da wären sie wohl in hundert Jahren nicht nachgekommen), sondern um die Deutschen daran zu hindern, alles durch den Reißwolf zu jagen. Wozu es sonst unweigerlich gekommen wäre.

War das Ding vielleicht in der Entnazifizierungsakte von Vahrendonk aufgetaucht? Carl hatte sie beim Branch Officer angefordert, sie hätte längst zur Einsicht bereitliegen sollen. Es sei denn, jemand im Präsidium hätte die Mitteilung abgefangen.

Ihm fielen keine weiteren Fragen mehr ein. Er hatte das Gefühl, sich in Bezug auf Rosental im Kreis zu drehen. Auch wenn da dieses schwache Ziehen in der Magengegend war. Dieses kleine mulmige Gefühl, dass er noch tiefer graben könnte. Dass es bei Rosental ein verborgenes, unbeackertes Feld gab, auf dem er vielleicht doch noch fündig wurde. Aber nicht mehr heute. Höchste Zeit, endlich Feierabend zu machen.

Doch Harry hatte noch eine Frage. »Warum haben Sie sich die Anwaltszulassung nach dem Krieg nicht zurückgeholt?«, erkundigte er sich.

Stimmt, dachte Carl. Das hätte mich auch noch interessiert.

»Weil ich als Bürovorsteher nicht zu Gericht muss«, antwortete Rosental. »Da will ich für den Rest meines Lebens nie wieder hin.«

*

Als es an der Wohnungstür läutete, atmete Anne befreit auf und lief los, um zu öffnen.

»Endlich«, sagte sie mit tief empfundener Erleichterung. Carl hätte längst da sein sollen. Sie geriet jedes Mal in Panik, wenn sie länger als eine Stunde auf ihn warten musste. Aus leidvoller Erfahrung wusste sie genau, wie gefährlich sein Beruf war.

»Tut mir leid für die Verspätung«, sagte er in ihr Haar. »Ich musste noch zu einer Vernehmung. Und vorher zu einer Dienstbesprechung im Präsidium, weil ... ach, egal. Jetzt bin ich ja da.« Er bedeckte ihr Gesicht mit Küssen und drückte sie fest an sich.

Sie machte sich lachend los. »Du kommst genau passend.«

»Passend wozu?«

»Emil ins Bett zu bringen.«

Ihre Worte wurden von Kinderlärm begleitet. Zu Weihnachten hatte Emil eine ganze Batterie von kleinen Blechautos bekommen, zusätzlich zu denen, die er schon besaß. Sein größtes Vergnügen bestand darin, im Flur Wettrennen zu veranstalten, bei denen es so viele Massenkarambolagen wie nur möglich gab, Radau und selbst fabrizierte Unfallgeräusche inklusive. Es kostete Anne und Carl einige Überredungskünste, den Kleinen zu bewegen, es für heute gut sein zu lassen.

Beim Abendbrot kam es abermals zu Gejammer. Emil war ein schlechter Esser, auch da war eine Menge Überzeugungsarbeit gefragt, denn das Kind wog für sein Alter zu wenig. Der Schularzt hatte Frieda schon eine Mitteilung zukommen lassen. Sie hatte dazu nur lapidar angemerkt, dass an einem vollen Tisch noch niemand verhungert sei, aber Anne nahm die Sache persönlich. Sie ruhte nicht eher, bis Emil die für Kinder seines Alters empfohlene Kalorienzahl intus hatte. Dazu gab es jeden Tag einen großen Löffel Lebertran – erst recht ein Grund für kindliches Protestgeschrei.

Anne hatte in der Küche schon alles fürs Abendessen hergerichtet – Brot und Margarine, Dauerwurst und ein paar saure Gurken. Zu trinken gab es Pfefferminztee. Den Lebertran hatte sie Emil wie immer bereits vor der Schule verabfolgt, da konnte das Zeug den Tag über wirken.

Carl und Anne aßen gemeinsam mit Emil, Lotti und Frau Lindemann zu Abend, dann wurde es wirklich Zeit, Emil ins Bett zu verfrachten. Carl kümmerte sich ums Zähneputzen und die Gutenachtgeschichte, während Anne rasch die Küche aufräumte. Anschließend setzte sie sich zu Emil auf die Bettkante, um das Nachtgebet mit dem Jungen zu sprechen. Sie wartete, bis er eingeschlafen war, bevor sie wieder in die Küche ging. Frau Lindemann hatte sich in ihr Zimmer zurückgezogen, und Lotti war nach unten gegangen, um im *Krausen Bäumchen* zu helfen. Frieda hatte mittlerweile eine zusätzliche Bedienung eingestellt, aber die konnte nur an zwei Tagen die Woche, also ging es weiterhin nicht ohne Lotti.

Das Mädchen war in der letzten Zeit ungewöhnlich schweigsam und in sich gekehrt. Anne glaubte den Grund dafür zu kennen: Es hing mit Alice Lejeune zusammen.

Anne kannte ihre kleine Schwester von Grund auf. Sie hatte Lotti als Baby in ihren Armen gewiegt und sie nach dem Tod der Mutter wie ein eigenes Kind aufgezogen. Sie hatte ihr die Tränen abgewischt, wenn sie sich die Knie aufgeschlagen hatte, und mit ihr gejubelt, als sie im Schwimmbad das erste Mal eine ganze Bahn geschafft hatte. Anne kannte jeden Gesichtsausdruck von Lotti. Sie konnte jede noch so kleine Regung mühelos deuten, Freude ebenso wie Kummer und Zorn oder einfach nur Langeweile. Dann, in den letzten paar Wochen, dieses Leuchten der Verliebtheit, vor allem in Gegenwart von Alice. Und damit einhergehend ein Ausdruck von Sorge, ja Angst.

Wie sehr hätte Anne sich für Lotti gewünscht, diese neu erwachten Gefühle in all ihren Facetten ganz unbefangen erleben zu können! Die wichtigen Erfahrungen zu sammeln, die zum Erwachsenwerden dazugehörten, zwischen himmelhoch jauchzend und zu Tode betrübt.

Die erste Liebe konnte einem das Herz zerreißen, das war schlimm genug. Aber wenn es sich dabei um eine Liebe handelte, die von der Gesellschaft moralisch geächtet wurde, war es eine Katastrophe.

Anne blendete die bedrückenden Gedanken aus und machte noch eine Kanne Tee. Es war allerhöchste Zeit, endlich die Planungen für die Hochzeit in Angriff zu nehmen. Für die eigentliche Zeremonie mussten sie nur aufs Standesamt, das machte alles etwas einfacher. Die vorgeschriebenen zwei Trauzeugen hatten sie schon: Frieda und Frau Schulte.

Eine kirchliche Hochzeit fiel flach, weil Carl geschieden war. Anne brauchte kein rauschendes weißes Hochzeitskleid und Carl keinen neuen Anzug. Trotzdem waren noch diverse Dinge zu regeln.

»Ich bin der Meinung, dass wir Einladungskarten verschicken sollten«, sagte sie.

Carl sah sie zweifelnd an. »Jetzt noch? Dafür reicht die Zeit nicht! Der Termin ist doch schon in knapp zwei Wochen! Selbst wenn die Karten rechtzeitig gedruckt wären – sie müssten ja auch noch verschickt werden! Und wir haben auch schon allen Bescheid gesagt, dass sie kommen sollen! Das reicht doch eigentlich, oder nicht?«

»Ach, Carl, ich weiß nicht. Eine mündliche Einladung ist so …« Sie suchte nach dem passenden Wort. Ihre spontane Wahl war *armselig,* aber damit würde sie Carl womöglich vor den Kopf stoßen. In Gelddingen war er empfindsam, und sie wollte nichts sagen, das ihn auf den Gedanken brachte, er könne nicht gut genug für sie sorgen. Das Thema war für ihn ein ständiger Grund zur Unsicherheit, ganz egal wie oft sie ihm beteuerte, dass es ihr schnurzegal war.

»Wenn du möchtest, lass ich noch Karten drucken«, sagte er. Es klang nachsichtig, und sie wusste, dass er nur ihr zuliebe einlenkte, nicht etwa, weil es seinem Wunsch entsprochen hätte. Das Lächeln, das seine Worte begleitete, bewies ihr auf eindrückliche Weise, was sie sowieso schon wusste – seine Loyalität war unerschütterlich. Ihr Herz flog ihm entgegen, und sie nahm seine Hände in ihre. »Carl, hab ich dir eigentlich schon gesagt, wie lieb ich dich habe?«

Er wurde rot vor Freude und Verlegenheit. »Ich glaube, einmal.« Hastig fügte er hinzu: »Ich liebe dich auch, Anne.«

»Ich weiß.« Sie holte tief Luft. »Ich brauche keine gedruckten Karten. Eigentlich dachte ich, dass wir selbst welche schreiben. In Schönschrift mit dem Federhalter. Das ist viel persönlicher.« Den Zusatz *und viel kostengünstiger* sparte sie sich wohlweislich.

»Meine Handschrift ist grauenvoll. Völlig unleserlich«, gab Carl zu bedenken.

»Meine nicht.«

»Also würdest *du* die Einladungen schreiben?«

»Klar. Du musst nur deinen Wilhelm druntersetzen.«

»Das kann ich gut«, sagte er trocken.

»Dann ist es abgemacht?«

»Natürlich. Du hättest mich deswegen gar nicht erst fragen müssen, Anne.«

»Aber es ist doch auch deine Hochzeit!«, sagte sie erstaunt. »Es ist unsere gemeinsame Feier! *Selbstverständlich* muss ich das vorher mit dir abstimmen!« Auf ihrer Tagesordnung standen noch ein paar andere Punkte, beispielsweise die Einzelheiten der Bewirtung und die Frage, was sie beide anziehen würden, aber das ließ sich auch draußen besprechen. Sie stand auf und räumte die leeren Teetassen weg. »Gehen wir noch eine Runde?«

Carl erhob sich ebenfalls und schaute aus dem Fenster. »Der

Wagen steht noch unten. Harry kann auch zu Fuß nach Hause gehen.« Er sah sie hoffnungsvoll an.

Sie schüttelte bedauernd den Kopf. Ihnen blieb gerade noch genug Zeit, um den Abend mit einem Gang an die frische Luft ausklingen zu lassen. Sie musste zeitig ins Bett, um genug Schlaf zu bekommen. »Nicht diese Woche, Carl. Ich hab Frühschicht und muss um fünf Uhr raus, schon vergessen?«

»Nein, hab ich nicht.« Carl griente. »Aber einen Versuch war's wert.«

»Bis zur Hochzeit halten wir es schon noch aus.«

»Ich gebe mein Bestes«, flachste er.

Natürlich hätten sie anstelle eines Spaziergangs noch ein bisschen herumknutschen und sich dafür sogar ins Schlafzimmer zurückziehen können, aber dann würde nur wieder eins zum anderen führen. Außerdem ließ sich die Schlafzimmertür nicht abschließen, jederzeit konnte jemand reinplatzen, weshalb sie lieber darauf verzichteten.

Beide zogen ihre Jacken über und gingen nach draußen. Es war bereits dunkel, aber die Luft war mild an diesem Abend, sie konnten die Jacken offen lassen. Carl legte seinen Arm um ihre Taille und zog sie an sich. Ein Stück gingen sie so, eng aneinandergeschmiegt wie verliebte Teenager, dann wurde es etwas zu unbequem, und sie schlenderten Hand in Hand weiter.

Sie sprachen über die letzten noch zu klärenden Details der Hochzeit und einigten sich auf einen Text für die Einladungskarten. Carl wollte sich ein neues Sakko und Schuhe kaufen – sein bestes Paar taugte kaum noch für einen Sonntagsspaziergang. Anne würde sich eins von Friedas schicken Seidenkleidern ausborgen, sie hatten dieselbe Konfektionsgröße. Ringe hatten sie schon – schlichte Goldreife, bei denen sie noch ihre Vornamen eingravieren lassen wollten, aber das hatte Zeit.

Der Mond war aufgegangen, sein mattweißes Licht mischte

sich mit dem Schein der Straßenlaternen. Die Umgebung hatte sich seit vergangenem Jahr deutlich verändert. In der Klarastraße waren viele der zerbombten Häuser wieder aufgebaut worden, und die Schuttberge verschwanden zusehends. In Westdeutschland herrschte Aufbruchstimmung, verbunden mit der Hoffnung auf eine schöne Zukunft. Das bessere Leben war endlich in Reichweite. Man wusste wieder, wofür man arbeitete.

Eigentlich hätte es einer jener Abende sein können, wie es sie nur selten gab. Abende, an denen einem die Welt perfekt erschien. Oder doch zumindest so großartig, dass nichts das Gefühl von Vollkommenheit trüben konnte. Doch dieses ersehnte Gefühl wollte sich bei Anne nicht einstellen, es gab einfach zu viele Unwägbarkeiten. Eine bestand darin, dass Anne genau spürte, unter welchem Druck Carl stand. Die Arbeit machte ihn fertig, aber er sprach nicht darüber. Sie hatte geglaubt, es läge nur an diesem Karrenberg, der mit seinem widerlichen Betrugsversuch um ein Haar ihre Hochzeit zum Platzen gebracht hätte. Doch mittlerweile war Karrenberg entlarvt, die Hochzeit gerettet. Carl stand allerdings immer noch neben sich.

Sie drückte seine Hand. »Willst du drüber reden?«, fragte sie sanft.

»Worüber?«

»Über das, was dich so belastet.«

»Ich habe einen beschissenen Fall, Anne.«

»Es hat aber nichts mehr mit diesem Ernst Karrenberg zu tun, oder?«

Er zögerte, und da wusste sie, dass der Kerl noch eine Rolle spielte. »Ihr fahndet doch hoffentlich nach dem, oder?«

»Natürlich. Aber du weißt ja, wie miserabel das manchmal funktioniert.«

Ja, das wusste Anne nur zu gut, mit Schrecken erinnerte sie

sich noch an die vergeblichen Versuche der Polizei, ihren Schwager zu schnappen. Nach Arnold war unter Hochdruck und mit allen Mitteln gefahndet worden, aber bis zum Tag seines Todes war er immer wieder entwischt.

»Da ist noch mehr, stimmt's?«, fragte sie. »Karrenberg allein kann es ja nicht sein. Und du hast doch gesagt, du hättest gerade nur einen einzigen Fall. Es geht um diesen ermordeten Richter, oder?«

»Es ist ein beschissener Fall«, wiederholte er nur.

Sie ließ es so stehen, schließlich durfte er ihr keine Einzelheiten darüber erzählen, das war ihr klar. »Du kriegst das schon hin«, meinte sie daher nur tröstend.

Sie schwiegen eine Weile, dann sagte er unvermittelt: »Dich belastet auch was, Anne, das merke ich. Und im Gegensatz zu mir kannst du drüber reden, denn es geht sicher nicht um Dienstgeheimnisse.«

Sie hielt kurz die Luft an, dann platzte sie einfach damit heraus. »Frieda ist schwanger, Carl. Und sie weiß nicht, von wem.«

Carl blieb abrupt stehen und starrte sie perplex an. »Was?!«

»Carl, du musst mir schwören, dass das unter uns bleibt! Außer mir weiß es keiner!« Abschwächend fügte sie hinzu: »Vielleicht noch Aleksandr und Borjan, denen entgeht ja kaum was, und sie beten den Boden an, über den meine Schwester wandelt. Ich befürchte, sie könnte vielleicht einen der beiden heiraten wollen, damit das Kind ehelich zur Welt kommt.«

Carl sah aus, als müsste er das erst mal sacken lassen, also sagte Anne eine Zeit lang nichts mehr. Irgendwann fuhr sie fort: »Vor allem habe ich Sorge, weil Frieda gerade mit deinem jungen Kollegen anbandelt. Ich habe das Gefühl, dass sie einfach den Kopf in den Sand steckt und keine Sekunde über die Zukunft nachdenkt. So ist sie manchmal, du kennst sie ja.«

»So ist sie eigentlich *immer*«, meinte Carl. Seine Stimme klang grimmig. »Versucht sie womöglich, Harry das Kind unterzuschieben?«

Anne erschrak. Das war ihr bisher noch keine Sekunde lang in den Sinn gekommen, aber jetzt, da Carl es ausgesprochen hatte, erschien es ihr als eine Möglichkeit, die man nicht von der Hand weisen konnte. Dennoch sagte sie sofort: »So was würde Frieda nicht machen! Das wäre so … niederträchtig!« Gleichzeitig gestand sie sich ein, dass es aus Sicht ihrer Schwester ein leuchtender Ausweg sein mochte. Angenommen, Frieda hatte sich in Harry verliebt. *Richtig* verliebt. Genug, um ihn zu heiraten. Einiges an ihrem Verhalten in den letzten Tagen deutete darauf hin, manchmal wirkte sie regelrecht euphorisch. Der Grund dafür war klar: Harry Bloom kam jeden Abend ins *Krause Bäumchen*. Vielleicht war ja schon was zwischen den beiden passiert, womit für Frieda die Chance eröffnet war, die Sache für sich hinzubiegen. Es gab viele Siebenmonatskinder. Und Harry war sehr jung. Junge Männer, zumal diejenigen, die bis über beide Ohren verliebt waren, neigten unter Umständen nicht so schnell dazu, der Frau ihres Herzens zu misstrauen. »Nein, so was täte Frieda nicht«, bekräftigte Anne, aber sogar in ihren Ohren klang es zweifelnd.

»Ihr habt hoffentlich geklärt, dass sie keine Dummheiten anstellt, oder?«, hakte Carl nach. »Du weißt, was ich meine. Bei der Polizei haben wir ständig Fälle, in denen Frauen auf dem Tisch von Kurpfuscherinnen verblutet sind.«

Damit schürte er bei Anne eine andere Angst, mit der sie sich sowieso schon die ganze Zeit herumschlug. »Ich hab sie angefleht, auf keinen Fall an so was zu denken, und sie hat es mir hoch und heilig versprochen.«

»Dein Wort in Gottes Ohr«, sagte Carl düster.

Sie sah auf ihre Uhr. »Es ist fast zehn. Ich muss ins Bett. Sehen wir uns morgen? Ich könnte was kochen. Vorausgesetzt, du kannst pünktlich Feierabend machen. Sieben Uhr? Das müsstest du doch schaffen.«

»Ich versuch's«, erwiderte er. Und hoffte dabei inständig, dass er es diesmal hinkriegte.

*

Er begleitete Anne nach Hause und küsste sie ausgiebig zum Abschied. Danach wartete er, bis sie drinnen verschwunden und die Tür hinter ihr ins Schloss gefallen war. Es war ein Reflex, den er nicht loswurde, ein übermächtiges Bedürfnis, sie zu beschützen und vor allem Schlimmen zu bewahren. Die Angst, noch einmal so zu versagen wie im vergangenen Jahr, hing immer noch wie ein Schatten an ihm. Manchmal dachte er tagelang nicht daran, dann überkam es ihn wieder mit voller Wucht. Er hatte so dicht davorgestanden, sie zu verlieren. Nur eine Häufung glücklicher Umstände hatte sie beide vor dem Tod bewahrt, und der Drang, für ihre Sicherheit zu sorgen, war seither ein ständiger Begleiter.

Einige Augenblicke blieb er vor dem Haus stehen und fühlte sich ein wenig verloren. Er überlegte kurz, noch auf ein Bier im *Krausen Bäumchen* einzukehren. Der Polizeiwagen stand noch am Straßenrand, Harry würde sicher bis zur Sperrstunde an der Theke stehen und Frieda anhimmeln. Was immer auch zwischen den beiden im Gange war – hier bot sich Carl die Gelegenheit, mehr darüber herauszufinden.

Doch er schob den Gedanken von sich, kaum dass er ihm in den Sinn gekommen war. Er war nicht Harrys Kindermädchen, und Frieda würde sich jeden Versuch, ihr in die Suppe zu spucken, kategorisch verbitten. Sie ertrug es nicht, wenn man sich in ihre Angelegenheiten einmischte, und Carl hatte nicht das geringste Interesse daran, Streitigkeiten heraufzubeschwören. Die würde es bestimmt noch oft genug geben, wenn sie sich demnächst eine Wohnung teilten, aber wenigstens bis zur Hochzeit sollten keine dunklen Wolken am Horizont aufziehen.

Spontan entschied er, vor dem Heimweg noch einen Abstecher in Richtung Rüttenscheider Stern zu machen. Josef Brinkmanns Unterkunft lag fußläufig in der Nähe, und Carl musste sich den Reporter sowieso noch mal vornehmen. Wenn Brinkmann wirklich wie behauptet einen Artikel über Karrenbergs Strafprozess zu Hause herumliegen hatte, sollte er den auch ohne Vorwarnung herzeigen können, dann wäre dieser Punkt wenigstens schon mal abgehakt.

Die Frau, die Carl schon am Vormittag in dem abbruchreifen Mietshaus in der Annastraße angetroffen hatte, lief ihm auch dieses Mal wieder über den Weg – sie kam vom späten Gassigehen mit ihrem Dackel zurück und schloss gerade die Haustür auf, als Carl eintraf.

»Ach, wollen Sie noch mal mit dem Herrn Brinkmann sprechen?«, fragte sie. Ein Hauch von Argwohn klang aus ihrer Stimme. »Hat dat heute denn nich geklappt bei der *NRZ* inne Sachsenstraße?«

»Doch, da war ich, aber ich hab noch ein paar dringende Fragen.« Er zeigte ihr seine Marke, ehe sie auf den Gedanken kommen konnte, ihm die Tür vor der Nase zuzuschlagen.

»Kripo?«, entfuhr es ihr. »Wieso dat denn?«

Der Dackel fing an zu kläffen, er schien die angespannte Atmosphäre zu spüren.

»Nur Routine«, sagte Carl.

»Aus, Bello!« Die Frau sah auf ihre Armbanduhr. »Ziemlich spät für Routine.«

»Die Polizei ist immer im Dienst.«

Sie verzog sich wortlos mit ihrem Hund in ihre Wohnung. Carl ging die halbe Treppe runter ins Souterrain und klopfte an Brinkmanns Wohnungstür. Von drinnen ertönte Schreibmaschinengeklapper, das bei Carls Klopfen verstummte. Nach einem kurzen Rumoren wurde drinnen ein Riegel zurückgeschoben und die Tür geöffnet. »Frau Hellberg, ich hatte doch *gesagt*, dass es nur noch eine Viertelstunde …« Brinkmanns Gesichtsausdruck veränderte sich bei Carls Anblick. »Herr Inspektor! Guten Abend! Was wollen Sie denn hier?«

»Nur noch ein paar Fragen stellen. Dauert auch nicht lange. Ich war zufällig in der Nähe, und da dachte ich, dass ich es einfach gleich erledige, umso weniger hab ich morgen zu tun. Kann ich kurz reinkommen?«

»Ich weiß nicht … Ich … Meinetwegen.« Brinkmann schien alles andere als erbaut, er wirkte verunsichert. »Aber schauen Sie nicht zu genau hin, ich hab nicht richtig aufgeräumt.«

Vor allem war er nicht richtig angezogen. Zu seiner ausgebeulten Hose trug er nur ein schäbiges geripptes Unterhemd. Die mageren Arme und die knotigen Schultern zeugten von jahrelanger schlechter Ernährung, und die fahle, faltige Haut von einer ungesunden Lebensweise.

Brinkmann hatte nicht übertrieben. In der Wohnung – genau genommen war es nur ein einziges beengtes Zimmer – herrschte unvorstellbares Chaos. Auf jedem freien Fleckchen stapelten sich Stöße von beschriftetem Papier, dazwischen haufenweise Bücher, Mappen und Heftordner. Mittendrin stand ein Hocker mit einer Kochplatte, darauf eine Pfanne, in der noch die erkalteten Reste irgendeiner undefinierbaren Mahlzeit klebten.

Einen Schrank gab es nicht, nur einige Wandhaken, an denen Brinkmanns spärliche Garderobe hing. Der hässliche Trenchcoat, ein Oberhemd, ein speckiger Hut, ein Paar Hosenträger.

An einem abgestoßenen Spülstein tropfte das Wasser aus dem undichten Hahn. Im Becken lagen ein nasser Rasierpinsel und ein Brocken Seife. Über einem Ofen in der Ecke baumelte ein zerlöchertes Handtuch, daneben ein einsamer Waschlappen.

Inmitten des ganzen trostlosen Durcheinanders bildete Brinkmanns Arbeitsplatz eine Insel der Ordnung. Sein Schreibtisch bestand aus einer Sperrholzplatte, die auf zwei Böcken ruhte, und bis auf die Schreibmaschine war sie völlig leer. Davor stand ein Stuhl mit durchgesessenem und teilweise zerlöchertem Rohrgeflecht.

Brinkmann zog den Stuhl ein Stück vom Schreibtisch weg und drehte die Sitzfläche in Carls Richtung.

»Nehmen Sie doch Platz, Herr Inspektor.«

»Danke, aber ich will mich nicht lange aufhalten. Herr Brinkmann, Sie hatten heute Vormittag einen Zeitungsartikel erwähnt, den Sie über Karrenbergs Strafprozess in Düsseldorf geschrieben haben.«

»Oh, der stammt nicht von mir.«

»Waren Sie da nicht als Gerichtsreporter vor Ort?«

»Das ist richtig, aber zu der Zeit war ich nur Bildreporter. Den Artikel hat jemand anders verfasst, auf Basis meiner Notizen.«

»Sie sagten aber auch, Sie hätten den Artikel hier bei sich zu Hause. Kann ich den bitte mal sehen?«

»Ich … Ja, natürlich! Den müsste ich nur erst raussuchen. Das … äh … kommt jetzt alles ein bisschen unerwartet.« Brinkmann machte eine ausladende Geste in den Raum und zeigte ein missglücktes Grinsen. »Sie sehen ja, wie es hier aussieht. Typisch Junggeselle, würde ich sagen. Wobei, das ist natürlich keine Entschuldigung … Wollen Sie nicht vielleicht morgen wiederkommen? Diese ganzen Papierstapel … Ich wüsste gar nicht, wo ich zuerst danach suchen soll, ich muss die alle durchsehen! Wenn Sie wollen, bringe ich den Artikel morgen früh gleich als Erstes zu Ihnen ins Büro. Bis dahin habe ich ihn sicher gefunden!«

Carl starrte ihn an. Dem Mann ging der Arsch auf Grundeis, Brinkmann log, was das Zeug hielt. Und er versperrte ihm offenkundig mit Bedacht die Sicht auf seine Schreibmaschine. Carl fackelte nicht lange. Er schob Brinkmann zur Seite und beugte sich über die Maschine. Das eingespannte Blatt war fast vollgeschrieben, engzeilig und fehlerfrei. Es handelte sich um einen Zeitungsartikel, der über die in Bälde erwartete Verabschiedung einer neuen deutschen Verfassung berichtete. Ein parlamentarischer Rat tüftelte schon seit dem vergangenen Jahr daran herum. Freiheitlich und demokratisch sollte dieses neue Grundgesetz werden, gegen alle Versuche gefeit, das Recht jemals wieder in Unrecht zu verwandeln.

Allerdings interessierte sich Carl nur am Rande für den Inhalt des Textes.

»Sie haben doch nichts dagegen?« Carl wartete nicht auf eine Erlaubnis, sondern zog mit einem Ruck das Blatt aus der Walze und betrachtete es genauer. Mit ausgestrecktem Arm und verengten Augen, denn von Nahem verschwamm alles.

Die Beleuchtung in Brinkmanns Bude bestand nur aus einer funzeligen Stehlampe hinter dem Schreibtisch, aber Carl glaubte zu erkennen, dass das »e« geringfügig höher stand als die übrigen Lettern. Und das »Z« schien einen schwachen Schatten im oberen Bereich aufzuweisen. Bei Tageslicht ließe es sich bestimmt genauer feststellen. Wahlweise mit einer Brille – die er wohl wirklich demnächst brauchte.

Carl konzentrierte sich, sein Blick fokussierte sich auf die Buchstaben. Ja, das »e« stand definitiv höher, und auch bei dem »Z« gab es praktisch keinen Zweifel. Genau wie bei den fingierten Anklageschriften. Die folglich auf dieser Schreibmaschine getippt worden waren. Das war mehr als genug, um Brinkmann hochzunehmen.

Hinter ihm polterte es, und als Carl herumfuhr, sah er gerade noch, wie Brinkmann nach draußen türmte.

*

Carl stopfte sich das Blatt in die Jackentasche und rannte fluchend hinterher.

Dafür, dass Brinkmann an die zehn Jahre älter war als er, legte er ein erstaunliches Tempo vor. Erst zwei Querstraßen weiter gelang es Carl, endlich ein paar Meter aufzuholen, und wäre Brinkmann nicht schlussendlich japsend stehen geblieben, weil ihm die Puste ausging, hätte die Verfolgungsjagd gut und gerne noch ein paar Minuten weitergehen können. Sofern Carl nicht selbst vorher schlappgemacht hätte.

Der Reporter stand vornübergebeugt da und hielt sich die Seiten. Keuchend stieß er hervor: »Das war eine dumme Kurzschlussreaktion. Tut mir leid. Kommt nicht wieder vor.«

»Ganz sicher nicht«, stimmte Carl grimmig zu, ebenfalls schwer atmend. Er zog die Handschellen hervor und fesselte Brinkmann die Hände hinterm Rücken. »Josef Brinkmann, ich nehme Sie wegen dringenden Tatverdachts im Mordfall Vahrendonk fest.«

»Den hab ich nicht umgebracht«, beteuerte Brinkmann. Er rang immer noch nach Luft. »Sie begehen einen Fehler!«

»Das wird sich vor Gericht entscheiden.«

Er zerrte Brinkmann in rücksichtsloser Hast mit sich, bis zum *Krausen Bäumchen,* wo zu seiner Erleichterung immer noch das Polizeiauto stand.

Brinkmann war mittlerweile verstummt. Er sah aus, als hätte er sich in sein Schicksal ergeben. Aber Carl war auf der Hut. Er hatte oft genug erlebt, dass scheinbar fügsame Delinquenten sich urplötzlich in Berserker verwandelten, weil sie nicht in den Knast wollten.

Just in diesem Augenblick kam Harry aus der Kneipe, was es Carl ersparte, ihn erst rausholen zu müssen.

Harry fiel die Kinnlade herab, als er Brinkmann in Handschellen sah. »Ist es das, wonach es aussieht? Ist das eine Festnahme im Mordfall Vahrendonk, Chef?«

Carl nickte knapp.

»Ich war's nicht«, versicherte Brinkmann.

»Das behaupten sie alle«, sagte Carl. »Bis die Beweise auf dem Tisch liegen.«

Harry half Carl, den Reporter in den Wagen zu verfrachten.

»Er hat bloß ein Unterhemd an«, merkte er an.

»Ich war in Eile«, erklärte Brinkmann höflich.

»Im Polizeigefängnis gibt es Decken«, meinte Carl nur.

KAPITEL 14

Am nächsten Morgen war Carl im Präsidium der Held des Tages. Jedenfalls meinte das Döring, der zu ihm ins Büro kam und seinen Einsatz über den grünen Klee lobte.

»Die beim Gericht kriegen sich gar nicht mehr ein deswegen«, berichtete er zufrieden. »Allein die Tatsache, dass Sie da so spät und außerhalb Ihrer Dienstzeiten noch tätig geworden sind – der Vizepräsident des Landgerichts hat mich eben angerufen und mir ans Herz gelegt, Sie für eine offizielle Belobigung vorzuschlagen. Ich hatte den Eindruck, er wäre am liebsten gleich selbst rübergekommen, um Ihnen einen Orden an die Brust zu heften.«

Aus amtlicher Sicht war die Sache klar, Döring fasste für Carl zusammen, was der Vize des Landgerichts sonst noch gesagt hatte. Demnach hatte dieser Schmierfink von Reporter Vahrendonk ermordet und hinterher die fingierten Anklageschriften verschickt, um den Verdacht von sich auf andere zu lenken. Lauter traumatisierte, hasserfüllte Angehörige, die Opfer von Vahrendonks richterlicher Tätigkeit waren – perfekte Gründe, dieses Ungeheuer in die Hölle zu befördern.

Es passte alles zusammen. Nur eine Sache fehlte – ein schlüssiges Motiv. Was hätte Brinkmann gegen Vahrendonk haben sollen? Die beiden hatten sich nicht mal gekannt. Jedenfalls hatte Brinkmann das geschworen, sogar mehrfach. Carl hatte den Reporter letzte Nacht noch vernommen, ehe er ihn ins Polizeigefängnis eingeliefert hatte. Dort schmorte Brinkmann jetzt in einer Zelle, bis ein Richter die Untersuchungshaft anordnete. Die Vorführung sollte noch im Laufe des Tages stattfinden.

»Für Sie ist der Fall damit erledigt«, sagte Döring, bevor er wieder in sein eigenes Büro zurückkehrte. »Geben Sie die Akte an die Staatsanwaltschaft ab, damit die da schnellstmöglich Anklage erheben können.«

Nebenan ließ Behrends einen abgrundtiefen Seufzer der Erleichterung hören. Als Nächstes stand er auf, griff sich einen dicken Stapel unbearbeiteter Akten und ließ sie mit einem Knall auf Carls Schreibtisch fallen. »Bitte sehr. Mit den besten Empfehlungen der Vertretung. Also meiner Wenigkeit.«

Carl warf einen raschen Blick auf den Aktenstapel. Der Fall Böhm lag zuoberst. Er blätterte den Vorgang durch und sah, dass Behrends keinen Handschlag gemacht hatte, abgesehen vom Einheften der jeweils von Carl verfassten Protokolle. Was Carl allerdings nur recht sein konnte. Diese Ermittlungen wollte er selbst in der Hand behalten, zumindest bis eindeutig geklärt war, dass Engelbert nichts mit der Sache zu tun hatte. Auch wenn es noch so unwahrscheinlich war – letztlich konnte man nie wissen.

Nach wie vor war jedoch Ernst Karrenberg sein Hauptverdächtiger in diesem Mordfall. Carls erste Amtshandlung an diesem Morgen bestand daher darin, erweiterte Fahndungsmaßnahmen gegen Karrenberg auf den Weg zu bringen. Die angeforderte Strafakte aus Düsseldorf war noch nicht eingetroffen, folglich gab es kein Foto von dem Kerl. Es musste eine Zeichnung her. Anne würde dem Polizeizeichner sicher eine gute Beschreibung liefern, dann konnten so schnell wie möglich Fahndungsplakate gedruckt werden.

Carl ackerte sich durch den aufgelaufenen Aktenstoß, aber das lenkte ihn kaum von dem Unbehagen ab, das er seit Brinkmanns Verhaftung verspürte.

Er klappte den zuletzt bearbeiteten Vorgang zu und wandte sich an Harry, der ihm gegenübersaß und ein paar von den Unterlagen sortierte, die bei der polizeilichen Durchsuchung von Brinkmanns Wohnung sichergestellt worden waren. Carl hatte die ganzen Stapel kurzerhand herbringen lassen. In einem Karton neben Harrys Schreibtisch lag alles in ungeordneten Bündeln, sie wollten es sich der Reihe nach vornehmen. Gut möglich, dass was Wichtiges dabei war. Vielleicht sogar jener ominöse Artikel über Karrenbergs Gerichtsprozess, sofern der wirklich existierte. Aus unerfindlichen Gründen hatte Carl sich ins Gedächtnis gerufen, dass die Polizei nicht nur Beweise für eine Verurteilung des Verdächtigen zusammentragen musste, sondern auch solche, die seiner Entlastung dienten.

»Was für ein Motiv könnte Josef Brinkmann Ihrer Meinung nach für den Mord an Vahrendonk gehabt haben?«, wollte er von Harry wissen.

Harry blickte zerstreut auf. »Motiv?«

»Ja. Einen triftigen, nachvollziehbaren Grund, warum Brinkmann ausgerechnet Vahrendonk vergiftete Mandelhörnchen zum Geburtstag geschickt hat.«

»Ach so. Ja.« Harry räusperte sich und dachte ungewohnt lange nach. Carl schloss daraus, dass der Junge mit seinen Gedanken woanders war. Vermutlich bei Frieda. Dabei fiel ihm ein, dass heute im *Krausen Bäumchen* Ruhetag war.

»Sie haben wohl heute Abend eine Verabredung, oder?«, sagte er Harry auf den Kopf zu.

Harry errötete, womit diese Frage auch schon beantwortet war. Blieb nur zu klären, wo die beiden sich treffen wollten. Und wie weit sie bei diesem Stelldichein gehen würden.

Carl registrierte das Offensichtliche mit gemischten Gefühlen, sagte aber nichts weiter dazu. Es war schlichtweg nicht seine Angelegenheit, sondern die von Harry. Und schon gar nicht kam es ihm zu, Harry über Friedas Schwangerschaft aufzuklären. Das wiederum war einzig und allein Friedas Angelegenheit. Er würde die Klappe halten, egal wie sehr ihm das Ganze gegen den Strich ging.

»Vielleicht ein unausrottbarer Hass auf ehemalige NS-Mitglieder in der Justiz«, mutmaßte Harry. »Brinkmann könnte Vahrendonk quasi als stellvertretenden Sündenbock betrachtet haben. Der Mann war ja wirklich ein Paradebeispiel für einen Blutrichter.«

»Wie kommen Sie auf den Ausdruck?«

»Hab ich mal irgendwo in Berlin gehört. Da gibt es wohl auch noch viele von denen. Entlassen wurde ja praktisch keiner, die sind alle noch im Dienst.«

»Hm.« Carl dachte über Harrys Begründung nach. Sie klang, als hätte sie Hand und Fuß, aber trotzdem erschien sie Carl weit hergeholt.

Fünf Minuten später meinte Harry wie aus heiterem Himmel: »Ich glaube, ich hatte recht!«

»Womit?«

»Mit dem Motiv.« Harry schob ein Dokument von seinem Schreibtisch hinüber zu Carl.

Es war ein Gerichtsurteil in einer Strafsache. Und zwar gegen Josef Brinkmann, ergangen am Düsseldorfer Amtsgericht. Die Anklage hatte auf üble Nachrede, Verleumdung und Verunglimpfung des Ansehens Verstorbener gelautet. Brinkmann war zu fünfzehn Monaten Gefängnis verurteilt worden. Dem knapp gehaltenen Sachverhalt zufolge hatte er in einem Zeitungsartikel über Sondergerichte in den Ostgebieten berichtet und dabei das öffentliche Ansehen von Richtern beschädigt, indem er deren Urteilspraxis unter Nennung ihrer Namen als *willkürlich, zutiefst verroht und fernab aller Menschlichkeit* bezeichnet hatte.

»Dann kam er gar nicht aus der Kriegsgefangenschaft, wie er uns weismachen wollte«, resümierte Harry. »Sondern einfach bloß aus dem Knast.« Er dachte kurz nach. »Genau genommen hat er überhaupt nicht von Kriegsgefangenschaft gesprochen. Sondern nur von ›Gefangenschaft‹. Direkt gelogen war es also nicht.«

Es interessierte Carl nicht die Bohne, dass Brinkmann in Wahrheit kein Spätheimkehrer war, sondern bloß eine Haftstrafe abgesessen hatte. Von Bedeutung war höchstens, dass mit dem Düsseldorfer Strafurteil plötzlich ein halbwegs plausibles Motiv auf dem Tisch lag.

Die Wahrheit zu schreiben und dafür in den Bau zu wandern, ausgerechnet wegen solcher Richter, die harmlose Mitmenschen wegen läppischer Vergehen unters Fallbeil oder an den Galgen gebracht hatten – das konnte auch bei dem gutmütigsten Zeitgenossen Hass schüren. Nicht nur gegen irgendwelche Düsseldorfer Richter, sondern auch gegen andere ihrer Zunft.

Blutrichter. Das Wort ätzte sich in Carls Gedanken hinein wie Säure. Es musste eine Menge von denen geben. Warum hatte man die nicht reihenweise hinter Gitter gesteckt? Die Alliierten hätten es jahrelang in der Hand gehabt.

Aber im Westen hatte man weniger auf Buße als auf Befriedung gesetzt, weil sonst die öffentliche Ordnung zusammengebrochen wäre. Ohne Behörden versank ein Land in Anarchie. Verwaltungen, Gerichte, Polizei – es hatte nach der Stunde null weitergehen müssen.

Die Frage war nur, wie.

*

In der Mittagspause machte Carl sich auf den Weg zur *NRZ*. Er behielt es für sich, dass er dorthin ging, denn sonst hätte es sich sofort in der Abteilung herumgesprochen. Wenn Döring davon erfuhr, würde er ihm eigenhändig die Akte wegnehmen, um sie an die Staatsanwaltschaft weiterzuleiten. Einfach nur, um den Fall endlich loszuwerden, vor allem aber die penetrante Einmischung von oben, mit der er sich als Abteilungsleiter herumschlagen musste.

Carl wiederum konnte den Fall nicht einfach an die Staatsanwaltschaft abgeben. Für ihn war die Sache nicht ausermittelt. Was das anging, war sein Standpunkt eindeutig: Brinkmann mochte ein undurchsichtiger, von Geheimnissen umwitterter Bursche sein, vielleicht hatte er tatsächlich allen möglichen Dreck am Stecken. Ein Motiv ließ sich wegen der Verurteilung in Düsseldorf auch irgendwie zurechtbiegen. Aber damit war noch lange nicht amtlich, dass Brinkmann zu einem kaltblütigen Mord fähig war.

Als Carl das Büro der Chefredaktion betrat, blickte Erich Biederstedt ihm besorgt entgegen.

»Ich hab's schon gehört«, sagte er nach einem kurzen Händedruck. Er wies auf den Besucherstuhl vor seinem Schreibtisch. Carl setzte sich und widerstand dem Impuls, sein Notizbuch hervorzuholen. Das hier war kein Verhör. Er suchte bloß nach Erklärungen.

»Schlimme Sache, das mit Josef Brinkmann«, sagte Biederstedt. »Bei allem Respekt – ich bin davon überzeugt, dass Sie den Falschen haben. Josef ist kein Mörder.«

»Die Beweise sprechen gegen ihn.«

»Das können Sie bestimmt besser beurteilen als ich, Herr Inspektor. Aber falls es nur die geringsten Zweifel an seiner Täterschaft gibt, müssen Sie mir glauben: Brinkmann war es nicht.«

»Was macht Sie da so sicher?«

»Ich kenne ihn.«

»Nach nur drei Monaten?«

»Ja«, sagte Biederstedt mit fester Stimme. Seine Miene war ernst. »Ich weiß von seiner Gefängnisstrafe. Josef hat mir alles erzählt. Dabei hätte er die ganze Sache genauso gut für sich behalten können, wir verlangen von unseren Angestellten kein Führungszeugnis. Sondern nur einen hervorragenden, unbestechlichen und gewissenhaften Einsatz als Pressereporter. Ein tiefes menschliches Verständnis von den Regeln der Politik. Damit meine ich Politik in all ihren Schattierungen. Saubere, schmutzige, fragwürdige, heimliche. Die Fähigkeit, das eine vom anderen unterscheiden zu können. Und den Mut, auch bei schärfstem Gegenwind genau die Dinge anzuprangern, die für gewöhnlich den Weg in Diktaturen pflastern.« Er nahm seine Brille ab und rieb sich den Nasenrücken. Da, wo der Steg gesessen hatte, war eine rote Druckstelle zu sehen. »Es ist ein Kampf, der nie aufhört, Herr Inspektor. Wenn wir die Augen vor dem verschließen, was hinter uns liegt, ergeben wir uns der Gefahr, dass es von Neuem losgeht. Der Blick nach vorn muss immer auch ein Blick zurück sein.«

Carl hätte es sich am liebsten notiert. Es war eine dieser Wahrheiten, die so einfach zu verstehen waren. Aber auch eine von denen, die am allerschnellsten der Vergessenheit anheimfielen.

»Es war ein Kampf, die gleichgeschaltete Presse in eine freiheitliche zurückzuverwandeln«, fuhr Biederstedt fort. »Nazis überall, die Chefredaktionen waren von denen genauso durchseucht wie die Behörden, und man weiß nicht, wie viele dieser willigen Mitläufer unter dem Mäntelchen der Entnazifizierung immer noch die Feder führen. Aber nicht bei uns! Unser Verleger war bei der Gründung der Zeitung noch blutjung und hatte eine weiße Weste, doch was das Wichtigste ist: Er hat für seine Sache gebrannt, brennt immer noch dafür! Und er packt an.« Biederstedt deutete auf die Wände, die das Büroabteil umgaben. »Dieses Provisorium hat er mit seinen eigenen Händen aufgestellt. Hat sogar selbst die Telefonleitungen und Stromkabel verlegt. Und er musste ziemlich viele Kröten schlucken, immer in der Hoffnung, eines Tages eine Zeitung herausbringen zu können, wie wir sie heute haben. Die *NRZ* entstand nicht von heute auf morgen, es war harte Arbeit. In der Anfangszeit hatten wir hier einen Offizier der Alliierten als Redakteur, die

Inhalte wurden vom britischen Militär festgelegt. Wir mussten uns erst freistrampeln.«

»Das ist gewiss sehr interessant, aber was hat Brinkmann damit zu tun?«

»Er ist einer von uns«, sagte Biederstedt schlicht. »Jemand, der den Beruf als Berufung versteht. Ein Reporter, der alles dafür tut, um die Wahrheit ans Licht zu bringen.« Eindringlich fuhr er fort: »Sie haben Zweifel, dass Brinkmann diesen Richter umgebracht hat, nicht wahr? Aus welchem Grund sollten Sie sonst hier sein? Nehmen Sie diese Zweifel ernst! Suchen Sie den wahren Mörder, Herr Inspektor! Hören Sie nicht auf zu ermitteln. Bleiben Sie am Ball.« Er hielt inne und breitete in einer Geste der Überzeugung die Hände aus. »Schauen Sie, es gibt nur zwei Möglichkeiten: Entweder halten wir den Mund und erlauben damit der von Nazis unterwanderten Justiz, ihre eigene Beteiligung an all den Gräueln unter den Teppich zu kehren. Oder wir mucken auf und machen es öffentlich. Auch auf die Gefahr hin, dass wir dafür weggesperrt werden. So wie Josef Brinkmann.«

»Das klingt fast so, als wäre Brinkmann eine Art Märtyrer.«

Brinkmann blickte Carl lange an. »Vielleicht ist er das ja.«

*

Sie hatten ihm tatsächlich eine Decke gegeben, aber trotzdem fror Brinkmann erbärmlich. Die Zelle im Polizeigefängnis war nicht geheizt, zumindest nicht um diese Jahreszeit. Wer nicht zufällig bloß im Unterhemd hier einsaß, hätte wohl auch keine Probleme mit der Temperatur gehabt. Mitte Mai war es für gewöhnlich warm genug, und Komfort durfte man im Knast ohnehin nicht erwarten, davon konnte er ein Lied singen.

Früher hatten diese Zellen auch der Gestapo als Gefängnis gedient, in der Zeit, als sämtliche Polizeibehörden zu einer einzigen verschmolzen waren, einer gewalttätigen Horde von Himmlers Gnaden, dazu aufgerufen, alles mit Stumpf und Stiel auszurotten, was nicht ins völkische Weltbild passte. In diesen Zellen hatten die angeblichen Übeltäter gehockt, zusammengepfercht wie Tiere, und darauf gewartet, in einem Verhörzimmer gefoltert oder irgendwo unbeobachtet erschossen zu werden.

Brinkmann hatte all das recherchiert, sorgfältig aufgelistet und abgeheftet, um Zeugnis gegen die Täter ablegen zu können. Doch wie es schien, wollte niemand was davon wissen. Die Leute interessierten sich nur für die steigenden Preise und die Frage, wann sie endlich wieder eine eigene Wohnung beziehen konnten. Unter Umständen vielleicht noch für die rote Gefahr aus dem Osten, die überschattete das ganze Leben. Was scherte einen da noch die Vergangenheit, die sich doch sowieso nicht mehr ändern ließ? Und überhaupt, wem half es, wenn man diesen oder jenen für Taten bestrafte, die unter Befehlsnotstand begangen worden waren? Ein jeder hatte doch mehr oder weniger unter Zwang gestanden, sonst wäre man selbst an die Wand gestellt worden!

Lauter sattsam bekannte, schwer zu entkräftende Argumente, die Brinkmann in seinem inneren Monolog unaufhörlich gegeneinander abwog. Er spürte ihnen nach wie ein Käfer, der den Geruch von Aas in der Nase hatte und nicht anders konnte, als die fauligen Überbleibsel der Vergangenheit auszugraben, egal wie sehr die Menschen ringsherum die Nase rümpften.

Das selbstquälerische Bild in seinem Kopf erinnerte ihn an Kafkas *Verwandlung*, und prompt stellte er sich vor, ein Käfer in seiner eigenen absurden Geschichte zu sein, hilflos auf dem Rücken zappelnd und exakt all dem ausgeliefert, wogegen er so lange angekämpft hatte. Jene Machenschaften von Behörden und Gerichten, die vermeintlich durchdrungen waren vom Geist des Gesetzes, beseelt von dem Recht, das sie verkörpern wollten, und dabei doch alles Menschliche mit Füßen traten.

Er merkte, dass er in Selbstmitleid versank, und versuchte sich einzureden, dass es Schlimmeres gab. Nicht für ihn und nicht in diesem Moment, aber andere hatten es weit schlechter als er. Mit denen wurde kurzer Prozess gemacht, die steckte man stehenden Fußes in den nächsten Gulag. Wer sich im Osten als Reporter unbeliebt machte, konnte leicht auf Nimmerwiedersehen verschwinden.

Er sann darüber nach, ob die Art, wie ein Land mit politisch Andersdenkenden umging, womöglich den entscheidenden Unterschied zwischen Kommunismus und Demokratie ausmachte. Den Wert eines Systems definierte. Wer für sich proklamierte, die Menschen in die Freiheit geführt zu haben, musste auch fähig sein, diese Freiheit weiter zu gewähren, und das nicht nur in der Theorie.

Man konnte es wohl drehen und wenden, wie man wollte, aber im Osten lief in diesem Punkt so ziemlich alles schief. Rosa Luxemburg hätte sich wohl im Grab umgedreht.

Die unwillkommenen Gedanken endeten abrupt, als die Tür seiner Zelle aufgesperrt wurde und der Wärter ihn barsch aufforderte, mitzukommen.

Brinkmann zog die Decke fester um sich und erhob sich mit schmerzenden Knochen von der Pritsche. Der Wachmann führte ihn in einen kargen Vernehmungsraum, wo jemand auf Brinkmann wartete, mit dem er hier am allerwenigsten gerechnet hatte.

»Herr Inspektor! Mir scheint, wir sehen uns in der letzten Zeit häufiger!«

Bruns war nicht zu Scherzen aufgelegt, er wirkte besorgt und übermüdet. Kein Wunder, letzte Nacht war es spät geworden. Verhaftung, Verhör, Überstellung ins Gefängnis, anschließend vermutlich noch eine eilig durchgeführte Beschlagnahme aller Unterlagen, die sich in seiner Bude stapelten. Der gute Inspektor hatte wahrscheinlich kaum Schlaf bekommen.

Brinkmann versuchte, sich in Bruns hineinzuversetzen, doch das wollte nicht richtig klappen. Wie auch, wenn er sich selbst in einer Situation befand, in der einem das Hemd notgedrungen näher war als die Jacke. Wobei er gerade weder das eine noch das andere besaß.

Die Aufwallung von zynischem Humor beflügelte ihn ein wenig, doch entscheidenden Auftrieb erfuhr seine Laune erst, als Bruns ihm eine Strickjacke zuwarf.

»Bitte sehr. Ist nicht die neueste, und frisch gewaschen ist sie auch nicht, aber fürs Erste tut sie's bestimmt.«

Erfreut betrachtete Brinkmann die milde Gabe. »Ist das Ihre?«

Bruns nickte nur knapp. »Ich will ein paar Dinge von Ihnen wissen. Keine Vernehmung, so viel vorab. Eigentlich sind die Ermittlungen abgeschlossen, jedenfalls von unserer Behörde aus. Alles Weitere bestimmt die Staatsanwaltschaft.«

»Also solche Leute wie Burkhard Albrecht.«

»Genau. Was ist, reden Sie mit mir? Wie gesagt, Sie müssen nicht. Ist Ihre freie Entscheidung.«

»Ich hab nichts dagegen. Allerdings gibt es eine Prämisse.«

»Und die wäre?«

»Vertraulichkeit.« Brinkmann legte die kratzige Gefängnisdecke zur Seite und zog sich die Strickjacke über. Sie war ein Geschenk des Himmels, er spürte sofort, wie ihm wärmer wurde.

»Was genau meinen Sie damit?«, wollte Bruns wissen.

»Dass das, was ich Ihnen erzähle, nicht gegen mich verwendet wird.«

»Wenn es um weitere Straftaten geht, kann ich Ihnen das nicht versprechen.«

»Dann sind wir hier fertig.«

Bruns zögerte. »Was wären das für Straftaten? Angenommen, es ginge um welche.«

»Keine«, sagte Brinkmann resolut. »Aber man könnte mir

aus bestimmten Tatsachen einen Strick drehen und behaupten, ich wäre ein feindlicher Spion oder ähnlicher Schwachsinn. Dann käme ich nie wieder raus.«

»Sind Sie ein feindlicher Spion?«

Brinkmann lachte. »Ich sagte doch gerade, dass das Schwachsinn ist. Man könnte jedoch etwas konstruieren, nur um mich mundtot zu machen. So wie es Juristen eben tun.«

»Ich verstehe. Na gut. Was Sie sagen, bleibt unter uns, solange Sie aus meiner Sicht nicht glasklar gegen Gesetze verstoßen haben. Reicht das?«

Brinkmann sah den Inspektor an. Ein Mann mit Lebenserfahrung, und dazu ein Kriminalbeamter, der viel von Gerechtigkeit hielt. Jemand, der die Dinge von mehreren Seiten aus betrachten konnte und in der Lage war, über den Tellerrand hinauszublicken.

Er traf eine Entscheidung und setzte sich an den Vernehmungstisch. »Meinetwegen. Aber das Notizbuch lassen Sie stecken.«

*

Zehn Minuten später war Carl immer noch wie vom Donner gerührt, er musste erst verdauen, was Brinkmann ihm erzählt hatte. Das meiste klang wie aus einem Agentenroman.

Brinkmann stammte aus der Ostzone und hatte in Leipzig gelebt, bis er wegen einer geplanten Reportage in den Westen übergesiedelt war. Dann folgte der Teil seiner Geschichte, aus dem man den Vorwurf feindlicher Spionage hätte zusammenbasteln können: seine Verbindung zu sozialistischen Kadern, die ihn mit belastendem Material versorgt hatten. Jede Menge juristische Protokolle, Anklagen und Strafurteile, aus Prozessakten, die vor der Vernichtung durch die Nazis hatten bewahrt werden können, sowohl im Osten als auch im Westen.

Blutrichter-Akten.

In Düsseldorf hatte Brinkmann mit einer Artikelreihe begonnen, bei der ihn schon nach dem dritten Beitrag die Faust des Gesetzes getroffen hatte – in Gestalt des Strafurteils, das Carl bereits kannte. Nach Verbüßung seiner Haftstrafe wegen Verleumdung und übler Nachrede hatte Brinkmann in Essen weitermachen wollen, doch diesmal unter anderen Vorzeichen.

»Ich wollte zunächst eine aufsehenerregende Situation herbeiführen. Die Behörden in Aufruhr versetzen und gleichzeitig ein öffentliches Interesse erzeugen. Und dann darüber berichten. Das hätte mir keiner verbieten können.«

Vom Bericht über das Auftauchen dieser Anklageschriften wäre es laut Brinkmann nur ein kleiner Schritt zur Aufdeckung der Wahrheit gewesen: Vahrendonks grausame, menschenverachtende Rechtsprechung unter den Nazis.

Carl hatte ungläubig zugehört. Eine Kampagne gegen Blutrichter, in der Ostzone aus politischem Interesse eingefädelt, im Westen ausgeführt. Kein Wunder, dass Brinkmann auf Verschwiegenheit bestand – hier ging es nicht allein darum, die Wahrheit aufzudecken und zu verbreiten, sondern um geheime Agitation. Um einen Kampf der Systeme. Der redliche sozialistische Osten, der alle Nazis aus einflussreichen Positionen entfernt hatte, gegen den verdorbenen, braun gebliebenen Westen.

»Warum haben Sie die drei Anklageschriften nicht direkt an die Presse verschickt?«, fragte Carl. »Warum eine an den Landgerichtspräsidenten, eine an Albrecht und eine an die Kripo?«

»Das war eine logische Verteilung, nämlich an die drei mitschuldigen Behörden: Polizei, Staatsanwaltschaft, Gericht. Alle haben sie ihr böses Scherflein zum Tod der Opfer beigetragen. Dass die zweite Anklage ausgerechnet bei Albrecht landete, war reiner Zufall. Bei der Staatsanwaltschaft werden die Akten alphabetisch zugewiesen. Er ist vermutlich für die Strafakten zuständig, bei denen die Nachnamen der Täter mit V anfangen.

In diesem Falle V wie Vahrendonk. Bei der Geschäftsstelle nahm man vermutlich an, es handle sich um eine echte Anklageschrift, also kam sie zuständigkeitshalber auf Albrechts Schreibtisch. Eine kuriose, aber im Grunde passende Wendung, zumal er ja selbst in den Fall verwickelt ist. Ich hoffe sehr, dass Sie ihn noch drankriegen.« Brinkmann stand auf und begann, in der Zelle hin und her zu tigern. Carl erhob sich ebenfalls und lehnte sich mit verschränkten Armen gegen die Wand. Brinkmanns Bewegungsdrang machte ihn nervös.

»An die Presse hätte das alles auch noch gehen sollen, ich hatte Abschriften für den Versand vorbereitet«, fuhr Brinkmann fort. »Außerdem hatte ich weitere Anklagen in Arbeit. Gegen andere Richter, die genauso schlimm gewütet haben wie Vahrendonk. Werden Sie alles finden, wenn Sie das Material sichten, das Sie in meiner Bude beschlagnahmt haben. Das haben Sie doch sicher alles abholen lassen, oder?«

Carl nickte nur, was Brinkmann mit einem frustrierten Seufzen quittierte.

»Nun ja. Ich musste es sowieso auf Eis legen. Denn plötzlich geschah das Unerwartete: Vahrendonk wurde umgebracht. Daraufhin habe ich sofort alles gestoppt. Ich musste zuerst rausfinden, was ich da womöglich losgetreten hatte. Wie es zu diesem Mord kommen konnte.«

»Sind Sie mir deshalb ständig auf die Pelle gerückt?«

»Natürlich. Für mich war das die beste Möglichkeit, mehr über die Zusammenhänge zwischen Vahrendonks Tod und den Anklageschriften herauszufinden. Wieso wurde er ausgerechnet am selben Tag getötet, an dem ich die Anklageschriften verschickt habe? Das wollte ich wissen. Denn wie hätte ich sonst weitermachen können? Die Richter, die ich anklagen wollte, haben den Tod mehr als verdient. Aber ich möchte ihr Blut nicht an meinen Händen kleben haben, Herr Inspektor.«

»Und was haben Sie rausgefunden?«, fragte Carl.

»Nichts. Ich tappe nach wie vor im Dunkeln. Wenn ich jemanden verdächtigen müsste, wäre Albrecht meine erste Wahl. Ihre doch ebenso, oder nicht?«

»Wieso habe ich den Eindruck, dass Sie mir was verschweigen?«

»Was ich zu dem Thema zu sagen hatte, habe ich Ihnen erzählt, Herr Inspektor.«

»Ist Ihnen klar, dass Sie auf dieser schwachen Basis keine Aussichten haben, hier so schnell wieder rauszukommen?«

»Damit muss ich wohl leben. Und an der Stelle möchte ich das Gespräch beenden. Wir hatten ja vorher ausgemacht, dass es kein Verhör ist. Nur eine normale Unterhaltung. Bei der ich alles gesagt habe, was zu sagen war.«

»Ihre Entscheidung«, sagte Carl. »Verraten Sie mir wenigstens noch, woher Sie Karrenberg wirklich kennen?«

»Wir haben uns in Düsseldorf eine Knastzelle geteilt.«

Carl nahm es verblüfft zur Kenntnis. Er hatte mit allem Möglichen gerechnet, aber nicht damit. Offenbar war dies der Tag der unerwarteten Neuigkeiten.

»Daher wusste ich auch, dass er nicht in russischer Kriegsgefangenschaft war, sondern in französischer«, führte Brinkmann aus. »Außerdem habe ich auf diesem Wege von seiner Betrugsmasche erfahren. Aber er saß nicht etwa nur im Bau, weil er trauernde Witwen hereingelegt hatte, sondern auch wegen schwerer Körperverletzung. Dem Kerl ist alles zuzutrauen, der geht über Leichen.« Brinkmann unterbrach seinen Marsch durch den Vernehmungsraum und sah Carl an. »Ich bin sicher, dass er es war, der mir eins mit dem Knüppel übergezogen hat. Aus Rache, weil ich ihm bei Ihrer Verlobten die Tour vermasselt habe. Ich setze darauf, dass Sie den Drecksack schnappen.«

»Wir tun unser Bestes. Sie wissen nicht zufällig, wo er sich aufhält, oder?«

Brinkmann schüttelte den Kopf, und diesmal glaubte Carl ihm unbesehen.

»Und Sie haben wirklich keine Vermutung, wer Vahrendonk umgebracht haben könnte?« So schnell wollte er nicht aufgeben.

»Keinen blassen Schimmer. Wie gesagt, ich tippe auf Albrecht.«

Carl gab sich fürs Erste geschlagen. Man konnte niemanden zu seinem Glück zwingen.

*

»Es tut mir leid, aber ich konnte nichts dagegen machen«, empfing ihn Harry mit niedergeschlagener Miene.

Er saß mutterseelenallein im Büro, als Carl aus dem benachbarten Polizeigefängnis zurückkam.

Carl warf einen Blick auf die Uhr: halb sechs. Alle anderen hatten längst Feierabend gemacht.

»Wogegen konnten Sie nichts machen?«, fragte er.

»Jemand von der Staatsanwaltschaft hat die ganzen Unterlagen abgeholt, die in Brinkmanns Wohnung sichergestellt worden sind. Und die Ermittlungsakte ist auch weg, die liegt jetzt beim Oberinspektor.«

Carl war wie vor den Kopf geschlagen. Er starrte Harry ungläubig an, dann wandte er sich ab und eilte spornstreichs zu Dörings Büro. Nur um dort festzustellen, dass die Tür abgeschlossen und Döring ebenfalls bereits gegangen war. Fluchend kehrte er an seinen Schreibtisch zurück.

»Hat Döring irgendwas gesagt, als er sich die Akte geholt hat?«, fragte er Harry.

»Dass Ihnen der Fall entzogen ist und dass er persönlich den Abschlussbericht verfassen will.« Harry räusperte sich verlegen. »Irgendwer hat ihm wohl geflüstert, dass Sie immer noch an der Sache dran sind. Und Döring meinte auch, dass Sie es jetzt doch wirklich mal gut sein lassen sollen. Sonst würde es Sie die Marke kosten.«

Carl fluchte erneut.

»Sie waren bei Brinkmann, oder?«, erkundigte sich Harry. »Haben Sie da irgendwas Wichtiges erfahren?«

Carl zögerte. Er hatte Brinkmann Vertraulichkeit zugesichert. Aber wenn er jetzt einfach alles auf sich beruhen ließ, würde der wahre Mörder ungeschoren davonkommen und Brinkmann den Rest seines Lebens hinter Gittern verbringen.

»Ich glaube nicht, dass Brinkmann Vahrendonk umgebracht hat«, meinte er.

»Sicher haben Sie gute Gründe für diese Annahme.«

»Die habe ich.«

»Sie müssen nicht drüber reden, wenn Sie nicht wollen. Und wenn Sie auf eigene Faust weiterermitteln wollen, bin ich dabei. Genauer gesagt: Ich würde weiterermitteln, und Sie sagen mir, wie. Es muss niemand merken. Ich bin nur ein kleiner Kriminalassistent, kein Schwein interessiert sich dafür, was ich den lieben langen Tag so treibe. Wenn ich unterwegs bin, denken viele hier, dass ich bloß irgendwelche Botengänge erledige. Akten hin und her trage. Brötchen für die Pause besorge.«

»Sie könnten höllischen Ärger kriegen.«

»Das weiß ich.«

»Und es ist Ihnen egal?«

Harry zuckte die Achseln. »Ich mag die Arbeit bei der Kripo. Aber sie ist mir nicht so wichtig, dass ich einfach wegschauen kann, wenn jemand für einen Mord eingesperrt wird, den er nicht begangen hat.«

»Sie könnten rausfliegen«, betonte Carl. »Dann wären Sie arbeitslos.«

Wieder hob Harry die Schultern. »Das, was ich hier verdiene, brauche ich nicht zum Leben.« Eine schwache Röte überzog seine Wangen. »Sie haben bestimmt schon mitbekommen, dass ich kein armer Schlucker bin.«

»Das weiß hier jeder«, stimmte Carl zu, in der vagen Hoffnung, dass Harry nun endlich mit Einzelheiten über seine Finanzen herausrückte. Doch es kam nichts mehr.

Harry zupfte ein wenig umständlich seinen Schlips zurecht, und dabei fiel Carl auf, dass sein junger Kollege noch feiner angezogen war als sonst. Das Jackett sah nagelneu aus, und die Schuhe waren dermaßen auf Hochglanz poliert, dass man sich darin spiegeln konnte. Ein Hauch von Rasierwasser umwehte ihn, allerdings nur ganz dezent.

Keine Frage, Harry Bloom war bereit für eine romantische Verabredung, die gleich nach Dienstschluss stattfinden sollte.

»Na gut«, sagte Carl. »Wir setzen die Ermittlungen fort. Aber jetzt machen Sie erst mal Feierabend.«

Pass nur auf, dass du nicht dein Herz an die falsche Frau verlierst.

*

Frieda hatte sich Annes Fahrrad geborgt, doch schon an der nächsten Straßenecke sprang die Kette aus der Führung, und sie musste wohl oder übel umkehren. Sie versuchte gar nicht erst, das Missgeschick selbst zu beheben, denn sie trug ihr zweitbestes Seidenkleid (ihr bestes war bei der Schneiderin, Anne würde es zu ihrer Hochzeit tragen, wofür es noch ein paar Zentimeter gekürzt werden sollte), und außerdem hatte sie keine Lust, mit Fahrradschmiere an den Händen bei Harry aufzukreuzen. Also schob sie den ramponierten alten Drahtesel zurück auf den Hof hinterm *Krausen Bäumchen* und ging zu Fuß nach Bredeney. Sie hatte keine feste Zeit mit Harry ausgemacht, nur gesagt, dass sie zwischen sieben und acht käme. Es bestand kein Grund zur Eile.

Die Luft war frühlingshaft frisch, sie würde nicht ins Schwitzen geraten, das war die Hauptsache. Es war ihre erste private Verabredung mit ihm, und da wollte sie genauso aussehen wie vorhin oben vorm Spiegel: makellos schön. Eine Frau, in die sich jeder Mann auf den ersten Blick verlieben musste. Ihr Haar war in perfekten Wellen frisiert, das Make-up so raffiniert, dass nur ein Kenner es überhaupt bemerkt hätte. Sie trug keinen Schmuck, nur eine schöne alte Kamee-Brosche, die ihrer Großmutter gehört hatte. Das Kleid umschmeichelte ihren Körper, als wäre es Zufall, dass es ihre Figur auf reizvolle Weise betonte und zugleich zuverlässig die Schwangerschaft verbarg. Nichts an ihr wirkte aufgedonnert oder gekünstelt, ihre Aufmachung zeugte von Stil und Geschmack. Ihre gesamte Erscheinung strahlte eine natürliche, unbefangene Anmut aus, wie bei jeder jungen Frau, die nach einer harten Woche endlich ein hübsches Kleid anziehen und ausgehen kann.

Das jedenfalls war das Bild, das sie von sich selbst hatte und das sie mit jedem Schritt, den sie tat, verinnerlichte und zugleich nach außen präsentierte.

Sie wollten zusammen essen gehen, in der *Schwarzen Lene*, von da hatte man eine wunderbare Aussicht auf den Baldeneysee. Harry kannte das Restaurant im Schellenberger Wald noch nicht, und sie freute sich darauf, es ihm zu zeigen.

Er hatte angeboten, sie abzuholen, sogar davon gesprochen, extra einen Wagen zu organisieren, wenigstens aber ein Krad. Aber das hatte Frieda abgelehnt.

»Ach, wir treffen uns einfach bei dir. Es gibt sonst so schnell Gerede.«

Das war ihr voller Ernst gewesen. Sie wollte auf keinen Fall die halbe Straße dabei zuschauen lassen, wie ihr neuer Verehrer vorfuhr, um sie zu einem Rendezvous mitzunehmen. Die Leute zerrissen sich sowieso schon das Maul, zumindest diejenigen, die regelmäßig ins *Krause Bäumchen* kamen – und das waren ziemlich viele. Unter denen wiederum gab es sicher kaum einen, dem Harrys fortgesetzte Avancen entgangen waren. Abend für Abend stand er vor ihr an der Theke und verwickelte sie in ein Gespräch. Und wenn er es nicht tat, übernahm sie das, denn sie liebte es, mit ihm zu reden. Ihn dabei anzusehen und zu beobachten, wie sein Mienenspiel wechselte, je nachdem, worüber sie sprachen.

Es war beileibe nicht so, dass sie nur Schwätzchen über irgendwelche belanglosen Dinge hielten; oft waren die Themen ernsterer Natur. So hatten sie etwa über den Hunger der vergangenen Jahre gesprochen. Den Bombenterror während des Krieges, von dem auch er einiges miterlebt hatte, in Berlin, wo er aufgewachsen war. Seine Großmutter war bei einem Bombenangriff umgekommen, der ganze Straßenzug in Schutt und Asche versunken. Anderthalb Jahre hatte er als Frontsoldat gedient, zuerst beim Afrikakorps und dann bis Kriegsende in Italien, doch über diese Zeit redete er nicht gern, und sie wollte es auch nicht unbedingt hören. Manche Leute sprachen unablässig vom Krieg und über ihre schlimmen Erlebnisse. Frieda gehörte nicht zu denen, und Harry auch nicht.

Stattdessen bekam sie nicht genug davon, ihm zuzuhören, wenn er von Berlin erzählte – nicht von einer zerbombten Stadt, sondern von dem prächtigen, unzerstörten Vorkriegsberlin. Er kannte farbenfrohe Anekdoten rund um legendäre Etablissements wie *Clärchens Ballhaus,* das Luxuskaufhaus KaDeWe, den Admiralspalast und das Hotel Adlon. Es schien keinen Winkel zu geben, den Harry nicht beschreiben konnte, und obwohl sie nie dort gewesen war, erstanden die Bilder der Stadt so deutlich vor ihrem inneren Auge, dass sie fast meinte, selbst durch die Straßen zu spazieren und ihren Blick schweifen zu lassen.

Nicht nur seine Schilderungen beeindruckten sie, sondern mindestens ebenso sehr seine Sprachgewandtheit, in der sich ein Maß an Bildung widerspiegelte, wie man es in Rüttenscheid nicht unbedingt erwartete. Jedenfalls nicht im *Krausen Bäumchen,* wo die meisten Männer in breitem Ruhrplatt über Fußball redeten.

Harry sprach hingegen gern vom Theater, kannte die Figuren berühmter Stücke und ihre Darsteller. Er wusste von einer Impressionistenausstellung auf Schloss Hugenpoet zu berichten, in das Frieda zu ihrer Beschämung noch nie einen Fuß gesetzt hatte, obwohl es gar nicht weit weg war.

Hin und wieder ließ er im Gespräch Begriffe fallen, die sie nur aus der Zeitung kannte, und einige waren ihr völlig neu.

Einmal hatte er das Wort *Revisionismus* verwendet, ein anders Mal *trivial* – sie hatte sich beides gemerkt und nach Feierabend in dem zerfledderten Volks-Brockhaus nachgeschlagen, den Anne über den Krieg gerettet hatte.

Frieda hatte sich bei Harry erkundigt, wo er zur Schule gegangen war, womit sie eigentlich hatte wissen wollen, ob er einen höheren Schulabschluss besaß. Er hatte nur gesagt: in Berlin-Grunewald.

Sie selbst hatte einen Mittelschulabschluss; wie Anne war sie nach dem Einjährigen abgegangen. Beide hatten sie eine Lehre absolviert, Anne als Krankenschwester, sie als Stenotypistin. Nur dass sie im Gegensatz zu Anne nie besonders viel Freude an ihrer Arbeit gefunden hatte.

Ganz anders Harry. Er schien seinen Beruf zu lieben. Immer wenn er davon erzählte, leuchteten seine Augen, obwohl er weiß Gott keinen besonderen Posten bei der Kripo innehatte. Doch das interessierte ihn offenbar gar nicht, sondern einzig und allein das Metier der Verbrechensaufklärung, das schien ihn regelrecht zu begeistern. Dabei hätte Frieda schwören können, dass er Abitur hatte und zu Höherem berufen war. Ein Studium, eine akademische Laufbahn, irgendeine Sparte, in der er seine Intelligenz und seine Bildung sinnvoll zum Einsatz bringen konnte.

Sie hatte ihn gefragt, wieso er überhaupt von Berlin weggezogen war, ausrechnet in den Kohlenpott, der sicher so ziemlich die hässlichste Gegend in Westdeutschland war, aber Harry hatte darauf nur mit ein paar lässigen Allgemeinplätzen geantwortet. Ihr war nicht entgangen, dass auch das nicht zu seinen Lieblingsthemen gehörte, also hatte sie ihn nicht weiter bedrängt. Aufgeschoben war jedoch nicht aufgehoben.

Es gab noch eine weitere offene Frage, die sie mindestens ebenso sehr beschäftigte – woher er sein Geld hatte. Und vor allem: wie viel. Sie hatte sich fest vorgenommen, wenigstens bei der Klärung dieser Frage nicht lockerzulassen. Ihre letzte ernst zu nehmende Beziehung hatte in einer Katastrophe geendet. Magnus war ein Schwarzmarktkönig gewesen, sie hatte gewusst, dass er seine Einkünfte aus illegalen Transaktionen bezog. Doch das hatte sie nicht gestört, alle Welt hatte auf dem Schwarzmarkt Geschäfte gemacht, sie selbst auch. Er hatte sie mit Cognac und hübschen Geschenken verwöhnt, und im Bett hatte es gut mit ihnen beiden geklappt. Sie hatte sich sogar in ihn verliebt, jedenfalls ein wenig. Die himmelstürmende Liebe wie zwischen Anne und Carl war es sicher nicht gewesen, auf die wartete Frieda bereits ihr ganzes Leben. Wahrscheinlich war sie gar nicht der Typ für so was. Doch als sie mit Magnus zusammen gewesen war, hatten schon Geigen am Himmel gehangen. Nicht viele, aber ein paar.

Bis sie herausgefunden hatte, dass er das meiste Geld nicht am Schwarzmarkt, sondern als Zuhälter verdiente. Er schickte blutjunge Frauen auf den Strich und machte sie von sich abhängig, indem er ihnen vormachte, sie seien sein Ein und Alles.

Als Frieda sich daran erinnerte, verselbstständigte sich ihre Fantasie, und mit einem Mal stellte sie sich vor, Harry wäre auch so einer. Er konnte alles Mögliche sein. Falschspieler oder Geldeintreiber. Rauschgifthändler oder Zuhälter. Waffenschieber oder Hehler. Und seine Stelle bei der Kripo wäre dann nur

Fassade, um bei Tage stets über alle wichtigen Ermittlungen gegen die Essener Unterwelt auf dem Laufenden zu sein und bei Nacht seinem anrüchigen Gewerbe nachzugehen.

Sie musste kichern, weil es einfach zu verrückt war.

»Frieda, du hast einen Vogel«, sagte sie laut zu sich selbst. Es auszusprechen brachte sie auf den Boden der Realität zurück, und sie stellte fest, dass sie Harrys Adresse schon fast erreicht hatte. Sie war so sehr in Gedanken versunken gewesen, dass sie kaum auf den Weg geachtet hatte – was auch nicht nötig war, denn die Umgebung war ihr vertraut. Ihre frühere Arbeitskollegin Waltraud wohnte in der Nähe, sie hatten zusammen die Lehre bei Krupp im Büro gemacht, und nach der Arbeit war Frieda ab und zu mit zu Waltraud nach Hause gegangen. Deren Mutter war deutlich weniger spießig und zudem viel jünger gewesen als ihre eigene. Sie hatte sich und den Mädchen Eierlikör eingeschenkt und mit ihnen auf ein gutes Leben angestoßen. Einmal hatten sie zusammen fast eine ganze Flasche weggebechert und dabei eine Menge Spaß gehabt. Kurz danach war der Krieg ausgebrochen und der Spaß vorbei gewesen.

Frieda ging die Straße entlang und hielt Ausschau nach der Hausnummer, die Harry ihr genannt hatte. Man sah das Gebäude schon von Weitem, eine altehrwürdige, mehrstöckige Stadtvilla mit Stuckbesatz und eleganten Bogenfenstern.

Sie musste sich kurz sammeln, als sie vor dem Haus angekommen war. Harry hatte ihr erzählt, dass er zur Untermiete wohnte. In einem Zimmer einer Parterrewohnung, die einem Augenarzt gehörte.

Aber auf dem Klingelschild stand bloß ein Name. Harry Bloom.

Sie läutete, und er kam sofort heraus. Piekfein angezogen wie immer, das Haar akkurat gescheitelt, außerdem frisch rasiert und mit einer leichten Röte der Verlegenheit im Gesicht. Er war bei Weitem nicht so weltmännisch und erfahren, wie er es wohl gern gehabt hätte, da war sie ihm um deutlich mehr als die zwei Jahre Altersabstand voraus.

Wohlerzogen reichte er ihr die Hand. »Guten Abend, Frieda. Schön, dass du da bist!«

Bereits bei seinem zweiten Besuch in der Kneipe hatte sie ihm das Du angeboten. Was allerdings nichts Besonderes war, denn die meisten anderen Stammgäste im *Krausen Bäumchen* duzten sie ebenfalls.

Er betrachtete sie eingehend. »Du siehst bezaubernd aus!«

Und da war er, der bewundernde Blick, auf den sie gehofft hatte. Dieser Blick, für den sich die ganze Mühe gelohnt hatte. Die Auswahl des Kleides, der Aufwand mit Frisur und Make-up und auch das spezielle Lächeln, das sie lange vor dem Spiegel geübt hatte. Wobei ihr gerade das so mühelos gelang, dass sie keinerlei Gedanken darauf verschwenden musste, weil es im Grunde von ganz allein kam: Sie freute sich wirklich, ihn zu sehen.

»Wollen wir gleich los?«, fragte er. »Ich habe uns einen Wagen besorgt.«

»Prima!« Sie musterte ihn unter gesenkten Lidern. »Wenn es dir nichts ausmacht, würde ich vorher gern noch rasch einen Schluck Wasser trinken. Ich bin zu Fuß gekommen, weißt du. Das Rad von meiner Schwester hat schlappgemacht.«

Ihm war anzusehen, dass ihr Ansinnen ihn verunsicherte, aber er nickte sofort und führte sie zu der mit Schnitzwerk verzierten Haustür. Er schloss auf, und sie folgte ihm zur Wohnungstür im Erdgeschoss, das eine halbe Treppe höher lag. Schon der Flur der Wohnung wirkte einschüchternd prunkvoll, mit einem dicken orientalischen Läufer und Kandelabern an den Wänden.

Harry eilte in die Küche und kam mit einem Glas Wasser zurück. Sie nahm es und nippte daran.

»Sehr schön hast du es hier. Welches ist dein Zimmer?«

Er deutete auf eine Tür am Ende des Flurs und schien nun erst recht verlegen.

»Wo ist denn dein Vermieter?«

»Auf Reisen.« Es kam wie aus der Pistole geschossen.

»Aber es gibt ihn, oder?«, fragte sie. Es sollte scherzhaft klingen, doch als er flammend rot anlief, wusste sie, dass er sie angeschwindelt hatte. »Harry, bewohnst du diese fürstliche Behausung etwa allein?«

Er atmete durch. »Nur vorübergehend. Das Wohnungsamt war schon da, sie wollen bald ein paar Leute hier einquartieren.«

»Darf ich fragen, wie du an diese Bleibe gekommen bist?«

Er zögerte, dann sagte er: »Ich habe das Haus gekauft.«

Sie nickte, denn halb und halb hatte sie bereits damit gerechnet. Jetzt war es an der Zeit, die Frage aller Fragen zu stellen. »Wovon? Ich meine, woher hast du so viel Geld?«

»Wenn es dir recht ist, möchte ich lieber nicht darüber sprechen.«

»Es ist mir *nicht* recht«, sagte sie. Es klang schärfer als beabsichtigt, aber sie war nun mal ein gebranntes Kind. »Es gab da schon mal einen, der einen Haufen Geld hatte und mir nicht sagen wollte, woher es kam. Da hab ich Schluss gemacht. Diese Art von Geheimhaltung liegt mir nicht.«

Er sah sie an, sichtlich vor den Kopf gestoßen, und mit einem Mal kam sie zur Besinnung. Wer war sie eigentlich, von ihm Offenheit einzufordern, während sie selbst ein Geheimnis vor ihm hütete, das wahrscheinlich viel schlimmer war als seins? Wie hatte sie sich das Ganze überhaupt vorgestellt? Für ein paar Wochen mit ihm auszugehen, so lange, bis er das Unabänderliche erkannte?

Gott, was war sie doch für eine Heuchlerin! Wie konnte sie sehenden Auges das Risiko eingehen, ihn dermaßen zu verletzen! Das hatte er nicht verdient. Nicht Harry. Es gab nur eine

Lösung – sie musste es beenden, bevor er ernsthafte Gefühle für sie entwickelte.

»Ich geh dann mal wieder«, sagte sie. Rasch drückte sie Harry das fast volle Glas in die Hand, bevor sie sich abrupt umdrehte und mit wehendem Kleid hinauseilte.

»Frieda!«, hörte sie ihn noch rufen, doch da fiel bereits die Haustür hinter ihr ins Schloss.

*

Es war reiner Zufall, dass sie die folgenden Sekunden überlebte, denn der Angriff kam wie aus dem Nichts. Ernst Karrenberg lauerte hinter einem Strauch und stürzte sich auf sie, kaum dass sie den Bürgersteig betreten hatte. Er hielt ein Messer in der Hand, bereit zum Angriff, und wäre er nicht auf halbem Wege gestolpert, hätte er es ihr ins Herz gestoßen, ehe sie Luft holen konnte.

Mit einem wütenden Aufschrei fing er sich und war nur einen Lidschlag später bei ihr. Blitzartig holte er aus und stieß zu, und auch diesmal rettete ihr nur ein Zufall das Leben – die Spitze des Messers bohrte sich ausgerechnet in die Brosche ihrer Großmutter und blieb darin stecken. Mit einer zornigen Bewegung riss er die Klinge heraus und wollte erneut zustechen, doch im nächsten Augenblick war Harry da und stieß Karrenberg mit voller Wucht zur Seite.

Der ergriff sofort die Flucht. Harry vergewisserte sich mit einem raschen Blick, dass Frieda wohlauf war, dann sprintete er Karrenberg hinterher.

Frieda blieb wie gelähmt stehen und schaute Harry nach, der Karrenberg nach wenigen Metern einholte und ihn mit einem gestreckten Hechtsprung zu Fall brachte. Sie stieß einen entsetzten Schrei aus, als die beiden Männer auf dem Boden miteinander rangen – Karrenberg hob die Hand mit dem Messer, das einen tödlich blitzenden Bogen direkt vor Harrys Gesicht beschrieb. Ihr Herz setzte einen Takt lang aus und kam mit der Wucht eines Vorschlaghammers wieder in Gang, im selben Moment, als Harrys Faust Karrenbergs Kinn traf. Nur einen Sekundenbruchteil darauf versetzte Harry dem Mann einen zweiten Boxhieb, diesmal mitten ins Gesicht. Ein Schwall Blut schoss aus Karrenbergs Nase, woraufhin er reglos liegen blieb.

Jetzt erst gewann Frieda die Herrschaft über ihre Beine zurück. Zitternd setzte sie einen Fuß vor den anderen und ging auf Harry zu. Sie wurde immer schneller, und die letzten Schritte legte sie rennend zurück.

»Mein Gott, Harry! Bist du verletzt?«

Er war aufgestanden und klopfte sich den Straßenstaub vom Jackett. »Keine Sorge, mir fehlt nichts.« Er zog dem bewusstlosen Karrenberg den Gürtel aus der Hose und fesselte ihm die Hände auf den Rücken. Karrenberg kam stöhnend zu sich, als Harry das harte Leder um seine Handgelenke festzurrte. Benommen versuchte er, sich aufzusetzen, blieb aber dann kraftlos liegen.

»Das ist dieser Haller«, sagte Frieda mit kratziger Stimme. Sie besann sich. »Stimmt nicht, sein richtiger Name ist Karrenberg. Der wollte Anne mit einem ganz miesen Betrug über den Tisch ziehen. Und mich hat er auch bedroht.« Ihr zitterten immer noch die Knie. »Ich hätte besser aufpassen müssen.« Und vor allem hätte sie Karrenbergs Drohungen ernster nehmen müssen. *Wir sprechen uns noch, Miststück! Es kommt der Tag, da stech ich dich ab!*

»Was passiert jetzt mit ihm?«, fragte sie.

»Ich fordere eine Streife an und schaffe ihn zur Vernehmung aufs Präsidium. Und das hier kommt zur Spurensicherung.« Harry hob das Messer vom Boden auf, indem er es vorsichtig und unter Zuhilfenahme seines Taschentuchs an der Spitze umfasste. »Und danach gehe ich zu Inspektor Bruns und sage ihm Bescheid, dass wir den Kerl endlich haben. Das wird ihn besonders freuen.«

»Das kann ich ihm auch gleich sagen. Er ist gerade bei meiner Schwester in der Klarastraße.«

»Gut. Dann spar ich mir den Weg.« Er hielt inne und blickte Frieda an. »Können wir zwei uns noch mal über alles unterhalten?«, fragte er. »Jetzt geht's nicht mehr, ich muss zum Präsidium, wegen der ganzen Formalitäten nach der Festnahme. Aber vielleicht morgen?« Es klang bittend.

»Ach, Harry«, sagte sie beklommen. »Ist vielleicht besser für uns beide, es sein zu lassen.«

Der hoffnungsvolle Ausdruck in seinem jungenhaften Gesicht verwandelte sich in bittere Enttäuschung. Es tat ihr fast körperlich weh, ihn so zu sehen.

Gegen alle Vernunft lenkte sie ein. »Na gut. Ich komme morgen Abend um dieselbe Zeit noch mal her. Dann können wir reden.«

KAPITEL 15

Am nächsten Vormittag war Carl in Büroarbeit vergraben, als Harry im Büro eintraf. Er kam von einem Abstecher nach Fischlaken zurück. Carl hatte ihn im Zuge ihrer inoffiziellen Nachforschungen dort hingeschickt, um sich im Umfeld von Rudolph Markwart umzutun. Sie wollten alles von vorn aufrollen, wenn möglich aus zusätzlichen Blickwinkeln. Es war wie bei einem Marsch durch unbekanntes Gelände, das man mehrmals erkunden musste, um sich damit vertraut zu machen. Man sah nie alles auf einmal, sondern immer nur Einzelheiten, aber dafür bei jeder Wiederholung mehr.

»Ich glaube, wir haben vielleicht eine neue Spur.« Harry sprach mit gedämpfter Stimme. Er stand dicht neben Carls Schreibtisch, mit dem Rücken zu Behrends, der aus gutem Grund nichts von ihrer geheimen Mission mitbekommen sollte: Die polizeilichen Ermittlungen im Fall Vahrendonk waren auf Weisung von oben beendet, die Akte lag bei der Staatsanwaltschaft. Wo man zweifellos mit Hochdruck bereits an einer Anklage gegen Josef Brinkmann arbeitete.

»Ich war bei einer Nachbarin von Rudolph Markwart«, sagte Harry leise. Er machte eine bedeutungsvolle Pause. »Eine alte Dame. Die wusste so ziemlich alles über den Mann. Und jetzt kommt's: Er war vor dem Krieg bei einem Juweliergeschäft angestellt.«

»Ich dachte, Markwart war früher Bergmann«, sagte Carl perplex.

»Wie kommen Sie darauf?«

»Keine Ahnung«, räumte Carl ein. »Vielleicht weil er diesen Husten hat.«

»Husten?«

»Ja, ich dachte, das käme von einer Staublunge.«

»Ah. Silikose meinen Sie? An der viele Bergleute erkranken.«

»Ganz recht.«

»Also, Markwarts Husten kommt von einer Tuberkulose. Sagt jedenfalls die Nachbarin. Er war wohl monatelang in einer Lungenheilanstalt. Danach war es eine Zeit lang besser. Aber in der letzten Zeit ist die Krankheit zurückgekommen, jetzt hustet er wieder.«

»Was hat das mit seiner früheren Anstellung zu tun?«, fragte Carl.

»Nichts«, erwiderte Harry. »Aber die Anstellung hat was mit dem Zyankali zu tun. Wussten Sie, dass Juweliere welches benutzen?«

»Verdammte Hacke, nein! Das hör ich zum ersten Mal!« Konsterniert sah Carl seinen jungen Kollegen an. »Wozu brauchen die das?«

»Sie verwenden es zum Polieren von Schmuck, speziell von Edelsteinen. Deshalb können sie es ganz legal beziehen. Markwart könnte sich auf diesem Wege was abgezweigt und aufbewahrt haben. Für den Tag der Rache.«

Carl dachte angestrengt nach. Wenn da was dran war, fiel der Verdacht gegen Albrecht in sich zusammen wie ein schlecht gebautes Kartenhaus. Aber natürlich war das kein Grund, der Sache nicht nachzugehen.

»Soll ich mir den Markwart direkt mal vorknöpfen?«, fragte Harry.

»Nein, das übernehme ich selbst.«

Harry war ein findiger Bursche, außerdem hatte er bei der Verhaftung Karrenbergs enormen Mut bewiesen. Aber um einen Mordverdächtigen mittels Verhörtaktiken zu überführen, war langjährige Menschenkenntnis vonnöten. Außerdem war es keineswegs sicher, dass sie bei Markwart wirklich an der richtigen Adresse waren. Trotz des neuen Hinweises wäre es ein Fehler gewesen, vorschnell alle übrigen Verdächtigen als Täter auszuschließen. Markwarts frühere Tätigkeit war nur ein Indiz, über das sie durch Zufall gestolpert waren.

Nein, nicht durch Zufall, korrigierte sich Carl. Durch hartnäckige Ermittlungsarbeit.

»Übrigens – gut gemacht«, sagte er zu Harry.

»Danke. Aber wir sollten uns nicht vorschnell auf Markwart einschießen, was denken Sie?«

Carl unterdrückte ein Grinsen. »Ich denke genau dasselbe.«

»Dann werde ich mir als Nächstes noch mal Rosental vornehmen«, meinte Harry. »Und danach Bruno Gerber. Der weiß irgendwas, da bin ich mir sicher.«

Carl nickte. »Bleiben Sie am Ball. Aber so, dass es keiner mitbekommt. Sonst war's das.«

Nebenan hämmerte Behrends auf der steinalten Schreibmaschine herum, die er sich mit Carl teilte. Scheinbar voll konzentriert haute er in die Tasten, aber Carl hatte bemerkt, dass Behrends zwischendurch immer wieder den Kopf hob und zu ihnen herüberspähte. Verstanden hatte er von ihrer Unterhaltung bestimmt nichts, dafür war das Geklapper der Schreibmaschine zu laut, aber ihm war garantiert nicht entgangen, dass sie hier verschwörerisch die Köpfe zusammensteckten.

Carl zog es vor, das Gespräch zu beenden, auch wenn er gern noch in Erfahrung gebracht hätte, wie Harrys Verabredung mit Frieda verlaufen war. Zumindest bevor Karrenberg dazwischengefunkt hatte. Bis jetzt wusste Carl nur, dass Karrenberg versucht hatte, Frieda zu erstechen, und dass Harry ihn nach einem gefährlichen Handgemenge festgenommen hatte. Frieda war zum Glück mit dem Schrecken davongekommen.

Am frühen Morgen, noch vor Harrys Aufbruch nach Fischlaken, war Döring extra zu ihnen ins Büro gekommen, um Harry wegen seines heldenhaften Einsatzes vor der gesamten

Mannschaft auf die Schulter zu klopfen – für einen frischgebackenen Kriminalassistenten eine ungewohnte Auszeichnung. Harry wurde in der Abteilung immer beliebter. Er hätte auf Wolke sieben schweben können, doch er wirkte in sich gekehrt und bedrückt. Allzu beglückend konnte sein gestriges Treffen mit Frieda nicht gewesen sein. Ob sie ihm wohl gestanden hatte, dass sie ein Kind erwartete?

Carl schob diese Fragen beiseite, es gab genug andere Dinge, um die er sich kümmern musste. Entschlossen widmete er sich der nächsten Akte. Er hatte wieder jede Menge davon auf dem Tisch, so wie vor dem Fall Vahrendonk. Die Arbeit nahm kein Ende.

Behrends schob geräuschvoll seinen Stuhl zurück und stand auf. Wie ein Fuchs im Schleichgang kam er näher und lugte Carl über die Schulter. »Was hast du da gerade?«

»Totschlag in Kettwig. Wieso fragst du? Willst du mir Arbeit abnehmen?«

Behrends hob beide Hände. »Um Gottes willen, nein! Ich wollt's nur wissen. Reines Interesse.« Er hielt inne, dann fragte er zusammenhanglos: »Worüber hast du eben mit dem Jungen gesprochen?«

»Über eine Zeugenvernehmung«, sagte Carl aufs Geratewohl. »Harry soll jemanden befragen.«

»In Kettwig?«

Carl nickte bloß und nahm sich demonstrativ die nächste Akte vor.

»Ist schon praktisch, dass der junge Herr Kriminalassistent den ganzen Tag für dich die Hufe schwingt, was? Eigentlich sollte er allen hier in der Abteilung zuarbeiten. Oder hab ich da was verpasst?« Eine Spur von Gehässigkeit klang aus Behrends' Stimme.

In dem Moment klingelte sein Telefon, und er musste drangehen.

Stirnrunzelnd hörte Behrends dem Anrufer zu. Nachdem er sich mürrisch bedankt und aufgelegt hatte, gab er sich nach einem raschen Seitenblick auf Carl betont geschäftig und suchte in seinem Aktenstapel herum.

»Was ist los?«, fragte Carl.

Behrends stellte sich taub, und auch auf Carls erneutes Nachfragen hin hob er nur in einer kindischen Geste von Trotz die Schultern.

Carl stand auf und stellte sich dicht neben Behrends' Schreibtisch, genauso wie Behrends es vorhin bei ihm gemacht hatte.

Behrends hatte die Fallakte Böhm vor sich liegen.

Carl zog selbst die nötigen Schlüsse. Es konnte nur mit Karrenbergs Verhaftung zusammenhängen. Dessen routinemäßig abgenommene Fingerabdrücke hatten garantiert einen Treffer im Mordfall Böhm erbracht. »Man hat eine Übereinstimmung mit den Spuren im Mordfall Böhm gefunden, oder?«

»Das geht dich nichts an. Es ist *mein* Fall.«

»Den ich für dich ermittelt habe!«

»Und den *ich* jetzt aufkläre und abschließe«, sagte Behrends patzig.

»Du bist so ein Arschloch, Behrends! Ich will dir die Aufklärung des Falles nicht wegnehmen – ich will's einfach nur wissen! Du weißt doch ganz genau, dass Karrenberg mein Hauptverdächtiger in dem Fall ist!«

Von Behrends kam nichts mehr, er benahm sich wie ein bockiges Kind. Carl gab es auf, mit ihm darüber zu streiten. Stattdessen rief er ohne weitere Umschweife im Labor an, um sich selbst auf den neuesten Stand bringen zu lassen. Er hatte richtig vermutet – Karrenbergs Fingerabdrücke stimmten tatsächlich mit denen auf dem Messer in Böhms Brust überein. Zudem wiesen beide Messer, sowohl das von Harry gestern einkassierte als auch das im Mordfall Böhm, eine weitere Gemeinsamkeit auf: Sie stammten aus derselben Herstellung. Damit war zweifelsfrei erwiesen, wer Bärbels Vater umgebracht hatte – Böhms Kriegskamerad Ernst Karrenberg.

*

Carls Erleichterung über die Aufklärung des Falls wurde von einem ohnmächtigen Verlustgefühl überlagert. Als er sich nach dem Grund dafür fragte, überkam ihn brennende Scham – hatte er sich vielleicht tief im Inneren gewünscht, dass Engelbert doch irgendwas mit dem Mord an Böhm zu tun hatte und dass sein Adoptionsantrag deshalb abgelehnt würde? Carl versuchte, seine Gefühle zu ergründen, kam aber zu keinem Ergebnis. Gut möglich, dass er ein mieser Egoist war, aber immerhin konnte er sich zugutehalten, dass er sich mit der Situation abgefunden hatte. Bärbel hatte eine neue Familie, und er selbst war kein Teil davon.

Rigoros verdrängte er die schmerzlichen Gedanken und konzentrierte sich wieder auf den Fall Vahrendonk. Der immer noch seiner war, auch wenn man ihm die Akte weggenommen hatte.

Als er hinüber zum Polizeigefängnis ging, machte er sich abermals klar, dass er sich auf dünnem Eis bewegte.

Mehr Zeit wäre hilfreich gewesen. Es hätte sich alles in ruhigeres Fahrwasser lenken lassen, wenn man ein paar Wochen ins Land streichen ließe. Aber dann wäre Brinkmann womöglich bereits verurteilt. Carl schätzte die Sachlage so ein, dass man bei Gericht Brinkmanns Verfahren so zügig und geräuschlos wie nur möglich abschließen wollte. Hauptsache, es kam ein Deckel drauf. Sobald erst ein Urteil in der Welt war, das ihn schuldig sprach, sah es schlecht für Brinkmann aus. Ein verurteilter Mörder konnte vieles behaupten. Glauben würde ihm so schnell keiner mehr.

In Carl machte sich Frustration breit. Dass die ganze Sache so verfahren war, hatte er sich in gewisser Weise selbst zuzuschreiben. Schließlich hatte er Brinkmann höchstpersönlich verhaftet, obwohl er keine Sekunde lang wirklich daran geglaubt hatte, dass der Mann ein Mörder war. Andererseits – Brinkmann hätte ja nicht unbedingt abhauen und es auf diese filmreife Verfolgungsjagd anlegen müssen, oder? Carl hatte nach Lage der Dinge gar keine andere Wahl gehabt, als ihn hochzunehmen. Nun hing ihm der Fall immer noch – beziehungsweise erst recht – wie ein Mühlstein am Hals. Er musste weitermachen, Brinkmann rauspauken, es ging nicht anders.

Carl meldete sich beim Wachmann an, der seinen Namen in das vorgeschriebene Formular eintrug. »Wieder zum Gefangenen Josef Brinkmann?«, erkundigte er sich bei Carl.

»Nein, zu Ernst Karrenberg.«

Der Wachmann trug auch das ein.

Carl wartete im Vernehmungsraum auf Karrenberg. Bei dem Gedanken, dass Annes Peiniger ihm gleich von Angesicht zu Angesicht gegenübertreten würde, musste er gegen eine Aufwallung von Hass ankämpfen.

Ein Gefühl von roher Befriedigung durchflutete ihn, als der Mann in Handschellen vom Wärter hereingeführt wurde. Harry hatte den Kerl tüchtig verdroschen. Karrenbergs Nase war fast aufs Doppelte ihrer normalen Größe angeschwollen und von geronnenem Blut verkrustet. Das Kinn war ebenfalls lädiert, es hatte sich bereits ein dickes, blaurotes Hämatom gebildet. Davon abgesehen wirkte auch sein restliches Äußeres wenig einnehmend, ganz zu schweigen von dem üblen Geruch, den er verbreitete. Anne und Mimi hatten mit ihren Beschreibungen nicht übertrieben.

»Ich bin schon gestern Abend vernommen worden«, sagte Karrenberg in nörglerischem Tonfall, nachdem der Wärter ihn am Vernehmungstisch festgekettet hatte. »Von diesem jungen Lackaffen, der mich zusammengeschlagen hat. Dem hab ich alles erzählt.«

»Da wussten wir noch nicht, dass Sie nicht nur ein Betrüger, sondern auch ein Mörder sind.« Carl nahm mit gezücktem Notizbuch auf dem Stuhl gegenüber Platz, entschied sich dann aber hastig, wieder aufzustehen und die Vernehmung aus sicherer Entfernung fortzusetzen. Karrenberg stank wie eine offene Jauchegrube.

»Ich habe niemanden umgebracht!«, behauptete Karrenberg im Brustton der Überzeugung.

»Sie haben Kurt Böhm erstochen. Ihre Fingerabdrücke sind auf dem Messer sichergestellt worden, das in seiner Brust steckte. Und natürlich war die Attacke auf die junge Frau gestern Abend ein versuchter Mord. Das allein reicht schon für ›lebenslänglich‹.«

»Ich wollte sie nicht umbringen«, entgegnete Karrenberg mit frommem Augenaufschlag. »Ich wollte ihr bloß einen kleinen Schrecken einjagen. Deswegen hab ich direkt in diese Brosche gestochen.«

Carl musste sich zwingen, sachlich zu bleiben. »Da werden Sie sich was Besseres ausdenken müssen. Vor allem nach dem Mord an Kurt Böhm.«

Karrenberg wand sich. »Na gut, den Böhm hab ich kaltgemacht. Aber es war kein Mord! Sondern Notwehr! Der Kerl hat mich angegriffen, da konnte ich nicht anders!« Er hielt inne, um nachzudenken, bevor er weitersprach. »Wir haben uns gestritten, und da wurde er handgreiflich.«

»Worum drehte sich der Streit?«

»Um Geld natürlich. Er wollte welches von mir. Die ganze Zeit. Aber ich hatte ja keines. Woher denn auch? Ich hab's ihm erklärt, aber er ließ nicht locker. Und am Schluss ging er mir an die Kehle.«

»Mit nur einer Hand?«

Karrenberg wirkte ertappt, aber nur einen Moment lang, dann zog er gleichmütig die Schultern hoch.

»Wofür wollte er das Geld? Für die Hörensagen-Informationen, die er Ihnen über Annemarie Wiesner geliefert hat? Damit Sie Ihre angebliche Bekanntschaft mit Frau Wiesners Ehemann besser ausschmücken konnten?«

»Ich kannte Heinz Wiesner wirklich! Aus dem Lager in Sibirien!«

»Hören Sie endlich auf zu lügen! Sie waren nie in Russland, das ist aktenkundig. Denken Sie wirklich, dass irgendein Richter Ihnen diesen ganzen Mist glaubt? Nachdem Sie außerdem in der Nacht auf Sonntag versucht haben, Ihren ehemaligen Zellengenossen Josef Brinkmann hinterrücks mit einem Knüppel zu erschlagen, aus Rache, weil er Sie vor Frau Wiesner auffliegen ließ?«

Karrenberg blieb der Mund offen stehen. In seiner Miene spiegelte sich blankes Erstaunen.

Carl starrte ihn an. Falls Karrenberg schauspielerte, war er wirklich begabt.

»Das habe ich nicht getan!«, rief Karrenberg mit aufrichtiger Entrüstung. »Ein *Knüppel?* Soll das ein Witz sein? So was benutzen doch nur Anfänger! Wofür habe ich ein Messer, wenn ich jemanden um die Ecke bringen will?!« Er brach ab, offenbar merkte er, was er da von sich gegeben hatte. Schnell fügte er hinzu: »Ich bin kein Mörder! Niemals würde ich einem Menschen absichtlich das Leben nehmen! Ich wehre mich nur, wenn ich angegriffen werde! Und wenn Josef Brinkmann behauptet, ich hätte ihn umbringen wollen, ist das eine Verleumdung!« In gehässigem Ton schloss er: »Davon versteht der Kerl was. Wissen Sie, dass er genau deswegen im Bau war? Weil er über andere Leute hergezogen ist und denen schlimme Dinge angedichtet hat?«

»Das ist mir bekannt.« Carl machte sich Notizen, die er selbst kaum entziffern konnte. »Also bleiben Sie dabei, dass Sie ihn nicht angegriffen haben?«

»Ich sag's doch, das war ich nicht!« Karrenbergs Gesichtsausdruck hellte sich auf. »Untersuchen Sie einfach den Knüppel auf meine Fingerabdrücke! Wenn Sie die schon auf dem Messer gefunden haben, dann müssten auf dem Knüppel ja auch welche drauf sein!« Triumphierend schloss er: »Da sind aber keine, wetten? Jedenfalls nicht von mir!«

Carl klappte sein Notizbuch zu und steckte es ein.

»Das war's für Erste.«

»Ich will einen Anwalt«, erklärte Karrenberg mürrisch.

»Ihnen wird ein Pflichtverteidiger gestellt, der wird Sie zu gegebener Zeit aufsuchen.«

»Wann?«

»Bald«, sagte Carl. Er verließ den Vernehmungsraum ohne Abschiedsgruß. Mit Karrenberg war er fertig.

*

Er hielt sich nicht damit auf, ins Büro zurückzukehren, sondern begab sich auf direktem Wege zum Fuhrpark. Der Wagen, mit dem Harry ihn die letzte Woche über herumkutschiert hatte, stand noch da, und Carl hatte immer noch den Schlüssel. Döring hatte sich die Vahrendonk-Akte geholt, aber keine Weisung über das Auto herausgegeben. Entweder hatte er es vergessen, oder er war einfach noch nicht dazu gekommen, weil er gerade viel um die Ohren hatte.

Carl zauderte. Das Eis wurde immer dünner. Er hätte auch mit dem Bus fahren können. Es würde dreimal so lange dauern, aber weniger auffallen.

Verdammt, nein, er würde den Wagen nehmen. Und auf dem Rückweg einfach einen Abstecher nach Kettwig unternehmen, in dem anderen Fall, der ihm heute auf den Schreibtisch geflattert war. Dann konnte ihm keiner was.

Während der Fahrt sann Carl unablässig darüber nach, wo das alles enden sollte. Wenn an dem Verdacht gegen Markwart was dran war, würde der Mann den Rest seines Lebens hinter Gittern verbringen und sich da über kurz oder lang zu Tode husten.

Die Alternative war, ihn in Ruhe zu lassen. Dann säße anstelle von Markwart Josef Brinkmann im Gefängnis – unschuldig und bis ans Ende seiner Tage.

Hatte er wirklich eine Wahl?

Die Frage trieb ihn immer noch um, als er bei Rudolph Markwart läutete. Wenig später wurde die Haustür geöffnet, und ein muskulöser Mann um die dreißig stand vor ihm, eine Zigarette zwischen den Lippen und eine Bierflasche in der Hand.

»Kripo Essen«, sagte Carl und zeigte dabei seine Marke.

Der Mann wich einen Schritt zurück. »Wollen Sie zu Heinrich? Der is noch inne Schicht auf'm Pütt.« Erklärend hielt er die Bierflasche hoch. »Mein Frühstück«, sagte er lakonisch. »Hab diese Woche Nachtschicht.«

Carl vermutete, dass besagter Heinrich schon schlechte Erfahrungen mit der Polizei gesammelt hatte, aber das vertiefte er nicht weiter. »Ich möchte Herrn Markwart sprechen.«

»Der Rudi is im Garten.« Der Mann, bei dem es sich anscheinend um einen der Mieter aus der Zwangsbelegung handelte, wies auf den gepflasterten Weg, der in den Garten führte. »Außen am Haus vorbei und dann direkt durch.«

»Danke.«

Markwarts Hund Rex bellte, als Carl den Hof hinterm Haus betrat.

»Braver Junge«, murmelte Carl, während das Tier auf ihn zugesprungen kam und an seiner ausgestreckten Hand schnüffelte. Er tätschelte Rex den Rücken und hielt nach Markwart Ausschau. Er fand ihn in einem der Gemüsebeete beim Ernten von Kohlrabi. Markwart rappelte sich hoch, als Carl näher kam. Er wirkte ungewöhnlich blass.

»Herr Inspektor!«

»Guten Tag, Herr Markwart.«

Markwart hob den geflochtenen Korb auf, der zu seinen Füßen stand. Darin befanden sich einige kleinere Kohlrabi.

»Das sind die Ersten dieses Jahr«, sagte er. »Meiner Meinung nach schmecken die aus der frühen Ernte am besten.«

»Die mag ich auch am liebsten«, stimmte Carl zu.

Rex drückte sich an Markwarts Beine. Der Mann langte hinunter und kraulte dem Hund das Fell.

»Was führt Sie zu mir, Herr Inspektor?«

Carl kam ohne Vorgeplänkel zur Sache. »Die Ermittlungen haben ergeben, dass Sie früher bei einem Juwelier angestellt waren. Dort hatten Sie Zugang zu Zyankali. Herr Markwart, haben Sie etwas von dem Gift aufbewahrt, um Vahrendonk damit zu töten?«

»Warum hätte ich denn so lange damit warten sollen?«, konterte Markwart. Seine Miene war undurchdringlich.

»Rache ist bekanntlich ein Gericht, das auch kalt schmeckt.«

Markwart zuckte die Achseln. »Herr Inspektor, ich verstehe gut, dass Sie mich verdächtigen. Jeder würde das tun. Und ehrlich gesagt, habe ich halb und halb schon erwartet, dass Sie wegen meiner damaligen Arbeit wiederkommen. Aber ich kann Sie beruhigen. Als Richter Vahrendonk starb, war ich gar nicht in Essen.«

»Wo waren Sie denn?« Carl zog unwillkürlich sein Notizbuch heraus und kritzelte wahllos darin herum. Ein aus dem Hut gezaubertes Alibi war das Letzte, woran er vor der Befragung gedacht hatte.

Markwart setzte zu einer Antwort an, musste aber innehalten, weil er von einem Hustenanfall geschüttelt wurde.

Carl schaute nicht hin. Er fühlte sich miserabel. Und das, obwohl er mit allen Sinnen wahrnahm, dass Markwart ihm entscheidende Informationen vorenthielt.

Markwart wischte sich den Mund ab, nachdem der Husten aufgehört hatte. An seinen Fingerspitzen blieben Blutspuren zurück. »Ich war an dem Tag in Paderborn, zu Besuch bei der Cousine meiner Frau. Sogar schon am Abend davor, und auch noch am Morgen danach. Sie können sie gern danach fragen. Ihr Name ist Margarete Beckmann, sie betreibt in Paderborn eine kleine Pension. Und meine Mieter können bestätigen, dass ich weg war.«

»Können Sie mir die Anschrift dieser Frau Beckmann nennen?«

»Natürlich. Ach, und noch was: Ich habe die Zugfahrkarten noch. Für die Hinfahrt und die Rückfahrt. Möchten Sie die sehen?«

»Ja, bitte.«

Carl ging mit Markwart durch den Keller ins Haus und ließ sich die Fahrkarten zeigen. Sie waren abgestempelt, und auch das jeweilige Datum stimmte mit Markwarts Angaben überein. Für sich betrachtet musste das nicht unbedingt was heißen. Theoretisch hätte jeder diese Fahrkarten gekauft und benutzt haben können. Entscheidend war die Aussage dieser Margarete Beckmann – bestätigte sie Markwarts Besuch, musste Carl die Sache wohl oder übel abhaken. Brinkmann würde im Knast versauern, aber er hatte sich seine Situation selbst zuzuschreiben. Er hätte ja nicht mauern müssen.

Carl notierte sich die Paderborner Adresse, die Markwart ihm nannte. Als sie sich anschließend im Hausflur voneinander verabschiedeten, musste Markwart erneut husten. Es klang fürchterlich. Carl konnte nicht hinsehen. Sein Blick glitt ziellos durch den Flur und blieb an dem Foto hängen. Markwarts Tochter Regine, die so jung gestorben war. Wegen Vahrendonks Urteil.

Markwart hustete immer noch. Carl wartete nicht, bis es aufhörte. Er zog selbst die Haustür hinter sich zu und fühlte sich noch mieser als zuvor.

*

Am frühen Abend stellte er das Auto wieder auf dem Hof der Fahrbereitschaft ab und lief dort zu seinem Erschrecken Döring in die Arme. Der sich zudem, wie gleich darauf klar wurde, nicht zufällig hier aufhielt. Offensichtlich hatte er auf Carl gewartet. Um es bequemer zu haben, hatte er sich sogar einen Stuhl ins Freie holen lassen. Als Carl aus dem Wagen stieg, klappte sein Vorgesetzter beim Aufstehen seine lange Gestalt auseinander und kam gemächlich auf ihn zu.

»Ich muss mal ein ernstes Wort mit Ihnen reden, Bruns.«

»Falls Sie den Wagen meinen – ich war in Kettwig, wegen einer Vernehmung.« Das traf zu, er war tatsächlich noch zu der Adresse des infrage kommenden Zeugen gefahren, aber da hatte er niemanden angetroffen.

Döring nahm Carls Ausrede unkommentiert zur Kenntnis. »Sie müssen wissen, dass ich nicht der Einzige bin, der es mitbekommen hat.«

»Was genau?«, stellte Carl sich nichts ahnend.

»Dass Sie den Bogen überspannen und weiterhin im Fall Vahrendonk ermitteln.«

»Wir haben den Täter noch nicht.«

»Doch. Er sitzt in Untersuchungshaft und wird in Bälde wegen Mordes vor Gericht stehen.«

»Brinkmann ist unschuldig.«

»Machen Sie sich nicht lächerlich, Bruns. Der Mann hat eine kriminelle Vergangenheit. Nicht nur, dass er bis vor Kurzem im Gefängnis war – es steht der Verdacht im Raum, dass er ein kommunistischer Agent ist.«

Carl bemühte sich redlich, Überraschung zu heucheln. »Woher haben Sie *das* denn?«

»Ich habe ein paar Telefonate geführt, mit den Düsseldorfer Justizbehörden. Dort wurde Brinkmann ja wegen Verleumdung und übler Nachrede verknackt. Es bestand laut Aktenlage auch ein Verdacht auf fragwürdige Ostkontakte, doch leider konnte man ihm da nichts nachweisen. Egal wie seriös Brinkmann sich aufführt – er ist ein Wolf im Schafspelz. Der ist so versessen darauf, die Justiz an den Pranger zu stellen, dass ihm jedes Mittel recht ist.«

»Da bin ich anderer Ansicht.«

»Das müssen Sie mit sich selbst ausmachen, Bruns. Aber wenn die Staatsanwaltschaft sagt, dass der Fall reif zur Anklage ist, dann ist das eben so. Da sind wir raus, Sie und ich. Lassen Sie von jetzt an die Finger davon, haben wir uns verstanden?«

»Ja«, sagte Carl. Es kam ganz automatisch heraus, und es klang auch so, als meinte er es wirklich. In Wahrheit konnte er kaum verbergen, wie aufgewühlt er war. Seine Hand zitterte, während er Döring den Wagenschlüssel reichte.

»Es gibt ein altes Sprichwort«, meinte Döring zusammenhanglos. Statt den Schlüssel entgegenzunehmen, steckte er beide Hände in die Hosentaschen. »Vielleicht kennen Sie es. *Unrecht Gut gedeihet nicht.*«

»Ja, das kenn ich«, gab Carl zurück und fragte sich dabei, worauf zum Teufel Döring hinauswollte.

»Es ist eins von den Sprichwörtern, die nicht stimmen«, fuhr Döring fort. »Weil Unrecht nämlich doch gedeiht. Es treibt seine giftigen Wurzeln in die Erde und wächst und wuchert, bis alles davon bedeckt ist. Ein ganzes Land. Alle machen mit, um es zu begießen. Sie hegen und pflegen es, bis es zu einem Dickicht wird, das alles verschlingt. Irgendwann kommen vielleicht Leute, die es mit Stumpf und Stiel ausreißen wollen. Doch das funktioniert nicht mehr. Weil es sich festgefressen hat und weil seine Wurzeln zu stark sind. Jeder, der versucht, es loszuwerden, kann nur scheitern. Man kann höchstens verhindern, dass es weiterwuchert. Indem man es überall da, wo es geht, runterschneidet. Aber man muss schnell sein, sonst ist es vergebliche Liebesmüh. Verstehen Sie das?«

»Ja«, wiederholte Carl seine Antwort von eben, nur mit dem Unterschied, dass er diesmal wirklich verstanden hatte.

Carl wartete, bis Döring sich nach einer kurzen Verabschiedung in den Feierabend verzogen hatte, dann setzte er sich wieder in den Wagen und fuhr ohne weitere Umwege nach Paderborn.

KAPITEL 16

Anne hatte einen harten Tag hinter sich, vor lauter Erschöpfung konnte sie kaum noch geradeaus schauen. Sie war seit fünf Uhr morgens auf den Beinen. Acht Stunden Schichtdienst im Krankenhaus, mit zwei Operationen, die es in sich gehabt hatten: eine Trepanation bei einem Polizisten, der bei einer Verhaftung eine schwere Kopfverletzung davongetragen hatte und drauf und dran gewesen war, an einer Hirnschwellung zu sterben. Und ein Eingriff am offenen Herzen, bei einem Beamten, der in eine Messerstecherei geraten war. Der erste Polizist hatte überlebt, der zweite war auf dem Operationstisch gestorben.

Gleich nach der Frühschicht hatte sie im Konsum frische Lebensmittel für die restliche Woche besorgt und beim Metzger drei Kilo gemischtes Hack für die nächste Ladung Frikadellen, die Frieda für den Kneipenverkauf brauchte. Anne hatte das Fleisch durch den Wolf gedreht, es gewürzt und ausgiebig durchgeknetet. Sie hatte eine Ladung Schmutzwäsche eingeweicht und ihre Schwesternkittel gebügelt. Und vor allem hatte sie wie eine Verrückte die Wohnung geputzt, nachdem Emil und Hermännchen eine furchtbare Sauerei veranstaltet hatten – die Jungs hatten, während Anne ahnungslos im Schlafzimmer gebügelt hatte, eimerweise Erde von draußen hochgeschleppt, alles im Flur verteilt und dann Wasser drübergekippt. Den genauen Grund dafür hatte Anne bisher nicht herausgefunden – ihr hallte immer noch das Geschrei in den Ohren, das Emil und Hermännchen angestimmt hatten, als sie die beiden rausgeworfen hatte, um das Debakel beseitigen zu können, ohne dass ihr die Dreckspatzen vor den Füßen herumliefen.

Lotti hätte ihr bei alldem helfen können, aber sie war noch nicht von der Schule zurück. Der Unterricht war laut Stundenplan schon seit dem frühen Nachmittag aus, doch vermutlich war sie noch mit zu Alice gegangen.

Anne sah auf die Uhr, es war bereits nach sechs. Frieda hätte ebenfalls längst wieder da sein müssen. Vor einer Stunde hatte sie die Kneipe aufgemacht und war gleich darauf verschwunden. Die Bedienung der Gäste hatte sie Aleksandr und Borjan und der neuen Aushilfe überlassen, mit der Ankündigung, rasch zurück zu sein – was auch immer sie darunter verstand. Vielleicht die Zeit, die sie brauchte, um sich neue Schuhe zu kaufen. Oder um sich mit ihrem neuen Verehrer zu treffen, der es ihr so sehr angetan hatte, dass sie aus dem Strahlen gar nicht mehr herauskam. Nicht mal die Messerattacke des Widerlings Karrenberg schien sie aus dem Konzept gebracht zu haben.

Spätestens in einer Stunde musste Emil zu Bett gebracht werden. In der Küche türmte sich der Abwasch von Frühstück und Mittagessen. Und das Abendbrot musste ebenfalls noch vorbereitet werden. Anne hatte seit dem Ende der Schicht noch keinen Bissen zu sich genommen, ihr knurrte schon seit Stunden der Magen.

Sie setzte sich an den Küchentisch und stützte den Kopf in beide Hände. Nur einen Moment lang ausruhen …

Als in diesem Moment der Schwäche Frieda auf der Bildfläche erschien und verlautbarte, dass sie gleich noch mal kurz zu Harry wollte, war es um Annes Beherrschung geschehen. Ob es am Anblick ihrer Schwester lag, die tatsächlich einen Karton mit neuen Schuhen unterm Arm trug, oder daran, dass sie von der ganzen Plackerei so ausgelaugt war – sie verlor völlig die Nerven.

Mit einem Ruck sprang sie auf und warf dabei den Stuhl um. »So geht es nicht weiter!«, schrie sie. »Wie hast du dir das überhaupt gedacht mit Harry Bloom? Bist du noch dabei, ihm den Kopf zu verdrehen? Oder hast du ihn schon so weit, dass du ihm das Kind unterschieben kannst?«

Aus Friedas Gesicht wich die Farbe, mit einem Mal wirkte es kreidebleich. »Das traust du mir zu?«

Anne kam zur Besinnung. Über sich selbst entsetzt, suchte sie nach Worten. »Frieda, ich …« Hilflos brach sie ab, denn Frieda hörte gar nicht mehr zu. Sie warf den Karton mit den Schuhen auf den Boden, dann drehte sie sich auf dem Absatz um und stürmte aus der Wohnung. Die Tür fiel krachend hinter ihr ins Schloss. Im ersten Impuls wollte Anne ihr nachlaufen, aber sie wusste aus Erfahrung, dass ihre Schwester sich nicht aufhalten lassen würde. Es war schon oft genug vorgekommen, dass Frieda wutentbrannt aus dem Haus gerannt war, blind und taub für ihre Umgebung, und sie würde erst zurückkommen, wenn sie sich abgeregt hatte. Das konnte Stunden dauern.

Beklommen hob Anne den Schuhkarton auf. Er war überhaupt nicht neu, wie sie bei näherer Betrachtung feststellte, und die darin befindlichen Schuhe gehörten ihr selbst. Es waren ihre Sonntagsschuhe. Frieda hatte vorgeschlagen, sie für die Hochzeit einfärben zu lassen, und sie war auch diejenige gewesen, die sie zu diesem Zweck zum Schuster gebracht hatte. Die Schuhe waren außerdem frisch besohlt worden, vermutlich ebenfalls auf Friedas Veranlassung hin. Sie sahen aus wie neu.

Anne stellte sie behutsam auf den Tisch, dann setzte sie sich wieder hin und fing an zu weinen.

*

Lotti kämpfte gegen ihr schlechtes Gewissen, als sie auf die Uhr sah. Es war schon nach sechs, und sie hockte immer noch bei Alice herum. Anne war garantiert sauer auf sie. In dieser Woche hatte sie Frühschicht, und Frieda hatte sich ganz sicher nicht um die Wäsche gekümmert oder die Wohnung geputzt. Wenn Frieda mittags was kochte, war es schon das höchste der Gefühle. Sie war der Meinung, dass sie sowieso genug um die Ohren hatte, weil sie an sechs Tagen in der Woche bis tief in die Nacht am Tresen stand. Nebenher musste sie für die Sauberkeit im *Krausen Bäumchen* sorgen, die Buchhaltung erledigen, Bestellungen aufgeben und sich mit Institutionen wie der Sparkasse, dem Bierlieferanten und dem Ordnungsamt abplagen. Es war, wie sie oft betonte, eine Vollzeitbeschäftigung. Alles andere blieb folglich an Anne und Lotti hängen. Das meiste ohne Frage an Anne, da war Lotti sich selbst gegenüber ehrlich genug.

Wie es wohl demnächst laufen würde, wenn Carl zu ihnen zog? Würde er im Haushalt mithelfen, oder mussten sie eher damit rechnen, dass er ihnen zusätzliche Arbeit aufhalste? Immerhin wohnte dann eine Person mehr bei ihnen, für die gekocht und gewaschen werden musste. Womöglich gehörte er zu der Sorte von Männern, die es sogar unter ihrer Würde fanden, die eigenen Schuhe zu putzen oder einkaufen zu gehen. All die Dinge, für die nach allgemeiner Auffassung die Hausfrau zuständig war. Lotti befürchtete im Stillen, dass das für Zündstoff sorgen würde, denn sie wusste ja bereits, dass Carl weder seine Wäsche wusch noch sich das Essen selbst kochte – darum kümmerte sich seine Hauswirtin Frau Schulte, die auch seine Hemden bügelte und die Socken stopfte, wenn sie kaputt waren. Was wohl, wie er mal beiläufig erwähnt hatte, nicht selten vorkam.

Allein der Gedanke erfüllte Lotti mit Unbehagen, zumal sie zu Hause regelmäßig den Korb mit dem Flickzeug hingestellt bekam und die Nadel schwingen musste. Sie hatte Carl gern, und gewiss konnte er nichts dafür, dass seine Socken häufig Löcher aufwiesen, aber wenn es irgendwas gab, das sie wirklich hasste, so war es das Stopfen und Flicken, das kam gleich hinter Sticken, Häkeln und Stricken. In Handarbeit war sie immer eine Niete gewesen, egal wie oft sie früher darum gebetet hatte, es besser zu können.

Frau Lindemann kümmerte sich immerhin selbst um ihren Kram. Sie schmierte sich ihre Stullen, hielt ihre Wäsche in Ordnung, hinterließ das Bad jedes Mal in einwandfreiem Zustand und spülte das von ihr benutzte Geschirr. Aber mehr auch nicht, da war sie eisern. Und dass sie sich künftig das Wohnzimmer mit Frieda teilen musste, würde bestimmt auch Ärger nach sich ziehen. Frau Lindemann schnarchte ziemlich laut, außerdem stand sie meist in aller Herrgottsfrühe auf, während Frieda, die oft erst mitten in der Nacht zu Bett ging, morgens ihre Ruhe haben wollte.

»Woran denkst du?«, wollte Alice wissen. Sie stand mit dem Rücken zum Fenster ihres Zimmers, die Gestalt von Sonnenlicht umflossen. Ihr Gesicht lag bis auf die vertrauten Umrisse im Schatten.

Gedankenverloren sog Lotti diesen beinahe unwirklichen Anblick in sich auf. »An nichts Besonderes«, sagte sie.

»Dich bedrückt doch etwas«, stellte Alice fest. Sie verließ ihren Platz am Fenster und kam herüber zu Lotti, die im Schneidersitz auf Alices Bett saß, noch das aufgeschlagene Deutschheft auf dem Schoß. Bis vor zehn Minuten hatten sie zusammen Hausaufgaben gemacht, die Interpretation einer Szene aus Schillers *Die Räuber*. Sie hätten schon lange damit fertig sein können, aber sie hatten mal wieder Gott und die Welt vergessen und die ganze Zeit bloß geredet, geredet, geredet. Über alles Mögliche, nur nicht über das, was Lotti wirklich beschäftigte.

Alice setzte sich neben Lotti und nahm ihr das Heft weg. »Was ist denn los?«

»Ich habe Angst«, gab Lotti zu.

»Wovor?«

»Vor der Zukunft. Davor, dass alles anders wird, wenn Anne und Carl heiraten.«

»Was sollte sich denn ändern?«

»Na, eben alles!«, platzte Lotti heraus. »Wenn er zu uns zieht, müssen wir die Zimmer neu verteilen! Anne und Carl bekommen dann natürlich das Schlafzimmer. Frieda soll zu Frau Lindemann ins Wohnzimmer, aber ich ahne schon, dass das fürchterlich schiefgeht.«

»Und was wäre dann?«

»Garantiert wird Frieda von mir verlangen, dass *ich* bei Frau Lindemann im Wohnzimmer schlafe, und sie selbst wird mit Emil im Jugendzimmer übernachten wollen. Immerhin ist sie seine Mutter. Ich bin bloß seine Tante.« Lotti hielt inne und überlegte, ob sie Alice von ihren eigentlichen Ängsten erzählen sollte. Davon, welcher Aufruhr in ihr herrschte, wenn sie sich im Wohnzimmer aufhielt. In Tante Adelheids ehemaligem Salon, wo Anne vor Lottis Augen von ihrem Schwager Arnold vergewaltigt worden war. Auf der scheußlichen Chaiselongue, die immer noch da drinstand. Dieselbe Chaiselongue, auf der sie vor einem Jahr gesessen und dem Tod ins Auge geblickt hatte, nur einen Wimpernschlag davon entfernt, gemeinsam mit dem Rest ihrer Familie ausgelöscht zu werden.

Alice ergriff ihre Hand und hielt sie fest. »Ist es denn so schlimm?«, fragte sie leise.

»Nein«, antwortete Lotti mit belegter Stimme, und das war die reine Wahrheit. Die Furcht war mit einem Mal weit weg. Hinter einem strahlenden Horizont verschwunden. Weil sie außer Alices Nähe nichts anderes mehr wahrnehmen konnte. Höchstens noch diesen jäh aufflackernden Wunsch, sich ihre Hand gegen die Wange zu drücken. Oder ihre Finger mit denen von Alice zu verschränken, so wie es Liebende taten, wenn sie einander ganz nah waren.

Ihr Blick wanderte von Alices Hand, die ihre festhielt, über den zarten weißen Arm hinauf zum Gesicht ihrer Freundin, und erst jetzt bemerkte Lotti den kummervollen Ausdruck darin.

»Was ist?«, fragte sie erschrocken.

»Ach, Lotti.«

Zu Lottis Schrecken brach Alice im nächsten Moment in Tränen aus.

»Alice, was hast du?«, wollte Lotti bestürzt wissen.

»Wir ziehen weg.«

»Weg? Was bedeutet das? Wohin denn? Und wann?«

»Mein Vater war doch früher im diplomatischen Dienst«, stieß Alice mit tränenerstickter Stimme hervor. »Und da will er wieder hin. Mit der Entnazifizierung hat ja am Ende doch noch alles geklappt, von der Seite steht nichts mehr im Wege. Noch muss die gesamte Auslandsdiplomatie über die Alliierten laufen, aber mein Vater meint, dass es ab nächstem Jahr wieder Botschaften geben soll.«

Fassungslos hatte Lotti der von Schluchzern unterbrochenen Erklärung zugehört. »Also zieht ihr erst nächstes Jahr weg?«, vergewisserte sie sich

»Nein, schon nächsten Monat. Weil vor Ort alles vorbereitet werden soll.«

»Wo denn genau?«

»Paris.« Alice wischte sich mit der freien Hand die Tränen ab. Sie holte tief Luft, ehe sie weiterredete. »Ich habe mit meinen Eltern über die Möglichkeit gesprochen, dass ich hier bei Oma bleibe, die ist ja auch nicht mehr die Jüngste und kommt allein nicht mehr so gut zurecht. Aber Oma sagt, sie will lieber in ein Altersheim, das hatte sie sowieso schon die ganze Zeit vor. Also gehe ich mit nach Paris. Ich habe keine andere Wahl, Lotti.« Alice ließ Lottis Hand los und stand vom Bett auf, um sich ein Taschentuch zu holen. Sie kramte in der obersten Schublade ihrer Wäschekommode herum, bis sie eins gefunden hatte, dann putzte sie sich die Nase. »Verstehst du? Ich kann gar nichts dagegen machen!«

Lotti nickte, als wäre das alles völlig klar, aber in Wahrheit hatte sie nichts verstanden. Oder, genauer: Sie wollte es nicht verstehen. Alice würde wegziehen? Ins Ausland? Nein, das war unmöglich!

»Aber du musst doch zur Schule!« Erleichtert über dieses unschlagbare Argument, sah sie Alice an. »Da kannst du nicht einfach weg!«

»Es gibt in Paris deutsche Schulen«, erklärte Alice, und da begriff Lotti, dass die Entscheidung endgültig war.

Sie schlug die Augen nieder. »Weißt du schon, wann es losgeht?« Ihre Stimme klang rau und unsicher.

»Noch nicht auf den Tag genau. Aber auf alle Fälle noch im Juni. Wahrscheinlich Mitte des Monats.«

So bald schon! Lottis Kehle war wie zugeschnürt, sie brachte kein Wort mehr heraus. Ihre ganzen Familienprobleme erschienen ihr plötzlich völlig nebensächlich.

Du kannst nicht fortgehen!, schrie es in ihr. Weil ich dich doch liebe!

Doch es zu denken oder es laut auszusprechen waren zwei Paar Schuhe. Sosehr es sie auch drängte, sich Alice zu offenbaren – sie fand den Mut dazu nicht.

Dafür jedoch Alice. Unversehens trat sie dicht an Lotti heran und schlang die Arme um sie. »Lotti!«, flüsterte sie, und mehr musste sie gar nicht sagen. Jetzt wussten sie beide, wie es um sie stand. Fieberhaft hielten sie einander umklammert und hatten doch keine Ahnung, wie es weitergehen sollte.

Bis Lotti es endlich wagte. »Alice, ich hab dich so lieb!«

»Ich dich auch«, stammelte Alice. »Ich dich auch! O Gott, wenn ich dran denke, dass ich dich vielleicht nie wiedersehe! Es bricht mir das Herz!«

Und dann taten sie das, was der Rest der Welt für sündig und abnormal hielt.

Zuerst küssten sie sich zögernd und vorsichtig, dann voller Inbrunst, als hätten sie bis zum Ende ihres Lebens nur dieses eine Mal. Sie hielten einander fest umschlungen und wären vielleicht auch noch weiter gegangen, wenn es nicht an der Tür geklopft hätte. Verschreckt fuhren sie auseinander – gerade noch rechtzeitig. Alices Oma streckte den Kopf zur Tür herein und wies Lotti auf die fortgeschrittene Uhrzeit hin.

»Deine Schwester macht sich bestimmt schon Sorgen, Lotti. Oder weiß sie, dass du später heimkommst?«

Lotti ließ den Kopf hängen. »Nein«, sagte sie mit abgewandtem Gesicht. »Ich muss los. Danke fürs Erinnern.«

Die alte Dame musterte die beiden Mädchen mit wissendem Blick. »Ihr habt noch ein paar Wochen. Und dann könnt ihr euch schreiben. Briefe sind etwas Wunderbares. Und sie bleiben ein Leben lang.«

»Ich schreibe dir jeden Tag«, flüsterte Alice Lotti ins Ohr, als sie sich an der Wohnungstür voneinander verabschiedeten.

Lotti versprach ihr, dasselbe zu tun. Dabei wusste sie jetzt schon, dass es nicht genug sein würde. Aber wie Alices Großmutter schon gesagt hatte – sie hatten noch ein paar Wochen. Das waren viele Tage und noch viel mehr Stunden. Ungezählte Minuten und Sekunden, und sie würden jede einzelne in dem Bewusstsein ihrer Liebe erleben. Lauter gemeinsame Zeit, über die sie sich später schreiben würden. Zumindest bis zum nächsten Wiedersehen, das für Lotti völlig außer Frage stand. Sie war alt genug, um mit dem Zug fahren zu können. Sogar nach Paris. Vielleicht konnte sie da ja auch studieren?

Auf dem Heimweg erfüllte sie trotz des bevorstehenden Umzugs ihrer Freundin stiller Jubel. Es war wie ein Schweben über Wolken. Alice und sie liebten sich!

Auf einmal war die Welt um sie herum ein Meer aus Farben und Licht.

*

Borjan hatte Annes altes Fahrrad repariert, diesmal gelangte Frieda wesentlich schneller nach Bredeney. Sie trat in die Pedale und strampelte an den Steigungen aus Leibeskräften, damit es voranging. Dabei ignorierte sie beharrlich das Seitenstechen und die nicht minder lästigen Schmerzen unten im Rücken, die sie schon den ganzen Tag plagten. Sie musste sich beeilen, denn sie wollte nicht zu lange wegbleiben, sonst würde Anne womöglich gleich noch mal der Kragen platzen.

Frieda war immer noch wütend deswegen. Was bildete Anne sich eigentlich ein? Wie kam sie dazu, ihr eine derartige Gemeinheit zu unterstellen, obwohl Frieda doch längst entschieden hatte, Harry reinen Wein einzuschenken?!

Endlich kam sie vor seinem Haus an. Sie stieg vom Rad und läutete Sturm, bis er ihr die Tür öffnete.

»Komm doch rein«, sagte er verlegen.

Sie schüttelte den Kopf. »Ich will dich nicht aufhalten. Was ich zu erzählen habe, geht ganz schnell. Eigentlich hätte ich's dir schon gestern sagen sollen. Oder irgendwann im Laufe der letzten Woche, denn da hab ich's ja schon gewusst. Ich hätte der Sache mit dir gleich einen Riegel vorschieben sollen, sofort, als ich gemerkt habe, dass du ein Auge auf mich wirfst. Auf jeden Fall vor unserer ersten Verabredung, weil es dann gar nicht erst dazu gekommen wäre. Harry, ich erwarte ein Kind.« Jetzt war es raus. Sie lachte bitter auf. »Und natürlich ist es nicht von dir, denn wir haben uns ja noch nicht mal geküsst.«

Ihr Versuch, es ins Komische zu ziehen, schlug fehl. Auf seinem Gesicht zeigte sich ein Ausdruck offenen Entsetzens. Am schlimmsten aber war der Schmerz, der sich in seinen Zügen spiegelte.

»Harry!« Verzweiflung erfasste sie, sie ertrug es kaum, ihn so zu sehen. »Nimm es dir bitte nicht zu Herzen! Vergiss mich einfach! Du findest schnell eine andere! Jemand wie du …« Sie brach ab. »Glaub mir, du verliebst dich wieder neu und hast mich ruckzuck aus deinem Gedächtnis gestrichen. Das geht schneller, als die Polizei erlaubt.«

Schon wieder ein plumper Versuch von ihr, es komisch klingen zu lassen. Wieso konnte sie nicht einfach den Mund halten? Höchste Zeit, sich vom Acker zu machen! Mit einem hastigen *Tschüss* wandte sie sich ab und lief aus dem Haus, zurück zum Fahrrad, das sie neben der Eingangstreppe abgestellt hatte. Sie schwang sich in den Sattel und radelte los, womöglich noch schneller als auf der Hinfahrt. Wieder tat ihr tief unten der Rücken weh, es wurde immer schlimmer. Mit einem Mal spürte sie auch zunehmende Unterleibskrämpfe. Kurz vor dem Erreichen der Klarastraße musste sie vom Rad steigen und den Rest des Wegs schieben, weil sie vor Schmerzen nicht mehr weiterfahren konnte. An den Innenseiten ihrer Oberschenkel lief es feucht hinunter. Es war völlig unnötig, extra den Rock hochzuschlagen, um nachzusehen. Sie wusste auch so, dass sie angefangen hatte zu bluten.

*

Jemand hämmerte im Stakkato an die Tür, eine Männerstimme schrie nach ihr. Anne, die gerade Emil zu Bett gebracht hatte, rannte in den Flur und riss die Wohnungstür auf.

Draußen standen Borjan und Aleksandr, die Gesichter angstverzerrt. Einer der beiden trug Frieda auf seinen Armen.

»Sie ist unten vorm Haus zusammengebrochen!«, rief er. »Die Aushilfe hat's durchs Fenster gesehen! Wir sind sofort hin, aber da war Frieda schon ohnmächtig!«

Anne sah den blutgetränkten Rock ihrer Schwester, und es kostete sie übermenschliche Beherrschung, nicht laut aufzuschreien. In der Klinik verging kaum ein Tag, an dem sie Menschen nicht bluten und leiden sah, aber es war etwas völlig anderes, wenn die eigene Schwester betroffen war.

Anne kniff sie fest in die Wange und rief laut ihren Namen, aber Frieda war nicht ansprechbar. Nur ein schwaches Stöhnen kam über ihre Lippen.

Anne befahl Borjan – oder Aleksandr, sie konnte die beiden nur selten auseinanderhalten –, Frieda auf die Chaiselongue im Wohnzimmer zu legen. Frau Lindemann, die eben noch dort gesessen und in einem Buch gelesen hatte, war verstört aufgesprungen und zur Seite gewichen. »Um Himmels willen, was ist denn passiert? Gott, sie verblutet ja!«

»Gehen Sie bitte ins Schlafzimmer und holen da Handtücher aus dem Schrank. Die müssen in kaltem Wasser getränkt werden. Schnell!« Anne atmete tief durch und gewann ihre gewohnte Umsicht zurück. Sie bat einen der jungen Männer, zum Zahnarzt in der Nachbarschaft zu laufen und von dort einen Krankenwagen zu rufen.

Der andere Zwillingsbruder war im Flur stehen geblieben, er sah Anne mit schreckgeweiteten Augen an. »Was kann ich tun?«

»Unten die Gäste rauswerfen.« Anne, die damit beschäftigt war, Friedas Beine mithilfe von Frau Lindemanns Sofakissen höher zu lagern, blickte über die Schulter und sah ihn ernst an. »Von denen muss keiner was mitkriegen. Und auch sonst niemand, in Ordnung?«

»Gut. Ich kann den Mund halten, und mein Bruder auch.« Er wandte sich zum Gehen, blieb dann aber stehen und drehte sich zu ihr um. »Hat Frieda eine Fehlgeburt?«

Anne nickte zögernd. Er wusste also von der Schwangerschaft. Demnach war er wohl einer der möglichen Heiratskandidaten, von denen Frieda gesprochen hatte. Der andere war sicherlich sein Bruder. Ob mit Harry ein dritter Interessent im Spiel gewesen war, spielte angesichts der tragischen Umstände keine Rolle mehr. Für dieses Kind würde Frieda keinen Ehemann mehr brauchen.

Anne streifte Frieda eilig den Schlüpfer ab, um sie untersuchen zu können. Entsetzt biss sie sich auf die Lippen. Der Abort war bereits weit fortgeschritten! Tatsächlich glitt der Fötus nur Sekunden später in einem Blutschwall zwischen Friedas Schenkeln hervor. Der winzige, kaum eine Handbreit große Körper rutschte mitsamt der Nachgeburt in Annes Hände. Das blau geäderte Gebilde der Plazenta schien vollständig zu sein, aber es kam immer noch zu viel Blut!

»O mein Gott!« Lotti, die just in diesem Moment nach Hause kam, blieb in der offenen Tür zum Wohnzimmer stehen, die Augen vor Schreck weit aufgerissen. Der Schulranzen fiel ihr aus der Hand und landete mit einem dumpfen Geräusch auf dem Fußboden. Aus ihrem Gesicht wich die Farbe, sie war schneeweiß. Blindlings taumelte sie zur Seite und stützte sich am Türrahmen ab.

»Hör mir zu«, sagte Anne betont sachlich. Dass Lotti zusammenklappte, hatte ihr gerade noch gefehlt! »Ich brauche deine Hilfe. Jetzt sofort! Geh mit Frau Lindemann ins Badezimmer und mach mir kalte Kompressen aus Handtüchern. Sie können ruhig triefen, sie müssen nur *richtig* kalt sein. Lass das Wasser lange genug laufen. Los, los!«

Lotti nickte stumm und rannte ins Bad, wo Frau Lindemann schon das Wasser aufgedreht hatte.

Kurz darauf kamen die beiden zurück ins Wohnzimmer gehastet, eine Wäschewanne voller nasser Handtücher zwischen sich. Es war die kleine Zinkwanne, einer der wenigen Gegenstände, die Anne und Frieda letztes Jahr bei ihrem Umzug von Köln nach Essen mitgebracht hatten. In der Wanne hatten sie früher immer Emil gebadet, sie hatte genau die richtige Größe für Kleinkinder und Babys.

Anne verbot sich die herzzerreißenden Gedanken und konzentrierte sich auf ihre Schwester, die mit einem lang gezogenen Stöhnen zu sich kam, als Anne ihr die erste kalte Kompresse gegen den Unterleib drückte.

»Hab ich's verloren?« Friedas Stimme klang dumpf und war kaum zu verstehen. Sie keuchte vor Schmerzen.

»Ja«, sagte Anne leise.

»Es war ein Mädchen, oder?«

Anne nickte krampfhaft. Tränen strömten über ihre Wangen.

»Das hab ich gewusst, Anne. Ich wusste, dass es ein Mädchen ist. Und ich wollte es haben.« Frieda weinte ebenfalls. »Ich wollte es *wirklich* haben. Wenn ich's nicht gewollt hätte, wär es schon längst nicht mehr da gewesen. Das glaubst du mir doch, oder?«

»Ja«, flüsterte Anne, während sie die Kompresse wechselte. »Ich glaube dir.«

»Und ich hätte es niemals irgendwem untergeschoben! Schon gar nicht Harry! Zwischen ihm und mir war ja noch gar nichts!«

»Schon gut«, sagte Anne.

»Heute Abend war ich trotzdem bei ihm und hab's ihm erzählt. Damit klare Verhältnisse herrschen.« Friedas Hände bewegten sich fahrig. »Wo ist es? Ich will es sehen.«

»Nein«, sagte Anne. »Es ist kein schöner Anblick.«

»Ist mir egal. Es ist doch meine Tochter! Verstehst du das?«

»Ja«, murmelte Anne. Und sie verstand es tatsächlich. Wäre es ihr Kind gewesen, hätte sie es auch sehen wollen. Also legte sie ihrer weinenden Schwester das Bündelchen verlorenen Lebens in die Hände und gab ihr die nötige Zeit zum Abschiednehmen.

Lotti und Frau Lindemann standen ein paar Schritte entfernt, beide waren in Tränen aufgelöst und schluchzten um die Wette.

Anne nahm ein weiteres triefendes Handtuch aus der Wanne und drückte es fest gegen Friedas Bauch. Es ging darum, den Uterus durch Druck und Kälte zu Kontraktionen zu stimulieren. Die Blutung hatte schon nachgelassen, aber Frieda würde um eine Kürettage wohl nicht herumkommen.

Anne wischte sich entschlossen die Tränen ab. »Wir müssen dir die blutigen Sachen ausziehen, bevor der Krankenwagen kommt.«

»Muss ich denn unbedingt noch ins Krankenhaus?«, murmelte Frieda.

»Ja. Höchstwahrscheinlich brauchst du eine Ausschabung. Aber keine Sorge, du bekommst vorher eine Narkose. Das Schlimmste hast du schon hinter dir. Und danach ist alles wieder gut. Du wirst dich rasch erholen und kannst auch wieder Kinder kriegen. Viele Frauen haben Fehlgeburten, es passiert einfach. Niemand ist daran schuld, höchstens die Natur. Hörst du? Es ist etwas völlig Normales!« Anne redete unablässig, während sie Frieda die blutverschmierten Sachen auszog, sie wusch und ihr ein sauberes Nachthemd überstreifte. Zwischen die Beine ihrer Schwester legte sie mehrere dicke Leinenbinden, darüber zog sie mit Frau Lindemanns Unterstützung einen frischen Schlüpfer. Zu guter Letzt legten sie Frieda noch ihren Morgenmantel um und schoben ihre Füße in Pantoffeln.

Lotti packte derweil die nötigsten Dinge fürs Krankenhaus zusammen. Zahnbürste, Zahnpasta, Kamm, Seife, Handtuch, Schminktäschchen, Straßenkleidung, Unterwäsche, Strümpfe, Schuhe. Anne zählte alles in lauter Wiederholung auf, Lotti suchte die Sachen zusammen und stopfte sie in Friedas Reisetasche. Benommen dachte Anne, dass das viele Reden und die ganze Geschäftigkeit wohl von ihrem zwanghaften Bedürfnis kamen, das Schreckliche abzumildern. Als wäre dies in so einem Fall je möglich gewesen!

Bei alledem konnten sie von Glück sagen, dass Emil von dem Drama nichts mitbekommen hatte. Anne sah kurz nach ihm, er schlief tief und fest.

Wenig später traf der Krankenwagen ein, und zwei Sanitäter hoben Frieda auf eine Liege. Ein flehender Ausdruck stand in ihrem Gesicht.

»Kommst du mit?«, fragte sie mit zitternder Stimme.

Nichts hätte Anne davon abhalten können.

KAPITEL 17

Carl kurvte schon seit einer Weile durch Paderborn und suchte nach einer Tankstelle, die noch geöffnet hatte. Es war längst dunkel, was die Orientierung in einer fremden Stadt nicht gerade leichter machte. Auf der B1 war ihm ein paar Kilometer vor der Abfahrt der Sprit ausgegangen, seitdem fuhr er auf Reserve. Am Rand der Innenstadt fand er schließlich eine Zapfsäule, bei der im Kassenhäuschen noch Licht brannte.

Die Tür war zu Carls Erleichterung offen. Drinnen lief in voller Lautstärke das Radio. Der Tankwart, ein bierbäuchiger Glatzkopf im Blaumann, schnarchte zu den Klängen von Rudi Schuricke auf einem Stuhl hinter der Registrierkasse vor sich hin. Er schrak mit einem Schnauben hoch, als Carl sich bemerkbar machte.

»Eigentlich haben wir schon zu«, erklärte er übellaunig, während er das Radio ausmachte. »Ich war bloß eingeschlafen. Getankt wird jetzt nicht mehr.« Er warf einen Blick auf seine Uhr. »Feierabend ist Feierabend.«

Carl hielt sich nicht lange damit auf, ihn zu überreden.

»Kriminalpolizei. Ich bin auf einem wichtigen Polizeieinsatz.« Er präsentierte seine Marke, die der Tankwart eingehend beäugte.

»Aha. Kripo Essen. Sind die jetzt auch in Paderborn zuständig?«

»Es geht um einen überregionalen Fall«, improvisierte Carl. »Wenn Sie sich weigern, der Essener Polizei zu helfen, können wir gern die Paderborner Kollegen dazurufen. Ich sehe, Sie haben hier Telefon.« Er griff nach dem Hörer des Wandapparats.

»Schon gut«, brummte der Tankwart. Umständlich machte

er sich daran, den Wagen zu betanken, und ließ sich sogar dazu herab, auf Carls Bitte auch den Reservekanister zu füllen.

Carl opferte für die ungeplante Geldausgabe einen beträchtlichen Teil seiner mitgeführten Barschaft. Es war reiner Dusel, dass er überhaupt so viel dabeihatte – eigentlich hatte er heute frühzeitig Feierabend machen und sich für die Hochzeit ein neues Sakko zulegen wollen. Das konnte er jetzt wohl abhaken.

»Kennen Sie sich hier in Paderborn aus?«, wollte Carl wissen, nachdem er die Rechnung bezahlt und die Quittung sorgfältig zusammengefaltet und eingesteckt hatte. Vielleicht ergab sich ja doch noch die Möglichkeit, Spesen einzureichen. Vorausgesetzt, er schaffte es irgendwie, Brinkmanns Unschuld zu beweisen und jemand anderen als Vahrendonks Mörder zu präsentieren. In einer Aufwallung von Generosität gab er dem Tankwart sogar fünfzig Pfennig Trinkgeld.

»Wo wollen Sie denn hin?«

Carl nannte ihm die Adresse.

»Das ist die Pension von Margarete Beckmann«, stellte der Tankwart fest. »Ist ganz leicht zu finden.« Durch das Trinkgeld offenbar gnädig gestimmt, beschrieb er Carl mit weit ausholenden Armbewegungen den Weg. »Von hier ein Stück geradeaus, dann vor der Kirche rechts und gleich die nächste wieder links. Die bis zum Ende durch und dann wieder rechts, da ist es dann auch schon. Das Haus mit den Blumenkästen.«

Carl bedankte sich höflich und hoffte dabei, dass der Mann in der Lage war, rechts und links zu unterscheiden – eine Fähigkeit, die bekanntlich vielen Menschen fehlte.

Die Wegbeschreibung stimmte tatsächlich, es war nicht weit und nur schwer zu verfehlen. Das Gebäude, in dem die Pension untergebracht war, hatte gut und gern hundert Jahre auf dem Buckel, doch die Fassade war frisch geweißt und die Haustür neu lackiert. Vor den Fenstern hingen Blumenkästen, aus denen Stiefmütterchen in allen möglichen Farben sprossen.

Über der Tür war mit verschnörkelten Lettern das Wort *Fremdenzimmer* aufgemalt.

Carl betätigte den altmodischen Türklopfer und stellte sich darauf ein, dass es eine Weile dauerte, bis jemand kam, doch zu seiner Überraschung wurde ihm binnen weniger Sekunden geöffnet. Ein junges Mädchen stand vor ihm. Sie lächelte ihn beflissen an.

»Guten Abend, der Herr, womit kann ich dienen? Übernachtung für eine Person?«

Sie war seiner Schätzung nach höchstens sechzehn und vermutlich das Zimmermädchen – auf dem zurückgebundenen Haar trug sie eine kleidsame kleine Spitzenhaube und um die Hüften eine dazu passende Schürze.

»Ich würde gern mit der Inhaberin sprechen, Frau Margarete Beckmann.«

»Oh. Werden Sie erwartet?«

»Nein, ich komme unangemeldet.«

»Wie ist Ihr Name, wenn ich fragen darf?«

»Bruns. Inspektor Bruns. Kripo Essen.« Er wies sich aus. »Ich habe einige Fragen an Frau Beckmann.«

»Selbstverständlich«, sagte das junge Mädchen höflich. Sie schien nicht im Mindesten überrascht. Carl zog daraus den naheliegenden Schluss, dass Margarete Beckmann ihn sehr wohl erwartet und das Zimmermädchen entsprechend instruiert hatte. Rudolph Markwart hatte nach der letzten Begegnung mit Carl offenbar nicht lange damit gezögert, die Cousine seiner Frau anzurufen und sie vorzuwarnen.

»Ich sage meiner Mutter nur rasch Bescheid, dann bringe ich Sie zu ihr. Einen Moment, bitte!« Das Mädchen eilte durch den Flur davon und verschwand in einem der hinteren Zimmer.

Mutter und Tochter also. Die Pension war demnach so etwas wie ein Familienunternehmen. Im Beherbergungswesen und in der Gastronomie kam es häufiger als in anderen Branchen vor, dass Frauen den Betrieb führten, und nach allem, was Carl bisher in seinem Leben gesehen hatte, machten sie ihre Sache in der Regel großartig. So wie Frieda. Die Kneipe *Hinterm krausen Bäumchen* hatte seit ihrer Übernahme im vergangenen Jahr einen nie gekannten Aufschwung erlebt. Der Laden brummte nur so. Als Frau musste man für so was die nötigen Ellbogen mitbringen, und die besaß Frieda. Notfalls ging sie sogar über Leichen, dachte Carl in einer Anwandlung von Galgenhumor.

Das Mädchen kam zurück. »Meine Mutter erwartet Sie.« Sie führte Carl in einen Raum hinter dem Empfangstresen.

»Mama, das ist Herr Inspektor Bruns. Herr Inspektor, bitte nehmen Sie Platz.« Das Mädchen deutete auf einen Lehnstuhl beim Fenster, aber Carl sah gar nicht hin. Sein Blick heftete sich auf Margarete Beckmann, die ebenfalls am Fenster saß – in einem Rollstuhl. Sie streckte Carl die Hand entgegen. »Guten Abend, Herr Inspektor.«

Er besann sich auf seine Manieren und eilte zu ihr, um ihr die Hand zu schütteln. »Guten Abend, Frau Beckmann. Entschuldigen Sie die späte Störung. Ich habe nur wenige Fragen. Es wird sicher nicht lange dauern.«

»Setzen Sie sich doch. Können wir Ihnen etwas anbieten, Herr Inspektor? Ein Glas Bier vielleicht? Einen Tee? Oder einfach nur Wasser?«

»Ein Glas Wasser wäre nett, vielen Dank.« Carl merkte, dass er den ganzen Tag über kaum was getrunken hatte, seine Zunge klebte schon am Gaumen.

Er sah sich im Zimmer um. Ein Tisch mit vier Stühlen, eine Anrichte, zwei Lehnstühle am Fenster, alles gediegenes Biedermeier. Geklöppelte Platzdeckchen auf Tisch und Anrichte, Tapete mit Blumenranken, Familienbilder an der Wand. Sein eigentliches Interesse galt jedoch der Frau im Rollstuhl. Er musterte sie möglichst unauffällig. Margarete Beckmann sah ganz anders aus, als er es sich vorgestellt hatte – er hatte erwartet, eine Frau in mittleren Jahren anzutreffen, bereits auf die fünfzig zugehend, so wie Rudolph Markwarts Frau, wenn sie noch gelebt hätte. Die beiden waren Cousinen, vielleicht war er deshalb davon ausgegangen, sie seien ungefähr im gleichen Alter. Aber Margarete Beckmann war höchstens Mitte dreißig.

Ihr Äußeres wirkte gepflegt. Sie trug eine helle Bluse und darüber eine Strickjacke. Über die Beine hatte sie eine Decke gebreitet, es war nicht zu erkennen, ob sie eine Hose oder einen Rock anhatte. Das mittelblonde Haar war auf aparte Weise kurz geschnitten, was den schmalen Hals und die sanft geschwungene Linie ihres Kinns betonte. Ihre zarten Gesichtszüge und die Form ihrer Augen erinnerten Carl an jemanden, doch ihm fiel auf Anhieb nicht ein, an wen. Vielleicht sah sie Markwarts Frau ähnlich?

Er rief sich das Bild ins Gedächtnis, das in Markwarts Flur hing, dann glitt sein Blick über die Wand hinter Magarete Beckmann. Dort hingen zwei liebevoll gerahmte Familienfotos. Eines, das neueren Datums war, zeigte sie mit ihrer Tochter. Auf einem anderen, das man vielleicht vor zehn Jahren aufgenommen hatte, war Margarete mit einem Mann zu sehen, beide in festlicher Kleidung. Sie schauten einander verliebt an. Ein glückliches Paar.

»Ihr Mann?«, fragte Carl.

Sie war seinem Blick gefolgt und nickte. »Mein zweiter Ehemann. Er wurde in Auschwitz ermordet.«

»Das tut mir leid.« Carls Blick fiel auf eine hellere Stelle an der Tapete, wo offensichtlich ein weiteres Bild gehangen hatte. Erinnerungen, die nicht mehr wichtig waren?

»Wie kann ich Ihnen weiterhelfen?«, erkundigte Margarete Beckmann sich, erkennbar darauf bedacht, das Gespräch nicht unnötig in die Länge zu ziehen.

Carl zog sein Notizbuch hervor, diesmal nicht aus der Macht

der Gewohnheit heraus, sondern einzig und allein, um sich besser konzentrieren zu können. Der Tag war verdammt lang gewesen. Er war hundemüde und sehnte sich nach seinem Bett.

»Es geht um die Bestätigung eines Besuchs bei Ihnen. Der Ehemann Ihrer verstorbenen Cousine, Rudolph Markwart – war er letzte Woche hier bei Ihnen in der Pension zu Gast? Genauer gesagt, vorige Woche Dienstag?«

»Ja, Rudi war hier. Von Montag bis Mittwoch. Er kam am Montagabend und ist am Mittwoch nach dem Frühstück wieder nach Essen zurückgefahren.« Sie antwortete, ohne zu zögern. Ihr Gesicht zeigte keine Regung.

»Kann das noch jemand bezeugen?«

»Natürlich. Meine Tochter Ilse.« Sie dachte kurz nach und stellte dann die erwartete Frage. »Wird Rudi verdächtigt, eine Straftat begangen zu haben? Geht es um ein Verbrechen?«

Carl sparte sich die Antwort, denn in diesem Moment kam das Mädchen mit einem Glas Wasser zurück. Sie reichte es Carl.

Er bedankte sich und trank es auf einen Zug leer.

Margarete Beckmann wandte sich an ihre Tochter. »Ilse, der Herr Inspektor möchte wissen, ob Onkel Rudi letzte Woche hier war.«

»Aber gewiss«, sagte das junge Mädchen. Ilses Miene war ebenso unbewegt wie die ihrer Mutter. »Von Montagabend bis Mittwochmorgen.«

Carl steckte das Notizbuch wieder ein. Die beiden hatten zweifellos die Wahrheit gesagt, schon deshalb, weil sie mit einer Lüge schnell aufgeflogen wären. Aller Wahrscheinlichkeit nach gab es sogar noch mehr Zeugen, die Markwarts Besuch in Paderborn bestätigen konnten.

»Sie können auch noch andere Leute danach fragen«, fuhr Ilse fort, als wüsste sie, was Carl durch den Kopf ging. »Zum Beispiel Hans Schomann, unseren Haushandwerker, der musste letzte Woche dreimal kommen, weil wir einen Rohrbruch hatten. Onkel Rudi hat ihm bei der Arbeit geholfen. Oder Hilde Czerwinski. Die kommt jeden zweiten Tag zum Putzen. Ach, und dann war ja letzten Dienstag auch noch Doktor Wenzel hier.« Erklärend schloss sie: »Das ist Mamas Hausarzt, er kommt alle paar Wochen vorbei. Er hat sich auch Onkel Rudi mal angesehen, weil der doch diesen schlimmen Husten hat.«

Auch diese Schilderung entsprach vermutlich in allen Punkten der Wahrheit. Carl unternahm keinen Versuch, die Einzelheiten in Abrede zu stellen.

»Frau Beckmann, hatten Sie einen Unfall, oder warum sitzen Sie im Rollstuhl?«, erkundigte er sich. Mit der Frage folgte er einer spontanen Eingebung, es gab keinen besonderen Grund dafür, außer dass eine innere Stimme ihm befahl, es herauszufinden.

»Unter den Nazis war ich im Zuchthaus, wegen Diebstahls von Lebensmitteln. Ich habe in einem kaputtgebombten Haus eine Büchse Bohnen gefunden und mitgenommen, weil die Leute, die da wohnten, alle tot waren. Aber das hat den Herrn Richter nicht gestört, der hat für Recht und Ordnung gesorgt.« Sie spie die Worte förmlich hervor. »Im Zuchthaus gab es eine Wärterin, die man nie ohne Schlagstock antraf. Ihre Lieblingsbeschäftigung bestand darin, die eingesperrten Frauen zusammenzuschlagen. Stundenlang. Eines Tages tat sie das auch mir an. Seitdem bin ich von der Hüfte abwärts gelähmt.«

»Das tut mir …«

Sie fiel ihm ins Wort. »Ach? Sie sind doch bei der Polizei, und bestimmt nicht erst seit gestern. Haben Sie auch Menschen wegen Lebensmitteldiebstahls verhaftet? Dafür gesorgt, dass sie im Zuchthaus verrotten oder sogar aufgehängt wurden?«

»Ich war während der Nazizeit auf dem Pütt. Als Bergmann unter Tage, elf Jahre lang. Mein Großvater war Jude.«

Ihr Zorn erlosch von einer Sekunde auf die andere, sie sackte zu einem Häuflein Elend zusammen. »Entschuldigen Sie bitte, Herr Inspektor. Ich hätte mich nicht so echauffieren dürfen.«

»Sie hatten allen Grund dazu.« Carl drehte das leere Wasserglas in den Händen. »Wurden Sie hier in Paderborn verurteilt und inhaftiert?«

»Nein, das war in Essen.«

Carl merkte auf. »Warum dort?«

»Weil ich mich nach der Deportation meines Mannes vorübergehend dorthin umgemeldet hatte. Da lebten Freunde von mir, die haben sich auch während meiner Haft um Ilse gekümmert.«

»Wissen Sie noch den Namen des Richters, der Sie in Essen zu der Zuchthausstrafe verurteilt hat?«

»Schöller. Ich habe das Strafurteil noch«, erklärte Magarete Beckmann. »Wollen Sie es sehen?«

Carls Gefühl, vielleicht einer neuen Spur nachgehen zu müssen, hatte sich schlagartig verflüchtigt. Er schüttelte den Kopf. Irgendwo musste Schluss sein.

Entschlossen erhob er sich und reichte Margarete Beckmann die Hand. »Ich danke Ihnen für das Gespräch. Gute Nacht.«

Ilse brachte ihn zur Haustür. »Kommen Sie noch mal wieder?«

»Nein, wohl nicht.« Carl gab auch Ilse zum Abschied die Hand und ging dann zurück zum Wagen. Auf der Rückfahrt nach Essen fragte er sich, ob wohl jene Wärterin noch im Justizvollzug tätig war. Als eine von denen, die alle Schuld leugneten und in gutem Glauben an die Staatsgewalt gehandelt haben wollten. Ihm fiel ein, dass er Margarete Beckmann nach dem Namen der Frau hätte fragen können. Gegen die hätte man womöglich noch was unternehmen können.

Aber selbst wenn – würde es irgendetwas an dem Unrecht ändern, das Margarete Beckmann widerfahren war?

Die Antwort war ebenso ernüchternd wie schrecklich, so wie alles, was er bisher bei diesem Fall zutage gefördert hatte – nichts von alledem ließ sich ungeschehen machen.

*

Anne blieb die halbe Nacht am Krankenbett ihrer Schwester sitzen. Sie unterhielten sich leise, damit die anderen Frauen im Raum nicht mithören konnten.

Die Ausschabung war planmäßig verlaufen, aber Frieda hatte die Narkose nicht vertragen. Die erste Zeit nach dem Aufwachen hatte sie nur auf der Seite gelegen und sich immer wieder erbrochen. Anne hatte ihr eine Nierenschale nach der anderen vorgehalten, bis die Übelkeit endlich nachgelassen hatte.

Der Geruch, der wie eine dicke Wolke in der Luft hing, machte die Situation nicht besser – es stank nach Schweiß, Wochenfluss, Urin und Erbrochenem, je nachdem, welchem der fünf in dem Raum befindlichen Betten man sich näherte. Alle waren mit Wöchnerinnen oder frisch operierten Frauen belegt. Jeder Versuch von Anne, eines der Fenster zum Durchlüften aufzureißen, wurde durch das lautstarke Lamento der Patientin torpediert, deren Bett der Fensterseite am nächsten stand. Inzwischen hatte Anne es aufgegeben. Wenn die anderen es aushielten, konnte sie es auch.

Frieda drehte sich stöhnend auf den Rücken. »Was haben sie dir gesagt, wie lange ich bleiben muss?«

»Drei Tage. Vielleicht vier. Falls du Fieber bekommst. Das ist immer ein Risiko.« Anne hielt inne, denn soeben öffnete sich wieder einmal die Tür, und eine der Hebammen brachte ein quäkendes Neugeborenes zum Stillen herein. Sie half der jungen Mutter im Nachbarbett beim Anlegen des Babys. Die Wöchnerin jammerte über die Schmerzen.

»Das geht vorbei«, sagte die Hebamme. Es klang gleichgültig. »In ein paar Tagen wird es besser.«

Frieda wandte den Kopf zur anderen Seite, sie hatte die Augen geschlossen. Anne nahm ihre Hand und drückte sie fest. Am liebsten hätte sie die Worte der Hebamme wiederholt, aber sie hatte Angst, dass es bloß nach einer hohlen Phrase klang.

Andere Frauen in Friedas Lage wären vermutlich froh gewesen, ohne eigenes Zutun einer misslichen Situation entronnen zu sein.

Nicht so Frieda. Sie war in ein schwarzes Loch aus Selbstvorwürfen und Schuldgefühlen gefallen, genauso wie damals nach Emils Geburt. Zu jener Zeit war ihr aller Leben aus den Fugen geraten, wegen Arnold, vor dem sie sich zu Tode geängstigt hatten und deshalb nach Köln geflohen waren. Frieda hatte sich die alleinige Schuld daran gegeben, immerhin hatte sie Arnold geheiratet und ihn so in das Leben ihrer Schwestern gebracht. Den Massenmörder, den Vergewaltiger, der ihr nichts hinterlassen hatte außer dem Stigma des Bösen. Aber auch einen Sohn, von dem alles Hässliche so weit entfernt war wie die Nacht von der Sonne. Es war Emil zu verdanken, dass Frieda am Ende aus dem Tief herausgefunden hatte. Seiner kindlichen Unschuld, der reinen Unbeflecktheit dieses neuen Lebens, das ihr anvertraut war und aus dem sie Kraft schöpfen konnte.

Doch diesmal gab es kein neues Leben, nur das Elend des Verlusts. Alles, was Frieda in den letzten beiden Stunden geäußert hatte, wies in beklemmende Dunkelheit. So wie das, was als Nächstes von ihr kam.

»Es war meine Strafe«, murmelte sie.

Anne fuhr auf. »Rede nicht solchen Blödsinn!«

Frieda schüttelte eigensinnig den Kopf. »Kein Blödsinn. Ich glaube ernsthaft, dass es so ist, denn ich hab's verdammt noch mal verdient.«

»Hör zu, es ist völlig absurd, dem Ganzen einen Sinn geben

zu wollen. Schon gar nicht so einen! Denn dann müssten alle möglichen Schicksalsschläge Strafen sein. Das viele Leid, das die Menschen durchmachen! Nicht nur die bösen, sondern alle. Auch unschuldige Kinder! Glaub mir, sämtliche schlimmen Dinge passieren nur aus drei Gründen: aus Absicht, aus Leichtsinn oder aus Zufall. Dazwischen gibt es nichts.«

Frieda versank in grüblerisches Schweigen, das sie selbst nach einer Weile unterbrach. »Ich war leichtsinnig. Letzte Woche hab ich noch Rotwein getrunken. Und gestern hab ich's beim Fahrradfahren übertrieben, obwohl ich schon den ganzen Tag Schmerzen hatte.«

»Mit dem Radfahren hast du es vielleicht beschleunigt, aber auf keinen Fall ausgelöst. Es wäre so oder so passiert, Frieda. Und wo wir gerade dabei sind – bitte erinnere dich mal, was du alles angestellt hast, als du mit Emil schwanger warst!«

Frieda dachte nach und nickte dann widerstrebend. Nur um gleich darauf wieder den Kopf zu schütteln. »Trotzdem war es meine Schuld. Verstehst du es denn nicht?«

»Nein«, antwortete Anne nachdrücklich.

»Ich hätte gar nicht erst schwanger werden dürfen!«

»Das war echter Leichtsinn«, räumte Anne ein. »Aber es war nicht der Grund dafür, dass du das Kind verloren hast, Frieda. Das war Zufall! Es kann jeder Frau passieren. Bei jeder einzelnen Schwangerschaft. Du musst versuchen, das zu begreifen. Dann kannst du auch damit fertigwerden. Denn welchen Sinn hätte es, sich jetzt endlos lange mit Selbstvorwürfen zu quälen?« Sie gab sich selbst die Antwort. »Überhaupt keinen!«

Vielleicht hatte sie es mit ihrer forschen Ansprache übertrieben. Frieda flüchtete sich abermals in Schweigen, und Anne befürchtete schon, dass es das gleiche dumpfe, triste Schweigen wie damals war, das trotz aller Bemühungen nahtlos in eine lang anhaltende Depression geführt hatte. Doch zu ihrer Überraschung ergriff Frieda nach einer Weile wieder das Wort.

»Vielleicht hast du recht«, sagte sie müde. »Ich muss mich zusammenreißen, damit es irgendwie weitergeht. Sonst hängt wieder alles nur an dir. So wie damals.«

»O nein, so darfst du das nicht sehen! Es dreht sich dabei um *dich,* Frieda! Darum, dass es *dir* wieder gut geht! Dann geht es auch mir gut, verstehst du?«

»Ach, Anne. Ich weiß, warum du so denkst. An allem ist nur Mama schuld. Sie hat dir damals diese Bürde auferlegt. Von Kind an hast du dich um mich und Lotti kümmern müssen. Immer hast du unser Glück über dein eigenes gestellt.« Frieda seufzte. »Ich sehe schon, ich habe keine Wahl. Und warum auch nicht? Schließlich heiratest du nächste Woche. Du hast dein Glück viel mehr verdient als ich mein Unglück. Und es stimmt, alles hängt irgendwie voneinander ab. Also werde ich verdammt noch mal für ausgeglichene Verhältnisse sorgen!« Ein schwaches Grinsen huschte über ihr Gesicht, und in diesem Augenblick wusste Anne, dass alles wieder gut werden würde.

*

Nachdem Carl tief in der Nacht den Wagen im Fuhrpark des Polizeipräsidiums abgestellt hatte und zu Fuß nach Hause gegangen war, verbrachte er die restliche Zeit bis zum Morgengrauen hellwach in seiner Wohnung. Er saß oben in seiner schäbigen Mansarde an seinem kleinen Tisch und wartete auf den Tagesanbruch. Irgendwann während der Rückfahrt nach Essen war die lähmende Erschöpfung einem Zustand unaufhaltsamer Wachheit gewichen. Der tote Punkt war überwunden. Carl versuchte gar nicht erst, sich noch mal aufs Ohr zu legen, denn er wollte sowieso gleich wieder los.

Bevor er aufbrach, trank er eine Tasse Muckefuck und aß ein paar Bissen Brot. Nicht weil er hungrig war, sondern weil er fürchtete, sonst irgendwann zusammenzuklappen. Das war immer die Gefahr, wenn man zu lange nichts aß und trank und obendrein die Nacht durchmachte – der Körper hielt es eine Weile auf Sparflamme aus, aber die Reaktionsfähigkeit ließ nach.

Knapp zwei Stunden hatte er noch, sein Dienst fing offiziell erst um sieben Uhr an, und die ihm verbleibende Zeit wollte er mit Anne verbringen. Carl sehnte sich schon wieder mit solcher Macht nach ihr, dass er es kaum aushielt. Er zog sich die Jacke über und machte sich auf den Weg in die Klarastraße, um sie abzuholen. Ihre Frühschicht im Polizeikrankenhaus begann um sechs.

Oben im ersten Stock brannte Licht, sie war schon auf. Zuverlässig und verantwortungsvoll wie immer. Bei ihr kam es praktisch nie vor, dass sie ihre Verpflichtungen vergaß oder Arbeiten hinausschob. Bei dem Gedanken verspürte er eine Anwandlung von Sorge, und nicht zum ersten Mal fragte er sich, ob er dem Bild, das sie von einem guten Ehemann hatte, wohl gerecht werden konnte. Heinz hatte die Latte hoch gehängt. Da musste man erst mal rankommen. Drüber war es sowieso nicht zu schaffen, hier machte Carl sich nichts vor.

Er hatte einen Schlüssel, Anne hatte ihm schon letztes Jahr einen machen lassen, damit er jederzeit in die Wohnung konnte, aber er wartete lieber unten vorm Haus auf sie.

Als sie wenig später ins Freie trat und auf ihn zugeeilt kam, fielen alle Zweifel von ihm ab. Sie gehörte zu ihm.

Er zog sie in seine Arme, und da spürte er ihr Zittern. Es musste was passiert sein.

Mit stockender Stimme berichtete sie ihm von Friedas Fehlgeburt.

»Wie geht es ihr?«, fragte er erschüttert.

»Den Umständen entsprechend. Sie ist noch im Krankenhaus. Ich bin vor einer Stunde nach Hause gegangen, da hatte sie sich ein wenig gefangen, und es kam mir so vor, als würde sie bereits wieder etwas nach vorn blicken. Aber bei Frieda weiß man nie, du kennst sie ja.«

Tat er das? Vermutlich konnte er hundert Jahre alt werden, ohne Friedas Wesen je richtig zu begreifen.

Carl begleitete Anne zur Arbeit und versuchte sich vorzustellen, wie Harry es aufnehmen würde. Anne hatte erzählt, dass es zwischen Frieda und Harry noch nicht zu Intimitäten gekommen war, obwohl die beiden ineinander verliebt waren. Carl hatte es kaum glauben können. Dass die zwei verliebt waren, schon. Aber dass Frieda die Finger von einem Mann ließ, der ihr gefiel? Das war nach seiner Einschätzung ausgesprochen unwahrscheinlich.

Aber was taugte seine Einschätzung denn schon? Offenbar nicht viel, wie seine Ermittlungen im Fall Vahrendonk bewiesen hatten. Er hatte alles vor die Wand gefahren, war keinen Schritt weitergekommen. Und dabei war er so *sicher* gewesen, dass Markwart bei Vahrendonks Tod die Hände im Spiel gehabt hatte! Aber das Alibi des Mannes war über jeden Zweifel erhaben.

Anne schaute ihn von der Seite an. »Du hast nicht viel geschlafen, oder? Immer noch Ärger wegen der Arbeit?«

Carl hob nur die Schultern. Er wich ihren forschenden Blicken aus. Sie hatte schon genug Probleme, er wollte sie nicht auch noch mit seinen belasten.

Anne blieb stehen und umfasste seine Hand. »Magst du mir davon erzählen?«

»Nein«, sagte er kurz angebunden. Die knappe Antwort abmildernd, fügte er hinzu: »Dienstgeheimnis.«

»Ach, Carl. Ich hoffe bloß, dass das jetzt nicht immer so weitergeht!«

»Es ist bloß dieser eine vertrackte Fall!«, verteidigte er sich.

»Du meinst den Mordfall Vahrendonk?«

Carl zuckte nur schweigend die Schultern.

»Aber du hast doch jemanden verhaftet! Der Täter sitzt im Gefängnis, es macht schon überall die Runde!«

»Er war's nicht, Anne.«

Sie sah ihn erschrocken an, stellte aber keine Fragen mehr.

»Ich hatte jemand anderen im Visier«, fuhr er fort, ungeachtet dessen, dass er sich gerade erst geweigert hatte, ihr von dem Fall zu erzählen. »Doch der hat ein wasserdichtes Alibi von einer Frau, bei der er zu Besuch war.«

»Vielleicht lügt die Frau ja, um ihn zu beschützen«, meinte Anne. »Ich täte das auch für Menschen, die ich liebe. Da würde ich jeden Meineid schwören.« Sie hielt inne und warf ihm einen fragenden Blick zu. »Es wär dir lieber, wenn wir das Thema wechseln, hab ich recht?«

Er nickte stumm. Arm in Arm gingen sie weiter und unterhielten sich über andere Dinge. Die Familie, die Hochzeit, alles Mögliche, das ihnen wichtig war.

Dann schwiegen sie für eine Weile einfach nur einträchtig. Soeben war die Sonne aufgegangen und füllte den abgasverhangenen Himmel über Essen nach und nach mit einem staubig-rötlichen Licht.

Vor dem Polizeikrankenhaus kramte Anne einen Briefumschlag aus ihrer Handtasche und drückte ihn Carl in die Hand.

»Da, hab ich extra schon mal vorab fertig gemacht«, sagte sie.

»Was ist das?«

»Eine Hochzeitseinladung für Magda und Engelbert«, antwortete Anne. »Ich dachte, du bringst sie den beiden am besten persönlich vorbei.«

»Klar, das kann ich machen«, gab er zurück, um einen möglichst neutralen Tonfall bemüht. Seine Differenzen mit Engelbert wegen Bärbels Adoption würde er jetzt ganz sicher nicht aufs Tapet bringen.

Anne schlang beide Arme um ihn. »Wo wir schon beim Thema sind: Was hältst du davon, wenn wir eine Hochzeitsreise machen?«

»Eine Hochzeitsreise?«, echote er verblüfft. Auf diesen Gedanken war er noch gar nicht gekommen, aber er gefiel ihm. »Ja, lass uns verreisen! Hast du schon eine Idee, wohin?« Er besann sich. »Ich müsste vorher Urlaub einreichen. Keine Ahnung, ob das so schnell geht mit der Bewilligung.«

»Es muss ja nicht für lange sein. Vielleicht bloß das Wochenende, plus einen oder zwei Tage. Was denkst du?«

»Das sollte ich einrichten können.«

Anne strahlte. »Wir müssten ja nicht gleich so weit wegfahren. Was hältst du vom Sauerland? Da kann man wunderbar wandern. Und für den Spätsommer könnten wir uns eine Reise an die See vornehmen. Ich war noch nie am Meer.«

»Ich auch nicht«, sagte Carl. »Und im Sauerland auch erst ein-, zweimal. Da können wir gerne hinfahren.«

»Prima«, meinte Anne. »Dann ist es abgemacht. Flitterwochen im Sauerland, und in zwei, drei Monaten eine verspätete Hochzeitsreise an die See.« Nach kurzem Überlegen fügte sie hinzu: »Natürlich nur wir beide.«

Carl musste grinsen. »Klar. Sonst wäre es ja keine richtige Hochzeitsreise.«

»Apropos Hochzeit – hat das gestern noch mit dem Sakko geklappt, das du dir kaufen wolltest?«

»Da ist mir leider was dazwischengekommen.«

Es schien sie nicht weiter zu stören. »Du hast ja noch etwas Zeit. Erst mal bringst du deinen Fall zu Ende, dann wird sich alles andere schon finden.«

Das hoffte er wirklich. Und diesmal war Hoffnung das passende Wort. Geistesabwesend blickte er ihr nach, bis die Eingangstür zum Krankenhaus hinter ihr zugefallen war. Ein Satz von ihr wollte ihm nicht aus dem Kopf gehen.

Lügen für die Menschen, die man liebt …

Nein, Margarete Beckmann hatte nicht für Rudolph Markwart gelogen, der war wirklich bei ihr zu Gast in der Pension gewesen, und zwar vor, während und nach der Tatzeit. Seine Reise nach Paderborn war lückenlos belegt. Gerade so, als sollte unbedingt schon im Vorhinein sichergestellt werden, dass er für Vahrendonks Todestag ein Alibi parat hatte. Aber das hatte sie bestimmt nicht aus Liebe zu ihm getan; wäre die Verbindung so eng, hätte gewiss ein Foto von Markwarts Familie in Margarete Beckmanns Zimmer gehangen.

Carls Gedanken irrten ab, er sah die Wand mit den Familienfotos vor sich und dachte an die helle Stelle auf der Tapete, und mit einem Mal fiel es ihm wie Schuppen von den Augen. Plötzlich wusste er, wieso Margarete Beckmann ihm bekannt vorgekommen war! Der Grund war ebenso banal wie naheliegend: weil sie jemandem ähnelte. Aber nicht etwa Rudolph Markwarts verstorbener Ehefrau.

Unvermittelt fügte sich alles zusammen: das fehlende Foto, das vorsorglich vor seinem Besuch abgehängt worden war, weil es jemanden zeigte, den Carl nicht sehen sollte. Einen Menschen, den Margarete Beckmann liebte und für den sie alles tun würde. Ihre Mutter.

KAPITEL 18

Nachdem er Anne zur Arbeit gebracht hatte, vergeudete Carl seine Zeit nicht damit, zum Dienstantritt ins Büro zu gehen. Er eilte auf direktem Wege weiter nach Bredeney, zum Haus von Julius Vahrendonk. Auf sein Klingeln öffnete ihm die Haushälterin die Tür, das Gesicht noch verschlafen und das Haar unfrisiert. Isolde Mertens hatte sich einen Morgenmantel übergeworfen und war barfuß. In der Eile hatte sie keine Hausschuhe anziehen können. Sie stand mit erschrockener Miene vor ihm, und in diesem Moment war die Ähnlichkeit mit ihrer Tochter so stark, dass alle noch verbliebenen Zweifel zerstoben wie Staub im Wind.

»Herr Inspektor! So früh?« Sie ließ ihn ein und blieb dann ein wenig verloren im Vestibül stehen. »Wollen Sie mit Sybille sprechen? Sie schläft noch. Ich fürchte, Sie müssen später wiederkommen.«

»Ich will mit Ihnen reden, Frau Mertens.« Er sah sie an. »Ich war gestern in Paderborn. Bei Ihrer Tochter Margarete. Sie gleichen einander sehr. So wie auch Margarete und Ilse einander gleichen. Das ist in Ihrer Familie sehr ausgeprägt, man erkennt die enge Verwandtschaft auf den ersten Blick. Zumindest in dem Moment, wenn man es weiß.« Carl ließ sie nicht aus den Augen. »*Sie* waren es, nicht wahr? Sie haben den Richter vergiftet. Mithilfe von Markwart, der Ihnen das Zyankali beschafft hat. Und Ihre Tochter hat für Markwarts Alibi gesorgt.«

»Margarete hat nichts mit alldem zu tun!«

»Sie hat auf Ihre Bitte hin Rudolph Markwart ein Alibi gegeben!«

»Das war kein Alibi! Er war ja wirklich dort!«

»Vorsichtshalber, stimmt's? Damit er als Täter gar nicht erst in die engere Wahl kommt. War es Ihre Idee oder seine?«

»Meine«, sagte sie sofort. »Es war *alles* meine Idee! Und das Zyankali habe ich mir selbst besorgt!«

»Wo?«

»Als wir aus dem Osten fliehen mussten, gab es das Zeug an allen Ecken, die Leute haben sich reihenweise damit umgebracht. Ich hatte auch welches und hab's aufbewahrt, keine Ahnung, wieso. Ich habe mit dem Gift Mandelhörnchen gebacken und sie einem Boten gegeben, den ich auf der Straße angeheuert habe. Dann bin ich selbst hinterher, mit Hut und Schleier getarnt, und habe aufgepasst, dass er die Schachtel nicht aufmacht. Und auch sonst keiner, bis sie bei der richtigen Adresse gelandet war!«

Diesen Teil ihres Geständnisses glaubte Carl ihr unbesehen, aber über Markwarts Beteiligung hatte sie ihn angelogen.

»Wenn Sie das Zyankali angeblich noch vorrätig hatten – wieso hatten Sie denn dann überhaupt mit Rudolph Markwart zu tun? Woher kennen Sie ihn?«

»Unsere Familien sind verwandt. Nur entfernt über Rudis verstorbene Frau, aber es stimmt.«

»Machen Sie sich nicht lächerlich!«

Isolde Mertens sah ihn verzweifelt an. »Aber es ist wahr! Ich verstehe, dass Sie mir das nicht glauben, aber so ist es!«

»Heißt das, Sie wussten die ganze Zeit, dass Vahrendonk für den Tod von Markwarts Tochter Regine verantwortlich ist? Und trotzdem haben Sie zugelassen, dass Ihr geliebter Schützling Sybille diesen Blutrichter heiratet?«

Isolde Mertens rang die Hände. »Davon hatten wir zu dem Zeitpunkt noch keine Ahnung! Wir haben doch bis Anfang fünfundvierzig in Schlesien gelebt, und die Markwarts hier in Essen! Dass wir zufällig über drei Ecken verwandt sind, haben wir erst nach unserer Ankunft erfahren!«

»Bei welcher Gelegenheit?«

Sie zögerte, aber dann brach alles aus ihr heraus. »Es fing mit diesem Reporter an. Josef Brinkmann. Der tauchte vor ein paar Wochen hier auf und bat mich um ein Gespräch. Über meinen Arbeitgeber, Richter Vahrendonk. Herr Brinkmann wollte ihn in einer Artikelreihe bloßstellen und seine fürchterliche Vergangenheit in der NS-Justiz aufdecken. Er fragte mich, ob ich ihm mit Informationen weiterhelfen kann.« Sie hielt inne und holte tief Luft. »Und das konnte ich. Sogar mit Beweisen. Denn ich war selbst ein Opfer des Richters. Und Margarete auch.«

»Erzählen Sie. Möglichst von Anfang an.«

Und das tat sie, aber erst nachdem sie ein weiteres Mal nachdrücklich darauf bestanden hatte, dass weder Markwart noch ihre Tochter auch nur das Geringste mit dem Mord zu tun hatten.

Sie sprach leise und mit monotoner Stimme. »Margarete hat ganz jung geheiratet, sie wurde früh Mutter. Sie und ihr erster Mann sind mit der Kleinen von Schlesien in den Westen gezogen. Sie haben sich in Paderborn niedergelassen und da die Pension aufgemacht. Die hat Margarete später auch mit ihrem zweiten Mann weiterbetrieben. Bis … Bis die Nazis ihn nach Auschwitz brachten und sie hier in Essen ins Zuchthaus steckten. Danach wollte sie wieder zurück nach Paderborn, das Geschäft weiterführen. Und all das hat sie dann auch geschafft, obwohl sie querschnittsgelähmt ist!«

»Eine beachtliche Leistung«, warf Carl ein.

»Sie hat sich niemals unterkriegen lassen, meine Margarete«, sagte Isolde Mertens, und aus ihrer Stimme klang der Stolz einer Mutter.

»Dieser Richter Schöller, der sie damals verurteilt hat – hatte der irgendwas mit Vahrendonk zu tun?«

Mit dieser Eingebung traf er ins Schwarze – Isolde Mertens

nickte aufgewühlt. »Ja, das war ein Kollege von ihm. Die kannten sich gut.« In diesem Moment verlor sie völlig die Fassung. Unvermittelt schlug sie die Hände vors Gesicht und weinte laut auf. Es dauerte eine Weile, ehe sie weitersprechen konnte. Carl ließ ihr die Zeit. Das Mitleid schnürte ihm die Kehle zu, aber hier stand er nun mal und konnte nicht anders.

»Nach unserer Flucht aus Schlesien sind Sybille und ich nach Essen gegangen, weil ich in Margaretes Nähe sein wollte«, erzählte sie mit bebender Stimme. »Einmal durfte ich sie besuchen. Ich war bei ihr im Zuchthaus, da war sie schon gelähmt. Sie lag in ihrem Dreck auf einer Pritsche, niemand hat sich richtig um sie gekümmert! Und ich konnte nichts für sie tun! Wir wussten nicht mal, wo Ilse ist! Die Leute, bei denen sie untergebracht war, sind wegen der vielen Luftangriffe weggezogen, die haben sich erst viel später wieder gemeldet! Das Haus, in dem sie vorher wohnten, lag in Trümmern! Wir dachten monatelang, das Kind sei tot!« Isolde Mertens stockte einen Moment. Jedes Wort schien sie unermessliche Kraft zu kosten. »Sybille und ich haben zuerst in einer dreckigen Sammelunterkunft gelebt. Sybille hat aber gleich eine Arbeit gefunden. Sie ist eine gute Stenotypistin, bei Gericht suchten sie welche. Und da traf sie Vahrendonk … Drei Wochen später hat sie ihn geheiratet, und wir zogen hier ein. Anfangs glaubte ich noch, er wäre gut für sie! Und er war ein *Richter!* Was für ein Glück, dachte ich, das war meine Chance. Ich habe ihn angefleht, sich für Margaretes Freilassung einzusetzen!«

»Was hat er gesagt?«

»Er hat es mir in die Hand versprochen! Und niemand kann sich meine Freude vorstellen, als Margarete endlich freikam! Ich war ihm so unglaublich *dankbar!*« Schluchzend senkte sie den Kopf, Tränen tropften vor ihr auf den Fußboden. »Ich habe sie nach ihrer Entlassung zu mir geholt, hierher, in dieses Haus. Drei Wochen durfte sie bleiben, keinen Tag länger. Dann muss sie weg sein, hat er gesagt. Weil er Judenhuren nicht unter seinem Dach haben will.«

»Richter Vahrendonk?« Carl hatte die Luft anhalten müssen, so sehr nahm ihre Schilderung ihn mit.

Isolde Mertens nickte. Sie schluckte hart. »Auf Knien habe ich ihn angebettelt, ihr noch etwas Zeit zu geben, aber er lehnte es ab. Bei der Gelegenheit erfuhr ich auch, dass Margarete nicht etwa seinetwegen freigekommen war, sondern weil die Amerikaner sie rausgeholt hatten. Er hatte mir eiskalt ins Gesicht gelogen.«

»Sie haben das lange mit sich selbst ausgemacht«, sagte Carl leise. »Fast vier Jahre!«

Abermals nickte sie. »Ich wollte damals mit Margarete nach Paderborn, ihr beistehen, aber sie meinte, sie käme allein zurecht, und dass Sybille mich viel mehr braucht. Und so war es auch. Meine Margarete war schon immer die Stärkere, sogar dann noch, als sie im Rollstuhl saß. Also blieb ich bei Sybille. Der ich aber in Wahrheit auch nicht helfen konnte.«

Wie denn auch, dachte Carl. Es gab Menschen, die durch und durch böse waren, und Vahrendonk war einer von ihnen gewesen.

»Worüber haben Sie sonst noch mit Brinkmann gesprochen?«, wollte er wissen. »Haben Sie ihm noch andere Informationen liefern können?«

Sie nickte. »Eine ganze Mappe voll.«

»Was für eine Mappe?«

»Sybille hatte sie zufällig im Arbeitszimmer des Richters gefunden, in einer verschlossenen Schreibtischschublade.«

»Woher hatte sie den Schlüssel?«

»Den hatte sie ebenfalls gefunden.«

»Wonach hatte sie gesucht? Nach Tabletten oder nach dem Schuldschein?«

»Das hat sie mir nicht gesagt.«

Carl war davon überzeugt, dass Isolde Mertens es genau wusste, aber ihm war auch klar, dass sie Sybille mit keinem Wort belasten würde, komme was da wolle. Folglich versuchte er gar nicht erst, diese Spur weiterzuverfolgen, sondern blieb beim Thema.

»Was war in der Mappe?«

»Lauter persönliche Eingaben, an Vahrendonk in seiner Eigenschaft als zuständiger Richter. Ein ganzer Stapel verzweifelter Bettelbriefe, von Ehefrauen und Kindern und Eltern. Dass Vahrendonk doch Gnade vor Recht ergehen lassen solle. Ein Urteil im Namen der Barmherzigkeit fällen möge. Dass er das Leben ihrer Liebsten verschonen und eine mildere Strafe verhängen könne.« Isolde Mertens brach erneut in Tränen aus. »Er hat das alles gesammelt und abgeheftet! Ohne sich einen Dreck um diese armen Menschen zu scheren!«

»Und da haben Sie beschlossen, Vahrendonk umzubringen?«

»Ja. Es war einfach zu viel! Nach allem, was er Sybille und mir schon angetan hatte – ich konnte nicht anders!«

Carl nahm es resigniert zur Kenntnis. Was für eine unselige Verstrickung! Sie hätte einfach nur ein paar Monate warten müssen, dann wäre Vahrendonk von allein gestorben. Dummerweise hatte niemand was von dem Krebs geahnt.

»Die Mappe haben Sie Brinkmann überlassen?«

»Ja. Bei ihm war sie in den richtigen Händen.«

Jetzt lag diese Mappe bei Gericht, wo sie vermutlich bis zum Sankt-Nimmerleins-Tag unbeachtet vor sich hin schimmeln würde. Sofern sie nicht vorher zusammen mit Brinkmanns anderem Material auf wundersame Weise verschwand.

»Können Sie sich an Namen aus der Mappe erinnern?«

»An einige. Einer der Verurteilten hieß Wilhelm Gerber. Ein Bergmann, der verbotene Sender gehört hatte. Sein Sohn Bruno hatte ein Gnadengesuch an Vahrendonk geschrieben.«

»War auch eins von Rudolph Markwart dabei? Wegen seiner Tochter Regine?«

Isolde Mertens bejahte es widerwillig. »Mit meiner Tat hatte Rudi trotzdem nichts zu tun! Ich habe alles allein geplant und durchgeführt!«

Darauf ging Carl nicht ein. Er war ziemlich sicher, dass die behauptete Verwandtschaft frei erfunden war, doch er hatte bereits entschieden, das nicht weiter zu ergründen.

»Hat Brinkmann Ihnen erzählt, was er genau vorhatte? Wussten Sie von den fingierten Anklageschriften, die er auf den Weg bringen wollte?«

Als Isolde Mertens mit der Antwort zögerte, stellte Carl klar: »Brinkmann hat bereits zugegeben, dass er diese Anklageschriften verfasst und verschickt hat. Er befindet sich deswegen in Haft. Übrigens auch wegen des Mordes an Richter Vahrendonk, wussten Sie das?«

Sie wurde bleich und rang nach Worten. »Nein«, flüsterte sie. »Er ist unschuldig! Sie müssen ihn sofort da rausholen!«

»Das mache ich schon noch, aber alles zu seiner Zeit.« Carl griff die letzte Frage wieder auf. »Also hat Brinkmann Ihnen von den Anklageschriften erzählt, die er verschicken wollte?«

Sie nickte ergeben. »Er wollte, dass wir vorbereitet sind, wenn die Polizei mit Fragen kommt.«

»Wir?«, hakte er nach. »Hat er Sie mit den anderen Betroffenen in Kontakt gebracht? Oder sind Sie selbst bei denen vorstellig geworden?«

Mit einem Mal wirkte sie zutiefst erschöpft. »Bitte machen Sie ein Ende, Herr Inspektor. Stellen Sie mir Ihre restlichen Fragen auf der Wache. Oder wo auch immer Sie mich hinbringen. Nehmen Sie mich fest, damit Herr Brinkmann rasch freikommt! Ich habe mich des Mordes an Richter Vahrendonk schuldig bekannt, was wollen Sie denn noch?«

Dass es nicht wahr ist, dachte Carl. Dass alles ganz anders

ist und Albrecht der Mörder. Oder sonst wer. Nur nicht diese Frau.

»Kann ich mich anziehen, bevor wir gehen?« Sie deutete zur Treppe.

»Natürlich. Aber ich komme mit rauf. Die Tür zu Ihrem Zimmer muss offen bleiben. Und das Fenster geschlossen.«

Mit einem ergebenen Achselzucken ging sie voraus. Er folgte ihr die Treppe hinauf ins Obergeschoss. Der mit einem Läufer ausgelegte Flur führte an mehreren Zimmertüren vorbei. Isolde Mertens öffnete eine davon und ging hinein. Die Tür ließ sie wie befohlen angelehnt. Carl bezog davor Posten und hing seinen Gedanken nach, während er sie drinnen rumoren hörte. Keine verdächtigen Geräusche, die auf einen Fluchtversuch hindeuteten. Nur das Öffnen eines Kleiderschranks, das Rascheln von Stoff.

Er fuhr zusammen, als am Ende des Flurs eine Tür aufging und völlig unerwartet Burkhard Albrecht auf der Bildfläche erschien, im Pyjama, mit verstrubbeltem Haar und Schlaf in den Augen.

Statt sich bei Carls Anblick zurück ins Schlafzimmer zu flüchten, verlor er sofort die Beherrschung. »Das war's für Sie!«, schnauzte er Carl an. »Ich hatte Sie gewarnt! Der Fall wurde Ihnen entzogen, Sie haben hier nicht mehr rumzuschnüffeln! Das ist Hausfriedensbruch, und ich werde dafür sorgen, dass Sie dafür vor Gericht landen!«

Carl ließ sich nicht aus der Ruhe bringen. »Ist das Vahrendonks Schlafanzug, oder bringen Sie Ihren eigenen mit, wenn Sie im Bett seiner Witwe übernachten?«, erkundigte er sich süffisant.

Albrecht kam zur Besinnung, er lief blutrot an und schaute verschreckt an sich herunter. Als im nächsten Augenblick auch noch Sybille Vahrendonk in einem Nichts von Negligé aus dem Schlafzimmer kam, wurde es vollends grotesk.

»Was ist denn, Burkhard?«, fragte sie. »Ist was passiert? Wieso ist der Inspektor schon wieder hier?« Ihr Blick war trüb, die Stimme ein einziges Nuscheln. Sie schien ziemlich in den Seilen zu hängen. Offenbar hatte sie eine neue Bezugsquelle gefunden. Oder Albrecht hatte das für sie arrangiert.

Carl fuhr herum. Aus Isolde Mertens' Zimmer war das dumpfe Geräusch eines fallenden Körpers ertönt.

Er stürzte hinein. Sie lag mit weit aufgerissenen Augen auf dem Rücken und hatte weißlichen, mit Blut vermischten Schaum vorm Mund. Ihr ganzer Körper wand sich in Zuckungen. Kopf und Gliedmaßen schlugen ruckartig auf den Boden, die Augäpfel waren nach oben verdreht.

Carl fiel neben ihr auf die Knie. »Holt mir Wasser!«, schrie er über die Schulter, während er versuchte, ihr mit beiden Händen den Mund aufzuzwingen, damit sie sich nicht die Zunge durchbiss.

Im Flur kreischte Sybille Vahrendonk in höchsten Tönen, Albrecht hingegen stammelte irgendwas vor sich hin, von dem Carl nur Satzfetzen verstand. Einer klang wie *Zieh dir gefälligst was an.*

Es war sowieso zu spät. Er konnte bloß noch die Arme um sie legen und sie festhalten. Der Todeskampf dauerte danach nur noch wenige Sekunden, dann erschlaffte ihr Körper so vollständig, als hätte es die mörderischen Krämpfe, die sie eben noch von Kopf bis Fuß geschüttelt hatten, nie gegeben.

Carl konnte nichts mehr für sie tun. Sie hatte sich zur Richterin über ihr Schicksal ernannt, hatte das Urteil gegen sich gesprochen und es eigenhändig vollstreckt. Mit dem Zyankali, von dem sie vermutlich vorsorglich einen Teil für sich selbst aufgehoben hatte.

Neben ihr lag ein offenes Tütchen, in dem sich immer noch ein Rest der giftigen Substanz befand. Es war mit dem Firmenaufdruck des Juwelierladens versehen, bei dem Markwart früher gearbeitet hatte. Trotz ihres verzweifelten Bemühens, ihn zu schützen, hatte sie diesen verräterischen Hinweis nicht bedacht.

So oder so. Es war vorbei.

*

Am liebsten wäre er an diesem Tag gar nicht mehr ins Büro gegangen, aber auf ihn wartete Arbeit, die er unbedingt selbst erledigen wollte. Es war nicht mehr sein Fall, doch er würde mit eigenen Händen den verdammten Abschlussbericht im Mordfall Vahrendonk schreiben, und wenn es das Letzte war, was er in diesem Präsidium tat.

Er rechnete damit, dass Döring ihn rauswarf. Der konnte kaum anders, jetzt da die Katze aus dem Sack war und jeder wusste, dass Carl seine Kompetenzen überschritten hatte. Und zwar in einem Maße, das jeder Beschreibung spottete. Alle wussten Bescheid, dass er sich mal wieder wie der große Zampano gebärdet hatte. Die Details der Ereignisse, die sich seit gestern zugetragen hatten, machten seit Stunden die Runde. Bei jedem Schritt brannten sich Blicke in seinen Rücken, es wurde getuschelt, was das Zeug hielt.

Nach der Mittagspause tauchte Döring an seinem Schreibtisch auf.

»Den Bericht können Sie später noch schreiben«, sagte er.

»Später?«, vergewisserte sich Carl. »Ich fliege nicht raus?«

»Warum sollten Sie? Sie hatten als Einziger im ganzen Präsidium den richtigen Riecher und haben quasi über Nacht einen großen Mordfall gelöst. Ganz allein.«

»Nicht allein.« Carl deutete quer über seinen Schreibtisch auf Harry. »Bloom hat mir geholfen.«

»Schön für Sie. Aber jetzt führen Sie gefälligst diesen Fall zu Ende und verhaften Rudolph Markwart.«

Carl blickte Döring beklommen an, und als er den Ausdruck von Bedauern in den Augen seines Vorgesetzten sah, zerrann seine letzte Hoffnung, die Sache unter den Tisch fallen lassen zu können.

Döring schien zu ahnen, wie ihm zumute war. »Zu viele wissen davon«, erklärte er. »Das Tütchen ist bei den Asservaten. Wir können Markwart nicht laufen lassen.«

Carl fühlte sich so elend wie selten zuvor. Er hatte das Tütchen nach Isolde Mertens' Selbstmord nicht verschwinden lassen können, Albrecht hatte die ganze Zeit um ihn herumgelungert und mit Argusaugen jede seiner Bewegungen überwacht.

Döring hatte Carl beobachtet. »Wenn Sie wollen, schicke ich jemand anders.«

»Ich könnte es übernehmen«, meldete sich Behrends vom Nachbarschreibtisch. Seine Stimme hatte einen salbungsvollen Unterton. »Ich schulde Carl noch was.«

Carl sandte ihm einen vernichtenden Blick zu.

»Ich verhafte Markwart selbst«, sagte er an Döring gewandt. »Zusammen mit Bloom.« Er wollte die Gelegenheit nutzen, noch ein paar Dinge mit Harry zu besprechen.

Döring segnete es mit einem Nicken ab und warf ihm den Wagenschlüssel zu, ehe er das Feld räumte. Im Slalom bewegte er sich zwischen den dicht stehenden Schreibtischen hindurch in Richtung Tür. Auf halbem Wege drehte er sich um und rief durch den Raum: »Übrigens – gute Arbeit, Bruns! *Sehr* gute Arbeit!«

Carl nickte nur verlegen und reichte den Schlüssel an Harry weiter. Er ließ sich lieber chauffieren, als selbst zu fahren. Das nächtliche Herumgurken auf der B1 hatte ihm gereicht, so bald brauchte er das nicht mehr.

Auf der Fahrt nach Fischlaken kam Harry auf Dörings letzte Bemerkung zu sprechen. »Der Chef hätte Sie auch loben können, als er noch bei Ihnen am Schreibtisch stand«, meinte er. »Aber er hat es lieber durch den ganzen Raum gerufen. Damit alle es hören. Es war ein Signal. Eine Art Weckruf. Damit Ihnen die nötige Anerkennung zuteilwird.«

»Auf die kann ich gerne verzichten«, brummte Carl.

»Aber Anerkennung ist wichtig! Sie ist ein Teil unserer Arbeit! Wir brauchen sie, um uns gut zu fühlen!«

»Ich sehe nicht viel Gutes daran, Rudolph Markwart zu verhaften. Sie etwa?«

»Nein«, stimmte Harry bedrückt zu. »Ich find's ganz furchtbar!«

»Haben Sie eigentlich gestern noch irgendwas Neues rausgefunden? Über Bruno Gerber oder Helmuth Rosental?«

»Nein, Fehlanzeige. Ich war bei beiden, aber zu sagen hatten sie nichts. Ist aber jetzt auch egal, oder? Der Mord an Vahrendonk ist doch aufgeklärt.«

»Ja«, sagte Carl, und er meinte es auch so, obwohl er tief in seinem Inneren einen winzigen Widerhaken spürte. »Danke übrigens. Ohne Sie hätte ich die ganze Sache nicht zu Ende bringen können. Wenn Sie nicht mit mir am Ball geblieben wären, würde Brinkmann die nächsten Jahrzehnte einsitzen.«

Harry strahlte, offensichtlich war er sehr glücklich über das Lob. Was wohl als Beweis zu werten war, dass er mit seinen Ansichten über Sinn und Nutzen von Anerkennung richtiglag.

Carl konnte nicht umhin, Harrys Laune einen Dämpfer zu verpassen. Er hatte es sich reiflich überlegt und heute früh auch mit Anne darüber gesprochen – Harry sollte erfahren, was mit Frieda passiert war. Nicht nur um seinetwillen, sondern auch in Friedas Interesse.

»Ich will auf gar keinen Fall, dass er schlecht über meine Schwester denkt!«, hatte Anne gesagt, und Carl hatte ihr zugesichert, das zu verhindern.

»Frieda ist im Krankenhaus«, eröffnete er das Gespräch, nur um sofort innezuhalten. Vielleicht hätte er etwas feinfühliger anfangen sollen.

»Ich weiß«, sagte Harry zu Carls Überraschung. »Sie hat mich heute Morgen vom Stationszimmer aus angerufen und es mir erzählt.«

»Hat sie auch gesagt, warum sie da ist?«

Harry nickte stumm. Er wollte anscheinend nicht darüber reden.

Carl aber schon, er hatte es Anne versprochen. »Eins müssen Sie wissen«, sagte er zu Harry. »Dass sie gestern extra bei Ihnen war, um Ihnen von der Schwangerschaft zu erzählen – das hätte sie bei keinem anderen Mann getan.«

»Was wollen Sie damit sagen?«

»Dass Frieda verdammt viel von Ihnen halten muss. Sie stehen bei ihr hoch im Kurs, mein Junge.«

Harry wandte sich ihm verdattert zu und hätte dabei um ein Haar einen Bus gerammt. Mit kreischenden Reifen vollführte er mitten auf der Werdener Brücke einen halsbrecherischen Schlenker.

»Denken Sie das wirklich?«, wollte er von Carl wissen. Er schien es nicht recht glauben zu können.

»Ja, sonst würde ich es wohl kaum sagen. Verflucht noch mal, passen Sie auf, wo Sie hinfahren!«

Harry konzentrierte sich wieder auf den Straßenverkehr. Ein seliges Grinsen stand auf seinem Gesicht.

»Trotzdem heißt das nicht, dass Sie der Richtige für Frieda sind«, stellte Carl die Sache vorsorglich klar.

»Das hab ich ja auch gar nicht gesagt.«

»Aber Sie denken es.«

»Gedanken sind frei.«

»Frieda ist viel älter als Sie.«

»Nur zwei Jahre.«

»Und sie führt ein völlig anderes Leben. Sie hat ein Kind, eine Kneipe und eine verdammt große Klappe.«

»Das stimmt«, sagte Harry.

»Außerdem weiß kein Mensch, woher Sie all das Geld haben, mit dem Sie Ihre schicken Sachen und Ihre noble Bleibe bezahlt haben. Sie könnten ein Schwerverbrecher sein. Mit denen hat Frieda schon genug schlechte Erfahrungen gemacht.«

Harry zog den Kopf ein. »Ich bin kein Verbrecher.«

»Sondern?«

»Wenn ich Ihnen verrate, woher ich das Geld habe, behalten Sie es dann für sich?«

»Natürlich«, sagte Carl.

»Ihr Wort darauf?«

»Äh … nein. Wahrscheinlich würde ich es meiner Verlobten erzählen.«

»Unter dem Siegel der Verschwiegenheit? Und ihr dabei das Versprechen abnehmen, dass sie es niemandem weitersagt?«

»Abgemacht.«

Harry seufzte. »Meine Mutter ist eine weltberühmte Schauspielerin und Sängerin. Sie hat mir und meinem Vater eine Menge Gold und Juwelen dagelassen, bevor sie während des Krieges ins Ausland ging. Sie wollte mich mitnehmen, aber ich bin lieber bei meinem Vater in Berlin geblieben. Er starb voriges Jahr und hat mir alles vererbt. Ich habe einen Vermögensverwalter, der mir Geld anweist, wenn ich welches brauche.«

Carl starrte ihn an. »Sie wollen mich veräppeln!«

»Nein, es ist wahr.«

»Wer ist es denn?«

»Das kann ich Ihnen unmöglich sagen.«

»Kommen Sie!«

Harry schüttelte den Kopf. »Wenn es publik wird, bin ich geliefert. Nicht nur bei der Arbeit, auch privat. Jemand könnte mich entführen und meine Mutter erpressen. Ganz abgesehen von dem Rummel. Alle würden mir hinterherlaufen, die Regenbogenpresse vorneweg.« Er sah Carl an. »Eins ist klar: Wer auch immer außer Ihnen davon Wind kriegt und mir deswegen auf die Pelle rückt – ich würde alles abstreiten und auf die Bibel schwören, dass ich Ihnen einen Bären aufgebunden habe.«

»Wer ist es? Marlene Dietrich? Zarah Leander?« Carl überlegte, welche großen weiblichen Leinwandstars er sonst noch kannte, aber auf die Schnelle fiel ihm kein Name mehr ein.

Für weitere Ratespiele war sowieso keine Zeit mehr – sie waren in Fischlaken angekommen. Allerdings trafen sie Rudolph Markwart nicht in seinem Haus an. Stattdessen empfing sie der bullige Bergmann, der Carl schon am Vortag die Tür geöffnet hatte.

»Der Rudi is im Krankenhaus in Werden«, sagte er, als Carl sich nach Markwart erkundigte. »Hat gestern so viel Blut gehustet, dass sie den holen mussten. Keine Ahnung, wie et dem heute geht, da müssen Sie selber hin und fragen.«

Die kurze Fahrt von Fischlaken nach Werden legten sie schweigend zurück. Erst als sie vor dem Krankenhaus ausstiegen, meldete Harry sich wieder zu Wort. »Was machen wir denn jetzt? Können wir den Mann einfach mitnehmen, wenn er so krank ist, dass er in die Klinik gehört?«

»Kommt drauf an, was der Arzt sagt«, redete sich Carl heraus. In Wahrheit hatte er keinen Plan.

Er brauchte auch keinen, wie sich kurz darauf herausstellte.

Als sie auf der Station für innere Erkrankungen vorsprachen, teilte ihnen die Oberschwester mit, dass Rudolph Markwart in den frühen Morgenstunden verstorben war.

»Der war schon seit Monaten todkrank«, erklärte sie. »Als er gestern eingeliefert wurde, da wusste er, dass es mit ihm zu Ende geht.«

Für Carl stellte sich unweigerlich die Frage, ob Isolde Mertens es auch gewusst hatte. Falls ja, würde das erklären, wieso der verräterische Aufdruck auf dem Tütchen am Ende keine Rolle mehr für sie gespielt hatte. Markwart hatte ihren Schutz nicht mehr gebraucht.

Ja, sie musste es gewusst haben, beantwortete Carl sich seine Frage in Gedanken selbst. Und sie hatte sich das Recht herausgenommen, die Ermittlungen auf ihre Weise zum Abschluss zu bringen.

»Biegen Sie bitte da vorn mal rechts ab«, sagte Carl zu Harry. Wenn er sowieso gerade in Werden war, konnte er auch gleich noch was Wichtiges erledigen. »Da vorn vor der Villa können Sie anhalten. Ich muss nur kurz was abgeben. Dauert nicht lange.«

*

Auf sein Läuten hin öffnete Magda ihm die Haustür. Sie war umwerfend schön wie immer. In dem taillierten Kleid wirkte sie gertenschlank. Die Geburt von Klein Bertie sah man ihr nicht mehr an.

»Carl!« Sie strahlte über das ganze Gesicht. »Was für eine nette Überraschung! Komm doch rein!«

»Keine Zeit, bin im Dienst. Ich hatte nur gerade hier in der Gegend zu tun und dachte, ich bringe dir eben das hier vorbei.«

Sie nahm den Umschlag entgegen und betrachtete ihn. »Was ist das?«

»Eine offizielle Einladung zu Annes und meiner Hochzeit«, sagte Carl, nicht ohne eine gewisse Verlegenheit. Es kam sicher nicht jeden Tag vor, dass ein Mann seine erste Ehefrau zur Hochzeit mit seiner zweiten einlud.

Magdas Lächeln wurde, wenn irgend möglich, noch breiter. »Oh, wie mich das freut! Ehrlich gesagt …« Sie hielt inne und wurde plötzlich ernst. »Ich hätte nicht gedacht, dass du so bald wieder was mit uns zu tun haben willst, Carl. Wegen … Bärbel.«

Wie auf Kommando kam die Kleine in diesem Augenblick aus dem hinteren Teil des Hauses in die Diele gehüpft, dicht gefolgt von Lupo, der mit einem drollig klingenden Fiepen nach ihren Füßen schnappte.

»Bärbelchen, schau mal, wer da ist«, sagte Magda.

»Carl!« Bärbel stieß einen Jubelschrei aus und warf sich mit kindlichem Überschwang in seine Arme. Carl ging runter auf ein Knie und umschlang das kleine Mädchen. Dabei versuchte er, dem Brennen in seinen Augen keine Beachtung zu schenken.

Von oben war das Krähen des Babys zu hören. Entschuldigend wandte Magda sich an Carl. »Bertie ist wach. Ich hole ihn rasch.«

Carl hatte Bärbel losgelassen und sich aufgerichtet. »Ist Engelbert nicht da?«

»Nein, er ist geschäftlich unterwegs.« Magda zögerte und blickte unsicher auf Bärbel, aber die Kleine hörte schon gar nicht mehr zu, sie widmete sich wieder voller Eifer dem Hund.

»Eins musst du wissen, Carl«, fuhr Magda mit leiser, aber eindringlicher Stimme fort. »Auch wenn es für dich so aussieht, als wäre es Engelbert ganz egal, wie du darüber denkst – so ist es nicht! Er versteht, wie dir zumute ist, und es bedrückt ihn! Mir geht es genauso! Aber wir können doch nicht …« Sie stockte und vergewisserte sich, dass Bärbel abgelenkt war. Die Kleine spielte hingebungsvoll mit dem Welpen. »Das Kind ist so *glücklich* hier bei uns, und wir lieben sie über alles!«, schloss Magda. Ein Anflug von Verzweiflung spiegelte sich in ihrer Miene.

»Schon gut«, sagte Carl. »Ich hab meinen Frieden damit gemacht, Magda.«

»Wirklich?« Ihr Blick suchte seinen und hielt ihn fest.

»Wirklich«, bekräftigte er, und in diesem Moment kam es ihm beinahe selbst wie die Wahrheit vor.

Mit einem erleichterten Lächeln eilte sie die Treppe hoch. »Ich bin gleich wieder da, Carl!«

»Magda, ich muss weiter. Draußen im Wagen wartet mein Kollege.«

»Oh, schade!«, rief sie, schon fast oben angekommen. »Aber wir sehen uns dann ja nächste Woche auf deiner Hochzeit!«

»Ist das eine Zusage?«

»Was dachtest du denn?«, kam es zurück, ehe sie oben in einem der Zimmer verschwand. Das Plärren des Babys verstummte.

Carl legte Bärbel die Hand auf die Schulter. »Bis nächste Woche dann, Kleines.«

»Darf Lupo auch mit auf die Hochzeit?«, erkundigte sich Bärbel mit leuchtenden Augen.

»Ich wär sauer, wenn er nicht kommt«, erklärte Carl.

Bärbel quietschte vor Freude, dann schnappte sie sich den Welpen und hob ihn hoch. »Wir gehen wieder raus in den Garten!«, rief sie Carl über die Schulter zu, bereits auf halbem Wege nach draußen. »Lupo *liebt* es, Löcher zu buddeln!«

Carl blickte ihr nach, halb seufzend, halb lächelnd. Wenn man ihr zusah, schien alles so einfach zu sein. Und vielleicht war es das ja auch, sobald er damit aufhörte, sich Dinge zu wünschen, die ihm das Schicksal nicht zugedacht hatte.

»Alles in Ordnung?«, fragte Harry, als Carl wieder zu ihm in den Wagen stieg.

»Klar«, brummte Carl. Was hätte er auch sonst sagen sollen? Immerhin war es nicht direkt gelogen. Manchmal musste man eben mit dem zufrieden sein, was einem das Leben bot. Und das war bei ihm nicht gerade wenig. Er dachte an Anne und atmete mit einem Mal freier.

Genau genommen war es eine ganze Menge.

KAPITEL 19

Schon am nächsten Tag wurde Josef Brinkmann aus der Untersuchungshaft entlassen. Der Mordvorwurf war in sich zusammengefallen, aber auch wegen des Versands der fingierten Anklageschriften wollte man ihn nicht weiter belangen. Die Staatsanwaltschaft hatte das Verfahren in erstaunlicher Eile eingestellt. Der Grund lag auf der Hand – es sollte tunlichst kein Staub mehr aufgewirbelt werden. Die Anklageschriften waren ebenso wie die Mappe und all das andere Material in irgendeinem Archiv verschwunden. Jetzt ging es nur noch um Schadensbegrenzung. Um das Wahren des schönen Scheins. Vahrendonks Ansehen musste erhalten werden, damit kein brauner Schatten auf die Justiz fiel.

Carl holte den Reporter in der Mittagspause persönlich im Gefängnis ab und begleitete ihn nach Hause. Brinkmann wirkte ausgelaugt und übernächtigt, seine ohnehin verhärmten Züge noch eingefallener als sonst. Er hatte sich Carls alte Strickjacke fest um die mageren Schultern gezogen und ging gebeugt wie ein alter Mann. Den Kopfverband trug er nicht mehr, sodass die gewaltige Beule, die er von der Knüppelattacke davongetragen hatte, überdeutlich zu sehen war, ebenso wie die wulstige Naht der Platzwunde. Die lädierte Nase sah womöglich noch schlimmer aus als am Vortag – sie schillerte in mehreren Regenbogenfarben. Schon vorher krumm und schief, wies sie nun einen neuen Höcker auf, der von nichts Gutem kündete. Brinkmann musste eine Nacht voller Schmerzen hinter sich haben. Dennoch stand in seinen Augen ein unbezwingbares Funkeln. Der Tag, an dem er aufgab, musste erst noch kommen.

»Sie standen mit den Angehörigen in Verbindung, stimmt's?«, fragte Carl ohne besondere Präliminarien.

»Ich weiß nicht, was Sie meinen, Herr Inspektor.«

»Bruno Gerber und Rudolph Markwart. Die Namen und Adressen der beiden hatten Sie aus der Mappe von Isolde Mertens. Sie waren bei Gerber und Markwart und haben deren Fälle rekonstruiert. Auf dieser Basis konnten Sie die Anklageschriften verfassen. Der Fairness halber haben Sie alle Betroffenen in Ihr Vorhaben eingeweiht. Einschließlich Isolde Mertens, die Ihnen die Mappe gegeben hatte. An den Fall von Helmuth Rosental sind Sie über Ihre Ostkontakte gekommen, da war an der Anklageschrift sogar ein Originaldokument angeheftet. Auch mit Rosental sind Sie in Kontakt getreten und haben ihn über Ihre Pläne informiert.«

Brinkmann blickte ihn kopfschüttelnd an. »Erwarten Sie ernsthaft, dass ich dazu noch was sage, Herr Inspektor? Das Verfahren wurde eingestellt, gegen mich liegt nichts mehr vor. Und nebenbei – was würden Sie denn tun, wenn es so gewesen wäre? Bruno und Helmuth weiter drangsalieren? Bei Rudi und Isolde können Sie es nicht mehr, die sind ja tot.«

Carl hörte den unverhohlenen Vorwurf heraus und erinnerte sich in schmerzhafter Klarheit an den Moment, als Isolde Mertens in seinen Armen gestorben war. Dennoch war ihm nicht entgangen, dass Brinkmann alle Betroffenen mit ihren Vornamen aufgeführt hatte – damit war die Frage, ob Brinkmann sie persönlich kannte, hinreichend beantwortet. Aber der Reporter hatte völlig recht – es würde keine Konsequenzen mehr nach sich ziehen. Carl war fertig mit dem Fall.

»Wie geht's jetzt weiter?«, wollte er von Brinkmann wissen. »Schreiben Sie Ihren Artikel noch?«

»Was dachten Sie denn?«, fragte Brinkmann zurück.

»Und Sie haben keine Angst, dass Sie dafür wieder in den Bau wandern?«

»Jemand muss für die vielen Toten sprechen, denn die haben keine Stimme mehr.« Brinkmann wirkte mit einem Mal geistesabwesend, er schien mit seinen Gedanken zu hadern. »Wissen Sie, viele Jahre lang glaubte ich, dass ich nur für den Ruhm schreibe. Für Erfolg und Reputation. Und natürlich tue ich das auch, ohne Anerkennung kann ja kein Mensch auf Dauer gute Arbeit abliefern. Aber in den letzten Tagen bin ich dahintergekommen, dass es um mehr geht. Um sehr viel mehr.«

Carl dachte daran, was Harry gestern über Anerkennung gesagt hatte, als nötigen Teil der Arbeit. Er hätte den Jungen fragen sollen, worin für ihn der andere, wichtigere Teil bestand. Der musste bei Harry besonders bedeutsam sein, denn um Geld zum Lebensunterhalt ging es bei ihm ganz sicher nicht.

»Um was geht es Ihnen denn?«, fragte er den Reporter.

Brinkmann sah ihn an und stellte eine Gegenfrage. »Worum ging es *Ihnen* bei diesem Fall?«

Carl musste nicht erst nachdenken. »Um die Wahrheit.«

»Da haben Sie's.«

Eine Weile liefen sie schweigend nebeneinanderher.

»Sie haben davon gesprochen, dass Sie noch weitere Anklageschriften gegen Blutrichter in petto hatten«, meinte Carl schließlich. »Auch welche hier in Essen? Nur rein interessehalber.«

»Keine Sorge, die verschicke ich nicht mehr. So dringend will ich nun auch nicht wieder ins Gefängnis. Außerdem ist mein Material weg, und ich bin ziemlich sicher, dass ich nichts davon zurückbekomme. Aber ich habe einen anderen Aufhänger. Bevor Rudi starb, hat er unserer Zeitungsredaktion einen Brief geschrieben. Ihm war klar, dass er nicht mehr lange zu leben hat. Tuberkulose im Endstadium. Er hätte längst ins Krankenhaus gehört, aber er wollte die Zeit, die ihm noch blieb, in seinem Garten verbringen, zusammen mit Rex. So heißt sein Hund«, setzte Brinkmann erklärend hinzu.

»Ich weiß. Hoffentlich kommt das Tier in gute Hände.«

»Dafür hat Rudi noch gesorgt. Einer von seinen Mietern übernimmt den Hund, der ist ganz vernarrt in das Tier. Dafür erbt er das Haus, unter der Auflage, dass er drin wohnen bleibt und sich um Rex kümmert. Und um den Garten. Für seinen Garten hatte Rudi auch viel übrig.«

Carl nickte versonnen. »Was steht in dem Brief?«, fragte er dann.

»Viele traurige, herzzerreißende Dinge. Über sein Leben. Vor allem über seine Zeit als Vater eines wundervollen kleinen Mädchens, das nicht erwachsen werden durfte, weil ein Richter es so verfügt hat.«

»Und das soll veröffentlicht werden?«, erkundigte Carl sich mit gemischten Gefühlen.

»Rudi wollte es so. Dieser Brief erzählt Regines Geschichte. Er ist ein Vermächtnis für die Nachwelt. Und eine wirkliche, lebensechte Anklage, die alles, was ich als Reporter vorher selbst verzapft habe, in den Schatten stellt. Und es gibt auch das Gnadengesuch an Vahrendonk noch, Rudi und seine Frau hatten damals mehrere Entwürfe geschrieben, einen davon hat er mitgeschickt. Auf diesem Weg wird die ganze Wahrheit ans Licht kommen. Anders, als ich dachte, aber umso eindrücklicher.«

Sie hatten die Annastraße erreicht, es war nicht mehr weit.

»Vorhin sind wir vom Thema abgekommen«, sagte Brinkmann. »Sie hatten mich gefragt, ob es bei den Anklageschriften, die ich noch verschicken wollte, auch um andere Essener Richter geht. Die Antwort lautet Ja. Einen davon kennen wir beide. Burkhard Albrecht.«

»Aber der ist doch bei der Staatsanwaltschaft!«

»Vorher war er Richter. Die Ausbildung für beide Ämter ist dieselbe, man braucht zwei juristische Staatsexamina. Damit kann man die eine oder die andere Laufbahn einschlagen und auch hin und her wechseln. In seinen ersten Berufsjahren als Assessor war Albrecht Sonderrichter in den Ostgebieten. Er hat eine Reihe von Todesurteilen zu verantworten, allesamt wegen irgendwelcher Nichtigkeiten. Einmal hat er einen polnischen

Familienvater aufknüpfen lassen, weil der versucht hat, mit einem Stock einen bissigen Schäferhund abzuwehren. Der Hund gehörte einem deutschen Offizier. Stand alles in der Urteilsbegründung. Nach Kriegsende hat Albrecht sich sofort zur Staatsanwaltschaft versetzen lassen.« Fragend blickte der Reporter Carl an. »Das scheint Sie nicht sehr zu überraschen, Herr Inspektor.«

Carl hob die Schultern. »Ich wusste schon vorher, dass er als Mensch ein abgebrühter Widerling ist. Warum sollte er als Jurist anders sein?«

»Tja, schade, dass mein Material weg ist. Aber da ist ja noch der Schuldschein. Die Kirche wird das Geld mit allen rechtlichen Mitteln bei Albrecht eintreiben. Der Offenbarungseid ist unausweichlich, das bricht ihm beruflich und privat das Genick. Der Mann ist erledigt, so oder so.«

Daran glaubte Carl keine Sekunde. Albrecht würde das Geld irgendwie zusammenkratzen. Leute wie er fielen immer auf die Füße. Nur in den seltensten Fällen gelang es, sie mit ihren eigenen Waffen zu schlagen.

Bei dem Gedanken spürte Carl plötzlich dasselbe wie gestern auf der Fahrt nach Fischlaken – einen Widerhaken, der sich irgendwo in den Windungen seines Verstands festkrallte und mit Macht eine Erkenntnis zutage fördern wollte.

Als sie vor dem baufälligen Haus in der Annastraße ankamen, verabschiedete Carl sich hastig von Brinkmann. Mit einem Mal hatte er es sehr eilig.

»He«, rief der Reporter ihm nach. »Ich habe mich noch gar nicht bei Ihnen bedankt!«

Anstelle einer Antwort hob Carl nur kurz die Hand und ging rasch weiter.

*

Zweieinhalb Stunden später kam Harry endlich mit den Ergebnissen aus dem Kriminallabor zurück. Carl hatte bereits ungeduldig auf ihn gewartet, und als Harry ihm kurz zunickte, konnte er nur mit Mühe einen Triumphschrei unterdrücken. Möglichst unauffällig und in gemessenem Tempo ging er zur Tür. Harry folgte ihm auf dem Fuße. Auf dem Gang legten sie einen Zahn zu.

»War die Übereinstimmung eindeutig?«, fragte Carl.

»Hundertprozentig. An mehreren Stellen.« Harry holte auf und sah ihn von der Seite an. »Wollen Sie nicht wenigstens Döring vorher Bescheid sagen?«

»Nein. Am Ende hat Albrecht schon Feierabend gemacht, dann kann ich ihm hinterherrennen. Falls er dann überhaupt noch im Lande ist. Der Flurfunk ist vielleicht schneller als wir.«

Sie eilten quer über die Straße zum Landgericht und begaben sich auf direktem Wege zu Albrechts Amtszimmer. Ohne anzuklopfen, traten sie ein. Diesmal befand Albrecht sich allein in seinem Büro. Kein Oberstaatsanwalt und kein Richter, die ihm die Stange halten konnten.

»Herr Doktor Albrecht, ich nehme Sie wegen des versuchten Mordes an dem Reporter Josef Brinkmann fest.« Carl ließ seine Stimme geschäftsmäßig klingen, doch man hörte die Genugtuung deutlich heraus.

Albrecht sprang auf, sein Stuhl scharrte über den Boden. »Warten Sie! Sie können nicht …«

»Wir warten nicht, und wir können«, schnitt Carl ihm das Wort ab.

Albrecht leistete keinen Widerstand, als Harry ihm Handschellen anlegte. Und er erkundigte sich auch nicht, woher sie die Beweise gegen ihn hatten, denn fraglos war ihm klar, wie sie ihm auf die Schliche gekommen waren. Harry legte trotzdem Wert darauf, es ihm unter die Nase zu reiben.

»Ihre Fingerabdrücke wurden auf dem Knüppel sichergestellt, mit dem Brinkmann niedergeschlagen wurde. Falls Sie sich fragen, woher wir die Vergleichsabdrücke hatten – die waren auf der einen Anklageschrift, die Sie uns persönlich ins Büro gebracht haben.«

»Das ist ja lächerlich! Die Spurenlage wurde manipuliert! Jemand will mir was anhängen! Welches Motiv sollte ich denn um Himmels willen haben, diesem Mann was anzutun?«

»Sie hatten Angst davor, was in einer von Brinkmanns nächsten Anklageschriften stehen könnte«, sagte Carl. »Über Ihre Zeit als Sonderrichter im Osten. Und über die Urteile, die Sie dort gegen harmlose Zivilpersonen gefällt haben.«

Damit brachte er Albrecht zum Verstummen. Allerdings nur vorübergehend. Unterwegs zum Ausgang wechselte Albrecht die Strategie. Den Angriff auf Brinkmann stritt er nicht länger ab. Stattdessen erklärte er mit professioneller Sachlichkeit, dass man ihn höchstens wegen Körperverletzung anklagen könne, und nicht mal dabei werde etwas herauskommen. »Ich fühlte mich von dem Mann angegriffen, folglich war es ein Fall von Notwehr.«

»Mit einem Schlag von hinten auf den Schädel?«, fragte Harry, halb ungläubig, halb zweifelnd.

»Ich hatte Angst! Wer aus Furcht die Grenzen der Notwehr überschreitet, wird nicht bestraft«, belehrte Albrecht ihn. »Mein Verteidiger wird auf Freispruch plädieren.«

»Damit kommen Sie nicht durch!«

»Diskutieren Sie nicht mit ihm, Bloom«, empfahl Carl. »Er wird wegen versuchten Mordes angeklagt, und wissen Sie auch, warum? Weil er jetzt ein Paria ist und man ihn fallen lassen muss. So tief wie möglich, um der Welt klarzumachen, dass zwischen einem Mann wie ihm und der untadligen Justiz Welten liegen. Sehen Sie selbst!« Mit ausholender Geste erfasste er die Umgebung.

Überall auf den Gängen standen tuschelnde Juristen, die

peinlich berührt zur Seite sahen, als ihr Kollege in Handschellen an ihnen vorbeigeführt wurde.

Albrecht gab sich hartgesotten, er nickte nach rechts und links, wie um zu demonstrieren, dass alles nur ein Irrtum sei. Ob er überhaupt mitbekam, dass niemand zurückgrüßte? Oder tangierte es ihn nicht?

Die siegesgewisse Attitüde hielt nicht lange. Draußen vorm Gebäude ließ er die Maske fallen und geriet ohne jede Vorwarnung in Rage.

»Glauben Sie wirklich, Sie könnten mich drankriegen, Sie dreckiges Judenschwein?«, brüllte er Carl mit überkippender Stimme an. »Dass einer wie Sie sich Polizist nennen darf, ist eine einzige Sauerei! Aber warten Sie es nur ab, eines nicht allzu fernen Tages wird wieder Recht und Ordnung in diesem Land einkehren, dann wird solches Rattengezücht wie Sie endgültig ausgemerzt!«

»Würden Sie sagen, dass Ihre Kollegen bei Gericht auch so denken?«, fragte Carl ihn in freundlichem Ton. »Oder sind die fähig, die wahre Ratte zu erkennen, wenn sie direkt vor ihnen steht?«

Statt zu antworten, reagierte Albrecht nur mit einem verständnislosen Blick.

»Schauen Sie doch mal hinter sich«, riet ihm Harry. Er packte Albrecht bei den Handschellen und drehte ihn um.

Auf der ihnen zugewandten Gebäudeseite hatten sich zahlreiche Fenster geöffnet, und in allen sah man versteinerte Gesichter. Diesmal konnte Albrecht nicht mehr so tun, als wäre seine Verhaftung nur ein Versehen. Die Kollegen, die von dort oben auf ihn herunterschauten, hatten jedes seiner Worte gehört.

*

Carl wollte nur noch Feierabend machen und nach Hause. Er sehnte sich nach einem kalten Bier, einer vernünftigen Mahlzeit und nach Anne, wenn auch in umgekehrter Reihenfolge. Die Formalitäten im Untersuchungsgefängnis überließ er Harry, der förmlich darauf brannte, Albrecht eigenhändig hinter Gitter zu verfrachten.

Als Carl an seinen Schreibtisch zurückkehrte, wusste man im Büro schon Bescheid. Von allen Seiten wurden ihm scheue Blicke zuteil, aber niemand sagte auch nur ein einziges Wort.

So viel zum Thema Anerkennung, dachte er. Während er seine Aktentasche packte, glaubte er die gleiche stumme Ablehnung zu spüren, die ihm auch im letzten Jahr entgegengeschlagen war. Es war nun mal ein Unding, ins eigene Nest zu scheißen. Polizei und Gericht waren zwar unterschiedliche Behörden, doch es gab eine ausgeprägte Gemeinsamkeit – die Wahrung von Recht und Gesetz. Ganz zu schweigen von der zweiten Gemeinsamkeit: Gras über die Vergangenheit wachsen zu lassen. Keine Dinge aufzurühren, von denen niemand mehr was wissen wollte.

Wortlos stand er auf und verließ den Raum. Nicht zum ersten Mal dachte er ernsthaft darüber nach, die Brocken hinzuschmeißen und sich eine andere Arbeit zu suchen. Es musste ja nicht unbedingt wieder der Pütt sein. Vielleicht irgendwas im Büro. Mit Akten kannte er sich aus.

Auf dem Gang wurde er von Döring abgefangen.

»Mensch, Bruns«, sagte der Oberinspektor. Seine Augen leuchteten. »Nach der Pflicht auch noch die Kür, was?« Er stieß die Tür zu dem Amtszimmer auf, das Carl gerade verlassen hatte. Ihm schien daran zu liegen, dass sämtliche dort Anwesenden mitkriegten, was er zu sagen hatte. Zusätzlich zu denen, die sich gerade im Gang aufhielten und wie von ungefähr näher kamen. Perplex versuchte Carl die Lage zu sondieren. Freund oder Feind?

»Bruns, das war erstklassige Ermittlungsarbeit. Wie im Lehrbuch!« Dörings Zweimetergestalt ragte auf wie ein Leuchtturm. Er schüttelte Carl vor aller Augen die Hand und klopfte ihm obendrein auf die Schulter. Mehr Anerkennung ging nicht.

Oder doch? Drinnen im Büro erhoben sich die Kollegen von ihren Schreibtischen und kamen hinaus auf den Gang. Bildeten ein Spalier, durch das Carl mehr geschoben wurde, als selbst zu gehen, und alle klopften ihm auf die Schulter und drückten ihm die Hand. Selbst Behrends. Er hatte sogar eine angebissene Stulle auf dem Schreibtisch liegen lassen, was bei ihm sonst nie vorkam.

»Gut gemacht!«

»Alle Achtung!«

»Saubere Arbeit!«

»Den Paragrafenreitern drüben hast du es gezeigt!«

Inmitten von all dem Stimmengewirr, dem Getätschel und der Lobhudelei breitete sich in Carl die Erkenntnis aus, dass er sich wohl doch keine andere Stelle suchen würde. Auch wenn es das erste und vermutlich zugleich letzte Mal war, dass er eine derartige Überdosis an Anerkennung erfuhr. Auch wenn es innerhalb des Präsidiums nur eine Minderheit war, die seiner Arbeit Beifall zollte. Auch wenn er sich dafür nichts kaufen konnte, vor allem kein Sakko.

Doch das war eine andere Baustelle. Vielleicht konnte Harry ihm eins leihen, der besaß genug von den Dingern.

*

Anne vertrat an diesem Abend ihre Schwester am Tresen. Sie hätte das Bierzapfen auch Borjan und Aleksandr überlassen können, die waren sowieso da, um zu helfen, aber Anne hatte sich diese Aufgabe bewusst ausgesucht. Emil schlief schon, und Frau Lindemann hielt oben die Stellung.

Carl stand vor ihr, beide Ellbogen auf die Theke gestützt.

»Erklär mir noch mal, warum du das machst«, sagte er.

»Weil ich wissen will, wie es ist. Ich weiß, dass es Frieda gefällt. Sonst hätte sie längst damit aufgehört. Also dachte ich, dass es mir vielleicht ebenfalls Spaß macht.«

»Und, macht es Spaß?«, neckte er sie.

Sie verzog reumütig das Gesicht. »Tu nicht so, du siehst es doch!« Sie musste laut sprechen, um die lebhafte Geräuschkulisse zu übertönen. Es war mal wieder voll im *Krausen Bäumchen.* »Ich kriege das mit der Schaumkrone nicht richtig hin. Und meine Füße fühlen sich schon nach zwei Stunden hinter der Theke an wie Blei. Der Schichtdienst im Krankenhaus ist wahrlich kein Zuckerschlecken, aber Kneipenwirtin? Das ist die reinste Folter!«

»Lotti scheint es ganz gut zu gefallen«, bemerkte Carl.

Anne folgte seinem Blick. Ihre jüngste Schwester eilte emsig von Tisch zu Tisch. Sie nahm neue Bestellungen entgegen, kassierte die Deckel ab, tauschte leere Gläser gegen volle aus, wischte die Bierflecken weg. All das tat sie mit einem so entrückten Lächeln, dass man glauben konnte, es wäre wieder Jesus Christus im Spiel. Aber Anne ahnte den wahren Grund.

»Sie hat einfach bloß gute Laune«, sagte sie.

»Ist sie etwa frisch verliebt?«

»Schon möglich«, wich Anne aus. Im nächsten Moment schnappte sie nach Luft. Soeben hatte sich die Tür zum Gastraum geöffnet, und Frieda kam hereinspaziert. Perfekt frisiert und geschminkt, schick angezogen und mit einem Tausend-Watt-Lächeln auf den Lippen.

Anne ließ sofort alles stehen und liegen und eilte zu ihr.

»Frieda! Du dürftest gar nicht hier sein! Wieso bist du nicht im Krankenhaus?«

Lotti kam quer durch den Raum gerannt und warf die Arme um Frieda. »Du bist wieder da!« Ein Strahlen der Erleichterung ließ ihr Gesicht aufleuchten, als sie ihre Schwester an sich drückte. »O Gott, was bin ich froh! Du kannst dir nicht vorstellen, wie viel ich gebetet habe!«

»Doch, kann ich«, entgegnete Frieda belustigt.

»Durftest du denn schon nach Hause?«, wollte Lotti wissen.

»Ich hab mich selbst entlassen.« Ohne sich mit längeren Erklärungen aufzuhalten, nahm Frieda ihren angestammten Platz hinter der Theke ein. Anne folgte ihr und redete ihr ins Gewissen. »Du brauchst noch Ruhe! Glaub mir, du tust dir keinen Gefallen, wenn du dich übernimmst!«

»Keine Sorge, ich geh nicht gleich in die Vollen. Eine Viertelstunde, dann lege ich oben die Beine hoch. Versprochen.« Sie schenkte sich einen Klaren ein und sah sich um. »Ich muss nur einfach das Gefühl haben, dass es ganz normal weitergeht. Verstehst du?«

Anne nickte stumm. Ihr war nicht entgangen, dass Frieda in Wahrheit nach Harry Ausschau hielt. Doch der war heute nicht gekommen.

»Gehen wir kurz raus?«, fragte Carl.

Anne stimmte zu. Sie brauchte frische Luft. Außerdem hatte sie bemerkt, dass Carl Redebedarf hatte. Genau wie sie.

Sie holte ihre Jacke, und gemeinsam gingen sie eine Runde um den Block. Carl erzählte, dass er den Fall abgeschlossen hatte, und Anne sprach im Stillen ein Dankgebet. An der nächsten Ecke kam ihnen im Laufschritt Harry entgegen, er wäre fast in sie hineingerannt.

»Ist was passiert?«, fragte Anne erschrocken. »Ein neuer Fall?«

»Ja und nein«, beantwortete Harry beide Fragen. Er war völlig außer Atem. »Ich habe ein neues Auto, das hatte leider vorhin einen Kolbenfresser. Ich musste auf den Abschleppwagen warten, deshalb komme ich so spät. Und kein neuer Fall. Jedenfalls keiner, von dem ich weiß.«

»Ich glaube, Frieda wartet bereits auf Sie«, sagte Anne.

Harry hörte nicht mehr zu, er war schon weitergerannt.

Anne sah ihm mit einem nachsichtigen Lächeln hinterher.

»Du bist damit einverstanden?«, fragte Carl.

»Sie ist anders, seit er da ist.«

»Soll heißen?«

»Er könnte der Richtige sein.«

Carl hob skeptisch die Brauen. »Dein Wort in Gottes Ohr.«

»Ist da irgendwas, das ich über ihn wissen sollte?«

»Na ja, er ist stinkreich.«

»Das dachte ich mir schon, aber das spricht ja nicht gleich gegen ihn. Es gibt auch reiche Menschen, die nett sind.«

»Klar. Aber nur die, bei denen man weiß, woher sie die ganze Kohle haben. Hast du's gerade gehört? Er hat ein neues Auto!«

»Ich dachte, er hätte geerbt«, meinte Anne.

»Hat er wohl auch. Das ist aber nicht der Punkt.«

»Was ist denn der Punkt?«

»Dass er der Sohn von Zarah Leander ist. Oder von Marlene Dietrich. Oder von irgendeiner anderen Filmdiva.«

»*Was?*«

Carl dachte nach. »Es käme vielleicht noch Mata Hari in Betracht. Aber die war bloß eine Tänzerin, oder? Und sie ist ja schon lange tot. Warte – was ist mit Ingrid Bergman?«

»Carl, das kann nicht dein Ernst sein!«

»Er wollte mir nicht sagen, welche von denen seine Mutter ist, aber sie ist ein weltberühmter Filmstar und hat ihm Unmengen Gold und Juwelen hinterlassen, bevor sie ins Ausland ging.«

Anne warf den Kopf zurück und lachte.

»Du glaubst ihm nicht?« Carl schüttelte verärgert den Kopf. »Ich hatte gleich das Gefühl, dass er mich verarscht!«

Sie kicherte. »Der Junge hat eine blühende Fantasie, das muss man ihm lassen.«

»Es ist also absolut ausgeschlossen?«

»Zu hundert Prozent.«

»Woher weißt du das?«

»Aus dem Friseursalon.«

Carl sah sie irritiert an. »Wie kann der Friseur das wissen?«

»Nicht der Friseur. Die ganzen Klatschmagazine, die da herumliegen. Glaub mir, es gibt keine weltberühmte, ins Ausland ausgewanderte deutsche Filmdiva, die einen Sohn in Harrys Alter hat.«

»Er hat nicht gesagt, dass es eine deutsche Schauspielerin ist.«

»Carl!«

Carl straffte sich, er hatte ein grimmiges Gesicht aufgesetzt. »Ich kriege schon noch raus, woher er sein Geld hat, keine Sorge! Wir werden nicht zulassen, dass deine Schwester wieder an irgend so einen halbseidenen Kerl gerät!«

»Ich schätze, er wird es ihr wohl sagen«, erwiderte Anne nur.

»Heißt das, es geht uns nichts an?«

Sie hob die Schultern. Irgendwann in nicht allzu ferner Zukunft würden sie es sicher erfahren. Bis dahin gab es wichtigere Dinge.

Sie hakte sich bei Carl ein und schmiegte sich an ihn.

»Hast du Magda und Engelbert die Einladung vorbeigebracht?«

Carl seufzte. »Ja, hab ich.«

»Kommen sie?«

»Ja, das haben sie vor.« Carl hielt inne, dann platzte er heraus: »Ich war mal mit Magda verheiratet. Ist das nicht komisch für dich?«

»Kein Stück. Außerdem möchte ich, dass Bärbel zur Hochzeit kommt. Ich weiß, wie gern du sie hast, und deshalb finde ich es wichtig, sie dabeizuhaben. Die Feier wird sicher eine schöne Abwechslung für sie. Gerade jetzt, nach dem schlimmen Tod ihres Vaters. Sie kann mit Emil und Hermännchen spielen, und für uns beide ist es eine Möglichkeit, den Kontakt zu pflegen. Bei Menschen, die sich gernhaben, sind häufige Begegnungen das A und O.«

Carl hatte stumm zugehört, und für einen Moment dachte sie, dass er sich vielleicht vor den Kopf gestoßen fühlte.

»Wolltest du sie denn nicht dabeihaben?«, fragte sie ihn verunsichert.

»Doch, natürlich. Es ist nur …« Er stockte, und als er weitersprach, klang seine Stimme belegt. »Ich hatte da eine Unstimmigkeit mit Engelbert. Wir haben nicht direkt gestritten, aber … Er und Magda wollen Bärbel adoptieren, Anne. Den Antrag haben sie schon letzte Woche eingereicht.«

»Oh, Carl! Wieso hast du mir das nicht erzählt?«

»Du hattest schon genug Probleme. Außerdem hätte es nichts geändert.« Er seufzte abgrundtief. »Und *natürlich* will ich, dass sie mit uns feiern. Alles andere wäre ja auch kindisch, oder?« Er hielt inne und atmete tief ein. »Es wäre trotzdem schön gewesen, Bärbel bei uns zu haben, Anne.«

»Ja, ich weiß. Das hätte ich ebenfalls schön gefunden.«

»Aber es geht nicht. Sie hat es da gut. *Richtig* gut. Und man kann ein kleines Mädchen nicht einfach hin und her schieben wie eine Spielfigur. Sie braucht jetzt vor allem Beständigkeit.«

Das Herz floss ihr über vor Mitgefühl, und es schien ihr, als hätte sie ihn nie so sehr geliebt wie in diesem Augenblick. Er wäre ein wunderbarer Vater geworden!

Sie wechselte mit Bedacht das Thema. »Weißt du, was ich mir wegen des Sakkos überlegt habe? Eigentlich ist es praktisch, dass du noch keine Zeit hattest, dir ein neues zu kaufen. Stattdessen könntest du Harry fragen, ob er dir eins von seinen borgt.«

*

EPILOG

Acht Tage später

Carl wusste selbst nicht genau, was ihn auf den Friedhof gezogen hatte. Das schöne Wetter jedenfalls nicht, obwohl die Sonne vom Himmel strahlte wie eigens für diesen Tag bestellt.

Vielleicht hatte er einfach sehen wollen, wer alles zur Beisetzung kam. Zeit und Ort hatten in der Traueranzeige gestanden. Nicht in der *NRZ*, die hatten die Annahme verweigert, Erich Biederstedt hatte Carl extra angerufen, um es ihm mitzuteilen. »Dem geben wir posthum keine Bühne, nicht mal für Geld«, hatte er gewettert.

Die Konkurrenz war weniger empfindsam gewesen. Die unterschiedlichen Inserate hatten eine ganze Zeitungsseite eingenommen, Richterbund, Landgerichtspräsident, Anwaltsverein, Burschenschaftler und diverse andere Institutionen, die aufrichtige Anteilnahme kundtaten.

Schon von Weitem war zu sehen, mit welchem Pomp Vahrendonk zu Grabe getragen wurde. Ein Meer schwarz gekleideter Menschen säumte den Weg. Carl näherte sich gerade nur so weit, dass er die Leute erkennen konnte, ohne selbst aufzufallen. In der ersten Reihe stand die verschleierte Witwe, gestützt von Vahrendonks Kammerkollegen, und um sie herum scharenweise Honoratioren aus Justiz und Verwaltung.

Carl hörte sich ein paar Takte aus der Trauerrede an, die inmitten von Bergen aus Kränzen und Blumengebinden am offenen Grab gehalten wurde. Er ertrug kaum eine Minute von dem Loblied, das da auf Vahrendonks Leben gesungen wurde. Angewidert wandte er sich ab und eilte weiter, zum anderen

Ende des Friedhofs. Dort fand ebenfalls eine Beerdigung statt. Diese war in der *NRZ* annonciert worden, ganz klein und unauffällig, aber Carl hatte die Anzeige trotzdem gesehen.

Im Gegensatz zu Vahrendonks Beisetzung war die von Isolde Mertens schon fast vorbei. Die Trauergäste waren bereits im Gehen begriffen. Nur eine Handvoll Leute hatte ihr das letzte Geleit gegeben. Ihre gelähmte Tochter Margarete war da, ebenso deren Tochter Ilse. Margarete Beckmanns Rollstuhl wurde von einem Mann geschoben, der für Carl kein Fremder war – es war der ehemalige Anwalt Helmuth Rosental. Neben ihm ging Bruno Gerber, der junge Bergmann, dessen Vater von Vahrendonk zum Tode verurteilt worden war. Auch Josef Brinkmann war erschienen, er bildete in der Reihe der langsam davongehenden Trauergäste das Schlusslicht.

Carls Gedanken machten sich selbstständig. Ob sie wohl alle beim Mord an Vahrendonk zusammengearbeitet hatten? Ungewollt spulte sich vor seinem inneren Auge eine Abfolge von Bildern ab, fast wie bei einem Film. In einer Sequenz brachte Bruno Gerber als Bote verkleidet die vergifteten Hörnchen ins Gericht. In einer anderen steuerte Helmuth Rosental seine juristische Expertise als Strafrechtler bei und entwarf für Brinkmann die Anklageschriften, während Margarete Beckmann auf Bitten ihrer Mutter Markwart zu einem perfekten Alibi verhalf, damit er nicht als möglicher Mittäter ins Visier der Polizei geriet.

Dann war der Film abgelaufen, und Carl entschied, ihn nie wieder anzusehen. Ihm war völlig gleichgültig, was daran echt war und was fiktiv. Es spielte keine Rolle mehr. Nicht an diesem Tag und an keinem anderen danach.

Brinkmann drehte sich zu ihm um. »Herr Inspektor, Sie hier? Und extra im guten Anzug? Die Beerdigung ist zu Ende!«

»Ich weiß.«

»Wieso sind Sie überhaupt gekommen?«

»Keine Ahnung, ehrlich. Aber da ich Sie gerade sehe, kann ich Ihnen auch erzählen, dass Albrecht wegen versuchten Mordes angeklagt werden soll. Der kommt so schnell nicht wieder raus.«

»Hab ich schon gehört. Ich glaub's erst, wenn er ›lebenslänglich‹ kriegt.«

»Ich auch«, räumte Carl ein. »Übrigens – wie ist denn der Stand der Dinge bei Ihrem Zeitungsartikel? Mir kam da so ein Gerücht zu Ohren …«

Brinkmanns resignierte Miene sprach Bände. »Kein Gerücht. Es stimmt. Aus dem Artikel wird nichts. Das Gericht hat die Veröffentlichung per einstweiliger Verfügung untersagt. Auf Betreiben von ein paar Robenträgern, die sich zusammengetan haben, um das Ansehen der Justiz hochzuhalten. Ich schätze, die haben in meinem beschlagnahmten Recherchematerial herumgewühlt und all die Dinge gefunden, die sie lieber nicht in der Zeitung lesen wollen. Krähen halt.«

Carl nahm es betreten zur Kenntnis. »Was werden Sie denn jetzt tun?«

Brinkmann hob die Schultern. »Was schon? Dasselbe wie immer. Weitermachen. Irgendwie. Wo ein Wille ist …« Er ließ das Ende des Satzes in der Luft hängen.

»Ist auch ein Weg«, ergänzte Carl mechanisch. »Trotzdem. Es tut mir leid.«

»Muss es nicht. Ist ja alles nicht Ihre Schuld. Machen Sie's gut, Herr Inspektor.« Brinkmann wandte sich zum Gehen, drehte sich jedoch nach zwei Schritten wieder zu Carl um. »Die anderen wollen jetzt zu einem Leichenschmaus ins Café, aber dafür bin ich nicht so zu haben. Ich hab noch eine halbe Flasche Whisky zu Hause, die muss nicht alt werden. Für Sie wäre auch ein Schluck übrig.« Lakonisch fügte er hinzu: »Übermorgen wird das Haus abgerissen, wir können also richtig einen draufmachen.«

»Tut mir leid, aber es geht nicht. Ich habe gleich noch was sehr Wichtiges vor.«

Brinkmann musterte ihn mit milder Neugier. »Was denn?«

»Ich heirate heute.«

ENDE

NACHWORT

Vorab ist wie immer festzuhalten, dass der Inhalt des Romans ebenso fiktiv ist wie die handelnden Figuren. Eventuelle Ähnlichkeiten mit realen Personen wären reiner Zufall.

Im Gegensatz dazu lässt sich die Frage, ob dem Buch eine wahre Begebenheit zugrunde liegt, nicht so einfach verneinen – tatsächlich nimmt es nämlich nicht bloß auf eine, sondern auf eine ungeheure Anzahl wahrer Begebenheiten Bezug:

Auf die vielen Tausend Opfer der Nazijustiz, die »im Namen des Volkes« wegen unbedeutender Vergehen von deutschen Richtern gnadenlos zum Tode verurteilt wurden.

Auf die völlig unschuldigen Menschen, die auf Anweisung deutscher Richter zwecks Erhaltung der »Erbgesundheit« zwangssterilisiert oder wegen Bagatelldelikten ins Zuchthaus geworfen wurden.

Auf die Millionen Menschen jüdischen Glaubens, die durch die Mitwirkung deutscher Juristen zuerst ihrer bürgerlichen Rechte beraubt und anschließend ermordet wurden.

Es waren deutsche Juristen, die es in die Hand nahmen, ein umfassendes Konglomerat furchtbarer Gesetze zu formulieren. Die himmelschreiendes Unrecht zielstrebig in nüchterne Legaldefinitionen gossen, welche sie mit versiertem Eifer »rechtswissenschaftlich« kommentierten und so zementierten – und in ihrer Eigenschaft als Funktionsträger der Justiz, insbesondere als Richter, systematisch und wider jede Menschlichkeit um- und durchsetzten.

Dabei ist nicht etwa zu unterstellen, dass besagten Richtern kein Gestaltungsspielraum bei der Auslegung solcher Normen zukam, ganz im Gegenteil. Exemplarisch sei hier nur die rigide Rechtsprechung in den unsäglichen »Rassenschande«-Prozessen genannt: Der Gesetzeswortlaut hätte auch Strafen von einem Tag Gefängnis erlaubt. Hingegen lag das gängige Strafmaß zunächst bei zwei und später, nachdem die Maske jeglichen Anstands gefallen war, sogar bei vier bis fünf Jahren Zuchthaus.

Diese menschenverachtende »Gesetzesanwendung« findet sich auch in anderen Bereichen der Nazijustiz wieder, etwa bei dem im Buch zitierten »Gesetz zur Verhütung erbkranken Nachwuchses« oder der sogenannten Verordnung über außerordentliche Rundfunkmaßnahmen. Dabei handelt es sich nur um beispielhaft angeführte Nazigesetze; es gab derlei Scheußlichkeiten noch etliche mehr.

So hat sich ein Berufsstand selbst mit Schande überhäuft, der nach allgemeinem Verständnis wie kein anderer für Gerechtigkeit stehen sollte. Und doch gehörten ausgerechnet die Mitglieder dieses Berufsstandes zu jenen, die der späteren Ahndung von Naziunrecht nahezu unbeschadet entronnen sind. Ganze sechzehn hohe Justizbeamte und Richter wurden 1947 im Nürnberger Juristenprozess angeklagt, jedoch nicht etwa wegen Rechtsbeugung und Mord, sondern wegen Verschwörung, Kriegsverbrechen, Mitgliedschaft in einer verbrecherischen Organisation und Verbrechen gegen die Menschlichkeit. Bei sechs Angeklagten endete das Verfahren mit Einstellung oder Freispruch. Sechs Angeklagte erhielten zeitige Freiheitsstrafen, vier die Höchststrafe »lebenslänglich«, aber schon zehn Jahre später befanden sich alle wieder auf freiem Fuß.

Kein einziger (!) NS-Richter wurde jemals wegen eines gefällten Urteils bestraft.

In der Antwort auf die Frage, wieso sich NS-Richter nicht für ihre »Rechtsprechung« verantworten mussten, manifestiert sich die geballte Macht eines selbsterhaltenden Systems: Getreu dem unantastbaren Rechtsgrundsatz *nullum crimen, nulla poena sine lege* (Kein Verbrechen, keine Strafe ohne Gesetz) war auch den exzessivsten unter den sogenannten Blutrichtern nicht beizukommen, denn sie hatten sich ja mit ihren Entscheidungen im Rahmen »geltenden Rechts« bewegt und somit nicht gegen Gesetze verstoßen.

Dementsprechend konnten westdeutsche Nazijuristen nach dem Krieg überall in Justiz und Verwaltung ungehindert wieder Fuß fassen und auch in der neu gegründeten Bundesrepublik hohe Regierungsämter und Posten an den obersten deutschen Gerichten bekleiden. Ihre tatkräftige, gestaltende Mitwirkung an einem Zivilisationsbruch sondergleichen und der skrupellosen Pervertierung dessen, was nach menschlichen Prinzipien das Recht ausmacht – all das fiel schlichtweg unter den Tisch. Investigative Bemühungen, die Verstrickung von ehemaligen NS-Juristen in das abscheulichste Kapitel der deutschen Geschichte aufzudecken und diese Männer wenigstens moralisch zur Rechenschaft zu ziehen, wurden über Jahrzehnte hinweg wahlweise mit Verleugnung, Verschleierung, Verhinderung, Bagatellisierung oder angriffslustiger Empörung torpediert. Was einst rechtens war, konnte doch nicht plötzlich Unrecht sein!

Dass Aufklärung und Aufarbeitung so zäh vorankamen, war teilweise jedoch auch dem Kalten Krieg geschuldet – vielfach stammten entsprechende Informationen über die Blutrichter, wie auch im Roman fiktional dargestellt, aus der DDR, deren Machthaber ein politisches Interesse an der Veröffentlichung dieser Zustände hatten. Das allein reichte, um bei den Regierungsverantwortlichen in der BRD eine fast schon reflexartige Abwehrhaltung auszulösen: Man schaltete automatisch auf Durchzug. Erst als sich wegen der Weiterbeschäftigung Hunderter westdeutscher Blutrichter sogar im Ausland Empörung erhob, musste reagiert werden. Aber nicht etwa mit Einsicht oder gar Reue – stattdessen wurde im Jahr 1961 ein neues Gesetz zurechtgebastelt, von dem eine Vielzahl von NS-Richtern

Gebrauch machte und sich kurzerhand mit vollen Bezügen in Pension schicken ließ: »Ein Richter oder Staatsanwalt, der in der Zeit vom 1. September 1939 bis zum 9. Mai 1945 als Richter oder Staatsanwalt in der Strafrechtspflege mitgewirkt hat, kann auf seinen Antrag in den Ruhestand versetzt werden« (§ 116 DiRG, nach Ablauf der vorher festgelegten Antragsfrist später weggefallen).

Offiziell ging es dabei darum, die Justiz von ehemaligem Nazipersonal zu befreien. In Wahrheit sollte einfach bloß rasch wieder Ruhe einkehren, denn wes Geistes Kind diese plötzlich untragbaren Juristen waren, hatte man in Regierungskreisen ja schon vorher gewusst. Und den wenigen unverbesserlichen Blutrichtern, die diese goldene Chance bezahlten Nichtstuns ausschlugen, geschah … nichts. Politische Bestrebungen einer Grundgesetzänderung für die Amtsenthebung solcher »Richter und Staatsanwälte, die ein unverantwortliches und unmenschliches Todesurteil mitverschuldet hatten« (Bundestagsbeschluss 1961) verliefen im Sande.

Folglich blieb es beim Aussitzen. Über den Roben trug man weiterhin den bequemen Mantel des Vergessens.

Mittlerweile sind die Juristen aus der Nazizeit tot, die vielen furchtbaren genauso wie die wenigen furchtlosen (die gab es auch, aber das ist eine andere Geschichte).

Das grauenvolle Unrecht jedoch, das die schlimmsten unter ihnen in die Welt gesetzt haben, lebt ungeachtet aller Relativierungsversuche weiter. Nicht nur, weil noch viele der Opfer leben. Sondern vor allem, weil so viele deswegen gestorben sind und das niemals vergessen werden darf.

Hier soll nicht unerwähnt bleiben (es steht ja auch im Klappentext), dass ich selbst lange als Juristin tätig war, sogar recht gern. Und um Missverständnissen vorzubeugen: Obwohl ich im Zuge der Auseinandersetzung mit dem Thema des Romans auf unendlich viele Fälle gestoßen bin, bei denen es mir das

Herz zerreißen wollte, glaube ich nach wie vor zuversichtlich an das Gute im Menschen und an die Integrität unserer heutigen Jurisprudenz. Aber ich sehe auch, dass das nicht zum Nulltarif zu haben ist. Man muss es fortwährend behüten, damit es nicht abhandenkommt. Und dabei über die Schulter blicken, zurück in die Zeit, als das Böse regierte.

Bei meinen Recherchen zu dem Buch erschien mir die immer noch in Teilen unbewältigte deutsche Vergangenheit wie ein dunkles Schreckenskabinett, das sich hinter dicken Wänden aus Schweigen, Unwissenheit und Gleichgültigkeit versteckt. Dabei gibt es durchaus genug Türen, und die sind nicht mal geschlossen, sondern bloß angelehnt. Aber es kostet eine Menge Überwindung, hineinzugehen. Weil es da drin entsetzlich kalt ist und tiefschwarze Nacht herrscht. Und weil in dieser eisigen Grabesstille womöglich noch lebendige Monster lauern, denen man niemals begegnen will.

Das Problem ist nur: Wenn man wegschaut, erkennt man sie vielleicht zu spät.

Es fehlen noch ein paar kurze Danksagungen, die für mich zu einem vollständigen Nachwort gehören wie Kaffee zum Frühstück. Der Einfachheit halber danke ich zuerst allen, die mich schon bei der Navigation durch Band 1 auf rauer Schreibsee unterstützt und auch diesmal bis zum fertigen Manuskript durch diverse Untiefen gelotst haben. Ihr wisst ja, wer gemeint ist.

Natürlich danke ich auch wieder von Herzen dem gesamten Droemer-Knaur-Team. Ohne euch wäre dieses Projekt bis heute nur eine Idee. Ihr habt so vieles möglich gemacht!

Ein besonderes Dankeschön gebührt an dieser Stelle auch meiner treuen Leserschaft sowie den Buchhändler*innen, die meine Romane so liebevoll präsentieren und begeistert weiterempfehlen.

Und wie üblich bedanke ich mich zu guter Letzt bei den Menschen, die für mich wie die Luft zum Atmen sind: meine große, wundervolle Familie. Ich liebe euch so sehr!

Eva Völler, Februar 2024